Turm der Einsamkeit

VALERIO M. MANFREDI

Turm der Einsamkeit

Roman

Aus dem Italienischen von Peter Klöss

WILHELM HEYNE VERLAG
MÜNCHEN

Titel der Originalausgabe: La torre della solitudine
Die Originalausgabe erschien bei
Arnoldo Mondadori Editore S.P.A., Mailand

Umwelthinweis:
Dieses Buch wurde auf chlor- und säurefreiem Papier gedruckt.

Umschlaggestaltung: Atelier Ingrid Schütz, München
Umschlagillustration: The Stock Market, Jose Fuste Raga, Düsseldorf
Satz: Leingärtner, Nabburg
Druck und Bindung: Wiener Verlag, Himberg
Printed in Austria

ISBN 3-453-13851-1

Für Bonvi

[5] Gilgamesch antwortete ... »Zu Utanapischtim, meinem Ahnen, will ich, der in den Kreis der Götter trat und lebt. Nach Tod und Leben wollte ich ihn befragen.«

Darauf nahm der Skorpionmensch das Wort und sprach ... »O Gilgamesch, es gab bisher noch niemals einen, der des' fähig war, noch keinen, der durchmaß des Berges Inn're.«

GILGAMESCH-EPOS, Neunte Tafel

VORGESCHICHTE

Langsam bewegte sich die Kolonne im gleißenden Licht von Himmel und Sand vorwärts; die Oase von Cydamus mit ihren klaren Wassern und ihren frischen Datteln war nur mehr eine Erinnerung. Vor vielen Tagen schon waren sie, nicht ohne Furcht, von dort aufgebrochen, doch der südliche Horizont rückte immer ferner; er blieb leer, trügerisch und ungreifbar wie die Luftspiegelungen, die zwischen den Dünen tanzten.

An der Spitze ritt, aufrecht und mit straffen Schultern, der Zenturio Fulvius Macrus; nicht ein einziges Mal nahm er den glühenden Helm ab, um so den Männern ein Vorbild an Disziplin zu sein.

Er war aus Ferentinum gebürtig und entstammte einer Familie kleiner Landbesitzer. Viele Monate lang hatte er mit seiner Abteilung in einem kleinen Stützpunkt an der syrtischen Küste das eintönige Garnisonsleben ertragen. Dort, im Reich der Malaria, hatte er sauren Wein getrunken und vergeblich von Alexandria und seinen Freuden geträumt, als ihn der Provinzgouverneur plötzlich nach Cyrene bestellt und mit dem Auftrag betraut hatte, mit dreißig Legionären, einem griechischen Geographen, einem etruskischen Haruspex und zwei mauretanischen Führern die Wüste zu durchqueren.

Ein Kundschafter, der Jahre zuvor mit Cornelius Gallus den Nil befahren hatte, hatte Caesar von den Erzählungen einheimischer Elfenbeinhändler berichtet. Danach existierte am Südrand des großen Sandmeers ein Reich, das von schwarzen Königinnen regiert wurde; diese seien die Nachkommen jener Herrscherinnen, die einst die Pyramiden von Meroë errichtet hatten, die nun schon seit Jahrhunderten leer und hohl emporragten wie die Zähne eines Greises.

Der Befehl lautete, jenes ferne Land zu erreichen, Handelsbeziehungen mit der dortigen Herrscherin anzuknüpfen und nach Möglichkeit ein Bündnis auszuhandeln. Fulvius Macrus hatte sich zunächst dazu beglückwünscht, daß der Gouverneur bei diesem Auftrag an ihn gedacht hatte, doch seine Freude hielt nur so lange vor, bis ihm auf einer Karte die Reiseroute gezeigt wurde: Er sollte einer Piste folgen, die mitten durch den trockensten und verlassensten Teil der Wüste führte. Aber dies war der einzige Weg, es gab keinen anderen.

Neben dem Zenturio ritten die mauretanischen Führer, unermüdliche Reiter mit dunkler Haut, so spröde wie Leder. Dahinter folgte der Haruspex Avile Vipinas, ein etruskischer Wahrsager aus Tarquinia, von dem man sich erzählte, er habe lange in Rom in Caesars Palast gelebt. Als der Imperator eines Tages seine Weissagungen nicht mehr ertrug und ihn fortjagte, habe Vipinas zum Abschied angeblich diese Worte aus der Ilias zitiert: »Unglücksseher, du hast mir noch nie zur Freude gesprochen!«

Vielleicht war die Mission gerade deshalb ersonnen worden, damit der beunruhigende Prophet für immer vom Sandmeer verschluckt würde. So wenigstens munkelten die Soldaten, die ihm nachfolgten und ihre Köpfe in der Hitze hängen ließen.

Auch dies hatte Vipinas vorhergesagt: Obwohl man bei Winteranfang aufbräche, würde die Glut der Sonne immer weiter zunehmen, wie auf dem Höhepunkt der Hundstage.

Sie durchquerten nun eine noch verlassenere Ebene, die mit pechschwarzen Steinen bedeckt war. Wohin man den Blick richtete, es war nichts zu erkennen als ein endloses Geröllfeld, auf dem die flackernden Luftspiegelungen ihren gespenstischen Tanz aufführten.

Die mauretanischen Führer hatten einen Brunnen für die Rast am Ende dieses Marschtages versprochen. Doch dann hielten sie inne, noch bevor es Zeit wurde, das Lager aufzuschlagen.

Der Haruspex hatte plötzlich die Zügel seines Pferdes zur Seite gerissen. Abseits der Piste sprang er zu Boden und trat zu einem Felsbrocken, auf dem die Figur eines Skorpions eingeritzt war. Als er eine Hand ausstreckte, um das Bild zu berühren – die einzige Form in der unendlichen Einsamkeit, die kein Werk der Natur war –, war ihm, als ob er einen Klagelaut hörte. Er wandte sich zu den Männern um, die ihn reglos beobachteten, doch ihm begegnete nur Schweigen. Er blickte in alle vier Himmelsrichtungen, die Leere nahm ihm fast den Atem und ließ ihn erschauern.

Noch einmal streckte er die Hand nach dem Bild auf dem Felsen aus, als er das Klagen erneut vernahm, abgrundtief, todtraurig. Doch bald erstarb es in einer Art Röcheln. Es war eine deutliche, unverkennbare Wahrnehmung. Er drehte sich um und stand unvermutet dem Zenturio gegenüber, der ihn verwundert ansah.

»Hast du das gehört?«

»Was?«

»Ein Klagelaut... als litte jemand qualvollen, unendlichen Schmerz.« Der Zenturio drehte sich zu seinen Männern um, die an der Piste warteten, sorglos miteinander tuschelten oder aus den Feldflaschen tranken. Nur die mauretanischen Führer wirkten unruhig. Sie blickten um sich, als spürten sie eine drohende Gefahr.

Der Zenturio schüttelte den Kopf: »Ich habe nichts gehört.«

»Die Tiere schon«, sagte der Haruspex. »Sieh nur.« Tatsächlich zeigten die Pferde seltsame Anzeichen von Unruhe. Sie scharrten mit den Hufen über den Boden, schnaubten, schüttelten die Köpfe und brachten dadurch die Schmuckscheiben ihres Zaumzeugs zum Klingeln. Auch die Kamele bewegten die Köpfe hin und her, aus den Mäulern tropfte grünlicher Geifer zu Boden, und die Luft hallte von ihrem gräßlichen Gebrüll wider.

Avile Vipinas erschauerte: »Laßt uns umkehren. An diesem Ort haust ein Dämon.«

Der Zenturio hob die Schultern: »Caesar hat mir einen Befehl erteilt, Vipinas, und ich muß ihn ausführen. Es kann jetzt nicht mehr weit sein, da bin ich sicher. Noch fünf oder sechs Tagesreisen, und wir werden das Land der schwarzen Königinnen erreichen, ein Land mit ungeheuren Schätzen und märchenhaften Reichtümern. Ich muß eine Botschaft überbringen und einen Vertrag aushandeln, erst danach werden wir umkehren. Ehre und Lohn warten auf uns.« Nach einigen Augenblicken des Schweigens fuhr er fort: »Wir sind müde und erschöpft und von der Hitze zermürbt; das trockene Klima stellt auch die Tiere auf eine harte Probe. Laßt uns weiterziehen.«

Der Haruspex stand auf, schüttelte den Staub von seinem weißen Gewand und stieg wieder auf sein Pferd, doch in seinem Blick lag ein düsterer Schatten wie eine bange Vorahnung.

Im Schrittempo ritten sie noch ein paar Stunden. Ab und zu stieg der griechische Geograph von seinem Kamel und steckte einen Nivellierstab in die Erde. Er maß die Länge des Schattens, nahm mit seinem Diopter die Stellung der Sonne über dem Horizont ins Visier und trug anschließend die Ergebnisse auf einem Papyrusblatt und in eine Landkarte ein.

An jenem Abend versank die Sonne im Dunst über dem Horizont, und der Himmel begann sich schon bald zu verfinstern. Die Soldaten waren gerade dabei, das Lager aufzuschlagen und das Abendessen zuzubereiten, als Wind aufkam und im Dämmerlicht, das über der leeren Ebene lag, in großer Ferne ein Licht aufleuchtete. Ein einziger Lichtpunkt in der endlosen Weite, die der Blick zu erfassen vermochte.

Einer der Soldaten bemerkte ihn zuerst und wies sogleich den Kommandanten darauf hin. Aufmerksam beobachtete Macrus jenes Licht, das wie ein Stern in den Tiefen des Universums flackerte, dann gab er den beiden Führern ein Zeichen und rief den Haruspex: »Du kommst mit uns, Vipinas; es muß sich um ein Lagerfeuer handeln. Dort hinten ist vielleicht jemand, bei dem wir etwas in Erfahrung bringen können. Du hast sicher selbst bemerkt, daß das Ziel nicht mehr weit ist und deine Befürchtungen unbegründet sind.«

Vipinas antwortete nicht, trieb sein Pferd mit den Fersen zum Galopp und schloß sich den anderen an.

Möglicherweise verzerrte das trügerische Licht, das unmittelbar auf den Sonnenuntergang folgt, die Entfernungen, denn das Feuer schien zunehmend ferner, obwohl die vier Reiter in gestrecktem Galopp darauf zustoben. Der Untergrund war nun ziemlich fest, nur eine leichte Staubschicht lag darüber, die vom Gegenwind zwischen die Pferdebeine getrieben wurde.

Endlich gelangten sie in die Nähe des einsamen Lagers, und der Zenturio stieß einen Seufzer der Erleichterung aus, als er sah, daß dort tatsächlich ein Feuer brannte und es sich nicht um ein Trugbild handelte. Doch als er näher kam und die Lage genauer überblicken konnte, zeichnete sich ein Ausdruck des Erstaunens und tiefer Verwirrung auf seinem Gesicht ab. Ein einziger Mann saß am Feuer, sonst war nichts zu sehen, kein Reittier, kein Gepäck, weder Wasser noch Vorräte irgendwelcher Art. Der Mann saß da, als hätte die Erde ihn von einem Augenblick zum anderen geboren. Er hatte sich in eine Kutte eingehüllt und verbarg sein Gesicht unter einer weiten Kapuze. Mit der Spitze des Zeigefingers malte er Zeichen in den Sand, mit dem anderen Arm stützte er sich auf einen Stock.

Als der Zenturio den Fuß auf die Erde setzte, hörte der Mann auf, im Sand zu malen, hob den dürren Arm und wies in die Richtung, aus der die Fremden gerade gekommen waren. Avile Vipinas' Blick fiel auf den Sand, und der Haruspex erschauerte, als er deutlich das Bild eines Skorpions erkannte.

In der Zwischenzeit war der Mann aufgestanden. Den krummen Stock in der Hand, entfernte er sich schweigend in die entgegengesetzte Richtung. Auf dem Boden blieb das Bild des Skorpions zurück, erhellt und fast zum Leben erweckt von den Flammen des Feuers, das langsam verlosch.

Panischer Schrecken ließ die Farbe aus den Gesichtern der beiden Führer weichen, die halblaut erregte Worte in ihrem nordmarokkanischen Dialekt wechselten. Da frischte der Wind plötzlich auf und wirbelte vor ihren Augen eine dichte Staubwolke zu einer undurchdringlichen Barriere auf, während die Gegend ringsum ruhig und klar in der Abendstille lag.

Mit bangem Blick starrte der Haruspex den Zenturio an. »Bist du nun überzeugt?«

Der Offizier antwortete nicht und stürzte der geheimnisvollen Person hinterher, die jetzt in der Sandwolke, die der Wind vor sich hertrieb, auftauchte und wieder verschwand. Plötzlich meinte er den anderen als dunklen Fleck im Sturmtreiben zu erkennen.

Er streckte eine Hand aus, um ihn bei der Schulter zu packen, um ihm in die Augen zu blicken und ihn zu zwingen, wie ein Mensch zu reden, in welcher Sprache auch immer. Doch seine Finger schlossen sich nur um die leere Kutte, die an dem in den Boden gerammten Stock hing – wie eine Haut, die ein unwirkliches Wesen im Sand zurückgelassen hatte. Vor Schreck ließ Fulvius Macrus das leere Gewand fallen, als hätte er ein ekelerregendes Tier berührt. Das Heulen des Windes glich nun zunehmend einem Schmerzensstöhnen. Bestürzt wich der Zenturio zurück und gelangte zu seinen Gefährten. Er stieg auf sein Pferd und spornte es Richtung Westen an, um zu seiner Abteilung zurückzukehren. Bald darauf entdeckte er sie auf einem Dünenkamm, Mann für Mann hob sich gegen einen rötlichen Lichtschein ab. Sie betrachteten etwas, das vor ihnen lag.

Der Zenturio stieg vom Pferd, kletterte den Dünenkamm hinauf und drängte seine Leute beiseite, bis er vor sich das Objekt sah, das sie in Bann geschlagen hatte. Vor ihnen erhob sich ein einsames Bauwerk, ein zylindrischer

Turm, der von einer Kuppel überspannt wurde. Die Mauern des mysteriösen Gebäudes waren glatt wie Bronze: kein einziges Zeichen, kein Ornament, keine Inschrift, nur jener absurde Schimmer, der den Sand rot färbte, als sei es ein Blutfleck. Unten öffnete sich ein dunkler Torbogen. Er führte ins Innere des Turms, das in vollständige Finsternis getaucht war.

Verwundert und verwirrt betrachtete der Zenturio den Turm eine Weile, dann sagte er: »Die Nacht ist angebrochen. Wir werden unsere Zelte hier aufschlagen. Keiner von euch verläßt ohne meine Erlaubnis das Lager, und keiner, aus welchem Grund auch immer, geht in die Nähe von diesem ... diesem Ding.«

Die Dunkelheit hatte sich über das Lager gesenkt, auch das seltsame Leuchten war erloschen. Das rätselhafte Gebäude war nur mehr eine düstere Masse in der Nacht, und das einzige Licht ging von dem Feuer aus, das die beiden Wachen entzündet hatten, um sich gegen die Kälte zu schützen, die sich mit dem Fortschreiten der Nacht einstellen würde.

Auch der etruskische Haruspex wachte, während er auf die Stelle starrte, wo er die Öffnung in dem Bauwerk erahnte. Er hatte sich Kopf und Stirn verhüllt wie jemand, der sich auf den Tod vorbereitet, und sang halblaut einen Sterbegesang zu den Klängen eines Sistrums, eines rasselähnlichen Instruments. Nachdem sie sich vergewissert hatten, daß alle schliefen und die Wachen ihnen den Rücken zukehrten, schlichen die beiden mauretanischen Führer leise zu ihren Pferden und verschwanden in der Dunkelheit. Unterdessen unterhielten sich die Wachen, während sie die schwarze Masse des Turms beobachteten: »Vielleicht sind wir ja schon im Land der schwarzen Königinnen«, sagte der eine.

»Schon möglich«, antwortete der andere.

»Hast du so ein Ding schon einmal gesehen?«

»Nein, nie. Und ich habe viele Orte gesehen, seit ich dem Adler meiner Legion hinterhermarschiere.«

»Was das wohl sein mag?«

»Ich weiß es nicht.«

»Meiner Meinung nach kann das nur ein Grab sein, was denn sonst? Ein Grab voller Schätze, wie es bei den Barbarenvölkern Brauch ist... Es ist so, ich sag's dir. Deshalb will der Zenturio auch nicht, daß irgend jemand nachschauen geht.«

Sein Kamerad schwieg, obwohl er durchaus begriff, daß der andere seine Zustimmung hören wollte. Es widerstrebte ihm, ein Grab zu schänden, und außerdem fürchtete er, daß es durch einen Fluch geschützt war, der ihn dann für den Rest seiner Tage verfolgen würde. Doch der andere bohrte nach: »Wovor hast du Angst? Der Zenturio schläft und wird nichts merken. Wir brauchen nur ein paar Edelsteine fortzunehmen, ein wenig Goldschmuck, kleine Dinge, die leicht in den Mantelfalten Platz haben und die wir bei unserer Rückkehr ohne Schwierigkeiten auf dem Markt von Leptis oder in Ptolemais verkaufen können... Oder hast du etwa Angst? Das ist es, du hast Angst vor einem Zauber. Ach, Unsinn! Wozu haben wir denn einen etruskischen Haruspex mitgebracht? Der kennt jedes Gegenmittel, hörst du? Hörst du diesen Klang? Das ist seine Rassel, die die Geister vom Lager fernhält.«

»Du hast mich überzeugt«, sagte der andere. »Aber wenn der Zenturio uns entdeckt und uns mit Ruten auspeitschen läßt, werde ich sagen, daß du es gewesen bist und daß ich nicht wollte.«

»Sag, was du willst, aber jetzt bewege dich. Es wird nicht lange dauern. Keiner wird etwas merken.«

Sie nahmen ein brennendes Holzscheit als Fackel vom Feuer und näherten sich vorsichtig dem Eingang des Turms. Doch in dem Augenblick, als sie die Schwelle überschreiten wollten und den Arm ausstreckten, um ins Innere zu leuchten, ertönte in der Höhlung des Bauwerks ein tierisches Röcheln, das tief und heiser unter dem riesigen Gewölbe dröhnte und sich unmittelbar darauf in einem qualvollen Schrei, in donnerndem Gebrüll entlud.

In der Finsternis, die plötzlich von den Schreien der beiden Legionäre zerrissen wurde, zuckte Avile Vipinas zusammen; die Panik fesselte ihn, starr und kalt, an den Boden.

Die Soldaten fuhren aus dem Schlaf hoch, griffen nach ihren Waffen und rannten wild durcheinander wie verrückt gewordene Schatten in der Nacht. Mit dem Schwert in der Hand stürmte Macrus aus seinem Zelt und rief mit lauter Stimme seine Männer zusammen, doch im gleichen Augenblick hielt er wie gelähmt vor Schreck inne.

»O ihr Götter… was ist das?« konnte er gerade noch entsetzt flüstern, während die Schreie seiner Soldaten in seinen Ohren dröhnten. Dann zerbarst das entsetzliche Gebrüll, das die Luft bis zum Horizont zerriß und die Erde erzittern ließ, in seinem Hirn und streckte ihn nieder. Sein Körper wurde in Stücke gerissen, als würde er von einer blutrünstigen Bestie zerfleischt, und sein Blut spritzte in den Sand um ihn herum.

Starr vor Entsetzen ließ Avile Vipinas seinen Geist gegen jene monströse Stimme in die Nacht aufsteigen, und mit all seinen Seelenkräften warf er sich der blinden Grausamkeit des unbekannten Schlächters entgegen; doch es war ein ungleicher Kampf. Reglos und mit aufgerissenen Augen sah er, wie Blutströme und zerfetzte Körperteile seine schneeweiße Tunika besudelten. Doch das bestialische Geschrei wurde noch wilder und kam immer näher, bis er den heißen Atem des Ungeheuers auf dem Gesicht fühlte. Er spürte, daß es im nächsten Augenblick sein Leben und sein Blut trinken würde, dennoch fand er mit ungeheurer Anstrengung die Kraft, seinen Gesang wiederaufzunehmen und das heilige Sistrum in seiner steif gewordenen Hand hin und her zu bewegen.

Mit einemmal überwand das silberne Klingeln die Raserei. Plötzlich kam die rohe Gewalt zum Stillstand und verschwand. Das Brüllen wurde schwächer und verwandelte sich in ein trauriges Keuchen. Mit starren, vor Anstrengung glasigen Augen und mit schweißüberströmtem, fahlem Gesicht fuhr Vipinas fort, das Sistrum im Rhythmus zu schütteln.

Um ihn herum lag alles in tödlicher Stille.

Da erhob er sich und lief schwankend durch das Lager, mitten durch die zerfleischten Gliedmaßen der Soldaten Roms. Keiner war verschont geblieben. Unter die leblosen menschlichen Körper mischten sich die Kadaver der Tiere, der Pferde und Kamele der unseligen Expedition. Er ging auf den großen, dunklen Torbogen zu und blieb lange davor stehen, während er reglos auf etwas starrte, das er lebendig und bedrohlich vor sich spürte. Noch immer bewegte er rhythmisch sein Sistrum und schrie: »Wer bist du?« Brüllte es: »Wer bist du?«

Wie aus dem Mund eines Verurteilten drang jetzt nur noch ein mühseliges, gequältes Atmen aus der Öffnung. Der Haruspex wandte dem geheimnisvollen Mausoleum den Rücken zu und machte sich auf den Weg nach Norden. Er lief die ganze Nacht hindurch. Beim ersten Licht der Morgendämmerung gewahrte er auf einem Dünenkamm eine reglose Gestalt: Es war eines der Kamele der Expedition, das noch einen Wasserschlauch und einen Sack Datteln trug. Vipinas erreichte das Tier, griff nach dem Halfter und schwang sich in den Saumsattel. Die Klänge seines Sistrums hallten noch lange in der erstaunten Stille der Wüste, doch schließlich verloren sie sich in der Blässe des Morgengrauens, in der unendlichen Weite.

1. KAPITEL

Philip Garrett schlängelte sich eilig durch das spätnachmittägliche Gedränge der Angestellten, die aus den Büros ausschwärmten und den Metrostationen und Straßenbahnhaltestellen zustrebten, und gelangte schließlich zum Café Junot in der Rue Tronchet. Man hatte ihn am Abend zuvor in seinem Büro im Musée de l'Homme angerufen, um eine Verabredung mit einem gewissen Oberst Jobert zu vereinbaren, von dem er noch nie etwas gehört und den er auch nie zuvor getroffen hatte.

Vor dem Café angekommen, sah er sich um und versuchte herauszufinden, welcher der Gäste der Offizier sein mochte, der ihn um das Treffen gebeten hatte. Es dauerte nicht lange, und er bemerkte einen Herrn Mitte Vierzig, mit gut gepflegtem Schnurrbart und unverkennbar militärischem Haarschnitt, der an einem abseits stehenden Tisch saß und ihm freundlich zunickte.

Er trat heran und legte die Aktenmappe auf einen Stuhl: »Oberst Jobert, nehme ich an.«

»So ist es, und Sie sind Doktor Garrett vom Musée de l'Homme. Es ist mir ein großes Vergnügen.« Sie gaben sich die Hand.

»Gut, lieber Oberst«, sagte Garrett, »was verschafft mir das Vergnügen dieses Treffens? Ich muß gestehen, daß ich ziemlich neugierig bin, denn bis jetzt hatte ich noch nie etwas mit der französischen Armee zu tun.«

Der Offizier öffnete eine Ledertasche und zog ein Buch hervor, das er auf den Tisch legte: »Zuallererst erlauben Sie mir bitte, daß ich Ihnen ein kleines Geschenk überreiche.«

Garrett nahm das Buch: »Gütiger Himmel, aber das ist ja ...«

»*Erkundungen im südöstlichen Quadranten der Sahara* von Desmond Garrett, erste Auflage erschienen bei Bernard Grasset, heutzutage praktisch unauffindbar. Meiner Meinung nach ist es das bedeutendste Werk, das Ihr Vater je geschrieben hat.«

Philip Garrett nickte: »Das stimmt … aber wie kann ich Ihnen für dieses Geschenk danken … Ich weiß nicht, wie ich mich revanchieren soll …«

Jobert lächelte und bestellte zwei Kaffee beim Garçon, der herangetreten war, um die Bestellungen aufzunehmen. Unterdessen fuhr Philip fort, das Buch durchzublättern, das sein Vater veröffentlicht hatte, als er fast noch ein Kind gewesen war. Kurz darauf reichte Jobert ihm den Kaffee und nahm selbst einen Schluck aus seiner Tasse: »Doktor Garrett«, sagte er dann, »von unseren Informanten in der Fremdenlegion haben wir erfahren, daß Ihr Vater …« Garrett sah abrupt auf und blickte gespannt und bang in das Gesicht seines Gegenübers. »Sie müssen bedenken, es handelt sich nur um ein Gerücht, aber nun ja, offenbar ist Ihr Vater noch am Leben und wurde in der Oase El Dschof an der Grenze zum Tschad gesehen.«

Philip Garrett senkte den Kopf und tat so, als blättere er das Buch durch, dann sagte er: »Oberst, ich bin Ihnen sehr dankbar für dieses Buch, aber sehen Sie, es ist nicht das erstemal, daß das Gerücht umgeht, mein Vater sei noch am Leben. Wenigstens dreimal habe ich meine Arbeit stehen- und liegengelassen, um an allen möglichen Orten nach ihm zu suchen, aber jedesmal bin ich zurückgekehrt, ohne das geringste erreicht zu haben. Sie werden es mir also nachsehen, wenn ich bei Ihrer Mitteilung keine Freudensprünge mache.«

»Ich verstehe Ihre Enttäuschung«, hakte Jobert nach, »aber glauben Sie mir, diesmal verhält es sich anders, diesmal ist es sogar sehr wahrscheinlich. So denkt man wenigstens beim Oberkommando der Legion, und aus diesem Grund habe ich Sie um dieses Treffen gebeten, und deshalb werde ich selbst schon bald in die Sahara aufbrechen.«

»Um meinen Vater zu suchen?«

Jobert bestellte noch einen Kaffee und zündete sich eine Zigarre an. »Nicht nur. Sehen Sie, Garrett, es gibt Dinge, die Sie nicht wissen, Ereignisse, die Ihren Vater betreffen und über die Sie nicht auf dem laufenden sind. Ich bin hier, um Ihnen mitzuteilen, was vor zehn Jahren vorgefallen ist, als Ihr Vater in einer entlegenen und praktisch unzugänglichen Gegend mitten in der Wüste spurlos verschwand. Ich bin auch gekommen, um Ihnen zu sagen, daß wir Ihre Hilfe und Ihre Bereitschaft zur Zusammenarbeit brauchen.«

»Ich wüßte nicht, wobei ich Ihnen helfen könnte. Allem Anschein nach wissen Sie sehr viel mehr als ich.«

Jobert trank einen Schluck Kaffee und zog an seiner Zigarre: »Sie haben vor einem Monat eine sehr interessante Studie veröffentlicht, in der Sie nachweisen, daß in der Vergangenheit eine Reihe von Expeditionen, die in den südöstlichen Quadranten vorgedrungen sind, spurlos verschwanden. Manchmal ganze Heere mit Zehntausenden von Männern …«

»Stimmt, aber ich habe nichts weiter getan, als eine Idee auszuarbeiten, die mein Vater vor vielen Jahren entwickelt und dann nicht weiterverfolgt hat.«

»So ist es. Ich habe Ihr Vorwort gelesen, aber nicht viel mehr, leider.«

»Nun gut, um 500 vor Christus verschwand eine große Armee unter der Führung des Perserkönigs Kambyses auf dem Weg nach Äthiopien. Der König rettete sich mit wenigen Überlebenden, aber er gab niemals preis, was wirklich geschehen war. Man weiß, daß die Überlebenden sich gegenseitig aufaßen, viele wurden verrückt, und der Herrscher selbst starb kurze Zeit später in geistiger Umnachtung. Darüber hinaus deutet alles darauf hin, daß fünfhundert Jahre zuvor ein Heer des Pharaos Scheschonk in jenem Gebiet vernichtet wurde. Niemand überlebte … aber sehen Sie, Oberst, es handelt sich um ein ziemlich unwegsames Gebiet, gänzlich ohne Wasser, von heißen Winden heimgesucht, von Sandstürmen, da ist es nicht verwunderlich, daß –«

Jobert unterbrach ihn: »Doktor Garrett, diese Phänomene haben sich erst kürzlich bei keineswegs miserablen Wetterbedingungen wiederholt, und betroffen waren moderne, gut ausgebildete und ausgerüstete Truppen. Auch eine britische Abteilung, die dieses Gebiet mit unserer Genehmigung durchqueren wollte, ist spurlos verschwunden, wie vom Erdboden verschluckt; sogar eine Sklavenhändlerkarawane, die mit erfahrenen Aschantiführern aus dem Sudan heraufkam, hat sich in Luft aufgelöst. Und damals hat es keine Sandstürme gegeben. Aus diesem Grund möchten wir, daß Sie Ihre Studien unter Einbeziehung der Anhaltspunkte, die wir Ihnen liefern werden, vertiefen und daß Sie die Spur Ihres Vaters aufnehmen, und zwar ab dem Zeitpunkt seines letzten Aufenthalts in Europa, genauer gesagt: in Italien.«

»Warum von Italien aus? Mein Vater ist überall gewesen – in Aleppo, Tanger, Istanbul.«

»Stimmt. Aber hören Sie zu: Vor zehn Jahren war Ihr Vater zu Forschungen in der Oase Siwa, dann reiste er plötzlich nach Italien ab, wo er sich einige Zeit aufhielt, bevor er sich erneut nach Afrika einschiffte. Ein paar Wochen war er in Rom, dann fuhr er weiter nach Neapel, und von dort aus reiste er später zurück nach Oran. Von diesem Zeitpunkt an können wir uns ein einigermaßen vollständiges Bild von den Unternehmungen Ihres Vaters bis zu seinem Verschwinden machen. Sie müßten herausfinden, was er in Rom und Neapel getan hat, wonach er gesucht und welche Leute er getroffen hat. Vielleicht liegt in seinem Italienaufenthalt der Schlüssel zur Klärung seines Schicksals.«

Zweifelnd schüttelte Philip den Kopf: »Es fällt mir wirklich sehr schwer, Oberst, zu glauben, daß mein Vater am Leben ist und daß er in all den Jahren nicht auf irgendeine Weise versucht haben soll, sich mit mir in Verbindung zu setzen.«

»Vielleicht konnte er es nicht, vielleicht wurde er daran gehindert... In dieser schrecklichen Gegend können viele Dinge geschehen, das wissen Sie so gut wie ich, Doktor Garrett. Nun, sehen Sie, ich bin fest davon überzeugt, daß Sie nach unserer Unterhaltung versuchen werden, Ihre Angelegenheiten und Ihre laufenden Verpflichtungen zu ordnen, und daß Sie danach so schnell wie möglich nach Italien abreisen. Doch bevor dies geschieht, müssen Sie erfahren, wie es Ihrem Vater zuletzt ergangen ist.«

Philips Gesicht verdüsterte sich: »Oberst, ich schätze, Sie wissen, wie oft ich versucht habe, von der Fremdenlegion, dem Kriegs- und dem Kolonialministerium glaubhafte Nachrichten über die letzten Tage meines Vaters in Afrika zu erhalten, und Sie werden auch wissen, daß alle diese Versuche jedesmal in einer Sackgasse endeten. Meine Nachforschungen sind wahrscheinlich dank der völligen Verweigerung der Zusammenarbeit seitens der Militärbehörden gescheitert; und jetzt bitten Sie mich auf einmal um eine Verabredung, Sie erklären sich bereit, mir jede Art von Information zu geben, und Sie glauben offensichtlich, daß ich mich sofort an die Arbeit machen werde, als ob nichts gewesen wäre, als ob wir stets freundschaftlich und umfassend zusammengearbeitet hätten –«

»Erlauben Sie, daß ich Sie unterbreche«, sagte Jobert, »und daß ich offen zu Ihnen bin. Ich verstehe Ihren Gemütszustand nur zu gut, aber Sie sind doch nicht naiv. Wenn wir bis jetzt geschwiegen haben, dann deshalb, weil wir keine andere Wahl hatten. Wir konnten Ihnen keine Informationen geben, denn wenn wir es getan hätten, wären wir anschließend nicht mehr in der Lage gewesen, Ihre Reaktionen und Ihre folgenden Schritte zu überwachen.«

»Ich verstehe«, nickte Philip, »aber jetzt steckt ihr in der Klemme, weil ihr keine Erklärung findet für das, was in diesem verdammten südöstlichen Quadranten vor sich geht. Ich kann mir auch vorstellen, daß unsere Regierung oder irgendeine mit ihr verbündete ausländische Regierung interessante Dinge in diesem Gebiet plant, und daß deshalb das Feld von jeglichem Hindernis freigeräumt werden muß. An diesem Punkt kann ich euch nützlich sein, also bietet ihr mir Informationen im Tausch gegen Zusammenarbeit an. Es tut mir leid, Jobert; aber es ist zu spät. Wenn mein Vater wirklich noch am Leben ist – und ich bin Ihnen aufrichtig dankbar für diese Information –, so bin ich sicher, daß er sich früher oder später mit mir in Verbindung setzen wird. Wenn er es nicht tut, bedeutet das, daß er außerordentlich ernste Gründe dafür hat, und ich kann nichts weiter tun, als dies zur Kenntnis zu nehmen und seinen Willen zu respektieren.« Er nahm seine Tasche und schickte sich an aufzustehen.

Jobert machte eine Geste des Mißfallens und hielt ihn mit einer Handbewegung zurück.

»Setzen Sie sich bitte, Doktor Garrett, und hören Sie sich an, was ich Ihnen zu sagen habe. Danach werden Sie eine Entscheidung treffen, und wie auch immer diese ausfällt, ich verspreche Ihnen, daß ich sie respektieren werde. Doch zuerst müssen Sie mich anhören, verdammt noch mal. Schließlich handelt es sich um Ihren Vater, nicht wahr?«

Philip setzte sich wieder hin: »In Ordnung, ich werde Ihnen zuhören. Aber ich verspreche Ihnen nichts.«

Jobert begann zu erzählen: »Ich war im Fort von Suk el Gharb im Rang eines Hauptmanns der Fremdenlegion stationiert, als ich Ihren Vater zum erstenmal traf. Mein Kommandant erzählte mir von diesem amerikanischen Anthropologen, der gerade eine Untersuchung im südöstlichen Quadranten durchführte und uns um Zusammenarbeit gebeten hatte, aber er erzählte mir auch, daß der Mann das Ziel seiner Expedition nicht hatte preisgeben wollen, besser gesagt: Die Erklärungen, die er angeführt hatte, waren nicht sehr überzeugend gewesen.

Ich wurde aufgefordert, alles so einzurichten, daß Garrett diskret, aber aufmerksam überwacht wurde. Die Legion hat schon immer die Verantwortung für die

Sahara-Territorien innegehabt, und auch in diesem Fall mußten die Erkundungen Ihres Vaters, der uns aufgrund seiner wissenschaftlichen Reputation ein Begriff war, unser Interesse erwecken. Ich war damals mit dem Kommando über das Fort von Suk el Gharb betraut und konnte somit die Sache nicht direkt verfolgen. Deshalb beauftragte ich einen meiner Untergebenen, Leutnant Selznick, Ihren Vater unauffällig im Auge zu behalten und mich auf dem laufenden zu halten.

Sie werden wissen, daß die Legion jeden annimmt, ohne ihn nach seiner Vergangenheit zu fragen, und deshalb gibt es dort viele, die vor der Strenge des Gesetzes in ihrem Heimatland fliehen und lieber das harte und gefährliche Leben in der Legion auf sich nehmen, als auf Jahre hinaus im Gefängnis zu verfaulen. Wenn sie bei uns Kriegsdienst tun, erhalten sie ihre Würde zurück, entdecken Leiden, Disziplin und Kameradschaft wieder ...« Philip Garrett machte eine etwas ungeduldige Bewegung, die Jobert sofort bemerkte. »Ich will darauf hinaus, daß wir nichts über die Vergangenheit unserer Soldaten wissen wollen. Unsere Offiziere dagegen sind immer Franzosen, und ihr Vorleben ist für die Legion kein Geheimnis. Bei Selznick verhielt sich die Sache leider anders. Für uns war er ein aus Osteuropa stammender, eingebürgerter Franzose, aber es war ihm gelungen, seine wahre Identität vor uns zu verbergen. Heute wissen wir, daß der echte Selznick ein Jahr zuvor bei einem Streit in einem Lokal in Tanger erstochen worden war und daß irgend jemand mit Hilfe seiner Papiere dessen Identität angenommen hatte. Die bemerkenswerte physische Ähnlichkeit mit dem Verstorbenen hatte ein übriges getan. Bis heute ist es uns nicht gelungen, Selznicks wahre Identität herauszufinden, doch wir haben allen Grund zu der Annahme, daß sich hinter diesem Namen – den wir ihm bis heute geben müssen – ein Krimineller von hoher Intelligenz und erschreckender Brutalität verbirgt, ein grausamer Mann, der während des Weltkriegs für verschiedene Regierungen Missionen erfüllt hat, die außergewöhnlichen Mut, vollkommene Skrupellosigkeit und die Fähigkeit erforderten, jedermann auf jede erdenkliche Weise und mit jedem erdenklichen Mittel zu treffen …«

Jobert zögerte und schluckte, als er die plötzliche Blässe im Gesicht seines Gesprächspartners bemerkte.

»Auch für unsere?« fragte Philip.

»Wie bitte?«

»Sie haben mich sehr wohl verstanden, Jobert. Dieser Mann hat auch für unsere Regierung gearbeitet, ist es nicht so?« Joberts verlegenes Schweigen schien ihm eine vielsagende Antwort. »Und jetzt sagen Sie mir, daß Sie ein blutrünstiges Ungeheuer als Schutzengel auf meinen Vater angesetzt haben –« Jobert unterbrach ihn: »Lassen Sie mich zu Ende sprechen, bevor Sie ein Urteil fällen, Doktor Garrett, ich bitte Sie. Sie müssen wissen, auf welchem Terrain wir uns bewegen, welche Kräfte beteiligt sind, welche Figuren sich auf dem Schachbrett bewegen. Es ist eine riskante Partie, die wir spielen und die wir vor allem gewinnen müssen. Eine Zeitlang berichtete Selznick mir fleißig über die Schritte Ihres Vaters. Ich erfuhr, daß er einer uralten Piste folgte, die durch ein wiederkehrendes, in die Felsen eingeritztes Zeichen – das eines Skorpions – markiert wird. Offenbar war er auf etwas gestoßen, aber leider kann ich Ihnen nicht sagen, worauf. Von diesem Moment an war er verschwunden. Und auch Selznick verschwand, zusammen mit ein paar Männern seiner Abteilung. Die anderen wurden ermordet aufgefunden. Es gab nur einen Überlebenden, und dieser hat uns erzählt, was ich Ihnen soeben berichtet habe. Er sagte, daß ein Teil von Selznicks Leuten sich weigerte, ihm zu folgen, daß es zu einem Schußwechsel und zu einem Duell mit Ihrem Vater kam, in dessen Verlauf auch Selznick durch einen Säbelhieb an der Hüfte verletzt wurde. Dieser wird nun wegen Fahnenflucht und Mordes gesucht. Wenn wir ihn finden, wartet das Erschießungskommando auf ihn. Nun bieten wir Ihnen die Chance, Ihren Vater wiederzufinden;

dafür möchten wir Ihre Zusammenarbeit in zwei Angelegenheiten, die uns sehr am Herzen liegen. Erstens wollen wir Selznick in unsere Gewalt bekommen, denn wir haben ihm viele wichtige Fragen zu stellen; und zweitens müssen wir erfahren, was im südöstlichen Quadranten vor sich geht und ob diese Ereignisse irgendwie mit dem in Verbindung stehen, was Ihr Vater gesucht hat. Nehmen Sie mein Angebot an?«

Philip holte tief Luft: »Sehen Sie, Jobert, es gibt etwas bei der ganzen Sache, das mich stört, nämlich die Unverhältnismäßigkeit zwischen dem, was Sie von mir erwarten, und dem, was ich Ihnen effektiv geben kann. Was meinen Vater angeht, so verfügen Sie über weit mehr Mittel, Männer, Informationen und Ortskenntnis als ich und haben folglich auch viel höhere Erfolgsaussichten.«

Mit der gepflegten Hand deutete Jobert auf das Buch von Desmond Garrett, das auf dem Tisch lag: »Doktor Garrett, da ist noch ein letztes, das Sie wissen müssen. Wir denken, daß dieses Buch eine verschlüsselte Nachricht an Sie enthält. Wir haben es vor einiger Zeit abgefangen, als es Ihnen geschickt wurde, und haben es monatelang sorgfältig untersucht, allerdings ohne Erfolg. Wir vermuten, daß die wenigen Sätze, die mit Federhalter an manche Kapitelanfänge geschrieben wurden, für Sie eine konkrete Bedeutung haben und daß nur Sie zu einem Ergebnis kommen können. Ihre Rolle ist also von entscheidender Wichtigkeit. In zwei Tagen reise ich nach Afrika, und zwar an den Ort, wo dieses Buch abgeschickt worden ist. Ich brauche eine Antwort. Jetzt.«

Mit sehr viel größerer Aufmerksamkeit als kurz zuvor blätterte Philip Garrett das Buch durch und verweilte aufmerksam auf den mit Federhalter niedergeschriebenen Sätzen, die nach seinem Dafürhalten ohne jeden Zweifel von der Hand seines Vaters stammten, auch wenn sie ihm im Augenblick nicht besonders viel sagten. Dann sah er auf und blickte Oberst Jobert fest in die Augen. »In Ordnung«, sagte er, »sobald es mir möglich ist, reise ich nach

Italien, und ich werde diese Spur verfolgen. Aber es ist nicht gesagt, daß sich unsere Wege noch einmal kreuzen werden.«

An einem schwülheißen Tag Ende September bestieg Philip Garrett den Zug nach Rom. Er nahm seinen Platz ein, zog den Notizblock und das Buch seines Vaters hervor und begann zum wiederholten Mal die Sätze aus der Feder seines Vaters abzuschreiben. Der erste stand am Anfang des ersten Kapitels und war in Latein:

»Romae sacerdos tibi petendus contubernalis meus ad templum Dianae«

Nachdem er verschiedene mögliche Übersetzungen geprüft hatte, hielt er diese für die sinnvollste: »Suche in Rom nach einem Priester, der mit mir beim Dianatempel gewohnt hat.« Er wußte noch sehr gut, daß sein Vater bei seinen Romaufenthalten gewöhnlich in einer Pension auf dem Aventin abstieg, in dem Stadtteil also, in dem auch der antike Dianatempel lag. Die Botschaft, die für jeden anderen unverständlich war, ergab nur für ihn einen Sinn. Sobald er den Bahnhof verlassen hatte, ließ er sich deshalb von einer Droschke zu der Pension auf dem Aventin bringen, in der sein Vater Desmond zehn Jahre zuvor für die Dauer seines Aufenthalts abgestiegen war. Die Signora, die das kleine Hotel führte, hieß Rina Castelli. Sie war eine kräftige und muntere Frau, die gerne ein Schwätzchen hielt, und während sie ihm das Zimmer zurechtmachte, stellte Philip ihr einige Fragen über seinen Vater. Sie erinnerte sich gut an ihn: ein schöner Mann um die Fünfzig, von ausgesuchtem Geschmack, elegant, aber nicht sehr gesprächig, immer in die Lektüre seiner Bücher vertieft.

»Erinnern Sie sich daran, ob er sich mehr oder weniger regelmäßig mit jemandem getroffen hat, mit jemandem, den Sie kannten?«

Die Frau legte Handtücher und Seife auf der Kommode

ab. »Möchten Sie einen Kaffee?« fragte sie, und als Philip eine zustimmende Handbewegung machte, rief sie von der Türschwelle aus dem Zimmermädchen etwas zu. Dann setzte sie sich an den kleinen Tisch und legte die Hände in den Schoß. »Ob er sich mit jemandem getroffen hat? Nun«, sagte sie, offensichtlich ein wenig verlegen, »Signor Dottore, Ihr Vater war ein schöner Mann, wie ich Ihnen gesagt habe, sehr elegant, die Frauen liefen ihm nach... und, wissen Sie, damals herrschte unbeschreibliches Elend, nicht, daß die Dinge jetzt viel besser stehen, aber, glauben Sie mir, es waren wirklich harte Zeiten. Der Weltkrieg war noch nicht lange zu Ende. Es gab keine Arbeit, es gab kein Brot. Ein Mann wie Ihr Vater war ausgesprochen verführerisch. Eine Frau hätte es gut mit ihm getroffen, und außerdem war er Witwer und –«

Philip unterbrach sie, indem er die Hand hob: »Signora, Signora, ich spreche nicht von solchen Treffen, ich denke an jemand Bestimmten, was weiß ich, jemand, der Ihnen aufgefallen ist, ich weiß nicht, ob ich mich klar genug ausdrücke.«

Das Zimmermädchen trat mit dem Kaffee ein, und Signora Castelli füllte eine Tasse und reichte sie dem Gast, der sich neben sie setzte.

»Jemand Bestimmtes, sagen Sie. Hm, wenn ich es recht bedenke, habe ich ihn öfter mal mit einem Priester zusammen gesehen, einem Jesuitenpater. Ich glaube, er hieß Antonini oder Antonelli – ja, das ist es. Er hieß Pater Antonelli.«

Philip sprang auf: »Wissen Sie, ob er noch lebt? Und ob ich ihn hier in Rom finden kann?«

Die Frau trank einen Schluck Kaffee und fuhr sich dabei genüßlich mit der Zunge über die Lippen: »Ob er noch lebt? Das kann ich mir schon vorstellen, er war nicht besonders alt, aber ich kann Ihnen leider nicht sagen, wo er sich heute aufhält. Sie wissen ja, wie es bei diesen Kirchenleuten zugeht, man muß den Anordnungen der Vorgesetzen gehorchen. Möglich, daß sie ihn irgendwohin versetzt haben. Am Ende ist er vielleicht sogar Missionar geworden, man kann nie wissen.«

»Sind Sie sicher, daß er Jesuit war? Das wäre schon ein sehr wichtiger Anhaltspunkt.« Die Frau bestätigte: »Aber ja, Signore, er war Jesuit.«

»Wie können Sie da so sicher sein?«

»In den zwanziger Jahren konnte es sich in Rom nur ein Jesuit erlauben, daß man unter der Soutane eine Handbreit seiner Hosen sehen konnte. Bei jedem anderen Priester hätte man Strümpfe wie bei einer Frau und Kniebundhosen gesehen. Glauben Sie mir, von Hosen verstehe ich etwas.«

Philip konnte sich ein Lächeln nicht verkneifen. Auch er trank seinen Kaffee, dann sagte er: »Signora, Sie erinnern sich nicht zufällig an den Vornamen dieses Paters Antonelli? Wenn ich den Vor- und Zunamen weiß, könnte man am Ordenssitz vielleicht feststellen, wo er heute lebt, und ein Treffen arrangieren.«

»Den Vornamen – nein. Daran erinnere ich mich nicht. Obwohl, obwohl. Ah, ich hab's. Vielleicht kann ich Ihnen helfen. Ich bin eine ordnungsliebende Frau, ich hebe alles auf. Ich erinnere mich, daß er eines Abends hier im Hotel übernachtet hat, weil er bis tief in die Nacht oben bei Ihrem Vater war, um zu arbeiten oder zu studieren, so genau weiß ich das nicht. Jedenfalls habe ich bestimmt dafür gesorgt, daß er sich im Gästebuch eintrug, wegen der Polizei. Hören Sie, ich habe nicht die Zeit, selbst danach zu suchen, aber die Gästebücher sind in meinem Büro. Ich bringe Sie jetzt dorthin, und Sie können dann in aller Ruhe die Eintragungen durchgehen. Es war 1920 oder 1921, wenn ich mich nicht irre, im September oder Oktober, wie jetzt. Mit ein bißchen Geduld werden Sie ihn finden.«

Philip bedankte sich und folgte ihr die Treppe hinunter ins Erdgeschoß. Die stämmige Frau ließ ihn ins Büro eintreten, das sich in einem kleinen Raum mit Vorhängen an den Fenstern befand; auf einer kleinen Kommode standen Margeriten. »Hier«, sagte sie, während sie ein Schränkchen öffnete, »das hier sind alle. Lassen Sie sich nur Zeit. Wir sehen uns dann später.«

Philip setzte sich an einen kleinen Tisch und begann die Gästebücher herauszunehmen, große Hefte mit festen, marmorierten Deckeln, die von einem schwarzen Band zusammengehalten wurden. Er blätterte sie eins nach dem anderen durch, bis er, nicht ohne eine gewisse Erregung, die Unterschrift seines Vaters entdeckte.

Der kleine nervöse Schriftzug rief ihm seinen Vater plötzlich wieder in Erinnerung. Es war ihm, als sähe er ihn am Schreibtisch in seinem Arbeitszimmer sitzen, das von einer unwahrscheinlichen Anzahl Papiere vollgestopft war, während die Bücher penibel geordnet in den Regalen standen: Texte in lateinischer, griechischer, arabischer, hebräischer Sprache und in Sanskrit. Was seine Mutter anging, so hatte er die tragischen Umstände ihres Ablebens aus seiner Erinnerung getilgt, und wenn er sich an sie erinnerte, dann meist so wie auf der Fotografie, die immer auf seinem Tisch stand und auf der sie im langen Abendkleid als Opernsängerin posierte.

Er hatte in seinem Vater immer einen Mann gesehen, der auf alles eine Antwort hatte, der mit höchster logischer Präzision in den Tiefen der Vergangenheit zu forschen verstand, dessen Geist dabei jedoch selbst für die gewagteste Hypothese offen war. Er war es gewesen, der ihm die Liebe zum Studium und die Neugier für die wissenschaftliche Forschung vermittelt und zugleich das Bewußtsein für die Unermeßlichkeit des Mysteriums weitergegeben hatte.

Im Rahmen seiner Möglichkeiten hatte er ihm auch Liebe gegeben, jedoch in Gestalt jener typisch schwankenden und unsicheren Zuneigung eines Eigenbrötlers, der den Höhen und Tiefen seiner Melancholie unterworfen ist, der Sehnsucht nach einer verlorenen Liebe, die unübertrefflich ist, weil sie sich von der Zeit gelöst hat.

Als sein Vater in den Weiten der Wüste verschwand,

kam dies nicht ganz unerwartet. Philip hatte sich damals schon an der Universität eingeschrieben und bereits erste Meriten in seiner allen Vorzeichen nach glänzenden Karriere gesammelt. Er war sich bewußt, daß er allein zurechtkommen konnte und daß sein Vater ihn an diesem Punkt früher oder später verlassen würde, ohne sich zu verabschieden, ohne zu wissen, wann und ob er je zurückkehren würde.

Mit den Fingern fuhr er über die verblichene Tinte, über den Namen der einzigen Person, die nach dem Tod seiner Mutter Bedeutung für sein Leben gehabt hatte, und er schwor sich, daß er ihn wiederfinden würde. Denn es gab da eine Frage, die nur sein Vater beantworten konnte.

Nun suchte er mit größter Aufmerksamkeit weiter, bis er auch Antonellis Unterschrift entdeckte. Giuseppe Antonelli, S.J. Signora Rina hatte sich nicht geirrt. Antonelli war Jesuit. Alles paßte perfekt zusammen: Antonelli war *sacerdos,* ein Priester, und er hatte unter demselben Dach gewohnt wie sein Vater, er war also auch *contubernalis,* »Zeltkamerad«. Das war leicht. Fast zu leicht. Aber er kannte seinen Vater, die Probleme würden bestimmt noch kommen.

Am nächsten Tag verließ Philip frühmorgens die Pension, ging talwärts zum Circus Maximus hinunter und bog in den Vico Jugario ein. Oben, zu seiner Rechten, konnte er die Archäologen sehen, die an den Hängen des Palatins arbeiteten, und kurz darauf sah er weitere in der Senke des Forums, die auf dem Gelände des antiken Komitiums gruben. Das faschistische Regime hatte die Ausgrabung des antiken Roms im großen Stil vorangetrieben, und in der ganzen Stadt waren eifrige Abriß- und Wiederaufbauarbeiten im Gange. Man sprach von einer beeindruckenden Rekonstruktion des Augustus-Mausoleums und von zwei Straßenneubauten. Die eine Straße sollte das Gebiet um die Engelsburg mit dem Petersplatz verbinden, wodurch Teile des alten Borgo-Viertels zerstört würden, die andere sollte die Piazza Venezia mit dem Kolosseum verbinden, wodurch das im Mittelalter und in der Renaissance entstandene Stadtviertel zerstört würde, das sich auf dem antiken Nerva-Forum erhob. Philip Garrett konnte nicht begreifen, wie die Italiener ein politisches Regime dulden konnten, das einerseits damit prahlte, den Glanz der jahrtausendealten Vergangenheit wiedererstehen zu lassen, jedoch in der Zwischenzeit durch recht fragwürdige Projekte einen nicht unbeträchtlichen Teil davon zerstörte.

An der Piazza Venezia nahm er eine Droschke und ließ sich zum Sitz der Societas Jesu bringen, wo er mit höflicher Zuvorkommenheit empfangen wurde.

»Pater Antonelli? Aber gewiß, er hat einige Jahre bei uns gelebt, aber jetzt ist er nicht mehr in Rom.«

»Ich müßte dringend mit ihm sprechen.«

»Dürfte ich wohl den Grund für Ihre Bitte erfahren, Signor …«

»Garrett, Philip Garrett. Ich bin Franzose amerikanischer Abstammung und lebe seit einigen Jahren in Paris als Forscher am Musée de l'Homme.«

»Garrett, wie? Sie sind nicht zufällig …«

»Genau, Pater, ich bin der Sohn von Desmond Garrett, dem amerikanischen Anthropologen, der vor zehn Jahren im Rahmen seiner Forschungen hier in Rom mit Pater Antonelli zusammengearbeitet hat. Damals war der Pater Leiter der Vatikanischen Bibliothek, wenn ich mich nicht irre.«

Der Jesuit schwieg eine Weile, als versuchte er sich an etwas zu erinnern, dann sagte er: »Sie irren sich keineswegs, Doktor Garrett. Leider ist es uns nicht möglich, Sie mit Pater Antonelli zusammenzuführen. Wissen Sie, unser Ordensbruder ist sehr krank und kann niemanden empfangen.«

Philip konnte seine Enttäuschung nicht verbergen: »Pater, der Grund, weshalb ich Ihren Ordensbruder zu treffen wünsche, ist von allergrößter Wichtigkeit. Sehen Sie, vor zehn Jahren verschwand mein Vater spurlos in der

Sahara, und ich habe mich auf die Suche nach ihm gemacht, indem ich sämtliche Stationen seiner Reise noch einmal aufsuche. Pater Antonelli könnte wertvolle Informationen für mich haben – sehen Sie es mir deshalb bitte nach, wenn ich mir erlaube, darauf zu beharren. Ein paar Minuten würden genügen, damit ich feststellen könnte –«

Der Jesuit schüttelte den Kopf: »Ich bedaure, Doktor Garrett, doch der Zustand von Pater Antonelli gestattet ihm nicht, Besuch zu empfangen.«

»Können Sie mir nicht wenigstens seinen Aufenthaltsort nennen?«

»Leider nein.« Der Kirchenmann erhob sich aus seinem Sessel, ging um den schweren Nußbaumtisch herum und begleitete den Besucher zur Tür: »Es tut mir wirklich leid, glauben Sie mir«, sagte er noch einmal mit einem aufgesetzten Lächeln. »Ich wünsche Ihnen jedenfalls viel Glück.« Er schloß die Tür hinter seinem Besuch und setzte sich wieder an den Schreibtisch.

2. KAPITEL

Nervös eilte Philip den gebohnerten Korridor entlang zum Ausgang und trat wieder hinaus auf die Straße.

Das grelle Tageslicht machte ihm das Ausmaß seines Scheiterns bewußt. Der erste Schritt war ein Fehlschlag gewesen. Es blieb ihm nichts anderes übrig, als erneut das Buch seines Vaters zur Hand zu nehmen und die nachfolgenden Botschaften zu entschlüsseln, sofern ihm das gelang.

Er ging zur Piazza del Popolo, um dort einen Wagen zu nehmen, doch als er eben einsteigen wollte, hielt er inne und schickte den Fahrer wieder weg. Am anderen Ende der Piazza, nahe der Einmündung der Via del Corso, hatte er einen Herrn in hellgrauem Anzug und mit einer Aktenmappe unterm Arm entdeckt. Ein alter Freund, mit dem er in Paris ein paar Jahre gemeinsam studiert hatte. Philip eilte ihm hinterher, legte ihm eine Hand auf die Schulter und sprach ihn mit Namen an. »Giorgio.«

»Da soll mich doch der Schlag treffen«, gab der andere zur Antwort. »Philip Garrett! Wo kommst du denn her?«

»Hättest du eine halbe Stunde Zeit für einen Kaffee mit einem alten Freund?«

»Ich habe meiner Frau zwar hoch und heilig versprochen, ihr ein Festkleid für die Hochzeit ihrer Schwester zu kaufen, aber da muß sie sich eben ein wenig gedulden. Donnerwetter, Philip Garrett, ich kann's nicht glauben.«

Sie setzten sich ins Café Rosati, und Philip bestellte zwei Kaffee. In wenigen Minuten erzählten sie sich, wie es ihnen in den letzten Jahren ergangen war. Giorgio

Liverani hatte geheiratet und war Vater eines Jungen und eines Mädchens, deren Photographien er sogleich aus der Brieftasche zog und dem Freund zeigte. Darüber hinaus hatte er es zum Inspektor der Abteilung für klassische Kunst der Vatikanischen Museen gebracht.

»Ich wußte, daß du dort schon länger arbeitest. Meinen Glückwunsch. Wann haben sie dich befördert?«

»Im letzten Jahr. Und du?«

»Ich habe mich für ein Jahr beurlauben lassen, um mich auf die Suche nach meinem Vater zu machen.«

Giorgio Liverani senkte den Blick: »Man hat mir gesagt, er sei –«

»Tot? Schon möglich«, antwortete Philip. »Möglicherweise ist er aber auch noch am Leben. Es deutet einiges darauf hin ...«

»Hoffentlich findest du ihn. Dein Vater war ein großartiger Mann.«

Philip sah ihm in die Augen. »Giorgio, vielleicht kannst du mir helfen.«

»Ich? Gern, aber –«

»Vor zehn Jahren hat mein Vater hier in Rom ein paar Tage lang mit einem Mann zusammengearbeitet, der damals Direktor der Vatikanischen Bibliothek war, ein Jesuit namens Antonelli. Weißt du etwas über ihn?«

»Giuseppe Antonelli. Er ist vor geraumer Zeit aus dem Amt geschieden. Aus Gesundheitsgründen, glaube ich.«

»Ich weiß. Ich war im Ordenssitz, aber dort wollte man mir nicht sagen, wo er sich aufhält.«

»Es tut mir leid, aber ich habe nicht die leiseste Ahnung, wo du ihn finden könntest.«

»Weißt du, wer sein Nachfolger ist?«

»Soweit ich weiß, ist noch kein Nachfolger ernannt worden. Die provisorische Leitung hat Pater Ernesto Boni, der Präfekt der Vatikanischen Sternwarte, übernommen.«

»Der berühmte Mathematiker. Kennst du ihn persönlich? Könntest du ein Treffen arrangieren?«

»Ich habe ihn ein paarmal bei den Sitzungen der Päpstlichen Akademie der Wissenschaften getroffen. Ich kann es zumindest versuchen.«

»Danke, Giorgio, für mich geht es dabei wirklich um Leben und Tod.«

»Das glaube ich gern. Du hast sehr an deinem Vater gehangen. Gewiß, auf diese Weise zu verschwinden – so plötzlich ...« Philip senkte den Kopf. »Entschuldige, ich wollte nicht an traurige Erinnerungen rühren.«

»Du brauchst dich nicht zu entschuldigen. Ich glaube, daß mein Vater vor zehn Jahren aus freien Stücken verschwunden ist. Seine anthropologische Deutung der Genesis ist damals auf heftigen Widerstand gestoßen und hat seine Glaubwürdigkeit als Wissenschaftler ernsthaft in Frage gestellt. Er fühlte sich von allen Seiten angefeindet.

Deshalb ging er in die Wüste, um nach eindeutigen Beweisen zu suchen, vielleicht aber auch, um sich mit sich selbst zu konfrontieren. Die Wüste ist wie ein Schmelztiegel; sie verbrennt alles, was sich nicht im Gleichgewicht befindet, und schließlich bleibt nur die wahre Substanz übrig, aus der ein Mensch besteht.«

»Und jetzt schickt dein Vater dir ein Lebenszeichen?«

»Ja.«

»Vielleicht will er dir das Ergebnis seiner Forschungen mitteilen.«

»Vielleicht. Oder er will mir den Beweis übergeben und noch tiefer ins Unbekannte vordringen. So wie ich ihn kenne, ist das wahrscheinlicher.«

»Wo wohnst du?« unterbrach ihn Liverani.

»Auf dem Aventin, in der Pension Diana.«

»Ein angenehmer Ort, wenn ich mich recht erinnere. Ich werde dich dort anrufen, sobald ich deine Verabredung mit Pater Boni zuwege gebracht habe.«

»Dafür bin ich dir wirklich dankbar.«

»Nicht der Rede wert«, sagte Liverani, »aber ich fürchte,

ich muß jetzt aufbrechen. Sonst bekomme ich von meiner Frau etwas zu hören.«

»Giorgio.«

»Ja.«

»Kannst du dir einen Grund vorstellen, warum man nicht will, daß ich Pater Antonelli treffe?«

»Nein. Es ist nicht gesagt, daß etwas Bestimmtes dahintersteckt. Nach allem, was ich gehört habe, benimmt er sich in letzter Zeit recht seltsam … Aber vielleicht ist das auch nur auf seine Krankheit zurückzuführen.« Er sah auf die Uhr. »Jetzt muß ich wirklich gehen, obwohl ich gerne länger geblieben wäre. Wenn du noch ein paar Tage bleibst, sehen wir uns hoffentlich noch einmal. Wir könnten uns doch zum Abendessen treffen. Weißt du, es hat mir gutgetan, dich wiederzusehen. Und auch – auch ein bißchen weh getan. Es hat mir unsere Jugendträume in Erinnerung gerufen, die Abenteuer, die wir uns ausdachten. Und was tue ich heute? Ich sitze täglich acht Stunden am Schreibtisch. Tagaus, tagein. Zu Weihnachten geht's in die Berge und im August ans Meer. Jahraus, jahrein. Jahr für Jahr.«

»Aber du hast eine wunderbare Familie.«

»Stimmt«, sagte Giorgio Liverani. »Ich habe eine wunderbare Familie.« Er stand auf und eilte zur Straßenbahnhaltestelle.

Wolkenfetzen jagten über den fahlen Himmel, der drohend über Berninis großartigem Petersplatz lastete. Umgeben von der Blässe der verlassen daliegenden Kolonnaden ragte der einsame Obelisk aufrecht und unbeugsam empor wie der Finger Gottes. Wütende Windböen mischten Regenschauer mit den Brunnenfontänen und wühlten den Wasserfilm auf, der die basaltenen Bodenplatten bedeckte und fast einem kleinen Binnenmeer glich. Bei jedem Blitz warf der schwarze Spiegel der Piazza das plötzliche Leuchten gegen die Kuppel, zeichnete ihren schneeweißen Umriß gegen die Nacht und beschwor das stumme Volk der Statuen, die den vatikanischen Portikus krönten.

Ein schwarzes Automobil passierte die Leoninische Mauer und hielt vor dem Damasustor. Der Schweizergardist in seinem gewachsten Umhang trat aus dem Schilderhaus in den prasselnden Regen hinaus und beäugte den Fahrer hinter dem steten Knarren der Scheibenwischer. Dann trat er einen Schritt zurück, um den Passagier auf der Rückbank in Augenschein zu nehmen, einen Mann um die Fünfzig, der den Hut über die Augen gezogen hatte. Der Gardist winkte sie durch, und der schwere Wagen fuhr auf den Hof, wo ein Mann in einem langen schwarzen Regenmantel im Schutz eines Regenschirms wartete.

Sobald der Fahrer ausgestiegen war, um die hintere Tür zu öffnen, trat der Mann heran und hob den Schirm, damit der Gast nicht naß wurde.

»Danke, daß Sie gekommen sind«, sagte er. »Ich bin Pater Hogan. Kommen Sie, bitte, ich gehe voran.«

Der andere deutete ein Nicken an, schlug den Kragen seines Überziehers hoch und folgte seinem Begleiter zu der großen Bronzefiale, die wie ein Diamant strahlte. Sie wandten sich nach links, betraten den päpstlichen Palast und traten dann wieder hinaus ins Freie, durchquerten die Gärten und gelangten so zur Vatikanischen Sternwarte, deren erleuchtete Kuppel sich zwischen den windgepeitschten Pflanzen erhob.

Sie stiegen die Treppe hinauf, die ins Obergeschoß des Observatoriums führte. Unter der Kuppel, in der Mitte des Raums, war das große Teleskop auf den Himmel gerichtet, obgleich kein einziger Stern durch die dichte Wolkendecke zu sehen war. Auf einem Hocker saß ein betagter Geistlicher und machte sich auf einem Block Notizen. Pater Hogan wandte sich dem Gast zu: »Darf ich Ihnen Pater Boni vorstellen, meinen direkten Vorgesetzten.« Sie gaben sich die Hand, dann begaben sich alle drei zu einer komplexen Apparatur, aus der in regelmäßigen Abständen ein deutlicher, modulierter Ton drang, ein anhaltendes Signal. Der Mann legte Überzieher und Hut ab und lauschte dem Signal: »Das ist es, nicht wahr?«

Pater Boni nickte: »Das ist es, Signor Marconi.«

Guglielmo Marconi nahm auf dem freien Schemel vor der Apparatur Platz. Dann setzte er den Kopfhörer mit den Ohrmuscheln auf, steckte den Stöpsel in die Buchse und schloß versunken die Augen. Er preßte die Finger beider Hände gegen die Schläfen, als wollte er die krampfhafte Konzentration in seinem Hirn einschließen. Lange lauschte er reglos, dann nahm er den Kopfhörer ab. Pater Boni trat zu ihm und sah ihn beunruhigt und fragend an: »Was kann das sein, oder besser gesagt – wer kann das sein?«

Der Wissenschaftler legte die Hand auf die Stirn, als suchte er dort nach einer plausiblen Antwort, dann schüttelte er den Kopf: »Es stammt unmöglich aus einer Quelle, die uns bekannt ist.«

»Was wollen Sie damit sagen?«

»Daß es auf der Erde keinen Sender gibt, der dieses Signal aussenden könnte.«

Während der Wissenschaftler zum Teleskop blickte, zeichnete sich auf Pater Hogans Gesicht ein Ausdruck der Verwirrung ab: »Sie wollen doch nicht etwa sagen, daß es – von dort kommen könnte?«

»Genau das will er sagen«, antwortete Pater Boni. »Ist es nicht so?«

Mehrere Stunden lauschte Marconi dem Signal, wobei er ab und zu auf den Chronometer blickte, den er auf dem Tischchen abgestellt hatte. »Da ist etwas, das ich nicht verstehe«, sagte er mehrfach. Als hätte er plötzlich einen Geistesblitz, stand er unvermittelt von seinem Schemel auf und trat auf den Priester zu. »Pater Boni, Sie sind einer der brillantesten lebenden Mathematiker. Ich bitte Sie, mir jetzt gleich ein System zu konstruieren, auf dem die Bahnen einer Parabel und einer Ellipse aufeinander einwirken und wo die Unbekannte der Punkt ist, an dem zwei Geschwindigkeiten aufeinandertreffen, nämlich die der Translation auf der Parabel und die der Rotation entlang der Ellipse ...«

»Das ist ohne weiteres möglich«, antwortete Pater Boni, »wenn wir wenigstens einen Teil der Daten der Parabel haben. Aber erklären Sie mir doch ...«

»Sehen Sie, das Signal gelangt mit Unterbrechungen zu uns, doch die Intervalle zwischen einer Impulsfolge und der nächsten werden kürzer, wenn auch kaum merklich. Ich frage mich daher, ob dies durch eine Art ›Willen‹ des Senders bedingt ist oder durch äußere Einwirkung.«

»Durch äußere Einwirkung?«

»Exakt. Meines Erachtens besteht die Möglichkeit, daß die Quelle des Signals, die ich ausgemacht zu haben glaube, in Wahrheit nichts anderes ist als ein simpler Verstärker, der das Signal von einer anderen Quelle empfängt, die ungeheuer weit entfernt ist, sich jedoch entlang der Parabel nähert, was die Verringerung der Sendeintervalle erklären würde. Nun ist es so, daß jedesmal, wenn der hypothetische Verstärker uns das Signal übermittelt, er sich auf einer anderen Position auf der Ellipsenbahn befindet, die er mit unendlich viel geringerer Geschwindigkeit durchläuft als das Signal, das mit Lichtgeschwindigkeit eintrifft. Die Lösung des Systems würde es mir ermöglichen festzustellen, ob tatsächlich eine andere Quelle existiert und in welcher Entfernung sie sich bewegt.«

»Ich kann es versuchen«, erwiderte Pater Boni.

»Gut«, sagte Marconi. »Gut.« Dann begann er wieder zu lauschen. Entsprechend dem Impuls des Signals schrieb der Wissenschaftler mit nervöser Schrift eine Folge von Daten nieder, und Pater Boni übertrug sie auf ein großes weißes Blatt Papier, das auf dem Tisch neben der Radioapparatur ausgebreitet war. Von Zeit zu Zeit hoben beide den Blick von dem Blatt und fixierten sich gegenseitig, als wollten sie sich ihre Gedanken auf diese Weise direkter und intensiver mitteilen. Stundenlang waren sie damit beschäftigt, während draußen die Gewalt des Gewitters langsam nachließ und sich große Risse in den aufgewirbelten Wolken öffneten.

Die große Glocke der Peterskirche schlug fünfmal, als Pater Boni aufstand und zum Teleskop ging, das Auge an das Okular legte und im Raum einen Lichtpunkt funkeln sah, der auf keiner Himmelskarte verzeichnet war: »O mein Gott ...«, murmelte er. »Mein Gott ... was ist das?«

Auch Marconi trat nun heran und blickte durch das Okular: »Es kommt von dort«, murmelte er. »Kein Zweifel. Das könnte der Verstärker sein.« Plötzlich zuckte er zusammen: »Es leuchtet nicht mehr. Sehen Sie selbst. Es leuchtet nicht mehr, aber es sendet weiter.«

Er setzte sich wieder vor das Radio und schrieb fieberhaft weiter.

Als der Morgen graute, lag vor den beiden Männern ein Blatt Papier mit einer Abfolge komplizierter Berechnungen und einer Bleistiftskizze. Plötzlich hoben sie den Blick vom Tisch und sahen sich an, wie zum Zeichen des Einverständnisses.

Marconi sprach: »Das Objekt befindet sich etwa eine halbe Million Kilometer über der nördlichen Hemisphäre, und seine Geschwindigkeit entspricht der Rotation der Erde. Aber es könnte sich auch nur um einen Verstärker handeln.«

»In der Tat«, sagte Pater Boni, »die eigentliche Quelle scheint ein Punkt im Sternbild Skorpion zu sein, der sich mit furchterregender und ständig zunehmender Geschwindigkeit auf der Parabel nähert.«

Pater Hogan trat heran: »Wollen Sie damit sagen, daß es dort oben eine Maschine gibt, die uns eine Botschaft sendet – eine intelligente Botschaft?«

Marconi nickte: »Genau das denke ich.«

»Aber welche Botschaft denn? Welche Botschaft? Und wer sendet sie uns?«

Der Wissenschaftler schüttelte den Kopf. Nur ein Schweißtropfen, der über seine Schläfe rann, und eine wirre Haarsträhne in der Stirn verrieten die schlaflose Nacht: »Sie ist in einem binären System ausgedrückt, aber ich vermag sie nicht zu entziffern. Sie ist kodiert. Sehen Sie dieses Symbol, das bei jeder dritten Zeichenfolge wiederkehrt? Sehen Sie? Das ist wahrscheinlich der Schlüssel. Ein Schlüssel, den ich nicht habe.« Mit unergründlicher Miene sah er Pater Boni an: »Aber vielleicht könnt Ihr ihn ja finden, den Schlüssel.« Schweigend senkte Pater Boni die Augen.

Die Tür der Vatikanischen Sternwarte öffnete sich, und zwei Gestalten schritten eilig durch die Gärten, vorbei an den jahrhundertealten Zedern, die ihren Duft verströmten, triefend naß vom Regen. Der Nachthimmel begann der Morgendämmerung zu weichen.

»Werden Sie den Heiligen Vater informieren?« fragte Marconi, als sie den verlassen daliegenden Petersplatz erreicht hatten.

»Ja, gewiß«, antwortete Pater Hogan, »doch zuerst müssen wir die Berechnungen zu Ende führen. Das braucht Zeit. Und es ist nicht gesagt, daß wir ein Ergebnis erhalten werden. Danke, Signor Marconi, Ihre Hilfe war von unschätzbarem Wert. Wir müssen Sie allerdings bitten, absolutes Stillschweigen über das zu bewahren, was Sie heute nacht gesehen und gehört haben.«

Der Wissenschaftler nickte, dann hob er den Blick zum Himmel, wo die letzten Gewitterwolken vorübereilten. Einer nach dem anderen erloschen die Sterne. Lautlos wie ein Gespenst tauchte sein Automobil aus der Dunkelheit auf und hielt neben ihm. Der Fahrer öffnete ihm die Tür, doch Hogans Hand legte sich auf seine Schulter: »Was meinten Sie vorhin, als Sie sagten ›Aber vielleicht könnt Ihr ihn ja finden, den Schlüssel‹? Und warum hat Pater Boni nicht geantwortet?«

Mit kaum verhohlenem Erstaunen sah der Wissenschaftler ihn an: »Ihr habt mich doch darum gebeten, diese Apparatur zu konstruieren. Das erste Ultrakurzwellenradio dieses Typs, das je konstruiert wurde. Das einzige, das Signale aus dem Weltall empfangen kann. Ein Instrument, über das Ihr allein verfügen könnt, im geheimen und für einige Jahre, und niemand sonst auf der Welt.« Dann, als er Pater Hogans verblüfften Gesichtsausdruck bemerkte, fügte er hinzu: »Sagen Sie mir nicht, daß Sie das nicht wußten ... Nein. Das kann nicht sein. Nun, dann werde ich Ihnen noch etwas anderes verraten.« Er trat heran und flüsterte ihm etwas ins Ohr. »Seien Sie auf der Hut«, fügte er dann hinzu, während er eilig im Innenraum des Autos verschwand. Pater Hogan überquerte erneut den noch immer in Dunkel gehüllten Platz und verschwand zwischen den großen Säulen aus Travertin. In diesem Augenblick wurde hinter dem Fenster der päpstlichen Wohnung das Licht eingeschaltet.

Nachdem er sie mit einem blütenweißen Taschentuch gesäubert hatte, setzte Pater Hogan die Brille auf, stellte den großen Registerband zurück, den er gerade durchgesehen hatte, und nahm den nächsten aus dem großen Bücherschrank. Geduldig blätterte er den Band Seite für Seite durch und ließ dabei den Finger über das Verzeichnis der Konsultationen der Vatikanischen Bibliothek vom September 1921 entlanglaufen. Die mit Fresken bemalten Gewölbe über dem leeren und stillen Saal warfen das Licht der Abenddämmerung zurück. Plötzlich hielt sein Finger an einer Stelle inne, an einem Datum, einer Unterschrift: »Desmond Garrett, Phd.«. Er drückte auf den Knopf einer Wechselsprechanlage.

»Haben Sie etwas gefunden?« meldete sich eine Stimme vom anderen Ende.

»Ja, Pater Boni. Vor zehn Jahren hat wahrscheinlich jemand den Stein der Sternbilder gesehen und vielleicht auch den Text gelesen. Ein gewisser Desmond Garrett. Sagt Ihnen dieser Name nichts?«

Einen Augenblick lang herrschte Schweigen am anderen Ende, dann ließ sich die Stimme erneut vernehmen: »Kommen Sie unverzüglich zu mir, Hogan.«

Pater Hogan stellte den Registerband zurück und verließ den Katalogsaal. Er ging einige Treppen hinunter bis ins Erdgeschoß, dann bestieg er einen Aufzug und fuhr noch einige Minuten unter die Erde. Er durchquerte lange, von schwachen Lampen erhellte Gänge, bis er in einen kleinen Raum gelangte. An einer Wand hing ein großes Bild, das einen Kardinal im Purpurgewand darstellte. Er berührte eine Windung des Rahmens, woraufhin sich ein trockenes Klicken vernehmen ließ. Das Bild drehte sich um die eigene Achse, und Hogan verschwand auf der anderen Seite. Vor ihm lag jetzt ein kurzer blinder Gang, der von einer einzigen Glühbirne erhellt wurde, so daß man im Hintergrund eine unauffällige Tür erkennen konnte.

Er klopfte und hörte, wie von der anderen Seite der Schlüssel zweimal im Schloß umgedreht wurde, dann öffnete sich die Tür, und einen Augenblick später zeichnete sich Pater Bonis Gestalt in der Öffnung ab. »Kommen Sie«, sagte er.

Auf einer großen Holzplatte befand sich ein Modell, das reliefartig einen Ausschnitt der Erdoberfläche darstellte. Die rückwärtige Wand war über und über mit Zetteln bedeckt, die mit mathematischen Berechnungen vollgekritzelt waren. Auf dem Modell stand eine dreiseitige Glaspyramide. Pater Hogan betrachtete sie aufmerksam, dann sah er Pater Boni an: »Ist dies das Modell?«

»Ich glaube, ja«, antwortete der alte Priester, »das Symbol, das bei jedem dritten Signal wiederkehrt, enthält die topographischen Angaben der drei Eckpunkte der Basis. Die Spitze der Pyramide entspricht der Signalquelle beziehungsweise dem Verstärker.«

»Und der Empfänger?«

»Ich weiß es nicht. Die Signale entfernen sich von unserer Horchposition, es hat den Anschein, als seien sie auf einen anderen Punkt gerichtet – den endgültigen Empfänger vielleicht…«

»Und wo könnte dieser sich befinden?«

Boni schüttelte den Kopf. »Ich weiß es nicht. Noch nicht. Zur Zeit prüfe ich zwei Hypothesen: nach der ersten befände sich der Empfänger genau unterhalb der Pyramidenspitze im Mittelpunkt der Basis, nach der zweiten dagegen in einem der Eckpunkte des Basisdreiecks.«

Pater Hogan betrachtete die lumineszierende Pyramide und die Eckpunkte des Basisdreiecks: Der eine befand sich auf den Azoren, der zweite in Palästina, der dritte mitten in der Sahara. Langsam näherte er seinen Finger der Pyramidenspitze, wo eine kleine blinkende Glühbirne angebracht war.

»Sie ist mit dem Radio verbunden«, sagte Pater Boni, »sie blinkt in der gleichen Frequenz wie das Signal.«

»Das Signal…«, wiederholte Pater Hogan. »Eine Flaschenpost, die aus der Unendlichkeit des kosmischen Ozeans an unsere Gestade gespült wurde… O mein Gott.«

Über den Rand seiner Lesebrille hinweg sah Pater Boni ihn verstohlen an. Das Streiflicht der Tischlampe betonte die eingefallenen Gesichtszüge: »Glauben Sie? Und wenn es irdischen Ursprungs wäre?«

Pater Hogan schüttelte den Kopf: »Unmöglich. Das hat auch Marconi bestritten. Weder Amerika noch Deutschland noch Japan oder Italien verfügen über eine derart weit entwickelte Technologie – selbst wenn sie ihre Kräfte vereinen würden. Dessen bin ich mir absolut sicher, und Sie selbst wissen es auch. Dieses Objekt läßt sich erst in ferner Zukunft entwickeln.«

Pater Boni stieß einen tiefen Seufzer aus und sah Hogan durchdringend an: »Marconi ist nur ein genialer Techniker, Hogan. Dieses Objekt wird in einem Text erwähnt, der älter ist als sämtliche uns bekannten Zivilisationen. Ein Dokument, das aus dem untergehenden Byzantinischen

Reich zu uns gelangt ist. Die Byzantiner ihrerseits hatten es aus der großen Bibliothek des Königs Ptolemäus in Alexandria, wo es wiederum von den Texten des Amun-Tempels in der Oase Siwa kopiert worden war. Dieses Objekt kommt aus der Vergangenheit, einer Vergangenheit, die so weit zurückliegt, daß sie möglicherweise mit unserer Zukunft zusammenfällt. Die Zeit ist eine zirkuläre Dimension, Hogan, und auch das Universum ist ein gekrümmter Raum.« Seine Augen starrten erneut wie hypnotisiert auf das blinkende Lämpchen in der Pyramidenspitze.

»Sie wollen sich wohl über mich lustig machen. Das sind doch alles Hirngespinste. Ein Mann mit Ihrer wissenschaftlichen Ernsthaftigkeit, mit Ihrem intellektuellen Format kann doch nicht allen Ernstes glauben, daß –«

»Widersprechen Sie mir nicht, Hogan«, schnitt ihm der alte Priester barsch das Wort ab. »Ich weiß genau, wovon ich spreche. Und Sie sind hier, um mir bei der wichtigsten Forschungsarbeit zu assistieren, die jemals seit der Erschaffung der Welt auf diesem Planeten unternommen wurde.«

Bestürzt und verwirrt schwieg Pater Hogan eine Weile. Die Atmosphäre in dem abgeschlossenen Raum war beklemmend geworden.

»Wer ist Desmond Garrett?« fragte er plötzlich.

Pater Boni schüttelte den Kopf: »Ich weiß nicht besonders viel über ihn. Ich weiß nur, daß es ihm gelungen ist, den Stein der Sternbilder und den Text von Amun zu sehen, die beide seit fünf Jahrhunderten unzugänglich sind. Seine Unterschrift in diesem Verzeichnis bestätigt es.«

Pater Hogan sann einen Augenblick lang nach: »Wenn man es recht bedenkt«, sagte er, »ist das noch nicht gesagt. Die Unterschrift beweist nur, daß er eine Katalogauskunft eingeholt hat.«

»Leider nein. Als ich die Existenz dieser Abteilung der Vatikanischen Bibliothek entdeckte, fand ich im Panzerschrank die Aufzeichnungen meines Vorgängers. Aufgrund einer plötzlichen Verschlimmerung seiner Krankheit ist er damals unverzüglich ins Krankenhaus eingeliefert worden, und offensichtlich blieb ihm nicht mehr die Zeit, ein besseres Versteck zu finden.«

»Aber wie war es möglich, daß ein Fremder Zugang zu einem solchen Dokument bekam?«

»Ich weiß es nicht, und ich kann es mir auch nicht erklären. So etwas hätte niemals geschehen dürfen.«

»Wer war Ihr Vorgänger?«

»Ein Jesuit aus Alatri. Ein gewisser Pater Antonelli. Giuseppe Antonelli.«

»Und wo hält er sich jetzt auf?«

»Ich weiß es nicht. Noch nicht. Bei den Jesuiten stoße ich auf eine Mauer des Schweigens. Die ganze Angelegenheit ist äußerst mysteriös. Hogan, es sind Ihre Mitbrüder, also finden Sie heraus, was sie verheimlichen, zum Donnerwetter. Und finden Sie heraus, wo Antonelli ist. Wir müssen unbedingt mit ihm sprechen, bevor es zu spät ist.«

»Ich werde mein Möglichstes tun«, sagte Hogan, »aber ich kann Ihnen nichts versprechen.« Er verließ den Raum und ging den Weg, den er gekommen war, zurück bis in den Katalogsaal der Bibliothek und in sein Büro. Er trat ein und schloß hinter sich die Tür ab, als befürchtete er, verfolgt zu werden. Er hatte das Gefühl, aus der Unterwelt zurückgekehrt zu sein.

Philip Garrett traf Giorgio Liverani in einem Café im Vicolo del Divino Amore, wo der italienische Gelehrte eine kleine Wohnung gemietet hatte. Als Gegenleistung für seine Hilfe mußte Garrett ihm versprechen, eine Einladung zum Abendessen bei seinem Freund anzunehmen.

»Also, paß gut auf«, begann Liverani, nachdem er für beide Eis bestellt hatte. »Boni gilt eigentlich als ein eher mürrischer Zeitgenosse, aber diesmal hat er sich nicht lange geziert. Im Gegenteil. Als ich ihm sagte, wer du bist, konnte er sein Interesse nicht verhehlen. Er wird dich heute nachmittag um fünf in seinem Arbeitszimmer in der Via delle Mure Leonine empfangen.«

»Giorgio, ich weiß gar nicht, wie ich –«

»Ach, ich bitte dich, das ist doch nicht der Rede wert. Gott im Himmel, ich bin so glücklich, daß ich dich wiedergetroffen habe. Ich wünschte, du könntest bleiben. Du machst dir keine Vorstellung davon, wie sehr mir die alten Pariser Zeiten fehlen. Erzählst du mir, wie es mit Pater Boni gelaufen ist?«

»Verlaß dich darauf«, sagte Philip, »heute abend werde ich auf jeden Fall zum Essen zu dir kommen und dir alles erzählen.«

Pater Bonis Arbeitszimmer war sehr schlicht und nüchtern eingerichtet, an den Wänden standen vollgestopfte Bücherregale, aus denen Manuskriptbündel und Packen mit Ausschnitten aus wissenschaftlichen Zeitschriften hervorquollen. Hinter dem Schreibtisch, an der einzigen nicht mit Regalen zugestellten Wand, hingen die Porträts von Galileo Galilei und Bonaventura Cavalieri.

Der Arbeitstisch war seltsam leer und aufgeräumt. Zu seiner Rechten stapelten sich einige Bücher, die sorgfältig der Größe nach geordnet waren: unten die großen, darüber die kleinen. Vor ihm lag eine Mappe aus Maroquinleder und darauf ein fein gearbeitetes Stilett aus dem sechzehnten Jahrhundert; es diente als Brieföffner, doch glänzend und spitz, wie es war, sah es aus, als läge es zu einem ganz anderen Zweck bereit. Linker Hand befanden sich eine Rechenmaschine – ein Juwel der neuesten Technik – und ein Rechenschieber.

»Wenn ich an Telepathie glauben würde«, begann er, nachdem er seinem Gast einen Platz angeboten hatte, »würde ich sagen, daß ich einen Besuch von Ihnen erwartet habe, auch wenn ich bis jetzt noch nicht das Vergnügen hatte, Ihre Bekanntschaft zu machen.«

»Ach ja?« sagte Philip. »Darüber bin ich ausgesprochen froh, denn Sie sind der einzige Mensch, der mir helfen kann.«

»Nichts, was ich lieber täte«, sagte Pater Boni. »Sagen Sie mir bitte, womit ich Ihnen dienen kann.«

»Wie Sie vielleicht wissen, verschwand mein Vater, der Anthropologe Desmond Garrett, vor etwa zehn Jahren spurlos im südlichen Quadranten der Sahara. Kürzlich nun hat sich ein Offizier der Fremdenlegion mit mir in Verbindung gesetzt und mir etwas überreicht, das ein Zeichen sein könnte, eine chiffrierte Botschaft meines Vaters. Früher bin ich schon häufiger erfolglos Indizien nachgegangen, die zu ihm zu führen schienen, aber jetzt bin ich davon überzeugt, auf dem richtigen Weg zu sein. Also habe ich seine Spur aufgenommen, um Schritt für Schritt den gleichen Reiseweg zurückzulegen wie er vor etwa zehn Jahren, bevor er endgültig verschwand.

Bei meinen Nachforschungen habe ich entdeckt, daß er hier in Rom einen wichtigen Kontakt zum Präfekten der Vatikanischen Bibliothek hatte, einem Jesuiten namens Giuseppe Antonelli. Ich habe mich am Ordenssitz nach diesem Geistlichen erkundigt, aber dort hat man mir nur sehr ausweichend geantwortet. Da Sie sein Nachfolger in der Leitung der Bibliothek sind, habe ich mich gefragt, ob nicht vielleicht Sie mir etwas über diesen Mann und seinen Aufenthaltsort mitteilen können. Es handelt sich um eine Sache von höchster Wichtigkeit.«

Pater Boni breitete die Arme aus: »Pater Antonelli hat sein Amt vor einem Jahr aus schwerwiegenden gesundheitlichen Gründen aufgegeben, und ich habe ihn nicht mehr persönlich kennengelernt.« Entmutigt ließ Philip den Kopf hängen, doch Boni sprach sofort weiter, als fürchtete er, das Interesse seines Gegenübers könne erlahmen. »Allerdings«, sagte er und hob den Zeigefinger, »allerdings ist damit noch nicht gesagt, daß ich Ihnen nicht helfen könnte. Kürzlich hat sich auch für mich die Notwendigkeit ergeben, Pater Antonelli wegen gewisser

Angelegenheiten zu treffen, die die Verwaltung einiger Bestände der Bibliothek betreffen, über die ich Rechenschaft ablegen muß. Ich beabsichtige, heute abend mit dem Ordensgeneral zu telefonieren, um ein Treffen auszumachen. Bei dieser Gelegenheit könnte ich Pater Antonelli bitten, Sie ebenfalls zu empfangen.«

»Sie würden mir damit einen großen Gefallen tun«, sagte Philip, der allerdings ein gewisses Unbehagen nicht verhehlen konnte.

Pater Boni nickte, dann fuhr er fort: »Auch als er noch im Vollbesitz seiner Kräfte war, war Pater Antonelli ein sehr scheuer und zurückhaltender Mann. Ich kann nicht ausschließen, daß er auf meine Bitte um eine Unterredung hin den Grund dafür erfahren möche, besonders jetzt, da er durch eine schwere Krankheit sehr geschwächt ist. Sie verstehen ...«

»Das ist mir klar«, erwiderte Philip, dem in diesem Moment auch bewußt wurde, daß vor ihm ein geschickter Spieler saß, der mit den Worten umging, als seien sie Schachfiguren. »Sie können ihm ruhig die Wahrheit sagen«, fügte er hinzu, »nämlich daß Desmond Garretts Sohn erfahren möchte, worüber sie vor zehn Jahren gesprochen haben, als sie einige Wochen miteinander zu tun hatten, und welches genau der Zweck der Forschungen meines Vaters war.«

»Verzeihen Sie mir«, sagte Pater Boni, »aber es fällt mir schwer zu glauben, daß Ihr Vater Ihnen nichts darüber erzählt haben soll. Ich möchte nicht Pater Antonellis Mißtrauen wecken. Wie schon gesagt, er ist ein scheuer, zurückhaltender Mensch.«

Philip fühlte einen leichten, kaum wahrnehmbaren Anflug von Unmut. »Pater Boni«, sagte er, »entschuldigen Sie, aber ich bin an diese subtilen Wortgeplänkel nicht gewöhnt. Wenn Sie etwas wissen möchten, fragen Sie mich einfach, und ich werde Ihnen antworten. Wenn ich Ihnen keine Antwort geben kann, werde ich Ihnen den Grund dafür nennen.«

Pater Boni, der den diplomatischen und gewundenen Ton der Kurie gewöhnt war, wurde angesichts dieser – für seine Ohren fast brutalen – Offenheit zunächst ein wenig verlegen und dann fast verärgert, aber er beherrschte sich: »Sehen Sie, Garrett, wir sprechen über einen sehr kranken und schwachen Mann, der von starken Schmerzen geplagt wird, einem Mann, der sich mit seinen wenigen Kräften dem Geheimnis des Todes und der Ewigkeit stellt und dem unsere Neugier weit weg und fast nichtig erscheinen mag.

Soweit ich weiß, war Ihr Vater im Besitz des Schlüssels zum Verständnis einer uralten Sprache, die älter ist als die Hieroglyphen, als Ägyptisch und Sumerisch. Ich glaube, daß ihn dies mit Pater Antonelli verband, der, wie Sie sicher wissen, ein tüchtiger Inschriftenforscher ist. Es wird Ihnen einsichtig sein, daß auch wir an dem Schlüssel zur Deutung dieser Sprache äußerst interessiert sind. Wir möchten nicht, daß die Früchte von Pater Antonellis Mühsal mit seinem Tod, der leider bald eintreten wird, und mit dem Verschwinden Ihres Vaters, des einzigen Menschen auf dieser Erde, der dieses Wissen teilt, verlorengehen. So, damit habe ich Ihnen erzählt, was ich weiß, und ich wäre Ihnen dankbar, wenn Sie mir berichten würden, welches Zeichen Ihr Vater Ihnen hat zukommen lassen. Mit vereinten Kräften könnten wir vielleicht…

Ich werde also versuchen, Pater Antonelli zu treffen und auch für Sie eine Verabredung zu arrangieren, aber wenn Ihr Vater Ihnen in dieser Sache noch mehr mitgeteilt hat – etwas, meine ich, das unserem Zweck dienlich sein und auch Pater Antonelli davon überzeugen könnte, Sie zu empfangen –, dann sagen Sie es mir. So, das ist alles. Wie Sie sehen, bin ich lediglich bestrebt, Ihnen behilflich zu sein.«

»Entschuldigen Sie bitte, ich wollte nicht unhöflich sein«, antwortete Philip. »Verzeihen Sie mir noch einmal meine Freimütigkeit, aber sehen Sie, ich hatte den Eindruck, daß Sie mir in die Karten sehen wollten, ohne Ihre eigenen aufzudecken. Was Sie mir da sagen, ist von außergewöhnlichem Interesse und erklärt vieles. Es ist durchaus möglich, daß die Kenntnis dieser Sprache meinem Vater bei seinen Forschungen über das Buch der Genesis hilfreich war.

Was das Zeichen betrifft, die Spur, von der ich Ihnen erzählt habe, so kann ich Ihnen darüber leider nicht sehr viel berichten, das schwöre ich bei meiner Ehre. Es handelt sich um ein Buch, ein wissenschaftliches Werk, das mein Vater vor vielen Jahren veröffentlicht hat: *Erkundungen im südöstlichen Quadranten der Sahara.* An einigen Kapitelanfängen hat er mit Federhalter ein paar Sätze eingefügt, die Angaben enthalten, die ich zur Zeit noch prüfe. Jedenfalls weiß ich nicht, aus welchem Grund er sich mit Pater Antonelli getroffen hat und worüber sie gesprochen haben.

Wenn es mir möglich wäre, ihn zu treffen, könnte er mir vielleicht einige Informationen geben, eine Spur, mit deren Hilfe ich meinen Vater dann in diesem endlosen Sandmeer orten kann. Was ich Ihnen gesagt habe, wird Pater Antonelli hoffentlich dazu bewegen, mich zu empfangen. Das hoffe ich aus tiefstem Herzen.«

»Die Genesis ...«, begann Pater Boni wieder, als hätte sich dieses Wort in seinem Gedächtnis festgesetzt, »die Genesis ist keine Kleinigkeit. Worauf gründete Ihr Vater als theologischer Laie seine Forschung auf einem so schwierigen Feld?«

»Das weiß ich nicht. Ich weiß nur, daß er zu dem Schluß gekommen war, die Figuren der Genesis seien historische Persönlichkeiten.«

Pater Boni hatte Mühe, seine Verblüffung zu unterdrücken: »Haben Sie ›historisch‹ gesagt?«

»Allerdings.«

»Entschuldigen Sie bitte, aber was bedeutet dieses Wort denn? Es wird Ihnen bewußt sein, daß nicht einmal die traditionalistischsten Gelehrten noch glauben, daß die Menschheit von einem einzigen Paar abstammt, einem Mann und einer Frau namens Adam und Eva ...«

»Nicht in diesem Sinn«, antwortete Philip. »Sehen Sie, nach allem, woran ich mich erinnere und was ich in den Notizen, die mir von seinen Forschungen geblieben sind, gelesen habe, war mein Vater zu dem Schluß gekommen, daß die Erzählung der Genesis nicht den Ursprung der Menschheit widerspiegele, sondern den Übergang von der Altsteinzeit zur Jungsteinzeit. Das Paradies auf Erden war seiner Meinung nach nur ein Symbol, die Parabel für das Zeitalter, als der Mensch noch in die Natur eingebunden war und von den Früchten der Erde lebte und von dem, was die Tiere ihm lieferten. Es symbolisierte also lediglich die frühe Steinzeit. Dann hat der Mensch beschlossen, vom Baum der Erkenntnis über das Gute und das Böse zu essen, sich also zu einem vollkommen bewußten Wesen mit einer weitentwickelten und vielschichtigen Intelligenz fortzuentwickeln, und damit hat er von den Mächten des Bösen und vom Verlust der ursprünglichen Unschuld erfahren.«

Beim Sprechen stieg ihm eine Röte ins Gesicht, als wären die Überzeugungen seines Vaters die Frucht seiner eigenen Überlegungen, seiner eigenen langjährigen Nachforschungen.

»›Im Schweiße deines Angesichts sollst du dein Brot essen‹«, fuhr er, aus der Bibel zitierend, fort. »Dies war die Verdammung. Oder auch ›(du) sollst das Kraut auf dem Felde essen‹. Das entspricht genau dem neolithischen Zeitalter, als der Mensch zum Hirten und Bauern wird, einen Sinn für das Eigentum entwickelt, Metall gewinnt und daraus landwirtschaftliches Gerät schmiedet, aber auch Waffen. Vor allem Waffen.«

Pater Boni hob die Augenbrauen: »Diese Theorie scheint mir vereinfachend zu sein und alles in allem deutlich auf der Hand zu liegen. Die antiken Dichter der heidnischen Welt hatten dies schon in den Mythen vom Goldenen und Eisernen Zeitalter versinnbildlicht.«

»Glauben Sie? Dann sagen Sie mir doch, lag es überhaupt in der Macht der Menschen, sich nicht zu entwickeln, sich des Guten und des Bösen nicht bewußt zu werden? Oder war die Evolution nicht eher ein zwangsläufiger Übergang, der durch eine Abfolge zufälliger Ereignisse wie Klima- und Umweltveränderungen und letztendlich durch sein eigenes genetisches Erbe verursacht worden ist? Aber wenn es so ist, worin besteht dann die Erbsünde? Wessen hat sich das Menschengeschlecht schuldig gemacht, daß es die Schrecken der Gewalt ertragen muß, das Bewußtsein vom Verfall und vom Sterben?«

»Der Autor der Genesis versucht lediglich, das Mysterium der Existenz des Bösen in der Welt zu erklären. Es handelt sich um eine sinnbildliche Erzählung, die man nicht wörtlich nehmen darf.«

Philip lächelte ironisch. »Eine solche Behauptung hätte Sie vor zweihundert Jahren auf den Scheiterhaufen gebracht. Sie überraschen mich, Pater Boni. Außerdem«, fügte er hinzu, »wenn die Evolution nicht ein Ergebnis des Zufalls ist, sondern die göttliche Vorsehung die Gesetze vorgegeben hat, nach denen das Universum funktioniert und jede Lebensform sich entwickelt, dann wird das Problem noch kniffliger –«

Pater Boni unterbrach ihn: »Sie verrennen sich, Garrett. Erstens ist die Darwinsche Theorie von der Entstehung der Arten weder endgültig anerkannt, noch ist sie – speziell was den Menschen angeht – bewiesen. Und selbst die Theorien über die Ausdehnung des Universums sind noch nicht endgültig. Gottes Geist ist ein unerforschliches Labyrinth, Garrett, und unsere Anmaßung ist lächerlich«, fügte der Priester hinzu. »Aber sagen Sie, was hoffte Ihr Vater in der Wüste zu finden, das diese – verzeihen Sie – zumindest fragwürdigen Theorien stützen könnte?«

»Ich weiß es nicht. Ich schwöre Ihnen, ich weiß es nicht. Aber vielleicht hatte dieses Dokument, das mein Vater entdeckt hatte – vielleicht hatte es ihn hierher nach Rom geführt und anschließend in die Weiten der Wüste. Verstehen Sie nun, warum Pater Antonelli der einzige ist, der mir eine Antwort geben kann?«

Pater Boni nickte: »Ich werde versuchen, Ihnen zu helfen, Garrett; ich werde es einrichten, daß Pater Antonelli Sie empfängt, allerdings unter einer Bedingung: Wenn Sie etwas über den zweisprachigen Text herausfinden, den Ihr Vater in der Wüste gefunden hat, müssen Sie mich davon in Kenntnis setzen.«

»Das werde ich«, sagte Philip, »aber ich bin neugierig zu erfahren, warum dieser Text Sie dermaßen interessiert. Eigentlich sind Sie doch kein Inschriftenforscher. Sie sind Mathematiker.«

»In der Tat«, antwortete Pater Boni. »Sehen Sie, dieser Text könnte eine mathematische Formel mit revolutionärem Inhalt enthalten, um so mehr, wenn Sie bedenken, daß er aus einer ungeheuer weit zurückliegenden Epoche stammen soll, von der man bisher annimmt, daß sie nur über einfachste mathematische Kenntnisse verfügte.«

Philip hätte gerne noch mehr Fragen gestellt, doch ihm war bewußt, daß er keine weiteren Antworten erhalten würde. Boni gehörte zu jenen Menschen, die nichts geben, ohne etwas zurückzubekommen.

Er verabschiedete sich und ging zur Tür, doch während er die Klinke drückte, drehte er sich noch einmal um: »Da ist noch etwas«, sagte er. »Es hat den Anschein, als gingen im südöstlichen Quadranten der Sahara unerklärliche Dinge vor sich. Und genau dort ist mein Vater vor zehn Jahren verschwunden.« Er verließ den Raum.

Als er den im Halbdunkel liegenden Korridor entlanglief, begegnete er einem jungen Priester, der in die entgegengesetzte Richtung eilte. Instinktiv drehte er sich um und sah, daß der andere sich ebenfalls umgedreht hatte. Einen Augenblick lang trafen sich ihre Blicke, aber keiner von beiden sagte ein Wort, und gleich darauf setzte ein jeder seinen Weg fort.

Kurz darauf blieb der junge Priester vor der Tür zu

Pater Bonis Arbeitszimmer stehen, klopfte leise an und trat ein.

»Kommen Sie herein, Hogan«, sagte Pater Boni, »gibt es Neuigkeiten?«

»Ja«, antwortete Hogan, »er befindet sich in einem Jesuiten-Sanatorium in einem kleinen Ort in den Abruzzen.«

»Sehr gut«, sagte Pater Boni, »und – wie geht es ihm?«

Hogans Gesicht verfinsterte sich. »Er stirbt«, sagte er.

Boni sprang auf: »Dann müssen wir unverzüglich aufbrechen. Ich muß unbedingt mit ihm sprechen, bevor es zu spät ist.«

Kurz darauf verließ ein schwarzer Wagen mit vatikanischem Kennzeichen das Damasustor, bog in die Spina del Borgo ein und fuhr auf der Uferstraße entlang dem Tiber davon.

Am selben Abend speiste Philip bei Giorgio Liverani, doch seine Beiträge zur Unterhaltung waren nicht sehr geistreich. Seine Gedanken kehrten unwillkürlich zu der Unterredung vom Nachmittag zurück: Die Worte Pater Bonis waren ihm seltsam und zweideutig vorgekommen, und die Geschichte von der mathematischen Formel war wenig glaubwürdig. Wonach suchte der Mann wirklich? Schon bald kehrte er in seine Pension zurück, und obwohl er müde war, nahm er wieder das Buch seines Vaters zur Hand, das Oberst Jobert ihm überreicht hatte.

Der erste Schritt war nicht schwierig gewesen, doch wenn das Treffen mit Antonelli nicht zustande kam, wäre er wertlos. Er fragte sich, ob die anderen Botschaften wohl auf der ersten aufbauten, denn wenn es sich so verhielt, dann wäre er in eine Sackgasse geraten. Offensichtlich war die Widmung auf dem Deckblatt mit derselben Tinte und derselben Feder geschrieben worden wie die folgenden Botschaften, doch er vermochte keine Bedeutung dahinter zu erkennen. Vielleicht hatte sein Vater das Buch schon vor Jahren präpariert und ihm schenken wollen und es dann aus irgendeinem Grund nie getan.

Noch während er in jenen Worten und Seiten nach einem Sinn suchte, überfiel ihn die Müdigkeit, und angekleidet, wie er war, schlief er auf dem Diwan ein, auf den er sich zum Lesen gelegt hatte.

3. KAPITEL

Als die ersten Regentropfen fielen, kämpfte sich das Automobil die ersten Spitzkehren des Apennins hinauf. Innerhalb weniger Augenblicke verwandelte sich der Asphalt in ein glänzendes schwarzes Band, und bald bogen sich die Bäume, die die Straße säumten, im auffrischenden Wind. Pater Hogan schaltete die Scheibenwischer ein und bremste ab, um den Wagen besser in der Gewalt zu behalten, doch Pater Boni, der neben ihm saß und bis dahin geschwiegen hatte, sagte: »Fahren Sie zu, wir haben keine Sekunde zu verlieren.«

Hogan trat aufs Gaspedal, und das große Auto raste wieder durch die Nacht, die ab und zu von Gewitterblitzen erhellt wurde.

Nach ein paar Kilometern endete der Asphalt, und die Straße verwandelte sich in eine Art Saumpfad. Von der darüberliegenden Böschung flossen schlammige Rinnsale, die Furchen in das Sträßchen gruben. Pater Boni schaltete die Deckenlampe an und las in einer Geländekarte. »Biegen Sie an der nächsten Kreuzung links ab«, sagte er, »wir sind fast da.«

Hogan tat, wie ihm geheißen, und bog ein paar Minuten später in einen schmalen, grob gepflasterten Weg ein, der auf einen Platz mündete. Am anderen Ende des Platzes erhob sich ein von ein paar Laternen spärlich erleuchtetes Gebäude. Im niederprasselnden Regen stiegen die beiden Männer aus, hüllten sich fest in ihre Regenmäntel, überquerten die kleine erhellte Fläche und traten durch eine Glastür ein.

In einer Art Portiersloge saß ein sehr alter Mann und las in einer Sportzeitung. Er hob den Kopf, schob die Brille auf die Stirn und betrachtete erstaunt die beiden Neuankömmlinge: »Wer seid Ihr?« fragte er, wobei er sie von Kopf bis Fuß musterte. Pater Boni zeigte einen vatikanischen Ausweis: »Wir kommen vom Staatssekretariat«, sagte er, »und unser Besuch ist streng geheim. Wir müssen dringendst Pater Antonelli sehen.«

»Pater Antonelli?« entgegnete der Mann. »Aber ... es geht ihm sehr schlecht. Ich weiß nicht, ob ...«

Pater Boni sah ihn mit einer Miene an, die keine Widerworte zuließ: »Wir müssen ihn sofort sehen. Haben Sie mich verstanden? Sofort.«

»Einen Moment, bitte«, sagte der Mann, »ich muß dem diensthabenden Arzt Bescheid sagen.« Er griff zum Telefon, und kurz darauf erschien ein verschlafener Arzt, der ebenfalls sehr alt und mit Sicherheit schon seit geraumer Zeit pensioniert war.

»Pater Antonellis Zustand ist sehr kritisch«, sagte er, »ich weiß nicht, ob er überhaupt in der Lage ist, zu verstehen und zu antworten. Ist es wirklich nötig?«

»Es geht um Leben und Tod«, gab Pater Boni zurück, »um Leben und Tod, verstehen Sie? Das Staatssekretariat schickt uns, und ich habe Anweisung, sämtliche Verantwortung auf mich zu nehmen.«

Ganz offensichtlich verspürte der Arzt keinerlei Verlangen, sich mit einer dermaßen selbstsicheren und gebieterischen Person herumzustreiten, mit jemandem, der sehr gute Gründe haben mußte, sich um diese Uhrzeit und bei dem Wetter bis hierher vorzuwagen.

»Wie Sie wollen«, sagte er resignierend und führte sie eine Treppe hinauf und dann einen Korridor entlang, der von ein paar Lichtern spärlich erhellt wurde. Vor einer Glastür blieb er stehen.

»Hier ist es«, sagte er, »ich bitte Sie, machen Sie so schnell wie irgend möglich. Er ist vollkommen erschöpft. Den ganzen Tag über hat er schreckliche Schmerzen gehabt.«

»Selbstverständlich«, erwiderte Pater Boni, während er

die Tür öffnete, hinter der eine Nachttischlampe brannte. Sie traten ein.

Bleich, schweißgebadet und mit geschlossenen Augen lag Pater Antonelli auf seinem Totenbett. Das Zimmer war in Halbdunkel getaucht, doch sobald er sich daran gewöhnt hatte, konnte Pater Hogan die schlichte Einrichtung der Kammer und das Kruzifix am Kopfende des Bettes erkennen. Auf dem Nachttisch stand ein Glas Wasser, und daneben lagen ein Brevier, ein Rosenkranz und einige Medikamentenpackungen.

Pater Boni trat näher, setzte sich, ohne den Regenmantel auszuziehen, neben den Kranken und sprach in sein Ohr hinein: »Ich bin Pater Boni, Pater Ernesto Boni. Ich muß mit Ihnen reden ... Ich benötige Ihre Hilfe.« Hogan lehnte sich mit dem Rücken gegen die Wand und sah ihm unbeweglich zu. Langsam öffnete der Mann die Augen, und Pater Boni sprach ihn erneut an: »Pater Antonelli, wir wissen, daß Sie sehr leiden, und wir hätten niemals gewagt, Sie in diesem Augenblick zu stören, wenn nicht eine verzweifelte Notwendigkeit es unumgänglich machen würde. Pater Antonelli – verstehen Sie, was ich sage?« Mühsam nickte der Mann. »Hören Sie bitte zu, vor zehn Jahren, als Sie für den geheimschriftlichen Bestand der Vatikanischen Bibliothek verantwortlich waren, empfingen Sie da einen Mann namens Desmond Garrett?«

Ein leichtes Zucken durchfuhr den Alten, und seine Brust hob sich in einem gequälten Atemzug. Leise stöhnend nickte er noch einmal.

»Ich ... ich habe in Ihrem Tagebuch gelesen, das ich im Panzerschrank gefunden habe.« Der Kranke preßte die Kiefer aufeinander. Er wandte sich seinem Gesprächspartner zu und starrte ihn erstaunt an. »Es war reiner Zufall, glauben Sie mir«, fuhr Pater Boni fort, »ich suchte nach Dokumenten. Ich konnte es nicht vermeiden ...

Warum? Warum haben Sie Desmond Garrett den Stein der Sternbilder und den Text der Tafeln von Amun gezeigt?«

Der alte Priester drohte das Bewußtsein zu verlieren, doch Pater Boni packte ihn an den Schultern und schüttelte ihn: »Warum, Pater Antonelli? Warum? Ich muß es wissen!«

Pater Hogan wirkte wie gelähmt, reglos lehnte er an der Wand. Angesichts dieser brutalen Mißachtung des Schmerzes war er zutiefst beunruhigt und aufgewühlt, doch Pater Boni schien überhaupt nicht darauf zu achten, denn er fuhr fort, den Kranken mit unerbittlichem Nachdruck zu bedrängen. Mit ungeheurer Anstrengung wandte der Sterbende sich dem Mann zu, der ihn befragte, und Pater Boni legte das Ohr an seinen Mund, um keine Silbe zu versäumen.

»Garrett konnte den Text von Amun lesen.«

Ungläubig schüttelte Pater Boni den Kopf: »Das ist nicht möglich, das ist nicht möglich.«

»Sie irren sich«, entgegnete der Alte röchelnd. »Garrett hatte ein zweisprachiges Fragment gefunden.«

»Aber es war doch strengstens untersagt, diesen Text einzusehen. Warum haben Sie dem Verbot zuwidergehandelt, indem Sie den Text einem Außenstehenden zeigten? Warum haben Sie das getan?«

Zwei Tränen rannen aus Pater Antonellis nunmehr erloschenen Augen, und als er sprach, klang seine Stimme, als würde er weinen: »Die Begierde ... Das Verlangen nach Erkenntnis ... eine frevelhafte Anmaßung ... Auch ich wollte lernen, diese Schrift zu lesen, auch ich wollte in diese begrabenen und verbotenen Texte eindringen. Ich willigte ein, ihm den Stein der Sternbilder und den Text von Amun zu zeigen, wenn er mir dafür den Schlüssel zur Entzifferung zeigen würde ... Erteile mir die Absolution. Ich bitte dich, erteile mir die Absolution.«

»Welche Erkenntnis? Hat Garrett den ganzen Text gelesen oder nur einen Teil?«

Tränen liefen über die fleischlosen Wangen des Alten, in seinen aufgerissenen Augen lag jetzt geblendetes Erstaunen; seine Stimme wurde hohl und keuchend und verriet unkontrollierten Schrecken: »Eine Bibel ... eine andere Bibel ... die Bibel einer fremden und grausamen Zivilisation, die von der eigenen Intelligenz besessen war ... Sie gelangte aus einer uralten, in der südlichen Wüste begrabenen Kultstätte in die Oase von Amun ... aus der Stadt ... der Stadt ...«

»Aus welcher Stadt?« insistierte Pater Boni erbarmungslos.

»Der Stadt ... des Thubalkain. In Gottes Namen, erteile mir die Absolution.«

Er griff nach der Hand des ihn verhörenden Mannes, die sich zum Kreuzzeichen hätte erheben können, doch er schaffte nicht einmal, sie zu berühren. Die letzten Kräfte verließen ihn, und der Alte sank auf das Kopfkissen zurück.

Pater Boni beugte sich zu ihm vor: »Die Stadt des Thubalkain ... Was bedeutet das? Was bedeutet das? Die Übersetzung, wo ist die Übersetzung? Reden Sie ... Wo ist sie? Wo ist sie, in Gottes Namen!«

Da löste Hogan sich von der Wand und trat empört vor ihn hin. »Sehen Sie denn nicht, daß er tot ist?« sagte er mit fester Stimme. »Lassen Sie ihn. Er kann Ihnen jetzt nichts mehr sagen.«

Er trat an das Bett, und mit einer leichten, fast liebevollen Geste schloß er die Augen des Alten, dann hob er die Hand zum Kreuzzeichen: *»Ego te absolvo«*, murmelte er mit glänzenden Augen und zitternder Stimme, *»a peccatis tuis, in nomine Patris, Filii et Spiritus Sancti et ab omni vinculo excomunicationis et interdicti ...«*

Inmitten der Windböen und Regenschauer verließen sie das Gebäude und bestiegen das Automobil. Hogan betätigte den Anlasser, und der Wagen setzte sich rasch in Bewegung. Bei jeder Kurve und bei jeder Spitzkehre beleuchteten die Scheinwerfer das dunkle Grün der tropfnassen Bäume. Wie ein Mühlstein lastete das Schweigen auf ihnen. Schließlich sprach Pater Boni als erster: »Ich ... ich möchte nicht, daß Sie mein Vorgehen verurteilen,

Hogan ... Dieser Text ist zu bedeutend ... Wir mußten erfahren ... Ich habe nur ...«

»Sie haben mir nicht alles über den Text erzählt ... Was wissen Sie noch? Ich muß es wissen, wenn Sie wollen, daß ich weiterhin mit Ihnen arbeite.«

Pater Boni legte eine Hand auf die Stirn: »Ich habe Pater Antonellis Tagebuch gefunden, als ich sein Büro in Besitz nahm. Wie ich Ihnen schon sagte, hatte er sich plötzlich elend gefühlt und nicht mehr rechtzeitig ein angemessenes Versteck für seine geheimsten Papiere gefunden. In diesem Tagebuch erwähnte er einen Text namens ›Die Tafeln von Amun‹ und schrieb von der Himmelsbotschaft, die zu einem exakt beschriebenen Zeitpunkt eintreffen würde. Ich habe lange über diese Worte nachgedacht, aber schließlich beschloß ich, der Sache nachzugehen, auch wenn ich das Ganze für äußerst unwahrscheinlich hielt.

Aus diesem Grund wollte ich Marconi treffen, deshalb stellte ich seine Intelligenz vor eine große Herausforderung: Er sollte für die Vatikanische Sternwarte ein Radio mit bestimmten Eigenschaften konstruieren – ein Ultrakurzwellenradio –, ein einmaliges Gerät, das nach heutigem Wissensstand eigentlich niemand realisieren konnte.«

Ein alter, mit Holz beladener Lastwagen kam ächzend und knarrend in entgegengesetzter Richtung die Straße heraufgefahren. Hogan drosselte das Tempo, um ihn vorbeizulassen. In diesem Augenblick wandte er den Kopf zur Seite und sah direkt in die Augen seines Beifahrers. Einen Moment lang fiel das Scheinwerferlicht des Lastwagens auf Bonis eingefallene Züge und verlieh seinen hellen Augen einen beunruhigenden Glanz.

»Das Patent für dieses Gerät würde seinem Erfinder eine ungeheure Summe Geld einbringen. Was haben Sie Marconi versprochen, damit er seit wenigstens drei Jahren darauf verzichtet? Sie können nicht über viel Geld verfügen. Oder doch?«

»Es geht nicht um Geld. Wenn wir unser Ziel erreichen, werde ich Ihnen zu gegebener Zeit alles erklären.«

Hogan insistierte nicht weiter. »Erzählen Sie mir mehr über diesen Text«, sagte er.

Pater Boni schüttelte den Kopf: »Leider gibt es da nicht viel zu erzählen. Vor fünfhundert Jahren, kurz vor dem Fall Konstantinopels, hat ein griechischer Mönch diesen Text nach Italien gebracht. Niemand außer ihm konnte diese Sprache verstehen. Er las den Text dem damaligen Papst direkt ins Ohr, und dieser wagte nicht, ihn zu zerstören, sondern ließ ihn für immer in den Kellern der Bibliothek begraben. Der Mönch lebte bis ans Ende seiner Tage auf einer verlassenen Insel, die vor jedermann streng geheimgehalten wurde. Es besteht der begründete Verdacht, daß er vergiftet wurde ...«

Hogan schwieg eine lange Zeit. Fast sah es so aus, als starrte er auf das Hin und Her der Scheibenwischer.

»Wo liegt die Stadt des Thubalkain?« fragte Pater Boni auf einmal. Das Auto hatte nun den asphaltierten Straßenabschnitt erreicht, so daß sie rascher und ruhiger vorankamen, während der Regen immer noch keine Anstalten machte nachzulassen.

»Diese Stadt hat nie existiert. Sie wissen, was im Buch der Genesis darüber geschrieben steht: Thubalkain war der erste, der Metall schmiedete und eine ummauerte Stadt errichtete. Kurz, dieser Name steht für die seßhaften Völker und ihre Technologie, im Gegensatz zu den nomadisierenden Hirten, denen die Juden sich in der frühesten Phase ihrer Zivilisation zuordneten. Aber Sie wissen sehr gut, daß die heutige Forschung sowohl Thubalkain als auch die anderen Gestalten der Genesis für Symbolfiguren hält.«

Einige Minuten schwieg Pater Boni, während das Auto in die Via Tiburtina einbog und auf Rom zusteuerte.

»Haben Sie von einer Theorie Desmond Garretts gehört, derzufolge die Gestalten der Genesis in einer genau umschriebenen prähistorischen Epoche anzusiedeln sind, nämlich am Übergang von der Alt- zur Jungsteinzeit?«

»Ich habe davon gehört, aber das ändert nicht viel. Die technischen Mittel, über die eine Stadt der Jungsteinzeit oder selbst der Hochbronzezeit verfügte, lassen sich mit denen der heutigen Eingeborenenstämme Amazoniens, Zentralafrikas oder Südostasiens vergleichen.«

»Gewiß. Doch ich weiß auch, daß sich fünfhunderttausend Kilometer über der Erde eine Radioquelle mit geostationärer Flugbahn befindet, die Signale aussendet, die mit den Daten der wenigen Zeilen übereinstimmen, die Pater Antonelli übersetzt und in seinem Tagebuch notiert hat, und daß wir unbedingt den Text lesen müssen, um die endgültige Bedeutung dieser Botschaft zu erfahren. Was wir bis jetzt wissen, ist zu alarmierend, um nicht alle unsere Möglichkeiten auszuschöpfen und auch den Rest zu erfahren.«

»Aber Pater Antonelli ist tot, und er selbst hat sehr lange Zeit darauf verwandt, diese wenigen Zeilen zu übersetzen.«

Das Auto fuhr durch die nun verlassen daliegende Stadt. Es hatte aufgehört zu regnen, und durch die Straßen fegte ein feuchtkalter Wind. Hogan bog in die Uferstraße ein, passierte wenig später erneut die Vatikanischen Mauern und hielt im Damasushof an.

»Pater Antonelli kannte den Schlüssel zur Entzifferung des Textes von Amun und hat viel mehr als diese wenigen Zeilen übersetzt. Warum sonst hätte er von einer ›anderen Bibel‹ phantasiert? Antonelli wollte uns nicht davon berichten, nicht einmal auf dem Totenbett.«

»Vielleicht hat er sie zerstört.«

Pater Boni schüttelte den Kopf: »Ein Gelehrter zerstört nie die Früchte jahrzehntelanger Arbeit, die Entdeckung seines Lebens. Ein Dichter vielleicht, ein Literat, aber kein Gelehrter. Es ist stärker als er. Wir müssen nur suchen.« Ohne dem noch etwas hinzuzufügen, stieg er aus dem Wagen. Er schritt über den verlassenen Platz und verschwand im Dunkel eines Torbogens.

Nach einer unruhigen Nacht wachte Philip Garrett früh auf, nahm ein Bad und ging in das Frühstückszimmer hinunter. Zusammen mit dem Milchkaffee brachte man ihm einen kurzen Brief, der in einem Umschlag des Vatikans steckte. In wenigen Zeilen teilte Pater Boni ihm das Ableben Pater Antonellis mit. Der Geistliche bat ihn um Verzeihung, weil er nichts mehr für ihn tun könne, und verabschiedete sich mit dem Wunsch, noch einmal die Gelegenheit und das Vergnügen zu haben, ihm zu begegnen.

Entmutigt verbarg Philip den Kopf in den Händen. Noch bevor sie begonnen hatten, waren seine Nachforschungen gescheitert; wie schon so oft stand er mit leeren Händen da. Er überlegte, sofort nach Paris zurückzukehren und seinen Vater für den Rest seiner Tage zu vergessen, sofern es ihm gelang. Doch er war sich bewußt, daß das unmöglich wäre.

Er verließ die Pension und spazierte zum Circus Maximus hinunter, der nach der regnerischen Nacht in der Herbstsonne glänzte. Die Böschungen der riesigen Anlage, in dem einst die Schreie einer delirierenden Masse widergehallt hatten, verströmten den Geruch von Erde und Gras, der ihm die Spaziergänge seiner Kindheit mit der Mutter in Erinnerung rief. Ein verblaßtes Bild.

Seltsam, jedesmal, wenn er an seine Mutter dachte, erinnerte er sich mehr an einen Klang als an Worte, an den Klang einer Spieldose mit einer seltsamen, undefinierbaren Musik, die aus einem Buchsbaumkästchen ertönte. Sein Vater hatte ihm die Spieldose an seinem vierzehnten Geburtstag geschenkt. Auf dem Deckel stand ein kleiner federbetriebener Soldat mit schwarzem Käppi und goldenen Rangabzeichen, der auf und ab ging, als stünde er Wache.

Es war ein trauriger Geburtstag gewesen. Sein Vater war an jenem Tag nicht zu Hause, weil er mit seinen Forschungen unter der Erde beschäftigt war, und seine Mutter hatte sich zum erstenmal unwohl gefühlt.

Nachdem sie gestorben war, hatte er der Spieldose

lange gelauscht, bis er sie eines Tages nicht mehr auf der Kommode in seinem Schlafzimmer vorgefunden hatte. Vergeblich hatte er gefragt, wer sie fortgenommen hätte und wohin sie gekommen sei – er hatte nie eine Antwort erhalten.

Eines Tages rief sein Vater ihn in sein Arbeitszimmer und sagte: »Ich werde mich auf absehbare Zeit nicht mehr um deine Erziehung kümmern können; du gehst ins Internat.«

Kurz darauf war sein Vater in den Krieg gezogen und hatte ihm von den Frontabschnitten geschrieben, an denen er jeweils kämpfte. Er berichtete nichts von dem, was er erlebte und was ihm durch den Kopf ging. Dagegen fragte er ihn immer über die Schule aus, ob er vorankäme, welche Fortschritte seine Ausbildung machte. Er schickte ihm sogar mathematische Probleme und andere Rätsel, die er lösen sollte. Manchmal schrieb er ihm in Latein oder Griechisch, und nur wenn er sich dieser Sprachen bediente, kam ihm auch einmal ein zärtliches Wort über die Lippen, als sterilisierten diese toten Wörter die Rührung und die Gefühle, die ihm herausrutschten. Dafür hatte Philip ihn gehaßt.

Und doch gab sein Vater ihm zu verstehen, daß dies seine Art war, ihm nahe zu sein, sich um ihn, um die Formung seiner Persönlichkeit und die Bildung seines Geistes zu kümmern.

Plötzlich wurde ihm bewußt, daß er in drei Tagen Geburtstag hatte, und der Wortlaut der Widmung kam ihm in den Sinn. Er sah das Datum der Widmung vor sich: »Neapel, den 19. September 1915«. Aber das war doch sonnenklar! Das war das Zeichen, warum war ihm das nicht früher aufgefallen? 1915 war er erst vierzehn Jahre alt gewesen. Wie hätte er damals das Buch lesen und verstehen sollen? An jenem Geburtstag hatte sein Vater ihm die Spieldose geschenkt.

Verbarg sich die zweite Nachricht vielleicht hinter diesen Noten und hinter dieser Musik? Er versuchte sie sich in Erinnerung zu rufen, aber es gelang ihm nicht. Obwohl es ihm unmöglich schien, war diese kurze Melodie, der er Hunderte Male gelauscht hatte, von irgendeinem automatischen Mechanismus aus seinem Gedächtnis gelöscht worden, und er vermochte sie nicht mehr hervorzuholen.

Er kehrte in die Pension zurück und zeichnete auf ein leeres Blatt Papier ein Liniensystem, um die Noten der Melodie niederzuschreiben, doch vergeblich. Er setzte sich an das Klavier im Atrium und drückte auf die Tasten, um einen akustischen Anhaltspunkt zu finden, der ihm das verlorene Motiv in Erinnerung brachte.

Die Noten stiegen ungeordnet über das Treppenhaus hinauf zum Glasdach und fielen leblos und ohne Sinn auf die Tasten herab. Vor seinen Augen erstand lediglich der kleine Soldat: Mit dem schwarzen Käppi, dem blauen Waffenrock, den goldenen Rangabzeichen und mit seinen abrupten Bewegungen wachte er über seine verlorengegangenen Erinnerungen. Philip nahm das Buch zur Hand und las erneut den Satz, der dem zweiten Kapitel vorangestellt war:

»*The brown friars can hear the sound by the volcano*«
»Die braunen Mönche können den Klang beim Vulkan hören«

Anschließend las er den Satz, der dem dritten Kapitel vorangestellt war, wobei er annahm, daß die Kapitelzählung der Reihenfolge der Erkundungen entsprach, die er unternehmen sollte:

»*The sound's beyond the gate of the dead*«
»Der Klang ist jenseits der Tür der Toten«

Am Anfang des vierten und letzten Kapitels stand der letzte Satz:

»*Find the entrance under the eye*«
»Finde den Eingang unter dem Auge«

Er überlegte, daß der »Klang«, der im zweiten Satz erwähnt wurde, etwas mit der Spieldosenmelodie zu tun haben könnte, an die er sich vergeblich zu erinnern versucht hatte, aber er vermochte keinerlei Sinn in den folgenden Sätzen zu erkennen. Er war frustriert und verwirrt und fühlte sich in ein albernes und kindliches Spiel hineingezogen, in eine lächerliche Schatzsuche, in einen infantilen Zeitvertreib für einen arrivierten Gelehrten. Doch gleichzeitig erinnerte er sich an Pater Bonis Worte über die Tafeln von Amun und die zweisprachige Inschrift und an die Worte von Oberst Jobert, mit denen dieser ihm das Buch überreicht hatte. Wenn, so überlegte Philip, sein Vater es vorzog, ihn in dieser Weise zu führen, und dabei das Risiko einging, daß er womöglich die Botschaften nicht entschlüsseln und Pater Antonelli nicht treffen konnte, dann mußte es einen handfesten Grund dafür geben.

Noch am selben Nachmittag begab er sich in die Biblioteca Angelica und schlug in einem Jahrbuch der religiösen Orden in Italien nach. Es war nicht sonderlich schwer, ein Franziskanerkloster in der Nähe der Chiesa della Madonna in Pompeji ausfindig zu machen. *Die braunen Mönche können den Klang beim Vulkan hören.* Aber welchen Klang? Er beschloß, tags darauf nach Neapel abzureisen.

Pater Boni öffnete den Panzerschrank und entnahm ihm Pater Antonellis Tagebuch. Ganz hinten, zwischen der letzten Seite und dem Einband steckte ein verschlossener Umschlag, auf dem mit Federhalter eine einfache Anschrift geschrieben war: »An den Heiligen Vater, s. p. v. m.«. Bis zu diesem Augenblick hatte er weder gewagt, ihn dem angegebenen Adressaten zu überreichen, noch ihn zu öffnen. Nun beschloß er, ihn zu öffnen und den Inhalt zu lesen.

»Ich bitte Gott und Eure Heiligkeit um Vergebung für das, was ich getan habe, für die Anmaßung, die mich dazu getrieben hat, das Wissen über das Böse zu suchen und darüber zu vergessen, daß das Wissen über das Unendlich Gute nichts anderes benötigt. Ich habe mein Leben der Entschlüsselung der Tafeln von Amun gewidmet und darin eine Versuchung entdeckt, der ich nicht zu widerstehen vermochte; und ich bin der Überzeugung, daß die meisten Menschen dieser Versuchung nicht widerstehen könnten, wenn sie bekannt würde.

Ein hoffnungsloses Leiden hat mich vor der Verdammung gerettet. Zumindest ist dies die Hoffnung der letzten Tage, die mir auf dieser Erde noch bleiben. Resignierend nehme ich die Krankheit an, die meinen Organismus bedroht wie die gerechte Bestrafung durch den Höchsten, und hoffe, daß sie mich von meinen Sünden reinigt und wenigstens einen Teil der Buße aufwiegt, die ich verdient habe. Der einzige Mensch außer mir, der das Geheimnis jenes Textes kennt, ist vor Jahren in der Wüste verschollen und wird nie wieder zurückkehren.

Was mich betrifft, so werde ich das Geheimnis, dessen Kenntnis mein ganzes Streben galt, mit ins Grab nehmen. Ich flehe Eure Heiligkeit an: Sprecht mich von meinen Sünden frei und verwendet Euch beim Höchsten für mich, vor dessen Angesicht ich nun bald stehen werde.«

Kurze Zeit später wurde Pater Hogan mitten in der Nacht von einem gedämpften, gleichwohl beharrlichen Klopfen an seiner Zimmertür geweckt. Tastend stand er auf und machte Licht, während er mit der anderen Hand nach dem über einen Stuhl geworfenen Morgenmantel griff. Dann öffnete er die Tür und stand Pater Boni gegenüber. Er trug einen dunklen Überzieher und einen Schlapphut.

»Ich glaube zu wissen, wo die Übersetzung des Textes von Amun versteckt ist. Rasch, ziehen Sie sich an.«

Philip Garrett quartierte sich im Hotel Ausonia ein, das nicht weit von dem Franziskanerkloster entfernt lag, und am nächsten Morgen stellte er sich dort als Kunsthistoriker vor, der den Konvent zu besichtigen wünschte. Er wurde von einem sehr alten und sehr gesprächigen Mönch empfangen, der offensichtlich nicht oft die Gelegenheit hatte, sich mit Gästen zu unterhalten. Der Mönch zeigte ihm seine Studien über das Kloster, das sich über den Fundamenten eines antiken Benediktinerkonvents erhob, der seinerseits auf den Resten eines antiken römischen *domus* errichtet worden war. Philip wurde nie müde, über diese außergewöhnlichen Schichtungen von Ereignissen und Kulturen zu staunen, die nur in Italien anzutreffen waren, und er versuchte dem Mönch Genugtuung zu verschaffen, indem er ihn zu dem Scharfsinn und zu der Sorgfalt seiner Forschungen beglückwünschte.

Anschließend begann die Besichtigung. Sie sahen sich die Kirche mit ihren Fresken sowie den Gemälden von Pontormo und Baciccio in den Seitenkapellen an, besuchten das kleine *antiquarium* mit frühchristlichen Inschriftentafeln und Mosaikfragmenten auf dem Fußboden sowie als Abschluß die Krypta. Sie lag fünf bis sechs Meter unter dem Bodenniveau und enthielt die Überreste der Mönche, die im Lauf der letzten vier Jahrhunderte in diesen Mauern gelebt hatten und gestorben waren. Es war ein beunruhigendes Schauspiel, und während sein Begleiter ausführlich über die Geschichte des Klosters und seiner Bewohner berichtete, betrachtete Philip die aufgestapelten und mit der Zeit vergilbten Schädel und Schienbeine, all die leeren Augenhöhlen und Kiefer, von welchen ein groteskes verstaubtes Lächeln auszugehen schien.

»Ist das alles wirklich nötig, damit wir uns an die Tatsache erinnern, daß wir sterben müssen, Pater?« fragte er unvermittelt.

Der Redefluß des Mönchs brach abrupt ab, als sprengte diese Frage die gelehrte Schilderung, die bis dahin die uralten Gewölbe erfüllt hatte.

»Ein Mönch lebt für das Jenseits«, antwortete er. »Ihr, die ihr im Diesseits lebt, seid euch dessen nicht bewußt, weil zu viele Dinge euch ablenken, aber wir wissen nur zu gut, daß das Leben nicht mehr ist als ein Augenblick und daß uns eine Reise ins unendliche Licht erwartet. Ich weiß«, fuhr er fort und drehte dabei den Kopf zur Wand, die vor Schädeln überquoll, »das alles wirkt grotesk oder vielleicht makaber, aber nur für den, der sich weigert, der Wahrheit ins Gesicht zu blicken. Sehen Sie, auch eine Frucht, die das frische und samtweiche Fleisch verliert, reduziert sich auf einen Knochen, auf einen trockenen und harten Kern, aber wir wissen, daß sich daraus neues Leben entwickeln wird.«

»Wir wissen, daß im Kern der Samen steckt«, sagte Philip, »aber hier«, fügte er hinzu, wobei er einen der übereinandergestapelten Schädel nahm und ihn so herumdrehte, daß durch das Loch am Hinterkopf die Höhlung im Innern zu sehen war, »hier sehe ich nichts – nur die Spuren der Venen und Nerven, die einst unter dieser vertrockneten Wölbung pulsiert haben und die Gedanken und Gefühle, das Wissen und die Hoffnungen eines Menschen gesteuert haben. Die Wahrheit ist, daß wir in Dunkelheit leben und daß uns nicht einmal ein Licht mitgegeben wurde, es zu durchdringen. Wir haben nur unseren durch das Bewußtsein über das unerbittliche Verrinnen der Zeit auf ewig erschreckten Geist.

Sagen Sie mir, mein lieber Freund, wie schaffen Sie es, einen göttlichen Plan hinter diesem zwanghaften, eintönigen Wechsel von Geborenwerden und Sterben zu erkennen, hinter diesem Gewimmel fiebriger Körper, die durch ein wenige Sekunden dauerndes Vergnügen dazu gezwungen werden, den Fluch von Leid, Krankheit und Altern zu verewigen sowie das Wüten von Krieg, Hunger und Seuchen. Und ihr Mönche, die ihr die Vereinigung mit einer Frau verweigert, beweist ihr im Grunde nicht gar, daß die Vollkommenheit im Leben gerade in der Weigerung besteht, es zu verewigen, in der Rebellion gegen den Mechanismus, der uns dazu treibt, uns zu vermehren, bevor wir sterben? Die Welt, das, was Sie das Diesseits nennen, Pater, ist in erster Linie eine öde Weite, über die die vier Reiter der Apokalypse dahingaloppieren. Die Welt ist vor allem Leiden, und wir Lebenden tragen dafür die vollständige Verantwortung.«

»Wir ebenfalls«, erwiderte der Mönch, »auch wenn Ihnen das vielleicht merkwürdig erscheint. Und wenn Sie unser Erleben teilen könnten, würde Ihnen das auch bewußt werden. Im Roulette des Lebens setzen wir unsere ganze Existenz auf eine einzige Zahl, wir haben das Wort des Menschensohns akzeptiert, der zitterte und weinte und schrie und der bei dem Gedanken, das Leben zu verlieren, Blut schwitzte.« Er senkte den kahlen Kopf, und sein Bart fiel auf die abgewetzte Kutte. »Aber Sie sind nicht deshalb hergekommen, und schon gar nicht wegen der Kunstschätze dieses Klosters. Ich habe den Eindruck, daß ich Sie schon einmal gesehen habe, allerdings ist das bereits lange her.«

Philip zuckte leicht zusammen. »Fahren Sie fort«, sagte er, »bitte.«

»Ich habe den Eindruck, ich hätte Sie schon einmal... Aber wenn dem so wäre, müßten Sie eigentlich viel älter sein...«

Philip gelang es nicht, seine Erregung zu verbergen: »Vielleicht haben Sie meinen Vater gesehen, Desmond Garrett, vor zehn Jahren. Wäre das möglich?«

Das Gesicht des Mönchs hellte sich auf: »Ja, so ist es, aber er hatte schwarze Augen. Nicht wahr?«

Philip nickte: »Wonach suchte mein Vater? Ich muß es wissen. Mein Vater verschwand vor zehn Jahren in der Sahara, und ich versuche ihn zu finden, aber meine Suche hängt an einem dünnen Faden.«

Der Mönch schwieg eine Weile, dann sagte er: »Ich glaube, daß der Zufall ihn hierhergeführt hat, wenn ich mich recht erinnere, als er sich eben zur Abreise nach Afrika anschickte. In jener Zeit kursierten Gerüchte über einen Fund, den Grabräuber in jenem Gebiet gemacht hatten. Ihr Vater versuchte auf allen Wegen mehr über diese Entdeckung zu erfahren, ich weiß nicht, warum. Mehrmals stieg er hinunter in die Katakomben der Stadt und erforschte unzählige Stollen, die in den Tuffstein früherer Vesuvausbrüche gegraben worden waren. Er erzählte mir vieles, aber ich bin sicher, daß er mir auch vieles verheimlicht hat. Schließlich kam er zu uns und überredete mich, ihm zu helfen. Ich zeigte ihm einen Weg, dem er folgen konnte. Eine Zeitlang blieb er hier. Eines Tages dann mußte er plötzlich abreisen, ich glaube, daß es seiner Frau – Ihrer Mutter, Doktor Garrett –, nicht gutging. Oder daß ihr bereits schlechter Gesundheitszustand sich plötzlich verschlimmert hatte. Wir haben nichts mehr von ihm gehört …«

Still senkte Philip den Kopf und sah in diesem Augenblick die Mutter zwischen Hunderten von weißen Blumen liegen, seinen Vater, der neben ihr kniete und sein Gesicht in den Händen verbarg. »Ich danke Ihnen für Ihre Freundlichkeit, Pater«, sagte er. »Und es tut mir leid um das, was ich vorhin gesagt habe. In Wahrheit bewundere ich Ihren Glauben, und in gewissem Sinn könnte ich sogar sagen, daß ich Sie darum beneide. Hören Sie, ich habe – eine Spur, einen Satz, den mein Vater mir hinterlassen hat, wahrscheinlich ist er ohne Sinn, aber vielleicht sagt er Ihnen ja etwas. Dieser Ort hat mich daran erinnert.«

»Sie können ganz offen sprechen«, sagte der Mönch.

»Der Satz lautet: *›Der Klang ist jenseits der Tür der Toten‹*. Bringt Sie das auf einen Gedanken? Gibt es vielleicht eine Tür hinter diesen Regalen voller Knochen?«

Der Mönch lächelte und nickte: »Kennen Sie die Legende von den Erdbebenglöckchen?«

»Nein. Davon habe ich nie gehört.«

»Nun, wie es scheint, lassen sich jedesmal, wenn ein Erdbeben bevorsteht, aus den Katakomben dieses Klosters Glöckchen vernehmen, eine zarte, silberne Melodie aus wenigen Tönen. Es heißt, dieser Klang habe seit jeher die Mauern des Klosters beschützt, die tatsächlich noch nie eingestürzt sind. Natürlich auch deshalb, weil sie auf den wunderbaren Fundamenten einer römischen Villa ruhen.«

»Haben Sie diesen Klang denn je gehört?«

»Nein. Aber Ihr Vater sagte mir, daß er ihn gehört hat. Tatsächlich gab es gerade zu der Zeit, als er sich bei uns aufhielt, in dieser Gegend einen Erdstoß. Möglicherweise handelte es sich aber auch um eine Einbildung. Ihr Vater ließ sich stark von seinen Gefühlen leiten, oder irre ich mich?«

Philip antwortete nicht.

»Sagen Sie mir, was genau hat mein Vater Ihnen über diesen Klang gesagt?«

»Ich erinnere mich nicht mehr genau. Ich weiß nur, daß er an diesem Punkt unter allen Umständen dessen Ursache herausfinden wollte.«

»Und welchen Weg haben Sie meinem Vater gezeigt?«

»Kommen Sie«, sagte der Mönch und ging in den hinteren Teil der Krypta. »Sie werden doch nicht etwa glauben, daß es in einem so alten Kloster wie dem unseren nicht einen Geheimgang gibt?«

»Es würde mich wundern, wenn dem nicht so wäre«, gab Philip zurück.

»Um Ihnen die Wahrheit zu sagen, es ist kein großes Geheimnis. Sehen Sie, dahinter«, dabei zeigte er auf ein Regal voller Knochen, das einen Teil der hinteren Wand verstellte, »befindet sich der Durchgang zu den unteren Ebenen, die ein wahres Labyrinth aus Stollen bilden. Zum Teil handelt es sich um Katakomben, um *columbaria,* die wahrscheinlich dem Südostviertel des antiken Pompeji zuzuordnen sind, aber ausgedehnte Flächen sind noch immer unerforscht.«

Er streckte die Hand aus und löste einen Bügel am Regal, das sich daraufhin um eine in den Boden eingelassene Angel drehte und eine kleine Eisentür freigab, die mit einem einfachen Riegel verschlossen war.

»Wie Sie sehen«, nahm der Mönch das Gespräch wieder auf, »kein Aufschnappen mysteriöser Mechanismen, es ist ein eher simples Geheimnis, wie es armen Franziskanermönchen zukommt.«

»Der Klang ist jenseits der Tür der Toten … Phantastisch! Habe ich denn die Erlaubnis hinabzusteigen?« fragte Philip nicht ohne Sorge, während er auf die Tür zeigte. Der Mönch schüttelte den kahlen Kopf und sagte:

»Nein. Ebensowenig wie Ihr Vater sie hatte. Meine Vorgesetzten wollen nicht, daß sich jemand dort hinunterwagt. Nicht weil es dort außer unseren geheimnisvollen Glöckchen noch etwas außergewöhnlich Aufregendes gäbe, sondern einzig deshalb, weil es gefährlich ist und sie bei einem Unglück keine Scherereien wollen. Was mich angeht, können Sie anfangen, wann es Ihnen beliebt, allerdings müssen Sie sich eine Acetylenlampe, einen Bergmannshelm und einen Brotbeutel besorgen. Nur – wenn Sie hinuntergehen, dann halten Sie mich bitte auf dem laufenden. Ihr Vater hat das auch getan, und irgendwo muß ich die Karte mit den Detailzeichnungen haben, die er nach der ersten Erkundungswoche angefertigt hat. Ich werde sie Ihnen geben. Offiziell halten Sie sich im Kloster auf, um die Fundamente des römischen *domus* zu untersuchen. Ich ermahne Sie, machen Sie keine Dummheiten; dort unten kann es wirklich gefährlich werden!«

»Ich werde aufpassen«, antwortete Philip. »Danke, Pater.«

»Gut. Sie werden sehen«, sagte er und zeigte auf die übereinandergestapelten Knochen, »daß Ihnen meine Mitbrüder in Kürze weniger beunruhigend erscheinen. Sie werden bemerken, daß sie immer noch in diesen Gewölben herumgeistern. Wissen Sie was? Ich glaube, daß die alten Ägypter nicht ganz unrecht hatten, wenn sie meinten, daß das *Ka* an der Seite des bestatteten Körpers bleibt. Irgendwie scheint mir, daß eine Spur unserer Gedanken und unserer Gefühle zurückbleiben muß, auch wenn wir gegangen sind … Und bevor Sie abreisen, werden

Sie mir vielleicht den wahren Grund für Ihren Zynismus nennen.«

Er ging fort und stieg die Treppe hinauf, die unter den Hauptaltar der Klosterkirche führte.

Der Abend senkte sich über die Stadt Alatri und färbte die gewaltigen Zyklopenmauern rostrot. Über den Hügeln ragten große schwarze und rosa Haufenwolken wie Riesen in den Himmel. Krähenschwärme segelten im Nordwind und machten den Schwalben den Himmel über den Türmen und Kuppeln der Kirchen streitig. Pater Hogan sah aus dem Fenster und ließ den Blick über die Dächer der antiken Stadt zur versinkenden Sonnenscheibe hin schweifen. Hinter ihm ließ sich Pater Bonis Stimme vernehmen: »In einer halben Stunde sollen wir den Pfarrer draußen vor der Stadt treffen. Es ist ein gutes Stück bis dorthin, besser, wir brechen auf.«

In Zivil gingen sie auf die Straße hinunter und liefen an den Zyklopenmauern entlang durch die Gassen der Stadt. »Einer Legende zufolge wurden diese Mauern im saturnischen Zeitalter von den Giganten errichtet«, sagte Pater Boni zu seinem Begleiter, »aber niemand weiß mit Gewißheit, wer sie errichtet hat und wie... Wie viele Geheimnisse es noch auf dieser Erde gibt!«

Sie kamen aufs offene Land und erblickten einen kleinen Friedhof.

»Ich möchte wissen, was Sie vorhaben«, sagte Pater Hogan auf einmal, als er sah, daß sie auf den Friedhof zusteuerten.

»Antonellis Leichnam exhumieren«, sagte Pater Boni. »Ich dachte, Sie hätten das begriffen.«

Bestürzt wandte Hogan sich ihm zu: »Ich glaube nicht, daß wir das Recht haben –«

»Wir haben die Pflicht, Hogan, die Pflicht, haben Sie verstanden?« Er schwieg einige Augenblicke, während das Tal allmählich in goldene Farbe getaucht wurde: »Ich glaube, Sie sind sich noch nicht gänzlich über das im klaren, was wir zu entdecken versuchen. Oder, wenn Sie sich darüber im klaren sind, versuchen Sie unbewußt, sich nicht damit zu konfrontieren. Warum?«

»Weil das, was wir suchen, schon jetzt verderbliche Auswirkungen auf uns hat, während wir nicht den geringsten gesicherten Beweis dafür haben, daß wir ein konkretes Ziel verfolgen. Ich erkenne Sie nicht wieder, Pater Boni. Sie waren vollkommen ungerührt, als dieser sterbende Mann von Ihnen die Absolution von seinen Sünden erfleht hat. Und jetzt sind Sie sogar bereit, sein Grab zu schänden. Was, zum Teufel, geht hier vor?«

Sie waren jetzt keine hundert Schritt mehr vom Friedhof entfernt. Pater Boni blieb stehen und fixierte seinen Begleiter mit eisigem Blick: »Wenn Sie nicht mitmachen wollen, dann gehen Sie. Sofort.«

Hogan nickte. »Genau das habe ich vor«, sagte er und schickte sich an, dorthin zurückzukehren, woher sie gekommen waren.

»Aber bedenken Sie«, sagte Pater Boni, »wenn jenes Signal die Stimme einer ebenso grausamen wie intelligenten Zivilisation ist, dann haben wir die Pflicht, es zu entschlüsseln und gegebenenfalls für immer auszulöschen, koste es, was es wolle.«

Pater Hogan blieb stehen.

»Also?« fragte Pater Boni.

»Es ist völlig absurd. Aber ich werde mit Ihnen kommen«, sagte Hogan.

»Sehr gut. Und von nun an versuchen Sie mir behilflich zu sein und nicht hinderlich. Ich betrachte Ihren Entschluß als endgültig.« Sie setzten ihren Weg fort und gelangten nach wenigen Minuten an den Friedhofseingang.

»Wir sind bereit«, sagte Pater Boni.

Der Pfarrer trat auf ihn zu: »Leider gibt es ein Problem.«

»Ein Problem?« fragte Pater Boni sichtlich verwirrt. »Was ist das für ein Problem?«

»Der arme Pater Antonelli liegt nicht auf diesem Friedhof.«

»Ich verstehe nicht.«

»Sehen Sie, vor drei Stunden habe ich auf den Sarg für die Beerdigung gewartet.«

»Und weiter?«

»Tja, und statt des Sargs kam ein Jesuitenpater, ein hohes Tier, ich glaube, es war der Sekretär des Ordensgenerals. Er kam, um mir mitzuteilen, daß Pater Antonelli in seinem Testament darum bat, daß seine Leiche verbrannt wird.«

Pater Boni erbleichte: »Das ist doch nicht Ihr Ernst. Die Leiche eines Priesters kann nicht verbrannt werden.«

»Aber die Unterlagen waren allesamt in Ordnung. Sie wurden auch dem hiesigen Gemeindebeamten gezeigt, und zwar in meinem Beisein. Und der Geistliche, der mit mir gesprochen hat, hat mir sein Beglaubigungsschreiben gezeigt: Es waren urschriftliche Originaldokumente. Ich habe versucht, mich mit Ihnen in Verbindung zu setzen, aber unter Ihrer Telefonnummer hat sich niemand gemeldet. Sie waren wohl schon aufgebrochen. Also habe ich beschlossen, zur verabredeten Stunde hier auf Sie zu warten.«

»Wohin ist der Leichnam gebracht worden, hat man Ihnen das gesagt?«

»Nach Rom, glaube ich. Und wenn Sie meine Meinung hören wollen, so sage ich Ihnen, daß ich nicht ein Wort von der Sache mit dem Testament geglaubt habe. Meiner Meinung nach hatte sich Pater Antonelli irgendeine mysteriöse Krankheit zugezogen. Schließlich war er ein Mann, der viel gereist ist, nach Afrika und in den Orient ... Deshalb wollten sie ihn verbrennen. Sie werden den besonderen päpstlichen Dispens dafür erbeten haben.«

»Ich danke Ihnen«, sagte Pater Boni. »Wir müssen nun zurückfahren. Sprechen Sie mit niemandem über unseren Besuch.«

Eilig machten sie sich auf den Rückweg nach Alatri.

»Ihre Mitbrüder haben uns ausgetrickst, Hogan.«

»Das glaube ich nicht. Wahrscheinlich hat Pater Antonelli selbst die Dinge so eingerichtet, daß sein Körper eingeäschert und sein Sarg zerstört wird.«

»Uns bleibt noch eine Hoffnung. Rasch, gehen wir zum Wagen. Ich weiß, wie wir in weniger als zwei Stunden nach Rom kommen, wenn Sie bereit sind, schnell zu fahren.«

Kurz darauf brachen Sie erneut auf, und eine halbe Stunde später befanden sie sich auf der planierten Trasse einer im Bau befindlichen Straße. Während der schwarze Wagen darüber hinwegjagte, zog er eine gewaltige Staubwolke hinter sich her.

Kurz nach neun Uhr abends hielt Hogan vor dem Verano-Friedhof. Die ganze Fahrt über hatte Pater Boni den Mund nicht aufgemacht, außer um ihm von Zeit zu Zeit Anweisungen zu geben, welchen Weg er einschlagen sollte.

Nervös drückte er mehrmals auf die Klingel, bis der Wächter endlich erschien.

»Wer sind Sie? Der Friedhof ist geschlossen.«

»Das wissen wir«, sagte Pater Boni, »aber sehen Sie, wir sind nur auf der Durchreise in Rom, und da haben wir erfahren, daß einer unserer Mitbrüder plötzlich verstorben ist und daß der Leichnam hierher in die Begräbniskapelle gebracht wurde, wo er eingeäschert werden soll. Wir müssen noch heute nacht weiter und möchten ihm die letzte Ehre erweisen. Wir standen uns seit vielen Jahren sehr nahe, wir waren eng befreundet –«

Der Wächter schüttelte den Kopf: »Tut mir leid, um diese Uhrzeit ist das nicht möglich. Ich habe strikte Anweisungen und –«

Pater Boni zog seine Brieftasche hervor, entnahm ihr eine Banknote und drückte sie dem Mann in die Hand. »Bitte«, wiederholte er mit Nachdruck, »es ist sehr wichtig für uns. Ich bitte Sie.«

Der Mann schielte nach der Banknote, dann blickte er sich um, und nachdem er sich vergewissert hatte, daß niemand zu sehen war, ließ er die beiden Fremden eintreten.

»Es ist gegen die Vorschrift«, sagte er. »Ich riskiere meinen Posten. Allerdings, wenn ich damit ein gutes Werk tue. Auf, kommen Sie schnell. Wie heißt Ihr Mitbruder?«

»Antonelli. Pater Giuseppe Antonelli.«

»Entschuldigen Sie mich einen Moment«, sagte der Mann und blieb vor seiner Wohnung stehen, »ich muß das Verzeichnis holen.« Kurz darauf tauchte er wieder auf. »Kommen Sie«, sagte er, »hier entlang.« Sie folgten einem Kiesweg zwischen zwei Reihen Zypressen und einer langen Abfolge von Grabnischen, bis sie zu einem flachen grauen Gebäude gelangten. Der Wächter schloß die Tür auf.

»Aber das ist doch nicht die Begräbniskapelle«, sagte Pater Boni.

»Allerdings nicht«, antwortete der Wächter, während er die Tür öffnete und drinnen Licht machte. »Das hier ist das Krematorium. Ihr Mitbruder ist bereits eingeäschert worden.« Kreidebleich und mit verdrehten Augen wandte Pater Boni sich Pater Hogan zu.

»Sie können seiner Asche die letzte Ehre erweisen«, fuhr der Wächter fort, »wenn Sie möchten.« Pater Boni schien fortgehen zu wollen, doch Pater Hogan, der die Geste richtig gedeutet hatte, hielt ihn am Arm zurück und zwang ihn beinahe, ihm durch die leere Halle zu folgen.

»Hier«, sagte der Wächter und deutete auf ein Kästchen, das in einem Regal aus Zinkblech stand, »das ist die Urne mit seiner Asche.« Er trat näher, um das Schildchen zu lesen und sicherzugehen, daß er sich nicht irrte. »Ja, er ist es wirklich. Giuseppe Antonelli S.J. Was bedeutet ›S.J.‹?«

»Das bedeutet Societatis Jesu, von der Gesellschaft Jesu Christi. Er war Jesuit«, antwortete Pater Hogan. Dann senkte er den Kopf und vertiefte sich ins Gebet. Er murmelte ein Requiem, dann hob er die Hand, um die Urne zu segnen.

»Danke«, sagte er hierauf zu dem Wächter, »es war uns jedenfalls ein Trost. Haben Sie von Herzen Dank.«

»Ich bitte Sie«, antwortete der Mann.

»Dann gehen wir jetzt.«

Pater Boni eilte mit großen Schritten davon, ohne abzuwarten, daß der Wächter sie begleitete und Pater Hogan ihm folgte. Sie hatten vielleicht zehn Meter zurückgelegt, als der Wächter sie zurückrief: »Signori!«

Sie blieben stehen.

»Was gibt's?« fragte Hogan.

»Ach, nichts, mir fiel nur gerade ein, daß der persönliche Besitz der eingeäscherten Personen für die Angehörigen aufbewahrt wird. Aber dieser Mann hatte keine Verwandten, steht im Verzeichnis. Wenn Sie Freunde waren, möchten Sie die Sachen vielleicht gerne haben.«

Pater Boni machte auf dem Absatz kehrt und rannte fast zurück.

»Aber ja, gewiß«, sagte er, »wir würden sie sehr gerne haben. Wie ich Ihnen vorhin ja schon gesagt habe, standen wir uns sehr nahe.«

»Na ja, viel hat er ja nicht gerade besessen.« Er öffnete eine Seitentür und führte sie in eine Art kleines Büro, wo er zu einer Kommode ging und das erste Schubfach aufschloß.

»Hier«, sagte er, »das war sein Brevier.«

»Sind Sie sicher, daß nicht noch mehr da ist?« drängte Pater Boni unruhig.

»Nein. Sehen Sie selbst nach. Sonst ist hier nichts drin.«

Auf dem Gesicht des Priesters zeichnete sich eine so tiefe Niedergeschlagenheit ab, daß der Wächter ihn bestürzt anblickte. Pater Hogan betrachtete das Büchlein mit dem glattpolierten und vom häufigen Gebrauch stark abgenutzten Einband aus schwarzem Leder, und einen Augenblick lang sah er es wieder auf dem Nachttisch des alten sterbenden Priesters in dem leeren Zimmerchen liegen, im schwachen Licht der Nachttischlampe. Wieder sah er diese fahle Stirn, auf der die Schweißperlen standen.

»Danke«, sagte er, »geben Sie es mir nur. Wir werden es

sorgfältig aufbewahren.« Er nahm das Brevier und machte sich auf den Weg zum Ausgang.

Sie stiegen ins Auto, Hogan ließ den Motor an und fuhr schweigsam durch die nunmehr verlassenen Straßen der Stadt. Während der ganzen Fahrt schwieg Pater Boni. Seine Hände hatte er auf die Beine gelegt, und ohne eine Miene zu verziehen, blickte er starr vor sich hin. Als sie wieder an ihrem Ausgangsort angekommen waren, öffnete er die Tür und lief durch den Innenhof, immer noch ohne ein Wort zu sagen. Bevor er unter dem Laubengang verschwand, rief Hogans Stimme ihn zurück. Er wandte sich um und sah ihn mit dem Brevier in der Hand mitten auf dem Hof stehen.

»Was gibt's?« fragte er.

Hogan hob das geöffnete Brevier, das er zwischen Daumen, Zeige- und Mittelfinger festhielt, und drehte es in seine Richtung.

»Es ist die Übersetzung«, sagte er. »Es ist die Übersetzung des Textes von Amun.«

»Das habe ich mir gedacht«, antwortete Pater Boni, »aber ich hatte nicht den Mut, mich dessen zu vergewissern. Verlieren Sie es bloß nicht. Gute Nacht.«

4. KAPITEL

Philip Garrett befand sich nun in einem unterirdischen Gang der dritten Ebene und schätzte, daß er gut zehn Meter unter die Erdoberfläche hinabgestiegen war. Die Karten, die sein Vater zehn Jahre zuvor gezeichnet hatte, hörten an diesem Punkt mit der Vermessung auf. Das Gelände dahinter war nur sehr grob skizziert, und nach einer ersten Gabelung, die sich wiederum zu einer Art Labyrinth verzweigte, brachen die Aufzeichnungen ganz ab. Philip erkannte, daß er sich erneut in einer verzwickten Lage befand. Welche Richtung er auch einschlug, er hätte sich in einem Gewirr aus Stollen und Gängen verlaufen. Es würde Monate dauern, ihren Verlauf festzustellen und sie Schritt für Schritt zu erkunden. An diesem Punkt blieb ihm nur, der letzten Anweisung zu folgen: *Find the entrance under the eye.*

Under the eye – unter dem Auge –: Was bedeutete diese Formulierung? Verbarg sich hinter den Tricks seines Vaters, hinter seinen Matroschka-Rätseln tatsächlich etwas, das all die Mühe lohnte? Er wurde immer frustrierter und empfand abermals diese Abneigung, diesen Ärger, den er als Junge seinem Vater entgegengebracht hatte. Seit langem war er sich schon darüber im klaren, daß er ihn unbewußt und ohne rechte Begründung für den Tod seiner Mutter verantwortlich machte.

Vielleicht mußte man die Formulierung ja in ihrer wörtlichen Übersetzung ins Italienische lesen? Denn in diesem Fall hätte »Under the eye« soviel bedeutet wie »vor der Nase«. Sein Vater hatte eine Vorliebe dafür gehabt, ihn mit merkwürdigen Wortspielen in verschiedenen Sprachen auf die Probe zu stellen.

Er stellte die Acetylenlampe auf den Boden und setzte sich auf eine niedrige Mauer aus rechteckigen Steinen. Die Luft war drückend und roch nach Schimmel, doch ab und zu wehte ein leiser Hauch, als huschte eine staubige Bö durch die in Dunkel getauchten Gänge. Plötzlich spitzte er die Ohren: Es war ihm, als hätte er Geräusche gehört. Er sah auf die Uhr: Es war spät geworden, fast Mitternacht, und das Käsebrot, das er eine Stunde zuvor mit einem Schluck Wasser hinuntergespült hatte, war gewiß kein üppiges Abendessen gewesen.

Er stand auf und bemerkte, daß die rechteckigen Steine nichts anderes waren als ein Bürgersteig. Vor ihm erhob sich die Außenmauer eines antiken römischen Hauses, die hier auf einem kurzen Abschnitt zugleich die Seitenwand des Stollens bildete, der erst viel später in das vulkanische Gestein gegraben worden war.

Wieder hörte er das Geräusch, und in dieser absoluten Stille ließ es ihm einen Schauer über den Rücken laufen. Es schien ihm, als käme es von der anderen Seite der Mauer. Er stand auf und hielt die Lampe hoch: vor ihm, verblaßt und von Staub bedeckt, aber noch erkennbar, befand sich das Bild eines Auges, das von einem Pfeil durchbohrt wurde, und daneben prangten ein Krebs mit geöffneten Scheren und ein Skorpion. Es war das alte Zauberzeichen, das in den Häusern von Pompeji gegen den bösen Blick verwendet wurde. Ein paar Tage zuvor hatte er auf einem Mosaik in einem kürzlich ausgegrabenen Haus der antiken Stadt ein solches Zeichen gesehen.

Unter dem Auge. Mit den Fingern begann er Stück für Stück die Wand zu untersuchen, doch er fand nur eine festgefügte Steinmauer. Die Spitzhacke wollte er nicht einsetzen, weil er nicht wußte, wie dick die Mauer war. Außerdem widerstrebte es ihm, dadurch vielleicht blindlings ein antikes Bauwerk zu zerstören, das auf der anderen Seite mit wertvollen Gemälden verziert sein konnte.

Noch einmal bückte er sich hinunter auf die Höhe des Bürgersteigs und begann die Mauerblöcke zu prüfen. Es gehörte nicht viel dazu herauszufinden, daß ein paar von ihnen fast frei lagen, denn an Stelle des Mörtels, der sie einst zusammengehalten hatte, fand sich nur Staub. Der Mörtel war – vielleicht von seinem Vater? – weggekratzt worden. Ringsherum lagen die Klümpchen im Staub.

Aus dem Beutel zog er eine Maurerhacke und setzte die Spitze erst an den Seiten und anschließend von unten nach oben wie einen Hebel an, bis es ihm gelang, den ersten Steinblock freizulegen. Sofort wehte ihm von innen ein Lufthauch entgegen, der Beweis dafür, daß er die Verbindung zu einem anderen Raum hergestellt hatte, der bis dahin von dem Stollen getrennt gewesen war. Und gleich darauf hatte er den Eindruck, als hörte er ein schwaches Klingeln, das sofort erstarb. War das möglich? Gab es die Erdbebenglöckchen tatsächlich? Er erschauerte bei der Vorstellung, daß ihn ein Erdstoß für immer in dieser Katakombe begraben könnte. Wieder lauschte er, doch er hörte nichts außer dem eigenen Atem. Er dachte nicht weiter darüber nach. Vorsichtig entfernte er den zweiten Block, dann kratzte er die Erde dahinter fort, bis er einen genügend breiten Durchgang gegraben hatte, um ins Innere zu gelangen.

Kurz darauf befand er sich in einem rechteckigen Raum von geringer Größe, der sicher einmal das *cubiculum* gewesen war. Und tatsächlich – als er die Laterne ein wenig hob, sah er den zerbrochenen Rahmen eines Holzbettes; an einer Wand stand eine bronzeverstärkte Sitztruhe. Das Metall war von der charakteristischen grünen Patina überzogen, während das fast völlig mineralisierte Holz durch die Jahrhunderte eine graue Farbe angenommen hatte.

Er befand sich also im Haus eines Römers aus der Antike, und dieses Gebäude war mit Sicherheit von demselben Erdbeben verschüttet und konserviert worden, das auf den Vesuvausbruch von Pompeji im Jahr 79 nach Christus folgte. Mit der Laterne untersuchte er die Wände des Raums und bemerkte, daß dieser durch einen Einsturz vom Rest des Hauses getrennt war. Philip erkannte sogleich, daß es sich hierbei um einen Einsturz viel jüngeren Datums handelte. Sein Vater mußte ihn in dem Versuch verursacht haben, ins Innere des antiken Hauses vorzudringen. Danach hatte er nicht mehr genug Zeit oder die Gelegenheit gefunden, zurückzukehren und seine Erkundung fortzuführen.

Es begann spät zu werden, und Philip überlegte, daß es besser wäre, am nächsten Tag wiederzukommen, wenn er erholt und bei klarerem Verstand war. Doch der Gedanke, diese letzte Trennwand zu überwinden und als erster Mensch nach fast zweitausend Jahren durch diese stillen Räume zu wandeln, hielt ihn davon ab und gab ihm neue Kraft. Er aß das letzte Stück Brot, das ihm geblieben war, und trank einige kräftige Schlucke Wasser. Dann begann er, die Tuffsteinbrocken und den Schutt aus dem Weg zu räumen, wobei er darauf achtete, daß er keine weiteren Einstürze verursachte. Nach ein paar Stunden Arbeit hatte er sich einen Durchgang gegraben. Schweißgebadet und mit staubweißen Haaren drang er durch den Gang vor und gab darauf acht, daß er den Pfeiler nicht berührte, der wie durch ein Wunder das übrige Gebäude vor dem Einstürzen zu bewahren schien. Sobald er auf der anderen Seite war, betastete er ihn mit den Fingern und stellte fest, daß das Holz durch das lange Einsickern kalkhaltigen Wassers aus dem Erdreich darüber fast mineralisiert war und wahrscheinlich über eine gewisse, wenn auch fragile Stabilität verfügte.

Seinen Augen bot sich ein beeindruckendes Schauspiel. Aufgrund eines seltsamen Gleichgewichts von Belastung und Druck war der größte Teil der Räume intakt und begehbar geblieben. Nur der große Säulenhof war fast vollständig mit Asche angefüllt, die jedoch von den Geländern, die den ehemaligen Garten zu ebener Erde umgaben, zurückgehalten und zusammengepreßt wurde. Dadurch ausreichend gefestigt, bildete die Asche eine Barriere und gestattete somit entlang der hinteren Außenmauer den Durchgang.

Als Philip die Lampe hob, konnte er die wunderbar erhaltenen Fresken erkennen, mit denen die Mauer verziert war. Auch diese stellten einen Garten dar, mit verblüffenden Trompe l'œils, und im Schein der Lampe, der sich an der Wand vorantastete, glitten Palmen und reich tragende Granatapfelbäume vorbei, Apfelbäume mit rotglänzenden Früchten, Mastixbäume und Myrten, Dornbüsche voller Brombeeren; zwischen den Ästen dieses phantastischen Gartens, den der einstige Besitzer mit Hilfe der Kunst unendlich weit in Raum und Zeit hatte ausdehnen wollen, schauten Amseln und Elstern, Stieglitze und Finken, Turteltauben und Eichelhäher hervor. Im unruhigen Licht der Lampe schien es einen Augenblick lang, als bewegten sich die Äste und Zweige wie durch einen plötzlichen Luftzug; es schien, als könnten die Vögel einen Augenblick lang ihren Gesang erheben und unter diesen staubigen Gewölben zum Flug ansetzten.

Er drang weiter vor, bis er auf das Atrium stieß; dieses war fast vollständig mit Asche angefüllt, teilweise jedoch begehbar. Linker Hand bemerkte er eine kleine, über und über mit Bildnissen von Göttern und Dämonen verzierte Nische. Die Gestalten waren jeweils mit ihren etruskischen Namen beschriftet, und unter ihnen stach *Charu* hervor, der Fährmann ins Jenseits. Er fand es merkwürdig, diese Symbole und Bilder in einem pompejischen Haus aus dem ersten Jahrhundert anzutreffen, doch während er innehielt, um die vom Schein der Laterne erhellten Bilder zu betrachten, meinte er, ein schwaches Geräusch zu hören und dann, kurz darauf, einen Windhauch zu spüren. War es möglich, daß sich in dieser toten Atmosphäre, in diesem Raum jenseits der Zeit noch etwas bewegen konnte?

Eine gute Minute lauschte er, doch als er nur sein Herz schlagen hörte, drang er bis zur Schwelle des *tablinums* vor, wo er starr vor Staunen innehielt: Er stand dem Hausherrn gegenüber.

Der obere Teil des Skeletts, Kopf und Arme sowie Teile der Rippen und des Rückgrats befanden sich auf dem Tisch, die Beckenknochen lagen auf dem Stuhl, während Bein- und Fußknochen auf dem Boden ein hübsches schwarzweißes Mosaik bildeten. Das weiße Leinenkleid war vollkommen erhalten und wies noch die – allerdings verblaßten – roten Stickereien auf, mit denen die Ränder verziert waren.

Behutsam trat er näher, und während er die Schwelle überschritt, bemerkte er aus dem Augenwinkel ein eigenartiges Objekt, das an einem Kerzenständer hing. Es war ein perfekt erhaltenes Sistrum aus schwarzem Metall, der Farbe von oxydiertem Silber. In seinem Kopf hallten die Worte des Mönchs über die Legende von den Erdbebenglöckchen wider, er erinnerte sich an die Besessenheit seines Vaters, eine bestimmte Notensequenz nachzuahmen, und während er das Instrument betrachtete, schien es ihm fast, als hörte er dessen silbernen Klang in dem Raum hallen. Er streckte die zitternde Hand aus und brachte es zum Pendeln. Die Scheiben glitten an den Führungsstäben entlang und stießen gegen den Außenrahmen. Dadurch entlockte er dem kleinen, seit zwanzig Jahrhunderten von keiner Menschenhand berührten Instrument einige wenige Noten, und dieser Klang vibrierte wie ein kurzes, hauchzartes Klagelied in dieser Welt aus Asche.

Philip spürte, wie ihm die Tränen in die Augen stiegen. Dies war der Klang der Spieldose, den er sich vergeblich ins Gedächtnis zurückzurufen versucht hatte! Dies war der Klang, mit dessen Nachahmung sein Vater aus einem ihm unbekannten Grund einen Handwerksmeister beauftragt hatte; dies war der Klang, der aufgrund einer seltsamen Verstärkung, eines komplexen Zusammenspiels von

Echos jedesmal zu hören gewesen war, wenn die Erde gebebt hatte. Und diese leise, in den Tiefen der Jahrtausende vergessene Stimme hatte dann mitten in der Nacht die Mönche erschauern lassen.

Welche Wunder hielt dieser Ort noch bereit?

Erneut richtete er den Blick auf die Überreste des Mannes, der vor ihm lag, und da bemerkte er, wie sich aufgrund der Schallwellen die letzten Knochen der Hand, die bis zu jenem Augenblick lediglich durch ein wundersames Gleichgewicht zusammengehalten worden waren, aus den Gelenken lösten. Plötzlich fiel sein Blick auf die rechte Hand, die nunmehr zerfallen auf einem Papyrusblatt lag. Der Mann war gestorben, während er schrieb.

Das Tintenfaß stand noch auf dem Tisch, und der Federkiel lag zwischen den Gliedern von Zeigefinger und Daumen. Ohne Zögern nahm er die Leica aus dem Beutel und bannte die verblüffende Szene im kalten Licht des Magnesiumblitzes. Er ging um den Tisch herum, schob mit äußerster Behutsamkeit die Handknochen, einen nach dem anderen, von dem Blatt und drückte erneut auf den Auslöser. Dann streckte er die Hand aus, um den Papyrus an sich zu nehmen, doch in diesem Augenblick vernahm er das Geräusch, das er wenige Minuten zuvor zu hören geglaubt hatte, auf einmal laut und deutlich – das Geräusch von Stimmen und Schritten. Er wandte sich in die Richtung, aus der sie kamen. In diesem Moment bemerkte er ein Detail, das ihm zunächst entgangen war, als er das Zimmer betreten hatte und seine ganze Aufmerksamkeit von der außergewöhnlichen Szene, die sich seinem Blick geboten hatte, gefesselt worden war. Im Staub, der den Fußboden bedeckte, waren menschliche Fußspuren erkennbar, Spuren, die um einiges jünger waren als die antike Tragödie. Er wich zur Türschwelle zurück, griff dabei instinktiv nach dem Sistrum und steckte es in seinen Beutel. Er konnte gerade noch rechtzeitig die Laterne löschen und sich hinter einer Säule des Atriums verbergen, als er das Knarren einer sich öffnenden Tür hörte. Dann erfüllten das Licht einer anderen Lampe und penetranter Karbidgeruch den Raum.

Drei Männer traten ein; zwei davon waren ärmlich gekleidet wie die einfachen Leute in Neapel, den dritten konnte er nicht gut erkennen, weil er ihm den Rücken zuwandte. Er bemerkte lediglich, daß es sich um einen großen, kräftigen Mann handelte, dessen Kleidung von schlichter Eleganz war.

»Siehst du ihn?« sagte einer der beiden anderen zu ihm. »Wie wir dir gesagt haben. Schau dir das Wunder an: Er ist noch völlig unberührt.«

Der Mann ließ den Blick durch den ganzen Raum schweifen. »Unberührt?« meinte er dann. »Seht euch mal die Knochen dieser Hand an. Sie sind um mindestens dreißig Zentimeter nach rechts verschoben. Ihr habt mir versichert, daß vor euch niemand je an diesen Ort vorgedrungen ist.«

»He, Freund, wir haben die Wahrheit gesagt und wissen nichts von diesen Geschichten. Du willst doch nicht etwa eine Ausrede finden, damit du uns nicht bezahlen mußt? Paß auf, das wird dir übel bekommen, wir –«

»Ihr bekommt nicht einen Centesimo von mir, bevor ihr mir nicht sagt, wer in diesem Raum gewesen ist. Ihr Gauner wolltet zweimal kassieren, nicht wahr?« Sein Italienisch war korrekt, wies allerdings einen deutlich ausländischen, leicht mitteleuropäischen Akzent auf.

Nicht im geringsten eingeschüchtert, trat der andere auf ihn zu: »Wir haben dich hergeführt, wie du wolltest. Also bezahle uns.«

»Nein«, sagte der Ausländer. »Wir haben eine eindeutige Abmachung. Entweder ihr sagt mir, wer hier gewesen ist, oder ihr bekommt keinen Heller von mir.«

»Aber wir wissen es nicht«, sagte derjenige, der bis dahin den Mund noch nicht aufgemacht hatte. Dann wandte er sich seinem Gefährten zu und sagte zu ihm in Dialekt: »Da ist doch dieser Amerikaner im Kloster, der unter der Erde herumschnüffelt... vielleicht war er's ja?«

Der Ausländer schnappte sofort das Wort »Amerikaner« auf, das auch im Dialekt gut verständlich war: »Amerikaner? Welcher Amerikaner?«

»Ich habe ab und zu im Franziskanerkloster zu tun«, sagte der andere, »und ich habe einen Amerikaner gesehen, der seit ein paar Tagen ins Kloster kommt. Angeblich erforscht er die Kellergeschosse, die Katakomben unter der Krypta.«

Bei diesen Worten schreckte Philip Garrett zusammen. Er zog sich noch mehr hinter die Säule zurück und hielt den Atem an. Der Staub, der an der Säule haftete, war so fein, daß die kleinste Bewegung ihn aufwirbelte, und Philip fürchtete, niesen zu müssen und von diesen vermutlich gefährlichen Leuten entdeckt zu werden.

Der Ausländer schien sich beruhigt zu haben. Seine Aufmerksamkeit richtete sich nun auf den Papyrus, der auf dem Tisch lag. Er trat näher und betrachtete ihn lange, ohne etwas zu sagen, aber sein Gesichtsausdruck hatte sich auf dramatische Weise verändert: Die Stirn war schweißüberströmt, und die Augenlider zuckten aufgeregt. Dann griff er mit der Hand nach dem Papyrus.

»Und was ist nun mit unserem Geld?« fragte einer der beiden Männer.

Der Ausländer wandte sich um, so daß Philip sein Gesicht deutlich erkennen konnte: Er war ein schöner Mann mit gleichmäßigen Zügen, sein Gesicht war untadelig rasiert und das blonde Haar sorgfältig gekämmt, doch der Blick seiner blauen durchscheinenden Augen war eisig. Es war der Blick eines Mannes, der zu jeder Grausamkeit fähig war, und Philip empfand Angst vor ihm.

»Das Geld gebe ich euch schon«, sagte er, »aber zuerst will ich kontrollieren, ob ihr jemand anders hergeführt habt.« Er nahm den Papyrus, um ihn in die Tasche zu stecken, die er bei sich trug, aber der andere versuchte ihn daran zu hindern und legte seine Hand darauf. Das zarte Blatt zerfiel in zwei Stücke.

»Idiot«, fuhr ihn der Fremde an, »du Trottel, schau, was du angerichtet hast.«

»Wir haben noch nie jemanden hergeführt«, sagte der andere.

»Dann müssen wir herausfinden, ob es andere Zugänge gibt«, sagte der Ausländer. »Wenn ihr noch niemanden hergeführt habt, dann bedeutet das, daß jemand über einen anderen Zugang eingedrungen sein könnte. Vielleicht ist er sogar noch hier in der Nähe. Sehen wir uns einmal um …«

Philip glaubte sich verloren und versuchte im Dunkeln die Stelle wiederzufinden, wo er den Einsturz überquert hatte. Doch nach ein paar Schritten stieß er gegen einen Balken und brachte dadurch das silberne Sistrum, das er bei sich trug, zum Klirren. Er stieß einen Fluch zwischen den Zähnen hervor und suchte tastend den Durchgang zum Säulenhof.

»Dort hinten!« schrie der Ausländer. »Dort hinten ist jemand. Schnell, laßt ihn nicht entwischen!«

Als er sich entdeckt wußte, rannte Philip los. In der Dunkelheit stolperte er und stieß gegen alle möglichen Hindernisse, doch es gelang ihm, zum Eingang des *cubiculums* zurückzukehren. Er hörte das Getrampel ungestümer Schritte und die Stimme des Ausländers, der schrie: »Wenn ihr ihn erwischt, gebe ich euch das Doppelte!« Plötzlich vernahm Philip einen Schmerzensschrei und konnte nicht anders, als einen Blick zurückzuwerfen: Der Ausländer war gegen die Kante einer Balustrade gestoßen und hielt sich die rechte Hüfte; sein Gesicht war schmerzverzerrt. Der Lichtschein der Karbidlampe kam jetzt bedrohlich näher, denn die anderen beiden waren weitergerannt. Philip kletterte den Haufen aus Ziegeln und Schutt bis zu dem Durchschlupf unter dem Tragbalken hinauf, und während er versuchte, sich auf die andere Seite hinabzulassen, sah er das Licht der Laterne in den

Raum eindringen und dahinter die dunklen Umrisse seiner Verfolger.

»Halt oder ich schieße!« schrie der Ausländer, doch Philip ließ sich nach hinten fallen und rollte Hals über Kopf die andere Seite des Einsturzes hinunter. Er stand auf und sah, daß das Licht sich dem Durchschlupf näherte. Es blieb nicht mehr genug Zeit, um hinauszugelangen – er hatte keine andere Wahl. Während einer der beiden Verfolger bereits an der Öffnung auftauchte, kletterte er den Schutthaufen seitlich wieder hinauf und schlug mehrmals mit der Hacke gegen den Tragbalken. Als er sah, daß der Balken nachzugeben begann, rannte er hinunter zur Wand und fand den Durchgang zum Bürgersteig draußen, während das ganze Gebäude in sich zusammenstürzte. Staub drang in seine Lungen ein und erstickte ihn fast. Ein Hagel von Steinen zermalmte beinahe seine Beine, doch mit einer letzten Kraftanstrengung gelang es ihm, sich in den außenliegenden Stollen zu schleppen und dort die frische Luft tief einzuatmen. Krampfhaft hustete er lange, bevor er wieder regelmäßig atmen konnte, dann massierte er seine geschundenen und blutenden Beine. Glücklicherweise waren die Knochen nur geprellt und nicht gebrochen. Als er sich erholt hatte, legte er das Ohr an die Mauer, doch von der anderen Seite drang kein Laut herüber. Er glaubte, daß er sie getötet hatte. Alle drei? Traurigkeit überfiel ihn und ließ seine Gedanken und Glieder erstarren.

Seine Lampe war zerbrochen und nicht mehr zu gebrauchen, doch indem er sparsam erst das Feuerzeug und dann die Streichhölzer aus seinem Beutel einsetzte, gelang es ihm, den eigenen Spuren folgend zurückzukehren.

Als er die Krypta des Klosters erreichte, war er erschöpft und fast außer sich vor Anstrengung, Schmerz und Aufregung. Die in den Nischen aufgestapelten Schädel empfingen ihn mit ihrem grotesken Lächeln, doch in diesem Augenblick erschienen sie ihm wie die lächelnden Gesichter alter Freunde.

Er kehrte zu dem kleinen Dienstboteneingang zurück, der in die Waschküche und den dahinterliegenden Gemüsegarten führte. So gut es ging, brachte er sich in Ordnung und machte sich dann humpelnd auf den Weg ins Hotel. Es war jetzt tiefe Nacht, die Dorfstraßen lagen vollkommen verlassen da. Philip ging so schnell er konnte und versuchte, die Schmerzen zu unterdrücken. Er konnte es kaum erwarten, in sein Zimmer zurückzukehren, ein Bad zu nehmen und sich aufs Bett zu werfen.

Doch schon bald mußte er feststellen, daß dieser lange Tag noch nicht zu Ende war. Er hörte Schritte, die sich mit seinen eigenen vermischten und jedesmal verstummten, wenn er stehenblieb, um sich umzublicken. Und als er nach einer Weile an die Einmündung einer Gasse kam, die spärlich von einer Gaslaterne erleuchtet wurde, versperrten ihm von allen Seiten Schatten den Weg, die aus dem Nichts aufgetaucht waren.

Eine Stimme sagte: »Laß den Beutel fallen und verschwinde. Dann geschieht dir nichts.« Diese Stimme! Philip drückte sich gegen eine Mauer und schrie: »Hilfe, Hilfe!« Doch keines der Fenster der Häuser, die auf die Gasse gingen, wurde geöffnet, niemand kam ihm zu Hilfe. Er war verloren. Dieser Mann hatte sich retten können und war vor ihm am Ausgang gewesen. Nun wollte er ihm das wegnehmen, wofür er sich so lange Zeit abgemüht hatte, ihm für immer den Weg versperren, dem er auf den Spuren seines verschollenen Vaters folgte, und ihm vielleicht sogar das Leben nehmen. Wer war dieser Mann nur? Er griff nach der Hacke und stellte sich mit dem Rücken gegen die Mauer. Er würde mit aller Kraft kämpfen, die ihm blieb.

Die Schatten traten nach und nach in den Lichtschein, den die Laterne auf den Boden warf. Es waren vier Strolche mit Messern in der Hand, doch der Mann, der gesprochen hatte, zeigte sich nicht. Im Schutz der Dunkelheit blieb er an der Einmündung der Gasse stehen.

Die Angreifer waren nun sehr nahe, und einer trat auf

ihn zu und bedrohte ihn mit dem Messer, während ein anderer die Hand nach dem Beutel an seiner rechten Hüfte ausstreckte. Philip versetzte ihm einen Tritt und schrie zugleich auf wegen des Schmerzes im rechten Bein, doch um ein Haar wich er der Messerklinge aus, mit der der andere auf seinen linken Arm einstechen wollte. Er schwang die Hacke im Kreis und zwang seine Angreifer zurückzuweichen, doch er wußte, daß er keine Chance hatte. Er verfluchte seine Einfältigkeit. Wenn er den Film aus dem Fotoapparat genommen und ihnen den Beutel überlassen hätte, wäre er vielleicht davongekommen, aber dafür war es nun zu spät. Die vier standen nunmehr einen Schritt vor ihm, und er mußte sich ihrer Messer erwehren, als plötzlich aus einem dunklen Torweg hinter seinem Rücken eine Gestalt in schwarzem Umhang und mit verdecktem Gesicht auftauchte und eine tiefe Stimme mit synkopierendem Tonfall ertönte: *»Salam aleikum, sidi el Garrett!«* Gleich darauf erschienen aus dem Umhang zwei dunkle Hände: die rechte hielt einen Säbel, die linke einen *Jatagan*. Der Angreifer, der sich zuerst umwandte, bekam zwei Hiebe ab, von vorne und von hinten, und fiel schreiend nieder, während er sich beide Wangen hielt, die von der Schläfe bis zum Unterkiefer gespalten waren. Einem anderen wurden die Achillessehnen durchtrennt, bevor er Zeit hatte, sich umzudrehen, und er fiel zu Boden, wo er sich wand und vor Schmerz brüllte. Die anderen beiden flohen. Der Krieger faßte sich blitzartig und steckte die Waffen in die Scheiden, dann senkte er den Kopf und berührte mit der rechten Hand Brust, Mund und Stirn.

Reglos vor Staunen lehnte Philip noch immer mit der Hacke in der Hand an der Mauer.

»Es war Wahnsinn, *el sidi*, die hätten dich wie ein Zicklein aufgeschlitzt, und dein Vater hätte mir das nie verziehen«, sagte der Mann und zeigte sein Gesicht. »Zum Glück war ich so klug, deine Schritte zu überwachen, vor allem nachts, wenn du am meisten gefährdet warst.«

Philip betrachtete die eckigen Kiefer, die gerade Nase, die großen, tiefschwarzen und leuchtenden Augen: »El Kassem! O mein Gott, ich kann's nicht glauben.«

»Besser, wir verschwinden von hier«, sagte der arabische Krieger. »Diese Stadt ist gefährlicher als die Medina von Tanger.«

»Hast du ›dein Vater‹ gesagt? Dann stimmt es also, daß er lebt?«

»Wenn Allah ihn bis heute erhalten hat, ja.«

»Und wo ist er jetzt?« fragte Philip, während er hastig weitereilte und sich von Zeit zu Zeit umsah.

»Ich weiß es nicht. Seit wir uns getrennt haben, hat er sicherlich einen weiten Weg zurückgelegt, und wir werden ihn aufspüren müssen. Komm jetzt, folge mir. Du kannst nicht länger in deinem *saray* bleiben. Ein Freund hat bereits dein Gepäck holen lassen und erwartet uns in seinem Haus.«

Im Osten begann der Himmel sich aufzuhellen, als die beiden zu einem alten Haus mit abgeblättertem Putz gelangten. Sie durchquerten den Torweg und gelangten in einen großen Innenhof, in dem man Leinen zum Trocknen der Wäsche gespannt hatte.

»Hier entlang«, sagte El Kassem, während er seelenruhig zwischen den Wäschestücken hindurchlief. Sie kamen an eine Treppe und begannen hinaufzusteigen.

»Das sind schon seltsame Leute, diese Neapo –«, sagte El Kassem, ohne daß seine Stimme durch das rasche Hinaufsteigen ins Schnaufen geriet.

»Neapolitaner«, vervollständigte Philip keuchend.

»Richtig. Wie können sie nur glauben, einen Kampf mit so kleinen *Jataganen* zu gewinnen? Mit so etwas spielen bei uns in der Oase die Kinder.«

»Wir sind hier nicht in der Wüste, El Kassem, und ich frage mich, wie du an einem Ort, wo alle ihre Nase in die Angelegenheiten der anderen Leute stecken, in diesem Aufzug herumlaufen konntest, ohne die allgemeine Aufmerksamkeit auf dich zu ziehen.«

»O, das war nicht schwer«, antwortete El Kassem. »Wenn du die Schnur deiner *Kufija* löst, sie bis auf die Brust hinabfallen läßt und mit gesenktem Kopf gehst, siehst du aus wie eine eurer Witwen.«

Sie blieben auf dem Absatz des dritten Stockwerks stehen, und Philip lehnte sich einen Moment gegen die Wand, um wieder zu Atem zu kommen.

»Wenn du deinen Vater ausfindig machen willst, mußt du deine Muskeln und deine Glieder stärken«, sagte El Kassem. »Wenn drei Treppen dich schon so zurichten ...«

Philip hielt es nicht für angebracht zu antworten. Er kannte El Kassem, seit er als Junge seinen Vater nach Oran begleitet hatte, bevor dieser zu einer seiner vielen Forschungsreisen in die Wüste aufbrach. Er war sein Führer und seine Leibwache, und er war ihm mit der Treue verbunden, zu der nur die Männer der Wüste fähig sind. Seine unglaubliche Zähigkeit erlaubte ihm, tagelang ohne Anzeichen von Ermüdung zu reiten und nur ab und zu ein paar Minuten im Sattel seines Pferdes zu schlafen; er war nicht nur außergewöhnlich geschickt im Umgang mit jeder Art von Waffe, sondern er ertrug auch jede Entbehrung – Hitze wie Kälte, Hunger wie Durst.

El Kassem klopfte an die Tür, und von der anderen Seite ließ sich ein gemächliches Schlurfen vernehmen und hierauf die fragende Stimme eines Alten: »Wer ist da?«

»Wir sind's«, antwortete El Kassem auf französisch.

Die Tür wurde geöffnet, und ein alter Mann erschien. Er war in einen zerschlissenen Morgenrock gehüllt, hatte das Haar jedoch sorgsam gekämmt. Philip erkannte ihn und breitete die Arme aus: »Lino!«

Der Alte betrachtete ihn einen Moment lang, dann sagte er: »Seid Ihr das, Signor Philip? O heilige Jungfrau, Ihr seid es wirklich! Kommt, kommt herein. Aber wie übel Ihr zugerichtet seid! Was hat man Euch angetan?«

»Mein guter alter Freund«, sagte Philip und schloß ihn in seine Arme.

Mit dem Ärmel des Morgenmantels trocknete der Alte sich die Tränen, dann bot er seinen Gästen Platz an und machte sich sogleich daran, Kaffee zu kochen. El Kassem setzte sich mit gekreuzten Beinen auf einen Teppich, während Philip es sich auf einem alten Sessel mit abgewetztem Bezug bequem machte. Alles in der kleinen Wohnung wirkte alt und abgenutzt, und Philip war gerührt, als er an die kurze Zeit in seiner Jugend dachte, die er in Neapel in einer schönen Wohnung in der Via Caracciolo mit herrlichem Blick auf den Vesuv und den Golf verbracht hatte. Damals war Natalino Santini ihr Diener und der Chauffeur seines Vaters gewesen. Er fuhr ihn in die Buchhandlungen an der Piazza Dante, wo er nach seltenen Büchern und alten Handschriften suchte, und er hielt die Kontakte und Verbindungen zu den verborgensten und am wenigsten zugänglichen Gegenden der Stadt aufrecht. Es gab keine Gasse in den spanischen Vierteln, die ihm nicht vollkommen vertraut war. Als sie Neapel verließen, lebte Lino in bescheidenem Wohlstand und hatte eine neue Arbeit gefunden.

Die kleine Espressomaschine begann zu brodeln, und Lino stellte die Flamme ab.

»Es tut mir leid, *signurí*«, sagte er, »daß ich euch in dieser unwürdigen Umgebung empfangen muß, aber leider habe ich meine wenigen Ersparnisse für die Behandlung meiner armen Frau ausgeben müssen, als sie an der Schwindsucht erkrankt ist.« Er schüttelte den Kopf: »Ich habe sie verloren, und ich habe alle meine Ersparnisse verloren, und jetzt, in meinem Alter, will mich keiner mehr nehmen. Ich schlage mich mit ein paar kleinen Arbeiten durch … Tja, die schönen Zeiten sind vorbei, *signurí*.« Er servierte den Kaffee in wertvollem Porzellan, der einzig verbliebenen Erinnerung an bessere Zeiten, dann setzte auch er sich, um mit halbgeschlossenen Augen die kochende schwarze Flüssigkeit aus seiner Tasse zu schlürfen. Kaffee gehörte zu den wenigen Genüssen, die er sich noch leistete.

»Lino, was hat mein Vater in den Katakomben der Franziskaner gesucht?« fragte Philip plötzlich.

Der Alte trank noch ein wenig Kaffee, dann setzte er die Tasse auf dem Tellerchen ab und stieß einen tiefen Seufzer aus.

»Es kommt Euch vielleicht komisch vor, aber er suchte nach einem Klang.«

»Einem Klang?«

»Ja. Nach einem zarten metallischen Klang, wie von einer Spieldose, von dem es hieß, daß man ihn vor einem Erdbeben bei den Klostermönchen hören könnte. Die Mönche erzählten es herum, und die einfachen Leute glaubten daran. Sie suchten in den Mauern des Klosters Zuflucht, denn man erzählte sich, daß dieser Klang die Mauern vor dem Einstürzen bewahrte. Tatsächlich ist das Kloster noch nie beschädigt worden. Hat Euch das der Pater Guardian nicht erzählt?«

Philip fuhr sich mit der Hand über die Stirn. Alles paßte perfekt zusammen, obwohl augenblicklich nichts einen Sinn ergab: »Ja, aber –«

»Euer Vater hatte die Erlaubnis, die Katakomben zu erforschen, und als er diesen Klang vernahm, war er davon tief beeindruckt. Ich weiß nicht... es kann sein, daß er nur glaubte, ihn zu hören, aber von diesem Augenblick an fand er keinen Frieden mehr. Er war davon so besessen, daß er das Motiv dauernd vor sich hinsummte. Ich mußte ihm einen Handwerker suchen, der eine Spieldose bauen sollte, die den Klang perfekt nachahmte und die er Euch dann schenkte, erinnert Ihr Euch?

Eines Tages dann gab er sie mir und sagte, ich solle sie sorgsam aufbewahren. Seht her, ich erzähle Euch keine Märchen«, fügte er hinzu, während er vom Sessel aufstand und die Tür eines Wandschränkchens öffnete. »Seht her«, sagte er und zeigte ihm ein Kästchen aus Buchsbaumholz, auf dem ein Zinnsoldat thronte. »Erinnert Ihr Euch? Er hatte sie Euch zum Geburtstag geschenkt, aber als er in den Krieg ziehen mußte, gab er sie mir, damit ich sie aufbewahrte, und er legte mir ans Herz, niemandem davon zu erzählen.« Er öffnete den Deckel, drehte an einem Schlüsselchen, und ein kurzes zartes Klagelied ertönte in dem kleinen Zimmer. Philip erblaßte: »Mein Gott…«

»Was ist?«

»Ich – ich habe die Quelle dieses Klangs gefunden. Seht her.« Er stand auf, nahm den Beutel, und unter den verblüfften Blicken des alten Bediensteten und des arabischen Kriegers zog er das Sistrum hervor. Er hängte es an den Türpfosten und stieß es leicht mit der Spitze des Zeigefingers an. Das Instrument begann zu pendeln, die bronzenen Schellen glitten an den Führungen entlang und stießen eine nach der anderen an den Metallrahmen, der eine kurze helle Tonfolge von sich gab.

Mit Tränen in den Augen trat der Alte näher: »Ihr habt recht, dies ist die wahre Quelle des Klangs, mein Sohn.«

»Ja«, sagte Philip, »über Jahrhunderte ist dieses Instrument immer dann, wenn die Erde bebte, in dem unterirdischen Labyrinth erklungen. Das ist es, was mein Vater suchte, aber warum nur, warum?«

Der Alte schüttelte den Kopf: »Ich weiß es nicht, und selbst Euer Vater hat es nicht gewußt. Es war etwas, das er sich selbst nicht erklären konnte. Es gibt manchmal Kräfte, die uns leiten, ohne daß wir uns dessen bewußt sind, bis dann der rechte Augenblick gekommen ist. Glaubt Ihr nicht?«

»Und du, El Kassem, weißt nicht einmal du es?«

Der Krieger schüttelte den Kopf: »Nein. Aber es muß sehr wichtig sein. Heute nacht war noch ein anderer hinter dem Instrument her. Erinnerst du dich?«

»Stimmt. Und ich habe ihm ins Gesicht gesehen.«

El Kassem fuhr auf: »Du hast ihm ins Gesicht gesehen? Aber warum hast du mir das nicht gleich gesagt? Es war so dunkel, daß ich nicht dachte –«

»Es war nicht in der Gasse, sondern in den Katakomben. Es handelt sich um einen großen, blonden Mann mit kantigen Kieferknochen und eisigen blauen Augen.«

El Kassem erbleichte: »O gütiger und barmherziger Allah, das ist Selznick.«

5. KAPITEL

Oberst Jobert war einen Monat lang im Fort El Aziri geblieben, da er hoffte, Nachrichten von Philip Garrett zu erhalten, die ihm bei seinen Ermittlungen weiterhelfen würden. Als er schließlich feststellen mußte, daß keine Botschaft eintraf, hatte er beschlossen, gegen Ende Oktober mit zwei Kompanien Fremdenlegionären das Fort zu verlassen. Dahinter verbarg sich die Absicht, die Wüste bei erträglichen Temperaturen zu durchqueren und dann in den südöstlichen Quadranten vorzustoßen. Doch in diesem Jahr hielt sich die ungewöhnliche Sommerhitze bis weit in den Herbst hinein, und das Vorwärtskommen gestaltete sich mit jedem Tag härter und schwieriger.

Die Oasenbeduinen hatten ihm von zwei Fremden berichtet, in denen er die Gesuchten wiederzuerkennen glaubte. Bei dem großgewachsenen Ungläubigen mit den hellen Augen und der Wunde an der Hüfte, der sich im April nach Norden in Richtung Fezzan begeben hatte, mußte es sich um Selznick handeln; der *nabil* mit den silbernen Schläfen und den dunklen Augen dagegen, der vom Brunnen von Bir Akkar aufgebrochen war und sich Anfang September nach Osten gewandt hatte, war Desmond Garrett. Obwohl Oberst Jobert sich sicher war, daß es sich um die Gesuchten handelte, konnte er sich beim besten Willen weder erklären, warum Selznick nach Norden gezogen war, noch wohin er wollte und was er dort vorhatte. Es war klar, daß Garrett ihm anfangs, als er ihm noch vertraute, vieles erzählt haben mußte, und diese Informationen hatten Selznick wahrscheinlich in die Lage versetzt, eine eigene Spur zu verfolgen.

Nachdem Jobert dies in Erfahrung gebracht hatte, und

da ihm bewußt war, daß er seine Kräfte nicht teilen konnte, telegrafierte er vom letzten Vorposten aus an die Küstengarnisonen, damit sie die Karawanenstraßen und die Häfen überwachten und Selznick aufhielten, falls er sich einschiffen wollte. Allerdings gab er sich keinen übertriebenen Hoffnungen über den Erfolg einer solchen Operation hin. Denn wenn Selznick nach Libyen, nach Gadames und dann nach Tripolis gezogen wäre, hätte er problemlos Italien, Griechenland oder die Türkei erreichen können. Er war sich jedoch sicher, daß sich ihre Wege früher oder später wieder kreuzen würden.

Sich selbst behielt er die schwierigste Aufgabe vor, die Erkundung des südöstlichen Quadranten, einer verlassenen Gegend, die aufgrund der äußerst hohen Temperaturen und der wenigen Brunnen fast unzugänglich war. Aus einem Bericht des frühen 19. Jahrhunderts, den Desmond Garrett in seinem Aufsatz zitierte, ging hervor, daß es jenseits dieser Hölle eine Oase gab – einen kleinen Garten Eden mit üppigen Palmen, Feigen- und Granatapfelbäumen und mit reichlich klarem Wasser. Sie lag in einer Schlucht des Wadi Addir verborgen und wurde von ständigen Sandstürmen abgeschirmt. Dieser Ort bildete ein kleines unabhängiges Reich, das von einer uralten Familie regiert wurde, die sich rühmte, von einem ägyptischen Sohn des biblischen Joseph abzustammen. Sie residierte in einer uneinnehmbaren Festung: Kalaat Hallaki.

Niemand wußte, was jenseits dieser Oase war. Die Beduinen nannten jenes Land »Die Sande der *Dschinn*« oder »Die Gespenstersande«. Und in jenem Gebiet beabsichtigte Oberst Jobert früher oder später Desmond Garrett und vielleicht auch dessen Sohn Philip zu begegnen. Außerdem wollte er die Ursache für die beunruhigenden Phänomene entdecken, die dort aufgetreten waren.

Tag für Tag zogen sie durch eine von der unerbittlichen Sonne ausgeglühte Landschaft, und auf ihrem Weg verloren sie Pferde und Kamele, ohne je auf eine Menschenseele zu stoßen.

Eines Abends lagerten sie an einem halb versandeten Brunnen, in dem nach mühsamer Säuberung ein wenig bitteres Wasser zum Vorschein kam, das gerade ausreichte, den Durst von Mensch und Tier zu stillen. Während die Männer das Lager aufschlugen, schickte Jobert einen Hauptmann aus, der sich vor Einbruch der Dunkelheit mit seiner Patrouille in der Gegend umsehen sollte. Kurz darauf sprengte der Offizier allein und im Galopp heran.

»Oberst«, schrie er, ohne aus dem Sattel zu steigen, »kommen Sie und sehen Sie sich das an, bitte.«

Jobert stieg auf sein Pferd und folgte ihm. Sie ritten ein paar Meilen, bis sie auf die Patrouille stießen. Sie hatte vor einem niedrigen ausgezackten Felsgrat haltgemacht, der wie ein Drachenrücken aus dem Sand ragte.

»Kommen Sie, sehen Sie sich an, was wir gefunden haben.«

Jobert stieg ab und folgte ihm bis zu einer Stelle, an der die steinige Oberfläche auf einigen Metern lang mit glattgeschliffenen und größtenteils eingeritzten Zeichnungen bedeckt war, die seltsame Geschöpfe darstellten: Menschen ohne Gesicht, auf deren Brust eine furchterregende Fratze eingeritzt war.

»Die Blemmyer... Kommandant. Sehen Sie nur, das Volk der Männer, die keinen Kopf haben und das Gesicht auf der Brust tragen, das Volk, von dem die antiken Schriftsteller berichteten.«

Jobert bemerkte sogleich die Unruhe, die diese Worte unter den umstehenden Soldaten auslöste, und warf seinem Untergebenen einen bösen Blick zu. »Das sind lediglich Figuren auf einem Stein, Hauptmann Bonnier«, sagte er. »Lassen Sie sich davon nicht beeindrucken. In all den Jahren haben wir schon manch anderes gesehen.«

Sie kehrten ins Lager zurück, um ihre Ration Feldzwieback und Datteln zu verzehren. Bevor er sich schlafen legte, rief Oberst Jobert den Hauptmann zu sich ins Zelt.

»Bonnier, Sie müssen verrückt sein. Was fällt Ihnen ein,

einen solchen Unsinn vor den Männern zu erzählen? Es sind zwar Soldaten, aber unter solchen Umständen werden sie verwundbar. Verdammt noch mal, Sie müßten sie doch eigentlich kennen. Wenn Sie sie auf freiem Feld gegen eine Schar berittener Räuber schicken, dann werden sie mit keiner Wimper zucken; setzen Sie ihnen jedoch in dieser verfluchten Gegend seltsame Flausen in den Kopf, dann können Sie sie vor Angst zittern sehen. Muß ich Ihnen das erst erklären?«

Verlegen senkte Bonnier den Kopf.

»Ich bitte um Verzeihung, Kommandant. Aber wissen Sie, als ich diese eingeritzten Gestalten im Felsen sah, habe ich eine Passage bei Plinius dem Älteren bestätigt gefunden. Er berichtet von dem Volk der Blemmyer, das in den Grenzregionen der südlichen Wüste lebt. Es sind grausame Wesen, die keinen Kopf haben und das Gesicht auf der Brust tragen.«

»Ich muß mich über Sie wundern, Bonnier. Auch ich habe die Klassiker gelesen, wie Sie sich denken können, und ich kann Ihnen sagen, daß die Menschen der Antike sämtliche Randgebiete, die schwer zugänglich oder unerforscht waren – ob im Meer oder auf dem Land –, mit Ungeheuern aller Art bevölkert haben. Ihr Plinius beschreibt zum Beispiel auch ein Volk in Indien, dessen Angehörige nur einen Fuß besitzen; in der Mittagshitze legen sie sich angeblich auf den Boden und halten diesen Fuß in die Höhe, um sich Schatten zu spenden!«

»Sie haben recht, Kommandant. Aber hier haben wir es mit einem Dokument zu tun. Wohingegen es für die anderen Berichte keine Belege gibt.«

»Und ich sage Ihnen – wer immer diese Figuren eingeritzt hat, hat zuvor Plinius gelesen. Wissen Sie eigentlich, wie viele Fälschungen von den gelehrten Reisenden des 18. und 19. Jahrhunderts vorsätzlich hergestellt wurden?«

»Mit Verlaub, Herr Oberst, die Wahrscheinlichkeit, daß ein Reisender des letzten Jahrhunderts jemals ausgerechnet bis hierher vorgedrungen sein soll, nur um eine archäologische Fälschung anzufertigen, ist praktisch gleich Null. Außerdem erlaube ich mir, Sie darauf hinzuweisen, daß ich mich ziemlich eingehend mit primitiver Kunst beschäftigt habe. Diese Gravuren sind sehr alt. Ich kann Ihnen keine präzise Datierung liefern, aber ich würde sagen, daß sie mindestens aus der frühen Bronzezeit stammen. Wir sprechen hier also über einen Zeitraum von mehr als fünftausend Jahren. Verstehen Sie mich bitte recht, es ist offensichtlich, daß niemand an die Existenz derartiger Wesen glauben kann, aber es wäre interessant, den Symbolgehalt zu entschlüsseln, der sich hinter dieser Darstellungsweise verbirgt.«

Die Beharrlichkeit seines Untergebenen machte Jobert nervös, zumal er bereits wegen der Schwierigkeiten und der Mühen des Marsches angespannt war. Er verabschiedete ihn brüsk: »Die Unterhaltung ist beendet, Hauptmann Bonnier. In Zukunft werden Sie derartige Betrachtungen für sich behalten. Das ist ein Befehl. Gute Nacht.«

Bonnier schlug die Hacken zusammen und zog sich zurück.

Auf der Kuppe eines Hügels, der die Oase des Wadi Addir überragte, zeichnete Kalaat Hallaki sich gegen den Himmel ab, der sich zunehmend verfinsterte, je mehr sich die Sonne auf die sandige Weite herabsenkte. Aus den Büschen und Bäumen in den umliegenden Gärten stiegen Schwärme von Spatzen bis zu den Festungswällen hinauf, die die Sonne seit unendlichen Zeiten ausgedörrt hatte, und weiter oben zogen Falken erhaben ihre weiten Kreise. In die Stille hinein, die dem tiefen Frieden der Abendstunde voranging, ertönte plötzlich vom höchsten Turm her der Gesang einer Frau: schwach zunächst, dann kräftiger, hoch und moduliert, eine süße und qualvolle Hymne, die wie eine silberne Fontäne zum Abendstern aufstieg. Das Gezwitscher der Spatzen verstummte, und das Geblöke der Lämmer verklang, als lauschte die Natur aufmerksam dem Klagelied, das sich der verhüllten

Gestalt auf den Bastionen der riesigen Festung entwand. Dann, innerhalb weniger Augenblicke, verzerrte sich die Melodie zu einem schrillen, irren Schrei, der schließlich von untröstlichem Weinen erstickt wurde.

Unterhalb der Festung war die Oase in Dämmerlicht getaucht. Die Palmenwipfel wogten im Abendwind, und ringsumher färbte das abendliche Licht die Burgmauern flammend rot wie im Widerschein eines großen Feuers. Die erlöschende Sonne spiegelte sich in den Kanälen, die die Umgebung in viele grünliche Rechtecke unterteilten, smaragdgrüne Streifen, die vom Silber des Wassers und vom Gold des Sandes eingefaßt waren.

In diesem Augenblick erschienen vor der am Horizont herabsinkenden Sonnenscheibe Reiter, die in eine Wolke aus goldenem Staub eingehüllt waren. Sie kehrten von einer schweren Schlacht heim. Bei sich trugen sie die Verwundeten und, vielleicht, die Erinnerung an die Toten, die sie unbestattet in den Gespenstersanden zurückgelassen hatten.

Die Frau war inzwischen verschwunden. An ihrer Stelle stand nun ihr schwarzgekleideter Gemahl, Rasaf el Kebir, der Herrscher über diesen Ort. Sein Blick ging die Schar der Reiter durch und versuchte, ihre Zahl festzustellen, so wie ein Hirte es bei seiner Herde macht, wenn sie abends zurückkehrt. An der Spitze machte er Amir aus, ihren Anführer, der in seinen blauen Berkan eingehüllt war und in der Faust die purpurne Standarte hielt. Er erkannte die versilberten Schilde und die Kettenhemden der Lanzenträger zu Pferd sowie die Flintenträger auf ihren schnellen *Meharis.* Falls es überhaupt Verluste gegeben hatte, mußten sie sich in Grenzen halten. Doch plötzlich, während die Reiterschar immer näher kam und es ihm möglich wurde, Mann für Mann und Lanze für Lanze zu erkennen, fiel sein Blick voll Erstaunen auf eine Gestalt, die niemand je in den Mauern von Kalaat Hallaki gesehen hatte. Ein Gefangener! Er war an den Sattel gebunden, und die Hände hatte man ihm hinter dem Rücken gefesselt. Zum erstenmal seit Menschengedenken brachten sie einen Gefangenen mit!

Er stürzte die Treppe hinunter, gelangte in den Hof und dann an das Tor, das in diesem Augenblick geöffnet wurde, um die Krieger einzulassen. Amir sprang als erster zu Boden. Er übergab die Standarte einem Knecht, und während die Verwundeten versorgt wurden, lief Amir seinem Herrn entgegen und umarmte ihn. Von oben erklangen in diesem Augenblick wieder die Seufzer der Frau. Amir richtete den Blick hinauf: »Wo ist sie?« fragte er.

Rasaf deutete auf eine Treppe, die zu den Frauengemächern hinaufführte.

»Sie haben uns wieder einmal überrascht, die Verfluchten! Zu Hunderten sprangen sie plötzlich überall aus dem Sand auf, und ihre Energie schien unerschöpflich. Viele meiner Leute wurden von bereits gefallenen und tot geglaubten Gegnern verwundet.«

Rasaf sah ihn sorgenvoll an: »Wir müssen einen Durchgang finden… wir müssen ihn finden… Der Tag wird kommen. Nachts kann ich nicht mehr schlafen, und tagsüber finde ich keinen Frieden.«

Amir sah hinter sich: »Wir haben einen Gefangenen!«

»Ich habe ihn gesehen«, antwortete Rasaf, »obwohl ich meinen Augen nicht getraut habe.« Und während er sprach, blickte er über Amirs Schultern, um den Feind anzusehen, den Wüstenskorpion, den ewig unfaßbaren und sich entziehenden Bewohner der Gespenstersande. Sein Haupt war von einem Turban verhüllt, dessen unter dem Hals verknotete Zipfel vollständig das Gesicht verdeckten. In den Stoff waren auf Höhe von Mund und Augen kleine Löcher gebohrt; in seine nackte Brust war eine grauenhafte Fratze eintätowiert. Wie die Scheren eines Skorpions hingen an seinem Gürtel zwei Sicheln. Lange schwarze Kamelhaarhosen bedeckten Unterleib und Beine. Seine Haut war spröde, grob und faltig wie die eines alten Mannes, doch seine Körperkraft war unglaublich. Bei jedem Ruck, mit dem er an seinen Fesseln riß, brachte er die vier hünenhaften Lanzenträger ins Wanken, die die Stricke auf beiden Seiten hielten.

»Wie war das möglich?« fragte Rasaf. »Keinem von uns ist je ein solches Unternehmen geglückt.«

»Sie sind nicht unverletzlich«, sagte Amir. »Dein Vorfahr, Prinz Abu Sarg, hat einst geschrieben, daß das Feuer sie erschreckt. Als wir bemerkten, daß er sich zu weit von den anderen entfernt hatte, um einem der Unseren, der sich verwundet an den Rand des Schlachtfeldes schleppte, den Garaus zu machen, haben die Krieger meiner Garde einen Kreis aus Öl um ihn geschlossen und diesen anschließend durch einen Gewehrschuß in Brand gesetzt. Sein Schrecken war so groß, daß er ohnmächtig wurde. Und so haben wir ihn gefangengenommen. Er ist dein, mein Herr, du kannst mit ihm anstellen, was du willst.«

»Das Feuer …«, murmelte Rasaf, »das Feuer kann uns dorthin führen. Aber wie können wir so viele Flammen entzünden? Wie sollen wir das anstellen? Selbst wenn wir sämtliche Bäume der Oase fällen würden, selbst wenn wir die Zedernholzbalken der Burg freilegen würden, so würde das nicht genügen.«

Amirs Augen blitzten: »Vielleicht gibt es einen Weg. Wenn du mir erlaubst, den Schatz der Vorfahren in der Pferdekrypta anzutasten.«

Rasaf senkte den Kopf, während von oben immer noch die erstickten Schreckensschreie seiner Gemahlin zu ihnen hinunterdrangen. Es war, als bemerkte sie die Anwesenheit des Feindes.

»Der Schatz der Vorfahren …«, sagte Rasaf. »Selbst wenn ich dir die Erlaubnis gäbe, du weißt sehr wohl, daß das Öffnen der Krypta unendlich großes Geschick erfordert.« Er wandte sich dem Gefangenen zu, der in der Zwischenzeit unter großen Mühen in der Mitte des Hofes an einen Pfahl gebunden worden war. Er überwand den Abscheu, den jenes Wesen in ihm erregte, und trat zu ihm hin. Dann streckte er die Hand nach dem Zipfel des Turbans aus, der das Gesicht verdeckte.

»Nein!« schrie Amir. »Tu das nicht! Niemand kann den Blemmyern ins Gesicht sehen! Deine Gattin, Rasaf, erinnere dich an deine Gattin, an ihren wirren Geist, der auf immer vom Wahnsinn zerstört wurde.«

Rasaf zog die Hand zurück: »Nicht auf immer, Amir. Wir werden einen Durchgang zum Ort der Erkenntnis öffnen und sie am rechten Tag dorthin führen. Doch einstweilen muß dieser Skorpion vernichtet werden. Führt ihn aus der Oase und verbrennt ihn. Anschließend zerstoßt seine Knochen in einem Mörser und verstreut das Pulver in der Wüste.«

Amir gab einer Gruppe von Kriegern ein Zeichen. Sie traten zu dem Gefangenen hin, der sich wand und dabei seltsame Laute wie ein von Panik gepacktes Tier von sich gab, und führten ihn aus der Burg hinaus.

Rasaf wandte sich ab. Langsam und mit gesenktem Kopf stieg er die Treppe hinauf. Er lief durch einen langen Korridor mit breiten maurischen Fenstern, die sich zur westlichen Wüste hin öffneten. Schließlich gelangte er an eine Tür. Er öffnete sie und trat behutsam ein. Auf einem Bett lag eine unvorstellbar schöne Frau mit dunklem Teint, doch ihr abwesender und ausdrucksloser Blick war starr auf die mit Arabesken verzierten Deckenbalken gerichtet. Er strich ihr sanft über die Stirn, dann setzte er sich auf einen Schemel und betrachtete sie eine Weile schweigend und reglos. Als er sah, daß sie wie schlaftrunken die Augen schloß, stand er auf und stieg hinauf auf die Festungswälle. In diesem Augenblick ging im Osten der Mond auf, während im Westen die Flammen des Scheiterhaufens emporzüngelten, auf dem der Gefangene verbrannte.

Als er sah, daß Amir erneut sein Pferd bestieg, um zur Burg hinaufzureiten, begab Rasaf sich in seine Gemächer hinunter und erwartete ihn dort, während er beim Licht einer Öllampe an dem großen Fenster saß, vor dem sich die Wüste ausbreitete.

»Glaubst du wirklich, daß wir uns einen Durchgang bis zum Turm der Einsamkeit schaffen können?« fragte er, sobald er den anderen eintreten hörte.

»Ich glaube fest daran«, antwortete Amir. »Und heute habe ich den Beweis dafür erhalten: Die Blemmyer schrecken vor Feuer zurück.«

»Bist du dir dessen absolut gewiß?«

»Ja. Der Grund dafür ist, daß sie es noch nie gesehen haben. In ihrem Territorium gibt es nichts, das einem Feuer Nahrung bietet, und niemand weiß, wovon sie sich in dieser Hölle aus Sand und Wind eigentlich ernähren. Erlaube mir, den Schatz in der Pferdekrypta anzutasten. Dann werde ich nach Hit in Mesopotamien reiten, wo eine Ölquelle sprudelt, und mit dem Stamm verhandeln, der dort lebt. Ich werde riesige Mengen davon kaufen und in Tausenden von Schläuchen auf Kamelrücken hierhertransportieren, und wenn der Tag kommt, werden unsere Krieger im Schutz von zwei Mauern aus Feuer zum Turm der Einsamkeit vordringen. Zudem weiß ich, daß es heutzutage viel mächtigere und treffsicherere Gewehre gibt als die, welche wir besitzen. Wenn du mir gestattest, den Schatz zu öffnen, werde ich auch diese erwerben.«

»Ich werde alles tun, damit meine Gemahlin ihren Verstand wiedergewinnt – alles. Du kannst dir nicht vorstellen, welche Qualen ich leide, Amir. Ihren Körper in voller Blüte und diese leeren Augen sehen zu müssen, die ins Nichts starren, die Pein ihres Gesanges hören zu müssen, wenn der Alptraum ihre Sinne verwirrt …«

»Dann laß mich so rasch wie möglich aufbrechen. Uns bleibt keine Zeit mehr. Und laß auch Arad aufbrechen. Ich werde sie am dritten Tag des Nisanneumonds in der Pferdekrypta treffen.«

»Arad?«

»Ja«, antwortete Amir, »deine Tochter und ich, wir haben diese Prüfung tausendmal bestanden. Wir können nicht scheitern.«

»Ihr habt also schon alles vorbereitet. Seit langem –«

»Ja, mein Herr, denn auch deiner Tochter ist der Wahn ihrer Mutter unerträglich.«

»Aber es ist ein schreckliches Risiko, Amir. Wie kann ich das Leben meiner Tochter aufs Spiel setzen, um die Mutter zu retten?«

»Vom ersten Augenblick an, da man das Licht der Welt erblickt, ist das Leben ein schreckliches Risiko, Rasaf. Laß uns ziehen, ich bitte dich. Uns bleibt keine Zeit mehr. Es ist kein Zufall, daß unser Volk an diesem wunderbaren und vergessenen Ort so viele Jahrhunderte überlebt hat. Uns wurde eine Aufgabe erteilt. Wir müssen siegen. Ich bitte dich, gib mir den Schlüssel und laß uns ziehen.«

Rasaf senkte den Kopf: »Weiß Arad, daß du sofort aufbrechen willst?«

»Auch Arad will es, und sie ist ebenso wie ich bereit, jeden Augenblick aufzubrechen, um pünktlich zur verabredeten Zeit dort zu sein. Auf jeden Fall werde ich noch heute abend mit ihr sprechen.«

»Nun gut denn«, sagte Rasaf. Er öffnete eine eisenbeschlagene Zedernholztruhe und entnahm ihr ein kleines Kistchen aus Rosenholz. Er klappte den Deckel auf und zeigte Amir zwei Pfeilspitzen, die auf rotem Leder lagen. Die eine war vierkantig, die andere hatte ein sternförmiges Profil.

»Nimm deine Spitze, Amir. Arad wird die andere nehmen.« Amir betrachtete die beiden glänzenden Pfeilspitzen aus glattem Stahl, dann wählte er die sternförmige Spitze.

»Die schwierigste und die tödlichste«, sagte Rasaf, »sie verursacht eine verheerende, unheilbare Verletzung. Schieß nicht daneben, Amir. Ich könnte es nicht ertragen.«

»Ich werde nicht danebenschießen«, erwiderte Amir. »Leb wohl, Rasaf. Schon morgen werde ich mit den Vorbereitungen beginnen, um so bald wie möglich aufbrechen zu können.«

»Leb wohl, Amir, Gott möge dich beschützen.«

Amir verließ das Zimmer, ging in den Hof hinunter und

schlug den Weg zur Quelle ein, denn er war sicher, daß er dort zu dieser Stunde Arad antreffen würde. Er sah sie sofort. Ihr vom Mond beschienenes weißes Kleid wallte in der nächtlichen Brise über der Oase. Der leichte Schleier ließ die Gestalt ihres Körpers und ihre langen Gazellenbeine durchscheinen. Der Schimmer des Vollmonds, der sich in der kristallklaren Quelle spiegelte, übte einen eigenartigen Zauber auf sie aus. Es war, als wollte sie in diesem milchigen Licht zwischen Himmel und Quelle baden wie im Wasser eines Sees ohne Ufer und Grund. Oft stand sie stundenlang schweigend da und lauschte den Stimmen, die aus dem Garten und der Wüste drangen, sog den Duft unsichtbarer Blumen ein, den der Wind aus ausgedörrten und entlegenen Tälern herbeitrug.

Amir war unsterblich in sie verliebt, seine Liebe zu ihr war rein und eifersüchtig, und selbst wenn Arad nie offen mit ihm über ihre Gefühle gesprochen hatte, war er sich sicher, daß keine Frau einen anderen Mann im Bannkreis von Kalaat Hallaki ihm vorziehen konnte, daß es keinen gab, der ihm an Mut, Großzügigkeit und Hingabe gleichkam. Er war sich sicher, daß er sie eines Tages gewinnen würde, daß seine Liebe ihr Herz genauso verzehren würde, wie das Feuer am Ende des Sommers die endlosen Grasebenen jenseits des Sandmeers verzehrte.

»Arad.«

Das Mädchen wandte sich zu ihm um und lächelte ihn an.

»Arad. Dein Vater hat zugestimmt. Wir werden die Pferdekrypta öffnen und dem Schatz, den unsere Vorfahren angehäuft haben, soviel entnehmen, wie wir benötigen. Und wenn die Zeit gekommen ist, werde ich den Weg zum Turm der Einsamkeit öffnen, damit deine Mutter ihren Verstand wiederfindet, der ihr an dem Tag geraubt wurde, als sie von den Blemmyern in die Gefangenschaft entführt wurde. Ich werde schon morgen aufbrechen. Auch du mußt so rasch wie möglich aufbrechen, um die Verabredung am dritten Tag des Nisanneumondes einzuhalten.«

Er streckte die Hand aus und hielt ihr die Pfeilspitze hin: »Es ist ein Spiel, das wir seit unserer Kindheit spielen, aber diesmal werden die Spitzen aus gehärtetem Stahl sein. Keiner von uns beiden darf das Ziel verfehlen.«

»Ich habe keine Angst«, sagte Arad, während sie die Pfeilspitze aus seinen Händen nahm.

»Und wirst du mich lieben, wenn ich die Krieger durch die Gespenstersande führe, damit deine Mutter den Verstand wiedergewinnt?«

»Ja. Ich werde dich lieben.«

Amir senkte den Kopf und betrachtete ihr Spiegelbild im Quellwasser. »Warum nicht jetzt?« fragte er, ohne daß er wagte, ihr in die Augen zu sehen.

»Mein Vater will es so, unser Volk will es so, doch mein Herz wird jedesmal, wenn der Wahn meiner Mutter vom höchsten Turm von Kalaat Hallaki in den Himmel steigt, von Trauer erdrückt.«

»Arad, jedesmal, wenn ich mein Leben in der Schlacht aufs Spiel gesetzt habe, dachte ich bei mir, daß ich sterben würde, ohne deine Lippen, deinen Busen, die Rose deines Unterleibs gekostet zu haben, daß ich sterben würde, ohne in deinem nach Hyazinthen duftenden Bett geschlafen zu haben, und dieser Gedanke hat mich mit Verzweiflung erfüllt. Ich dachte, daß ich sterben würde, ohne je gelebt zu haben. Begreifst du, was ich dir sagen will, Arad?«

Das Mädchen trat zu ihm hin, nahm sein Gesicht zwischen ihre langen Finger und küßte ihn: »Führe die Krieger durch die Gespenstersande, Amir, und du wirst in meinem Bett schlafen.« Sie zog das leichte Musselinkleid aus. Einen Augenblick lang bot sie sich seinem Blick nackt dar, dann warf sie sich in die Quelle, und ihr Körper verschwand in einer silbernen Aufwallung.

Zwei Tage später brach Arad in Begleitung einer kleinen Kriegerschar auf. Sie selbst war wie ein Mann gekleidet und ausgerüstet, doch in ihrem Gepäck hatte sie viele

Kleider und Schmuckstücke, denn ihre Reise würde lang sein, und nur sie besaß die Autorität, die vielen Hürden zu überwinden, die die Pferdekrypta beschützten.

Amir dagegen benötigte sechs Tage, um die Essens- und Wasservorräte herzurichten, die Kamele zu beladen, die Pferde auszuwählen und eine vielköpfige Schar der besten Krieger von Kalaat Hallaki zusammenzustellen. Ihm stand eine andere und sehr beschwerliche Reise bevor. Er mußte die trockensten Regionen der Wüste durchqueren und die Ufer des großen Nilflusses erreichen. Von dort aus würde er sich noch weiter durch trockene und ungastliche Orte bis zum Meer durchschlagen, wo er in den Dörfern rings um die geheimnisvollen Ruinen von Berenice Troglodytice nach Fischerbooten suchen würde.

Wenn er dann das Meer überquert hatte, mußte er die menschenleeren Weiten von Hedschas bis zur Pferdekrypta durchqueren, wo er am dritten Tag des Nisanneumondes eintreffen wollte.

Als er aufbrach, war sein Herz voll banger Sorge, weil er die Oase ohne den Schutz der besten Krieger zurückließ und weil er wußte, daß er zum erstenmal in seinem Leben viele Monate fern von Kalaat Hallaki sein würde. Dies war das schwerste Opfer.

Die Menschen in der Oase wußten, daß es jenseits des Sandmeers Städte und Dörfer, Seen, Meere und Flüsse gab, doch sie betrachteten ihr verborgenes Tal als den lieblichsten Ort der Erde, und sie wußten, daß sie die einzigen Menschen auf der Welt waren, die der Grausamkeit der abscheulichen Blemmyer standzuhalten vermochten, die einzigen, die dazu auserkoren waren, eines Tages in das Territorium der Feinde einzudringen, um sie zu vernichten.

Die Karawane brach im Morgengrauen auf. Doch bevor die Reiter ihre Pferde bestiegen, tranken alle Krieger vom Wasser der Quelle, das noch kühl war von den Nachtstunden, um den Geschmack dieses lebensspendenden Nasses und die Erinnerung dieser angenehmen Frische bei sich zu tragen, bevor sie in das Reich des unendlichen Durstes eindrangen, in die öde Unermeßlichkeit.

In seinem Herzen trug Amir den Geschmack von Arads letztem Kuß, in seinen Augen den Anblick ihres nackten Körpers, der sich im glitzernden Wasser spiegelte. Die Glut, die ihn in der Erwartung, sie zu besitzen, verzehrte, übertraf noch die sengenden Strahlen der Sonne.

Nicht ein Mal blickte er zurück, und als der Wind, der heiß war wie Drachenatem, ihn plötzlich in eine Staubwolke einhüllte, wußte er, daß nunmehr hinter ihm die vergoldeten Mauern von Kalaat Hallaki verschwunden waren.

6. KAPITEL

Philip Garrett knipste das Rotlicht in der Dunkelkammer an und nahm den Film aus der Kamera, den er in den Katakomben des Franziskanerklosters belichtet hatte. Er tauchte ihn in das Entwicklungsbad und beobachtete in banger Erwartung das Voranschreiten der chemischen Reaktion. Nach einigen Sekunden ließ die Anspannung in seinem Gesicht nach, und seine Augen begannen zu leuchten: Auf dem Filmstreifen erschienen die Bilder. Doch am meisten lag ihm der Papyrus am Herzen, den er auf dem Tisch im *tablinum* fotografiert hatte. Es war die letzte Aufnahme. Er setzte die Brille auf und sah, wie die enge Schrift, die das Papyrusblatt füllte, auf der Zelluloidschicht erschien. Es war eine griechische Kursivschrift. Dieser Schrifttyp fand sich bei einigen Wandkritzeleien in Pompeji sowie in den Papyri von Herculaneum, welche die italienischen Gelehrten seit über einem Jahrhundert mit Hilfe von Pater Piaggios Maschine geduldig aufrollten.

Sobald das Negativ getrocknet war, legte Philip es in den Vergrößerer ein und fertigte einen stark vergrößerten Abzug davon an. Doch seine anfängliche Freude verwandelte sich in Enttäuschung. In der Erregung über den Fund, als er noch dachte, daß er ja auch das Original besäße, hatte er einen nicht ausreichend senkrechten Winkel für das Foto gewählt, so daß die letzten Zeilen am Textende ziemlich unscharf waren.

Er fluchte und schlug mit der Faust auf den Tisch, aber es ließ sich nun nicht mehr ändern. Er mußte versuchen, dieser Aufnahme soviel wie möglich abzuringen. Also nahm er sich vor, die verschwommenen Wörter, sofern es ihm gelang, zu transkribieren und anschließend bis zum letzten lesbaren Wort zu entschlüsseln.

Tagelang arbeitete er eingeschlossen in seinem Arbeitszimmer und unterbrach sein Tun nur, wenn Lino mit einem Kaffee oder einer Speise eintrat. Ab und zu verließ er das Haus, um sich in die Nationalbibliothek oder an das Institut für Papyrusforschung zu begeben. Dann nahm jedesmal El Kassem seinen Platz in dem Zimmer ein, das Philip als Arbeitszimmer eingerichtet hatte, und mit dem Befehl, niemanden hereinzulassen, bezog er dort Posten. Einmal, als Lino fortgegangen war, war der Briefträger des Hauses hereingekommen, um ein Einschreiben zu überbringen. Als er niemanden antraf, hatte er die Tür zum Arbeitszimmer geöffnet und wäre fast von El Kassems Säbel enthauptet worden. Kreidebleich kam er wie der Blitz aus dem Zimmer herausgeschossen und rannte, vier Stufen auf einmal nehmend, die Treppe hinunter, als wäre er dem Teufel persönlich begegnet.

Als ihm der Text nach und nach verständlich wurde, änderte sich Philips Stimmung, er wurde angespannt und reizbar, und nachts erwachte er mehrmals, von Alpträumen geplagt. Einmal, in der Nationalbibliothek, konsultierte Philip die Sammlung der etruskischen Inschriften, um die verfügbaren Zeugnisse mit einem etruskischen Satz zu vergleichen, der am Ende des Papyrus stand und bei dem es sich wahrscheinlich um eine Anrufung religiösen Charakters handelte. Es war ihm entgangen, daß ein junger Mann auf seinem Weg durch die Arbeitstische das Blatt Papier mit dem Satz bemerkt hatte und wie vor einer Erscheinung stehengeblieben war.

»Mein Gott, das ist ja eine unveröffentlichte Originalinschrift«, entfuhr es ihm. Mit einem Ruck wandte Philip sich um und bedeckte instinktiv das Blatt mit der Hand. Vor ihm stand ein magerer, nicht sehr großer junger Mann mit dunklen Augen, die hinter Brillengläsern funkelten. Unter den Armen schleppte er dicke Bücher.

»Kannst du Etruskisch lesen?« fragte Philip.

»Ja, Signore. Das ist mein Studienfach.«

»Ich verstehe«, sagte Philip, »aber schau, dies hier ist nichts weiter als die Transkription eines Gelehrten aus dem 18. Jahrhundert. Sie ist fast mit Gewißheit gefälscht.«

Der Junge sah ihn eindringlich an. »Seien Sie unbesorgt, Signore, ich will mich nicht in Ihre Forschungen einmischen. Allerdings kann ich Ihnen sagen«, fügte er mit leicht ironischer Miene hinzu, »daß diese Inschrift meines Erachtens authentisch ist. Es handelt sich um eine religiöse Anrufung, die vielleicht den Klang eines Instruments begleitete.«

Philip zuckte zusammen: »Den Klang eines Sistrums vielleicht?« entfuhr es ihm.

»Schon möglich«, sagte der Junge, »aber das ist schwer zu sagen.«

»Ich bin dir dankbar für deine Meinung, die mir sicher von Nutzen sein wird«, sagte Philip. »Für dein Alter bist du sehr tüchtig. Wie heißt du?«

»Massimo«, antwortete der kurzsichtige Junge. Gebeugt unter der Last seiner Bücher ging er davon.

An diesem Abend schloß Philip sich in seinem Arbeitszimmer ein und begann mit der Niederschrift der endgültigen Übersetzung des Dokuments:

»Der Unsterbliche, Ursprung des Bösen und Quelle der menschlichen Erkenntnis, lebt in seinem Grab. Ich, Avile Vipinas, habe ihn gesehen, nachdem er seinen Durst mit dem Blut all meiner Gefährten gestillt hatte, und ich konnte in seiner Seele lesen. Er kennt jeden Schmerz und jede Reue, er ist Zeuge des Bösen dieser Welt. Er kennt das Geheimnis der Unsterblichkeit und der ewigen Jugend.

Seit tausend Jahren liegt er in diesem Grab, das sich dort erhebt, wo er sich zum erstenmal die Hände mit Blut befleckte. Er ließ mich gehen, nachdem er all meine Gefährten niedergemetzelt hatte, und ich gelangte an die Küste zurück.

Ich wollte keinem von denen begegnen, die uns gegen einen so gewaltigen Feind ausgesandt hatten, doch ich suchte unter den weisen Juden Alexandrias, bis ich Baruch bar Lev fand, der aus einem Priestergeschlecht stammt. Er erzählte mir von dem Mann der sieben Gräber. Von dem, der nicht getötet werden kann, der nur mit dem Feuer Jahwes zerstört werden kann, mit dem Feuer des Gottes Israels, das Sodom zerstörte.

Bevor ich meinen letzten Atemzug tue, wollte ich, Avile Vipinas, diese Erinnerung überliefern, falls eines Tages ein Mensch sich anschickt, die Höhle der Bestie zu zerstören. Das Grabmal hat die Form eines Zylinders, über dem sich ein Pegasus erhebt, und es trägt den Namen Turm der Einsamkeit, es steht am südlichen Rand des Sandmeers, siebenunddreißig Tagesreisen von Cydamus entfernt, auf dem Weg ins Land der ...«

Lange Zeit verharrte Philip reglos und still vor diesem Bericht, die feuchten Augen starr ins Nichts gerichtet. Er dachte: »Warst du das, Avile Vipinas, der mich in sein Haus gelockt hat, um mir diese Botschaft zukommen zu lassen, warst du das? Oder hat mein Vater mich dazu getrieben, dein Geheimnis zu entdecken?

Sein Grab hat die Form eines Zylinders, über dem sich ein Pegasus erhebt – ein Pegasus, ein geflügeltes Pferd. Was bedeutet das? Was bedeutet das nur?«

Noch mehrere Tage verbrachte Philip zu Hause eingeschlossen, um in Dutzenden von Büchern nach einem Bauwerk zu suchen, auf das die Beschreibung, von der er in dem Papyrus des Avile Vipinas gelesen hatte, irgendwie passen könnte, doch seine Suche blieb erfolglos. Er wurde sich bewußt, daß ihn nichts mehr in dieser Stadt hielt. Ihm blieb nur abzureisen, um gemeinsam mit El Kassem den Spuren seines Vaters zu folgen.

Vor der Abfahrt besuchte er im Franziskanerkloster den Pater Guardian, um sich von ihm zu verabschieden.

»Ich hätte nicht gedacht, daß Sie noch einmal wiederkommen«, sagte der Mönch. »Es ist einige Zeit vergangen, seit ich Sie zum letztenmal gesehen habe.«

»Ich habe viel Zeit in Bibliotheken verbracht, denn ich wollte etwas verstehen...«, antwortete Philip.

»Und? Sind Sie zufrieden mit Ihren Forschungen? Haben Sie gefunden, wonach Sie suchten?«

»Ich weiß nicht, was ich Ihnen darauf antworten soll«, erwiderte Philip. »Ich bin mit einer Dimension in Berührung gekommen, die mir unbekannt war, und jetzt weiß ich nicht mehr, was ich denken soll – ich bin verwirrt, verstört.«

Der Mönch lächelte: »Sie wollen mir doch nicht etwa erzählen, daß Sie das Geheimnis der Erdbebenglöckchen entdeckt haben?«

»Und wenn es so wäre?«

»Dann würde es mich nicht im geringsten erstaunen. Aber gesetzt den Fall, es ist so – was kann an so einem kleinen Geheimnis so schrecklich sein? In ganz Italien gibt es keinen Ort, der nicht irgendein Geheimnis birgt: Geheimgänge, verwunschene Schätze, versunkene Städte, Gespenster, Werwölfe, goldene Ziegen, die sich in stürmischen Nächten zeigen, Hexen und Zauberer, Seelen aus dem Fegefeuer, Statuen, die Tränen vergießen oder Blut schwitzen. Das Geheimnis ist die Regel, nicht die Ausnahme, mein Freund, aber das begreift ihr Wissenschaftler einfach nicht.«

»Mag sein. Aber das hieße, der Verstand wäre uns nur deshalb gegeben, damit wir uns bewußt werden, daß er zu nichts nütze ist und daß es keinen anderen Weg gibt, als blind zu glauben. Halten Sie dies für eine gute Tat?«

Der Mönch antwortete nicht auf die Provokation, sondern blieb eine Weile stumm, als wollte er sich mit seinem Gesprächspartner auf einer anderen Ebene verständigen. Dann blickte er ihm geradewegs und seltsam ernst ins Gesicht: »Was haben Sie dort unten wirklich gesehen?«

Philip zögerte einen Augenblick, dann sagte er: »Eine

grauenvolle Botschaft. Es gibt einen Ort auf dieser Erde, wo das Böse mit der gleichen mystischen Macht gegenwärtig ist, mit der das Gute im Tabernakel Ihrer Kirche gegenwärtig sein sollte.«

»Und was beabsichtigen Sie nun zu tun?«

»Ich muß meinen Vater finden.«

»Und dann?«

»Dann werde ich diesen Ort finden.«

»Und werden Sie ihn zerstören?« fragte der Mönch auf einmal beunruhigt.

»Nicht, bevor ich ihn verstanden habe. Haben Sie je daran gedacht, daß das Böse die dunkle Seite Gottes sein könnte?«

Er machte auf dem Absatz kehrt und ging rasch zum Ausgang.

Der Mönch sah ihm nach, während er sich über den Korridor entfernte, und zwei Tränen liefen über seine stoppligen Wangen: »Gott stehe dir bei«, murmelte er, »Gott stehe dir bei, mein Sohn.«

Als Philips Schritte im Schatten des Kreuzgangs verhallt waren, begab sich Pater Guardian in die Krypta, wo er eine Laterne nahm und in die Katakomben hinabstieg. Zielstrebig machte er sich auf den Weg an die Stelle, wo das magische Auge auf der Tunnelwand prangte. Dort kniete er auf jenen Steinen des Bürgersteigs nieder, die Philip wieder an ihren Platz gerückt hatte, bevor er sich auf den Rückweg gemacht hatte. Er lehnte den kahlen Kopf gegen die Mauer und sammelte sich im Gebet. Dann stand er auf. »Nach so langer Zeit hast du deine Botschaft überreicht«, murmelte er. »Deine Mission ist endlich erfüllt. Nun ruhe dich aus, mein Freund. Schlafe.« Mit der Hand berührte er die Mauer, fast als streichelte er sie, dann griff er nach der Laterne, und mit dem Geräusch seiner schleppenden Schritte verschwand auch sein Schatten in der stillen Gruft.

Philip begab sich nach Hause und trat in sein Arbeitszimmer, wo El Kassem noch immer Wache hielt. Er saß mit gekreuzten Beinen auf dem Fußboden und hatte sich mit dem Rücken gegen die Wand gelehnt; der Säbel lag über seinen Knien.

»Wir reisen ab, El Kassem. So rasch wie möglich.«

»Endlich. Ich halte es in dieser Schachtel hier nicht mehr aus. Ich sehne mich nach einem Ritt durch die Wüste.«

»Ich glaube, ich habe entdeckt, wonach mein Vater in dieser Stadt gesucht hat. Nun muß ich ihn finden, um es ihm zu erzählen.«

»Es gibt einen Mann namens Enos, der deinen Vater vor einiger Zeit gesehen hat. Er kennt den Weg, dem wir folgen müssen, und er erwartet dich.«

»Wo?«

»In Aleppo.«

»Das ist eine der ältesten Städte der Welt«, sagte Philip. »Ein guter Ort, um anzufangen.« Und bei sich dachte er, daß die Schwierigkeiten, die er überwunden hatte, ihn tiefgreifend verändert hatten. Er war mittlerweile in der Lage, die Rätsel, die sein Vater auf seinem Weg gestreut hatte, anzugehen wie ein Springreiter, der schwungvoll die Hürden eines Parcours nimmt. Er spürte, daß die Entfernung, die ihn von seinem Vater trennte, sich nunmehr mit jedem Tag verringerte. Nur ein Schatten lag noch auf seinem Weg: Selznick.

Auch El Kassem fürchtete ihn.

Drei Tage später bestiegen sie einen Dampfer, der über Piräus und Limassol nach Lattakia fuhr. Lino verabschiedete sich von Philip, während er sich mit einem Taschentuch die Tränen trocknete, und gab ihnen von sich aus einen Koffer mit Proviant und anderen Dingen mit, die ihnen vielleicht von Nutzen sein konnten.

»Ich habe Angst, daß ich Euch nie mehr wiedersehen werde«, sagte er, »ich bin alt, und Eure Reise ist lang.«

»Sag das nicht, Lino«, antwortete Philip, »wer sich liebt, wird sich stets früher oder später wiedertreffen.«

»So Gott will«, sagte Lino.

»Inschallah«, sagte El Kassem. Aber weder der alte neapolitanische Diener noch der kräftige arabische Krieger waren sich bewußt, daß sie das gleiche gesagt hatten.

In Reih und Glied rückte die Abteilung der Fremdenlegion durch die Schlucht vor, die sich zwischen Bab el Awa und dem Damenkloster durch das Amanosgebirge zog. Das alte byzantinische Kloster bildete nunmehr eine beeindruckende Ruine, die sich an die Ausläufer des Gebirges klammerte. General La Salle, der neu ernannte Kommandant der Festung Aleppo, war auf der Hut und hatte Kundschafter in die Umgebung vor und neben der Kolonne ausgesandt, denn er wußte, daß in letzter Zeit Räuber ihr Unwesen in diesem Gebiet trieben: Drusen aus dem Amanosgebirge und dem Libanon sowie Beduinen aus der Ebene.

Der Tag neigte sich dem Ende zu, und der Offizier gab der Schwadron Befehl, bei den Klosterruinen haltzumachen und dort zu rasten. In abbasidischer Zeit war der große Gebäudekomplex als Rastplatz für die Karawanen genutzt worden, die aus Anatolien kamen und nach Osten weiterzogen, aber inzwischen war der Ort vollkommen aufgegeben worden. Aufgrund seiner dicken Mauern und der massiven Bastionen eignete er sich jedoch hervorragend als Unterschlupf für die Nacht. Ein Rabenschwarm flatterte krächzend von dem großen Turm auf, der den Zugang bewachte. Kommandant La Salle beobachtete sie zufrieden, denn dies konnte nur bedeuten, daß sich außer ihnen keine anderen Menschen in der Nähe aufhielten, die die Vögel aufschreckten.

Die Männer saßen ab, nahmen ihren Reittieren die Sättel ab und ließen sie die gelblichen Grasbüschel abweiden, die hier und da zwischen den Ruinen hervorsprossen. In der Mitte des weitläufigen Hofes häuften sie Gestrüpp und trockene Tamarisken- und Ginsteräste auf und entzündeten ein Feuer, um darauf ihre Mahlzeit zu bereiten.

Der Kommandant verteilte Wachen auf den Festungswällen, dann gönnte er auch sich selbst einige Minuten der Muße, während er darauf wartete, daß das Essen fertig wurde. Er wußte um die Bedeutung dieses Bauwerks und machte sich an die Erkundung der komplexen Baukörper. Das Kloster stammte aus byzantinischer Zeit, doch beim Bau der Mauern hatte man das Baumaterial viel älterer Gebäude weiterverwandt. So konnte man hier und da Kapitelle aus hellenistischer und römischer Zeit, Säulen, Sockel von Standbildern und sogar Altäre mit ihren Widmungsinschriften erkennen, die in die Mauern eingefügt worden waren.

Er überlegte, daß einst jemand auf diesen Steinen einem Gott Opfer dargebracht hatte und daß diese von Wind und Sand zerfressenen Inschriften einst eingemeißelt worden waren, damit sie zusammen mit dem Weihrauch zum Himmel emporstiegen. Er fragte sich, ob einmal der Tag kommen würde, an dem der Gott der Christen und der Gott des Islam genauso in Vergessenheit gerieten wie Jupiter Dolichenus und Hermes Trismegistos.

Der Tod ereilte ihn, bevor er eine Antwort auf seine Frage formulieren konnte. Von einem Schuß ins Genick getroffen, fiel er zu röchelnd Boden, während um ihn herum heftiges Gewehrfeuer losbrach. Der Überfall kam aus dem Untergrund.

Aus dem Labyrinth der Krypten und Stollen unter dem großen Innenhof sprangen Hunderte von Räubern hervor und überraschten die unvorbereiteten Männer, als gerade die Abendration verteilt werden sollte. Die Wachen, die die Umgebung im Auge behalten sollten, wurden als erste niedergestreckt, dann traf es die anderen Soldaten, die in großen Gruppen um das Feuer herumsaßen. Die schwache Gegenwehr der wenigen, die eine Waffe ergreifen konnten, wurde unverzüglich niedergeschlagen. In wenigen Minuten war das Gefecht beendet.

Die Räuber schwärmten im Lager aus, wo sie sich der Pferde, Waffen und Munition bemächtigten und die Leichen entkleideten.

Unterdessen entstieg ein Mann von kräftiger Statur und blasser Hautfarbe den Katakomben. Er trug blankpolierte braune Lederstiefel sowie ein Koppel und ein Halfter, in dem eine automatische Pistole steckte. Er suchte in den Ruinen, bis er den im Sterben liegenden General La Salle fand. Mit letzter Kraft wandte der Offizier ihm den Kopf zu. Er erkannte den eisigen Blick und bemerkte den gelblichen Schatten, der sich in Höhe der rechten Hüfte auf dem Hemd abzeichnete: »Selznick!« brachte er noch hervor, bevor er seinen letzten Atemzug tat. »Du blutest immer noch aus der Hüfte ... Ich ... ich sterbe, aber denk daran, wer von Gott gezeichnet wurde, der ist verflucht ...«

Ohne mit der Wimper zu zucken betrachtete Selznick ihn einen Augenblick lang, dann gab er einem seiner Leute ein Zeichen. Der Mann trat heran, zog der Leiche die Uniform aus und reichte sie ihm. Sie war ungefähr in seiner Größe, und Selznick entfernte sich, um sie anzulegen. Er zog Jacke und Hemd aus und warf einen kurzen Blick auf den Verband, der über der unheilbaren Wunde an seiner rechten Hüfte lag. Als er wieder erschien, empfingen ihn die Männer mit Schüssen in die Luft, und er ging hinaus auf den Hof, um sein Pferd zu holen. Einem der Räuber befahl er, die Uniform eines Legionärs anzulegen, dann trat er zu dem Anführer der Beduinen hin. »Ihr könnt jetzt verschwinden«, sagte er, »wir reiten alleine weiter. Ich lasse es dich wissen, wenn ich dich brauche.« Er sah den Räubern nach, als sie durch die enge Schlucht davongaloppierten, dann entnahm er einer kleinen Silberdose, die er in der Tasche trug, ein Stückchen Opium: Beim Kauen genoß er den bitteren Geschmack und den penetranten herben Geruch der Droge.

Er wartete, bis das Rauschgift seine Wirkung tat und den Schmerz der Wunde ein wenig linderte, dann bestieg er sein Pferd. Im Galopp preschten sie in südlicher Richtung davon, und als sie die Ebene erreicht hatten, wandten sie sich nach links, gen Osten. Beim ersten Morgengrauen waren sie in Sichtweite des Forts von Ain Walid. Sie minderten das Tempo und ritten im Schritt, bis sie vor das Eingangstor gelangten.

»Wer da!« fragte die Wache. »Gebt euch zu erkennen!«

»Ich bin General La Salle!« rief Selznick. »Macht schnell, wir sind in einen Hinterhalt geraten. Wir sind die einzigen Überlebenden.«

Die Wache sah, daß er sich nur mit Mühe im Sattel hielt und die Hand gegen die rechte Hüfte preßte. Er rief den Offizier vom Dienst, der das Tor öffnen ließ und ihnen entgegenkam. Der verwundete Reiter ließ sich vom Sattel gleiten:

»Ich bin General La Salle«, sagte er mit gequälter Stimme. »Ich bin der neue Kommandant der Garnison Aleppo, wir sind überfallen worden. Wir haben uns verteidigt... Wir haben uns geschlagen, aber es war alles vergeblich, es waren zehn gegen einen...«

Der Offizier stützte ihn, während er ihn zur Tür führte: »Strengen Sie sich nicht an, General, Sie werden uns später davon berichten. Sie sind verwundet. Wir versuchen jetzt erst einmal, Sie zu verarzten.«

Zwei Legionäre kamen mit einer Trage herbeigelaufen, während der Offizier vom Dienst die Krankenstube vorbereiten ließ. Selznick wurde auf ein Feldbett gelegt, und der Militärarzt zog ihm Uniformjacke und Hemd aus.

»Der Hieb stammt von einem *Jatagan*«, sagte Selznick und zeigte auf den Verband an der rechten Hüfte. »Sie hielten mich für tot, und ich habe mich unter einem Leichenhaufen versteckt, bis der Soldat mich gefunden hat, mit dem ich gekommen bin.«

Der Militärarzt nahm den Verband ab. Beim Anblick der Wunde konnte er eine Geste des Ekels nicht unterdrücken: »Mein Gott, das muß ausgebrannt werden – und zwar sofort.«

»Tun Sie, was Sie tun müssen, Doktor«, erwiderte Selznick, »ich muß so rasch wie möglich weiter.«

»In Ordnung«, sagte er, »ich werde Sie mit Äther betäuben.«

»Nein«, entgegnete Selznick, »geben Sie mir ein wenig Opium, wenn Sie haben. Ich will keinen Äther. In meinem ganzen Leben habe ich noch nie das Bewußtsein verloren. Ich kann es mir nicht erlauben.« Sein eindringlicher Blick ließ keine Widerworte zu. Der Militärarzt gab ihm das Opium, dann erhitzte er mit Hilfe eines Bunsenbrenners ein Messer, bis es weiß glühte. Als es soweit war, drückte er die Klinge auf die Wunde. Es zischte, als das glühende Eisen das lebendige Fleisch berührte, und ein widerlicher Geruch breitete sich in dem kleinen Zimmer aus. Obwohl Selznick die Zähne zusammenbiß, konnte er ein Schmerzensgeheul nicht unterdrücken.

Der Militärarzt desinfizierte die Wunde mit Alkohol und erneuerte den Verband: »Ruhen Sie sich jetzt aus, General. Es ist alles vorbei.«

Selznick ließ sich auf das Feldbett fallen und schloß die Augen.

Drei Tage verbrachte er im Fort, und in dieser Zeit schlief er fast ununterbrochen, bis der Militärarzt ihn eines Morgens bleich und schweigsam, aber auf eigenen Füßen stehend antraf. Im Morgengrauen des nächsten Tages brach er auf.

»Sie haben eine außergewöhnliche Konstitution, General«, sagte der Kommandant des Forts, als sie Abschied voneinander nahmen, »allerdings schien es mir unklug, daß Sie Aleppo zu Pferd erreichen wollen. Ich habe einen Wagen aus unserer Nachschubbasis kommen lassen. So reisen Sie bequemer. Das Hauptquartier in Aleppo ist selbstverständlich unverzüglich vom Schicksal Ihrer Abteilung und von Ihrer Verwundung unterrichtet worden. Die Sache hat großen Wirbel ausgelöst: Viele Ihrer gefallenen Offiziere waren hier wohl bekannt und hatten alte Freunde in der Garnison. Es ist offensichtlich, daß man einen detaillierten Bericht über das Vorgefallene von Ihnen verlangen wird, der dann an das Oberkommando weitergeleitet werden wird.«

»Das ist mir klar«, erwiderte Selznick, »ich selbst bin noch erschüttert von dem, was mir zugestoßen ist. Andererseits hätte niemand je einen Angriff aus dem Untergrund erwartet – es sei denn vom Teufel persönlich.«

»Das ist wahr«, sagte der Kommandant. »Viel Glück, General La Salle.«

»Viel Glück, Major«, erwiderte Selznick den Gruß und schüttelte die dargebotene Hand. »Ich hoffe, wir sehen uns wieder.«

Im Hof des Forts erwartete ihn ein Militärlastwagen mit den Abzeichen des Festungskommandanten von Aleppo. Selznick setzte sich neben den Fahrer, und der Wagen verschwand in einer Staubwolke.

»Ein seltsamer Mensch«, sagte der Kommandant, während er von einer Brüstung aus den Laster beobachtete, der sich rasch über die Piste entfernte.

»In der Tat«, sagte der Militärarzt neben ihm. »Ich habe noch nie erlebt, daß ein Mann mit so einer Verletzung sich so schnell erholt hat.«

»War es eine schwere Verletzung?«

»Es war eine seltsame Verletzung, wie ich sie noch nie gesehen habe. Jedenfalls hat ihm das Eisen die Muskeln der rechten Hüfte durchtrennt, ohne dabei lebenswichtige Organe zu verletzen. Er hat Glück gehabt, aber er muß ein verdammt harter Hund sein.«

»Das können Sie laut sagen. General La Salle gehört zu den Helden der Schlacht an der Somme. Ich bin sicher, daß wir noch von ihm hören werden. Die Tage derjenigen, die seine Abteilung vernichtet haben, sind gezählt. Daran habe ich nicht den geringsten Zweifel.«

Am späten Nachmittag traf Selznick in Aleppo ein und stieg am Fuß der Anhöhe, auf der sich die osmanische Festung der Garnison erhob, aus dem Lastwagen. Tiefe Furchungen durchzogen den Lehmhügel von oben nach unten, und das nachmittägliche Licht warf harte Hell-Dunkel-Kontraste auf die Mauern und Türme, die sich auf dem Gipfel erhoben. Der Legende nach hatte Abraham auf diesem Hügel seinem Gott im Land Haran ein Opfer dargebracht.

Einen Moment lang betrachtete er dieses herrliche Schauspiel, dann ging er zu der Treppe, die zum Eingangstor führte. Verblüfft sah ihm der Offizier vom Dienst, der wußte, daß er erst vier Tage zuvor im Kampf verwundet worden war, dabei zu, wie er langsam die Stufen hinaufstieg. Am Fuß des majestätischen Aufgangs wirkte er so klein wie ein Zinnsoldat, doch seine Gestalt wurde immer eindrucksvoller, je höher er kam und je länger er mit gleichmäßigem Schritt den steilen Aufstieg bewältigte.

Sobald Selznick nahe genug am Tor war, ließ der Offizier vom Dienst die Wachen antreten und das Gewehr präsentieren, und ohne den Kopf zu wenden, beobachtete er ihn aus den Augenwinkeln, während er an ihm vorüberging. Der General war ausgesprochen blaß, unter dem Käppi perlten kleine Schweißtropfen auf Stirn und Schläfen, doch er hielt sich aufrecht, sein Schritt war fest.

Auf dem Exerzierplatz trat die Besatzung der Garnison an, damit er sie abschritt, danach führte man ihn in sein Quartier.

Unmittelbar nach dem Passieren der Straße von Messina hatte sich das Wetter verschlechtert, und deshalb benötigten Philip Garrett und El Kassem fast zwei Wochen, um nach Limassol zu gelangen. Das Schiff mußte erst Patras anlaufen, und als sie gerade das offene Meer gewinnen wollten, mußte es in Piräus erneut Zuflucht suchen. Im Saronischen Golf wütete die Sturmflut nämlich mit solcher Gewalt gegen die attischen Gestade, daß der Kapitän darauf verzichtete, unter diesen Bedingungen die Reise fortzusetzen. Philip war ausgesprochen froh darüber, denn El Kassem hätte die Seekrankheit nicht eine Minute länger durchgestanden.

Philip nutzte die Gelegenheit zu einem Besuch der Umgebung, und gemeinsam mit seinem Gefährten unternahm er einen Ausritt auf den Berg Kithäron. Vom Gipfel aus war die Landschaft in ihrer ganzen Schönheit zu überblicken, und die Sturmwolken, die über die regengrüne Erde und die wie Eisen glänzenden Felsen der griechischen Landschaft hinwegeilten, machten den Anblick noch eindrucksvoller. Es schien ihm hundert Jahre her, daß er Oberst Jobert in dem Café in der Rue Tronchet getroffen hatte.

Als der Wind stark auffrischte und ein Gewitter drohte, suchten sie Zuflucht in einer Taverne. Sie waren die einzigen Gäste und setzten sich in eine Ecke des kleinen Lokals. Philip bestellte sich einen Ouzo, der seinem gewohnten Pernod recht ähnlich war, und für seinen Gefährten eine Tasse türkischen Kaffee. Der Wirt brachte ihnen das Gewünschte. Die ganze Zeit über, während sie darauf warteten, daß es sich ausregnete, wandte er den Blick nicht von ihnen ab. Ein so seltsames Paar war ihm noch nie untergekommen.

»Was mag ihre Feindschaft ausgelöst haben?« fragte Philip auf einmal. »Was brachte sie dazu, sich zu duellieren?«

»Ich weiß nicht, ob es wirklich ein Duell war«, erwiderte El Kassem, der Philip plötzlich ein wenig zurückhaltend vorkam. »Damals vertraute dein Vater Selznick«, fügte der Krieger nach einer Weile hinzu. »Er dachte, daß das Legionskommando ihn zu seiner Begleitung abgestellt hätte, damit er ihm half und ihn unterstützte. Dann entdeckte *sidi* Desmond in der Oase Siwa einen unterirdischen Eingang, der in eine Art Labyrinth führte, in dem man ziemlich leicht die Orientierung verlieren konnte. Ich habe nie herausgefunden, was er dort unten suchte. Gold oder andere Schätze waren es nicht; ich glaube, daß es die Steine waren, die ihn faszinierten – alte Steine, auf denen viele Abbildungen von Dämonen eingemeißelt waren. Außerdem waren dort Schriftzeichen eingeritzt, die niemand mehr zu lesen versteht, außer ihm vielleicht.

Er war so begeistert von seiner Entdeckung, daß er mich an die Küste schickte, um seiner Frau ein Telegramm zu schicken. Deiner Mutter. Er wollte, daß sie ihm nachreiste.«

»Daran erinnere ich mich«, sagte Philip. »Du kannst dir nicht vorstellen, wie sehr ich darunter gelitten habe, daß mich mein Vater darin nicht erwähnt hat. Aber ich kannte das. Wenn er mich nicht ausdrücklich einlud, bedeutete das, daß er mich nicht bei sich haben wollte. Ich hätte alles dafür gegeben, bei ihm in der Wüste zu sein – alles.«

»Deine Mutter war wunderschön«, begann El Kassem wieder, und im Halbschatten der Taverne lag ein seltsamer Glanz in seinen Augen. »Selznick hatte ein Auge auf sie geworfen.«

Philip war mit diesem Ausdruck vertraut. Es war derselbe, den die Bibel benutzte, um Davids Blick auf den nackten Körper Batsebas zu beschreiben.

»Dann war das also der Grund«, sagte Philip. El Kassem senkte die Stirn. »Sag mir die Wahrheit, bitte, ich will sie erfahren.« El Kassem blickte zum Fenster, auf die vom Regen nassen Scheiben.

»Einmal kamen dein Vater und ich unerwartet ins Lager zurück«, begann er wieder, »und er sah sie nahe beieinander. Deine Mutter lehnte an einem Palmenstamm, und er war ganz in ihrer Nähe. Es schien deinem Vater, daß sie einen Blick tauschten … Verstehst du, was ich sagen will?«

»Ja«, antwortete Philip, »sprich weiter.« Doch die Gefühlsaufwallung ließ seine Stimme brüchig klingen.

»Dein Vater war wie vom Donner gerührt, weil er nämlich etwas Bestimmtes in diesem Blick zu lesen glaubte.«

»Glaubte?«

»Ja. Dieser Eindruck rührte nur von dem Bewußtsein her, sie zu oft und zu lange allein gelassen zu haben. Ich kenne deinen Vater. Ich kenne die Alpträume, die seinen Verstand heimsuchen, am Tag wie in der Nacht. Am Tag darauf gab er sie in meine Obhut, damit ich sie zurückbrachte. Ich stellte eine Eskorte aus meinen Männern zusammen, stellte deiner Mutter zwei Frauen als Dienerinnen zur Verfügung und führte sie an die Küste zurück. Sie sprach meine Sprache nicht, und ich sprach ihre nicht. Die Reise verlief unter endlosem Schweigen, aber ich verstand trotzdem, und jedesmal, wenn ich ihrem wirren Blick begegnete, spürte ich die Last ihrer Verzweiflung auf meinem Herzen.

Bei meiner Rückkehr versuchte ich mehrmals, deinen Vater von seinem Irrtum zu überzeugen, aber er wollte davon nichts hören. Er wollte nicht einmal Selznick wegschicken. Er war zu stolz zuzugeben, daß er ihn als Rivalen betrachtete.

Eines Tages brachen dein Vater und Selznick zu einer erneuten Erkundung der Katakomben auf, und ich blieb draußen, um Wache zu halten.

Dein Vater kehrte allein zurück, verwundet, schweißüberströmt, mit zerrissenen Kleidern und geröteten Augen. In der Hand hielt er einen Stein. Er drückte ihn an seine Brust, als handelte es sich um den wertvollsten aller Schätze. In der anderen Hand hielt er ein blutiges Schwert: Weder seine Form noch das Metall, aus dem es geschmiedet war, habe ich je zuvor gesehen.

›Was ist geschehen?‹ fragte ich ihn. ›Wo ist Selznick?‹

›Selznick ist tot‹, antwortete er. Ich dachte an ein Unglück, daß er abgestürzt oder unter Geröll begraben worden wäre.

›Ich habe ihn getötet‹, sagte dein Vater. ›Er hat versucht, mir dies wegzunehmen und mich in den Katakomben zu verschütten. Doch ich habe eine Waffe gefunden‹, sagte er, wobei er das Schwert, das er in der Hand hielt, zu Boden fallen ließ.

Aber Selznick war nicht tot, und die Wunde, die ihm zugefügt wurde und die niemals verheilt, macht ihn mit jedem Tag fürchterlicher. Keiner von uns kann sich sicher fühlen, solange wir ihn nicht gefunden und getötet haben.«

Philip dachte an seine Mutter. Er erinnerte sich daran, daß sein Vater nach Europa zurückgekehrt und unverzüglich nach Rom und Neapel gefahren war, ohne sie ein einziges Mal zu besuchen. Bis sie dann erkrankt war und die Krankheit sie dahingerafft hatte.

Er vergrub das Gesicht in den Händen.

Pater Hogan stieg die Treppen zur Vatikanischen Sternwarte hinauf. Er war neugierig und zugleich voller Sorge, denn es war das erste Mal, daß Pater Boni ihn zu sich rief, nachdem Hogan ihm die Übersetzung des Textes von Amun übergeben hatte. Als er eintrat, saß Boni an seinem kleinen Arbeitstisch und drehte ihm den Rücken zu.

»Setzen Sie sich, Hogan«, sagte er, ohne sich umzuwenden, »was ich Ihnen zu sagen habe, wird einige Zeit in Anspruch nehmen.« Draußen erklang das abendliche Angelusläuten.

Pater Boni stand auf und ging zu dem Fenster, von dem aus man die Kuppel der Sixtinischen Kapelle sah.

»Ich habe die Lektüre des Textes von Amun beendet«, sagte er und drehte sich um. Pater Hogan hatte Mühe, seine Verwunderung zu verbergen. Pater Boni hatte tiefschwarze Ringe unter den Augen, und sein ganzes Aussehen verriet tiefste Seelenqualen.

Pater Hogan wollte Licht machen, doch der Alte gebot ihm Einhalt. »Nein«, sagte er, »machen Sie es nicht an ... es ist noch nicht dunkel.

Hören Sie, Hogan«, fuhr er fort, »dieser Text enthält eine schreckliche Geschichte. Ich würde es für eine Erfindung halten, gäbe es nicht diesen unleugbaren Beweis des Radiosignals, das weiterhin sendet, wenn auch seit kurzem eine andere und komplexere Sequenz. Sie werden sich jetzt fragen, warum ich Ihnen den Text nicht gebe, damit Sie ihn selbst lesen können. Tatsache ist, daß die Lektüre schwierig, langwierig und kompliziert ist, was nicht zuletzt an Pater Antonellis miserabler Schrift und an der Vielzahl von Abkürzungen und handschriftenkundlichen Kürzeln liegt, die er in der Übertragung verwendet hat. Nun ist es aber so, daß Sie meines Erachtens so rasch wie möglich abreisen müssen, denn es bleibt nur noch wenig Zeit. Also werde ich Ihnen heute nacht erzählen, was in diesem Text geschrieben steht... wenn Sie mir vertrauen.«

»Sie können beginnen, wann es Ihnen beliebt«, erwiderte Pater Hogan, »ich höre Ihnen zu.«

»Der Text von Amun«, begann Pater Boni, »ist eine Art Heiliges Buch, fast eine schwarze Bibel, die mehrere Autoren verschiedener Epochen in einer uralten Sprache geschrieben haben, die keiner uns bekannten ähnelt. Pater Antonellis Niederschrift enthält die phonetische Umschrift und die Interlinearübersetzung dieser Sprache. Ich bin kein Philologe und kann Ihnen deshalb keine erschöpfendere Auskunft geben, aber den Notizen meines Vorgängers zufolge sind hier und da, besonders in den jüngsten Passagen, schwache Spuren des Äthiopischen sowie hamitische Anklänge zu erkennen, die an ein sehr archaisches Ägyptisch denken lassen. Mit anderen Worten: Die jüngsten Passagen dieses Textes sind immer noch viel älter als die frühesten Schriftzeugnisse unserer ältesten Kulturen.

Der mythische Gründer dieser Zivilisation trägt einen Namen, der sich mit dem Namen Thubalkain decken könnte. Wenn das wahr ist, wenn Antonellis Übersetzung und Interpretation richtig sind, haben wir es mit dem Menschen zu tun, der als erster eine Stadt erbaute, der als erster Metall schmolz und schmiedete, und demzufolge mit dem ersten Menschen, der Waffen herstellte.«

»Das also ist die Ursache für Pater Antonellis Qualen?« fragte Pater Hogan.

»Ja. Aber natürlich ist das noch nicht alles. Hören Sie zu. Thubalkains Söhne ließen sich in einem Land namens Delfud nieder, das wir leider nicht identifizieren können.

Doch sie schworen, daß sie den Weg zurück finden würden, um die von einem Engel mit flammendem Schwert bewachten Tore des Gartens Eden zu durchbrechen. Sie schworen, daß sie eine stärkere und mächtigere Waffe als jenes Schwert ersinnen würden, daß sie den wachenden Engel herausfordern und besiegen würden. Am Ende, wenn sie den Baum der Erkenntnis wiedergefunden hätten, würden sie Gott gleich sein, sie würden den Lauf der Sterne und die Kräfte, die das Universum bewegen, verstehen und beherrschen.

Delfud wird als ein endloses Land beschrieben, in dem fünf majestätische Ströme flossen und sich fünf Seen erstreckten, von denen jeder für sich so groß war wie ein Meer. Und diese wurden von unzähligen Fischen, riesenhaften Krokodilen und Nilpferden und gewaltigen Waranen bewohnt. An den Ufern stillten zahllose Tierherden ihren Durst: Nashörner und Panther, Löwen, Elefanten und Giraffen, Zebras, Kuh- und Elenantilopen; am Himmel flogen unzählige Schwärme von Vögeln in den wunderbarsten Farben. Ungezügelt galoppierten Herden rabenschwarzer Pferde mit langen wehenden Mähnen über die Hügel. Soweit das Auge reichte, wogte wie die Oberfläche eines smaragdgrünen Ozeans ein Meer aus Gras im Wind. Der Regenbogen reichte von Süden nach Norden, wenn nach einem Gewitter die Strahlen der untergehenden Sonne die letzten Tropfen des Sommerregens durchdrangen; unter diesem vollkommenen Gewölbe funkelten unzählige unbekannte Sterne in der duftenden Dunkelheit der Nächte eines langen Frühlings.«

»Mein Gott«, rief Pater Hogan aus, »aber das ist ja die Beschreibung eines Paradieses!«

»Es ist die ursprüngliche und unbefleckte Erde, Hogan, es ist die noch unangetastete Macht der Natur«, seufzte Pater Boni. Dann setzte er seine Erzählung fort: »In der Mitte dieses unendlichen Landes erhob sich ein Berg, und auf diesem begannen sie ihre Stadt zu bauen. Sie schmiedeten ein unbezwingbares Metall, und mit diesem schnitten sie Felsblöcke und schleppten sie auf die Ausläufer des Berges, wo sie einen Ring aus mächtigen Mauern errichteten, die von gewaltigen und uneinnehmbaren Türmen gekrönt wurden. Sie brachten eine Rasse unbesiegbarer Krieger hervor, die die endlosen Grenzen mit tödlichen Waffen schützten. Im Landesinnern legten sie Gärten an, in denen alle Arten von Früchten im Überfluß wuchsen, Getreidefelder, so weit das Auge reichte, Weinberge und Olivenhaine. Ihre Tafel war reichlich mit jeder Art von Fleisch, duftendem Brot und wohlriechenden Früchten gedeckt. Jegliche Arbeit, jedes Werk der Hände und des Geistes wurde mit Vergnügen entlohnt, und Frauen wie Männer wuchsen mit den erlesensten Künsten auf, um unabhängig von ihrem Geschlecht Freude zu schenken und zu empfangen.

Aber es gab einen Punkt an ihrer Grenze, der seit vielen Generationen unter ständiger Beobachtung gehalten worden war. Dort, an einem verlassenen und vollkommen trockenen Ort, der zu jeder Jahreszeit der glühenden Sonne ausgesetzt war, hatten sie eine Garnison errichtet. Nachdem ihre Vorfahren nackt, weinend und verzweifelt aus dem Garten Eden vertrieben worden waren, war dort, von der Kraft eines Zyklopen aufgeschichtet, ein hoch in den Himmel ragender Riegel aus Basalt erstanden, über dem die schneebedeckten Gipfel erhabener Vulkane thronten. Der ungeheure, von Blitzen umzuckte und ewig von Sturmwolken verhüllte Gebirgszug hallte bis in weite Ferne vom Rollen der Donner wider.

Und wenn der Engel bedrohlich sein Schwert zog, zerriß ein blendendes Licht die nächtliche Finsternis, ein Donner erschütterte die Erde bis zum Horizont, ein Schrei wie aus der Kehle von hunderttausend in die Schlacht ziehenden Kriegern brach durch die Wolkendecke, erstreckte sich bis hinauf zum siebenten Himmel und fiel auf die Erde zurück als Hagelschauer, als Lawine.

Dennoch wachten Thubalkains Söhne Tag und Nacht, Generation für Generation, in ihrer verlorenen Garnison, in der Festung der Einsamkeit. Sie warteten auf den Augenblick, da die Kraft des Engels nachließ, denn nur die Kraft Gottes ist unendlich. Und ewig.

Und schließlich kam die Nacht des Skorpions…«

Pater Boni senkte den Kopf und verharrte einige Augenblicke in Schweigen. Im Zimmer war es vollkommen dunkel, und nur das durch die Stille verstärkte, unablässige Signal von den Sternen war zu hören. Auf der großen Wandtafel konnte man gerade noch das leuchtende Weiß der Kreide erkennen, mit der Ernesto Boni und Guglielmo Marconi in jener nervenaufreibenden Nacht ihre kosmischen Berechnungen niedergeschrieben hatten.

Hogan begriff, daß die Anstrengung des Erzählens den alten Wissenschaftler übermannt hatte. Wie ein Seemann im Sturm das von der Gewalt des Orkans zerfetzte Segel aufgibt, so hatte er seinen Verstand aufgegeben. Er hatte mitansehen müssen, wie die logischen Schlußfolgerungen, die sein mathematisches Denken seit jeher zusammengehalten hatten, in Stücke gebrochen waren. Mit Schrecken stellte er nun fest, daß er sich dem irre redenden und von allen Menschen verlassenen Wesen immer ähnlicher fühlte, dessen Ableben er beigewohnt hatte – damals, in einem Krankenzimmer mitten in den Wäldern des Apennins.

Es war kalt in der Sternwarte, und der Raum wurde nur schwach vom Schimmer des Mondes erhellt, doch Pater Hogan hatte nicht den Mut, Licht zu machen. In dieser Finsternis hallten die Worte, die er gehört hatte, nach, als würden sie von einer Art Echo zurückgeworfen.

Pater Boni stand auf und trat ans Fenster, so daß seine kahle Kopfhaut das Mondlicht reflektierte.

»Kommen Sie, Hogan«, sagte er, »kommen Sie her zum Fenster. Warum, glauben Sie, habe ich bis jetzt im Dunkeln zu Ihnen gesprochen?«

»Ich weiß nicht. Ich dachte, daß Sie bei Ihren letzten Forschungen Ihre Augen überanstrengt hätten, daß Sie Ihre Sehkraft schützen wollten.«

»Nein. Sie dachten, daß dieser Text mir das Bewußtsein getrübt hat und daß ich auf dem besten Weg bin, ein Geschöpf der Finsternis zu werden. Ist es nicht so? Eine Art Fledermaus, die das Licht nicht erträgt. Nein, antworten Sie nicht, ich weiß, daß es so ist. Sie sind Ire, Hogan, ein Träumer wie Ihr Yeats, wie Ihr Joyce. Wir Latiner sind Rationalisten, wenn nicht sogar Zyniker, vergessen Sie das nicht.«

»Auch die Geistlichen?« fragte Pater Hogan.

»In gewissem Sinne, ja. Es waren die italienischen Geistlichen, die das politische Gebäude der Kirche tragen mußten. Eine lästige Struktur, aber unerläßlich. Sie haben ihre Aufgabe mutig und außerordentlich phantasievoll ausgeführt, aber sie haben sich auch mit einer gewissen Dosis Zynismus abhärten müssen. Die Politik ist kein Scherz. Kommen Sie jetzt, betrachten Sie den Himmel von hier aus. Ich werde Ihnen sagen, weshalb wir bis jetzt im Dunkeln ausgeharrt haben. Was sehen Sie?«

»Ich sehe Sternbilder.«

»Gut. Sehen Sie dieses? Diese Gruppe von Sternen knapp über dem Horizont? Das ist das Sternbild Skorpion. Auf dieses Sternbild bezieht sich der Text von Amun. Bald steht es in Konjunktion mit der Radioquelle, die unser Signal aussendet, und dies bedeutet das Ende eines Zyklus von vielen tausend Jahren und das Eintreten eines Ereignisses von unvorstellbarer Tragweite.«

»Aber was Sie mir bis jetzt erzählt haben, ist Mythologie. Eine gewaltige und erschütternde, aber zweifellos mythologische Geschichte.«

»Vielleicht. Aber alle Mythen bergen eine historische Wahrheit in sich, und das Radiosignal, das wir empfangen, wurde mit Gewißheit von jener Zivilisation erzeugt.

Das versichere ich Ihnen.« Er ging zum Lichtschalter und knipste das Licht an, dann setzte er sich wieder an seinen Tisch.

»Machen Sie einen Kaffee, Hogan«, sagte er und setzte die Brille auf, »die Nacht ist noch lang.«

7. KAPITEL

»Das Tor des Windes«, sagte El Kassem und zeigte in die Ferne. »Wenn unsere Pferde nicht erschöpft wären, könnten wir noch vor Mitternacht in Aleppo sein.« Philip erkannte sofort den römischen Bogen von Bab el Awa, der sich vor ihnen erhob. Im Gegenlicht leuchteten die Kalksteinplatten der antiken Römerstraße, die Antiochia mit Damaskus verband. Ringsherum war die Landschaft ausgedörrt, und ein steter kräftiger Wind blies über der dürstenden Ebene.

»Dieser Wind läßt nie nach. Er weht ständig, Tag und Nacht, Sommer wie Winter. Deshalb wird es ›Tor des Windes‹ genannt«, sagte El Kassem und zeigte auf das Bauwerk, dem sie sich näherten. »Und wofür sollte ein solches Tor dasein, wenn nicht für den Wind«, fuhr er in seinen Betrachtungen fort, während die Pferde den Torbogen durchschritten, »keine Pfosten, keine Türflügel ... keine Mauern ...« Er wandte sich noch einmal um, um es zu betrachten: »Ein Tor, das im Nichts steht und auf das Nichts hinausgeht ...«

»Das ist ein Triumphbogen«, versuchte Philip ihm zu erklären, »ein römischer Bogen. Er wurde zum Ruhm eines großen untergegangenen Reiches errichtet.«

El Kassem antwortete nicht und sah auch nicht mehr hinter sich, um Bab el Awa zu betrachten. In Gedanken versunken ritt er weiter, als lauschte er dem Getrappel seines Pferdes auf dem Pflaster der alten Straße. »Das ist recht«, sagte er dann, »denn auch der Ruhm der Menschen ist wie der Wind, der kommt und geht.«

Je mehr die Sonne herabsank, desto beeindruckender empfand Philip die Aussicht, denn die nunmehr parallelen, auf die Straße einfallenden Strahlen tauchten die antiken, von jahrtausendelangem Reisen glatt polierten Steine wie in flüssiges Gold.

Nach einer Weile überholten sie eine kleine Karawane, die von Reitern in einer fremdartigen Tracht eskortiert wurde. Eines der Kamele trug auf dem Höcker einen von Musselinvorhängen verhängten Baldachin. Als Philip daran vorüberritt, gaben die Vorhänge einen Augenblick lang den Blick ins Innere frei, um sich dann sofort wieder zu schließen. El Kassem dagegen schien keine Augen dafür zu haben und drängte darauf, daß sie die Römerstraße verließen, die mit ihrem harten Steinpflaster den Hufen der Pferde schadete. Er deutete auf eine flache Hügelkette zur Linken: »Bald wird es dunkel. Besser, wir reiten auf diesen Anhöhen weiter. Dort haben wir einen guten Überblick über die Umgebung, so daß wir nicht überrascht werden können, und außerdem finden wir dort leichter einen Unterschlupf für die Nacht.«

Sie gaben den Pferden die Sporen. Bald gelangten sie auf den Kamm der flachgewellten Hügelkette und ritten weiter, bis die Dunkelheit langsam einfiel. Da hielt El Kassem an und suchte Reisig zum Feuermachen, während Philip sein Reittier festband und den Reisesack mit seinem Gepäck losschnallte.

»Wir haben noch gar nicht nachgesehen, was Natalino uns vor unserer Abreise geschenkt hat«, sagte er, während er ans Feuer trat, um besser sehen zu können. Er öffnete eine Schachtel, die von zwei Lederriemen zusammengehalten wurde. Darin fand sich alles mögliche, wie in einem kleinen Basar: ein Schafskäse, ein Paket Zwieback, Nadel und Faden, Knöpfe, ein Klappmesser, eine Spule Eisendraht, ein Stück nach Jasmin duftende Seife, eine Schleuder mit Stahlkugeln, eine Tüte Schwarzpulver, Zucker und Salz, Knallfrösche und Feuerwerkskörper. Sofort hielt Philip die Schachtel vom Feuer weg.

»Was ist da drin?« fragte El Kassem.

»Explosive Gegenstände«, Philip lächelte. »Man nennt

sie Feuerwerkskörper. Sie werden in den Himmel hinaufgeschossen; dabei ziehen sie einen langen Lichtschweif hinter sich her, und dann zerbersten sie in einem tausendfarbigen Funkenmeer. In Neapel werden die besten Feuerwerkskörper der Welt hergestellt.« El Kassem sah ihn verblüfft an. »Die Idee ist gut, mein Freund. Es könnte ja passieren, daß wir uns in der Wüste trennen oder aus den Augen verlieren. Aber mit Hilfe des Feuerwerks werde ich dir immer signalisieren können, wo ich mich befinde, auch auf große Entfernung.«

El Kassem schüttelte den Kopf: »Das ist ein seltsamer Stamm, diese Neapo –«

»Neapolitaner. Ja, El Kassem, sie sind ein bißchen eigenartig. Ich würde sogar sagen, sie sind einzigartig.«

Philip versuchte sich vorzustellen, welche Gedanken Lino durch den Kopf gegangen sein mußten, als er diese bizarre Mischung zusammengestellt hatte, doch er kam zu dem Schluß, daß wohl keinerlei Überlegung dahintersteckte. Gewiß hatte der Alte in den hintersten Ecken seiner Rumpelkammer gekramt, wo er seine kleinen Schätze aufbewahrte, und hatte sie allesamt in dieses Köfferchen gepackt, um es ihm mit auf die lange Reise zu geben. Doch in Philips Augen war das alles wertvoller als ein Juwelenschrein. Er schloß es wieder und drehte sich zu seinem Gefährten um. Verdutzt bemerkte er, daß El Kassem Sand auf das Feuer warf und ihm gleich darauf Zeichen machte, sich auf den Boden zu werfen und keinen Laut von sich zu geben.

Unterhalb, im Schatten, der die Talhänge hinaufkletterte, war gerade noch die kleine Karawane zu erkennen, die sie vor Sonnenuntergang auf der Straße von Bab el Awa überholt hatten und die weiter ihres Weges zog. Es herrschte eine solche Stille, daß sie das Geschrei der langsam vorwärtstrottenden Kamele und das Schnauben der Pferde der kleinen Eskorte hören konnten. El Kassems Ohr fing jedoch noch andere Geräusche ein, und in der Abendbrise nahmen seine Nasenflügel andere Gerüche wahr. Sein Blick durchdrang das Halbdunkel, das in der Stunde, die der Nacht vorangeht, sämtliche Formen und Farben verschluckte. Plötzlich packte er Philip, der sich neben ihn geworfen hatte, am Arm. »Dort unten«, sagte er, »hinter dem Felsvorsprung dort.« Im nächsten Augenblick brach an der Stelle, auf die er gezeigt hatte, eine Schar berittener Beduinen in wildem Galopp hervor, und eine weiße Staubwolke schlängelte sich schnurstracks durch das Tal auf die kleine Karawane zu.

Die Männer der Eskorte reagierten mit unglaublicher Geistesgegenwart. Sie ließen Kamele und Pferde sich hinknien und antworteten mit tödlichen Gewehrsalven. Es waren zwar nur wenige Männer, doch offensichtlich verfügten sie über schlagkräftige Repetiergewehre. Die Angreifer schwärmten aus, um weniger Zielfläche zu bieten, und begannen in zwei getrennten Gruppen ein Einkreisungsmanöver. Ungeachtet ihrer großen Tapferkeit waren die Minuten der Verteidiger gezählt.

Philip beobachtete das Kamel mit dem Baldachin und sah eine verschleierte Gestalt hervorschlüpfen, gewiß eine Frau. Die Männer versuchten sie unter allen Umständen zu schützen, wobei sie den eigenen Körper als Schutzschild benutzten.

»Sie können nicht entkommen«, sagte El Kassem. Noch während er sprach, war er schon auf die Füße gesprungen und eilte zu seinem Pferd, um der ungleichen Kräfteverteilung abzuhelfen.

»Warte«, rief Philip, der plötzlich eine Eingebung hatte, »selbst mit unserer Hilfe werden sie es nicht schaffen. Versuchen wir es mit Natalinos Artillerie.« Er nahm eine Rakete, steckte sie in den Boden, versuchte grob die Geschoßbahn zu berechnen und legte Feuer an die Lunte. Ein zischender Feuerschweif zerriß die Dunkelheit, und die anschließende vielfarbige Explosion brachte heilloses Durcheinander in die Gruppe der Angreifer. Gleich darauf schoß Philip, Schuß für Schuß, eine ganze Batterie ab, während El Kassem sein Gewehr abzufeuern begann. Entnervt von der pausenlosen Knallerei und von den tausend blendenden Lichtern, wurden die Pferde der Angreifer von Panik ergriffen, sie scheuten und schlugen aus, oder sie stoben in rasendem Galopp in alle Himmelsrichtungen davon, während die Verteidiger ihnen dichtes Gewehrfeuer hinterherschickten.

Nun schwang El Kassem sich aufs Pferd und machte sich an die Verfolgung der Fliehenden, die in seine Reichweite kamen. Viele streckte er mit Pistolenschüssen nieder, andere fielen, als er seinen Säbel aus Damaszenerstahl kreisen ließ. Philip zögerte ein wenig. Die Situation, in der er sich da unversehens wiederfand, war dermaßen weit von seiner beschaulichen Forschungsarbeit an der Sorbonne entfernt, daß sie ihm wie ein Traum vorkam. Und wie in einem Traum, in dem alles möglich ist und wo man stets heil und sicher aufwacht, stieg er auf sein Pferd und galoppierte hinter El Kassem hinunter in die Ebene.

Sofort geriet er in Lebensgefahr. Ein Beduine, dem Philips Unerfahrenheit im Reiten aufgefallen war, lenkte sein Pferd an seine Seite und versetzte ihm einen heftigen Säbelhieb, der Philips Rock zerfetzte und ihn am Arm verletzte. Als er die klebrige Wärme des Blutes spürte, das an seiner Hüfte entlangfloß, sah Philip sich verloren. Verzweifelt versuchte er zu entkommen und schrie: »El Kassem!«

Der Krieger hörte ihn, warf brüsk sein Pferd herum und attackierte nun seinerseits den Verfolger. Ungestüm rempelte er das Pferd des anderen und brachte es so zu Fall, dann warf er sich auf den Reiter, der eben wieder auf die Knie zu kommen versuchte, und köpfte ihn mit einem einzigen Säbelhieb. Als er den Kopf zwischen die Läufe seines Pferdes rollen sah, spürte Philip, wie sein Magen sich zusammenzog, aber er riß sich zusammen und galoppierte erneut auf die eingeschlossene Karawane zu. Dort war es einer Gruppe Beduinen gelungen, in die Reihen der Gegner einzubrechen und sie in einen Kampf Mann gegen Mann zu verwickeln. El Kassem überholte ihn mit

Leichtigkeit und warf sich ins Getümmel, wo er zwei Gegner mit dem Säbel und einen weiteren mit dem Dolch niederstreckte. Philip traf einen vierten mit einem Pistolenschuß und sah ihn röcheln, als hätte er den Verstand verloren. Zum erstenmal in seinem Leben hatte er einen Menschen getötet.

Der Überfall war zu Ende. El Kassem und sein verletzter Gefährte waren von den Pferden gesprungen und standen nun vor der Schar der Verteidiger, die noch immer die Gewehre im Anschlag hielten. Plötzlich bemerkte Philip, daß die Frauengestalt, die ihm schon zuvor aufgefallen war, sich erhob und auf ihn zukam. In der Rechten hielt sie einen Säbel, und ihr Gesicht war verschleiert, doch als sie vor ihm stand, ließ sie die Waffe sinken, nahm den Schleier ab und verband damit seinen Arm, um die Blutung zu stillen. Ihr Gesicht war wunderschön, ihre Haut dunkel und glänzend wie polierte Bronze.

Gebannt von dieser Erscheinung, wich Philip instinktiv zurück.

»Wer bist du?« fragte er.

»Es ist besser für dich, wenn du meinen Namen nicht kennst«, antwortete das Mädchen auf arabisch, »aber sage mir, wie ich dich belohnen kann. Deine Flammenpfeile und euer Mut haben uns gerettet.«

Philip gelang es nicht, seine Gefühle zu beherrschen. Der Schmerz im Arm und der gleichzeitige Anblick dieses Gesichts hielten ihn in einer Art ekstatischem Zustand, in einem entsetzten Erstaunen gefangen. El Kassem überredete die anderen, das Tal zu verlassen und so rasch wie möglich zu der geschützten Stelle zu reiten, an der er mit dem Feuermachen begonnen hatte. Dort stieg er vom Pferd und blies in die fast erloschene Glut, bis eine Flamme emporzüngelte. Das Mädchen kümmerte sich um Philip, säuberte seine Wunde, nähte sie mit einem Seidenfaden zusammen, und nachdem sie sie mit Essig ausgewaschen hatte, legte sie einen Verband an.

Philip vermochte den Blick nicht von ihr abzuwenden.

»Der einzige Lohn, um den ich dich bitte«, brachte er endlich hervor, »ist, dich wiedersehen zu dürfen.«

»Das ist nicht möglich«, antwortete das Mädchen sanft, aber bestimmt. Sie blickte ihm einen Moment in die Augen, und Philip schien es, als erkenne er in ihrem Blick einen Schatten von Traurigkeit. »Wünsche etwas anderes«, sagte sie mit dem Tonfall einer Frau, die an das Privileg gewohnt ist, Gnade zu gewähren und Gunst zu erweisen.

Das Feuer prasselte nun munter, und die Männer hatten sich im Kreis hingesetzt und ihren Proviant zusammengetragen: Brot, Datteln und Ziegenkäse. Philip erinnerte sich an den Schafskäse und den Zwieback und steuerte seine wenigen Vorräte zum gemeinsamen Abendessen bei. Doch während er näher trat, fiel sein Blick auf das Dekolleté des Mädchens, das sich mit verschleiertem Haupt abseits gesetzt hatte und mit dem Rücken an einem Felsblock lehnte. Von einem goldenen Kettchen baumelte ein kleines geflügeltes Pferd, das auf einer Art zylindrischem Sockel stand, und blitzartig schossen ihm die Worte von Avile Vipinas in den Sinn: ›Sein Grab hat die Form eines Zylinders, über dem sich ein Pegasus erhebt.‹ Doch schien es ihm ausgeschlossen, daß ein so unerwarteter Zufall ausgerechnet in einer Wüste im Nahen Osten eine Verbindung zwischen ihm und einem Hinweis herstellte, der so weit in Raum und Zeit zurücklag.

»Bei dieser Dunkelheit könnt ihr nicht weiterziehen«, sagte er. »Ihr habt gesehen, welche Gefahren dieses Gebiet birgt.« Das Mädchen sprach mit ihren Männern, und der Klang dieser Sprache beeindruckte Philip tief. Einen solchen Klang hatte er in seinem ganzen Leben noch nie vernommen. Er erinnerte ihn vage an Koptisch, aber selbst das hätte er nicht mit Bestimmtheit sagen können.

»In welcher Sprache hast du gesprochen?« fragte er sie.

Das Mädchen lächelte: »Nicht einmal das kann ich dir sagen.« Aber ihr Blick ruhte auf Philips Gesicht. Im Schein des Feuers glänzten ihre Augen bernsteinfarben.

Die Männer hüllten sich in ihre Satteldecken ein und legten sich schlafen. Nur einer versteckte sich weiter oben hinter einem Felsvorsprung, um Wache zu halten. El Kassem suchte sich abseits von den anderen ein Lager, doch Philip wußte sehr gut, daß sein Schlaf leicht war wie die Luft und daß seine stets wachsamen Sinne ihn beim geringsten Anlaß wecken würden – schon ein Geruch, den der Wind herbeitrug, oder ein Geräusch genügte.

Philip blieb allein neben dem Feuer sitzen, um die Glut neu anzufachen. Das Mädchen trat heran und setzte sich neben ihn. »Tut es weh?« fragte sie ihn und berührte leicht seinen Arm.

»Es brennt ein bißchen.«

»Zum Glück ist die Wunde nicht sehr tief. In ein paar Tagen ist sie verheilt. In der Wüste nimm den Verband ab, in der Stadt dagegen bedecke die Wunde. Dann wird sie schneller verheilen.«

Philip sah sie unverwandt an, und es war ihm, als erkenne er in ihrem Gesicht und in ihrer Gestalt, die man unter der langen Leinentunika erahnen konnte, die reinste und vollkommenste Schönheit, die zu betrachten ihm je vergönnt war. Die glatten und glänzenden Haare rahmten das Gesicht einer ägyptischen Königin ein und berührten kaum die vollkommene Linie der Schultern; ihre langen, feingliedrigen Finger bewegten sich bei jeder Geste mit geschmeidiger Harmonie.

»Du hast heute zum erstenmal in deinem Leben gekämpft, nicht wahr?« fragte sie nach einer Weile.

»Ja.«

»Was hast du dabei empfunden?«

»Das ist schwer zu sagen. Es ist, als stünde man unter dem Einfluß einer Droge. Das Töten wird so leicht wie das Getötetwerden. Das Herz spielt verrückt, das Denken fällt so schwer wie das Atmen … Ich bitte dich, sage mir, ob ich dich je wiedersehen darf. Ich kann mir einfach nicht vorstellen, dir nie mehr zu begegnen. Heute wäre ich für dich gestorben, wenn es nötig gewesen wäre.«

Mit einemmal veränderte sich der Blick des Mädchens, ihre Augen leuchteten wie der Himmel nach Sonnenuntergang. Traurige Eindringlichkeit lag darin, als wollte sie ihn in einem einzigen Moment für eine ewige Einsamkeit entlohnen, für einen unvermeidlichen Abschied: »Ich muß meinem Weg folgen. Ich habe keine Wahl. Ich muß mich meinem harten, schwierigen Schicksal stellen.« Sie verstummte und senkte den Kopf, und Philip hatte weder den Mut, ihr Schweigen zu stören, noch wagte er, die Hände zu berühren, die sie in den Schoß gelegt hatte. Erneut hob das Mädchen den leuchtenden Blick: »Doch wenn meinem Leben eines Tages die Freiheit geschenkt würde, dann ja – dann möchte ich dich wiedersehen.«

»Freiheit? Hält dich etwa jemand gefangen? Sage es mir, und ich werde dich befreien.«

Lächelnd schüttelte das Mädchen den Kopf: »Niemand hält mich gefangen, nur mein Schicksal. Doch vergessen wir jetzt diese traurigen Gedanken und trinken wir gemeinsam.« Sie griff in einen Beutel und entnahm ihm zwei Silberbecher, wahre Meisterwerke einer uralten Handwerkskunst. Aus einer Feldflasche goß sie gewürzten Palmwein ein und reichte ihm eines der Trinkgefäße. Als sie tranken, loderte das Feuer in dem herrlichen Becher, in ihrem tiefschwarzen Blick, in der sternklaren und stillen Nacht, und Philip schien es, als hätte er bis zu diesem Augenblick nie gelebt. Einen Moment lang strich sie ihm leicht über das Gesicht, und Philip spürte, wie ihm die Hitze ins Gesicht und die Tränen in die Augen stiegen. Reglos stand er da und sah ihr nach, als sie leicht und scheinbar ohne die Erde zu berühren in der Dunkelheit verschwand.

Als er am nächsten Morgen erwachte, war sein Kopf wirr und gefühllos. Sein Blick fiel auf die schon hochstehende Sonne und auf sein Pferd, das träge das Gras zwischen den Steinen abweidete. El Kassem stand vor ihm.

»Warum hast du mich nicht geweckt?« fragte er ihn. »Warum hast du sie nicht am Aufbruch gehindert?«

»Wenn sie dich will, wirst du sie wiederfinden«, sagte El Kassem. »Wenn sie dich nicht will, kannst du die ganze Welt nach ihr absuchen, doch du wirst sie niemals finden.«

»Aber ich muß sie finden«, widersprach Philip, und in seiner Stimme lag verzweifelte Entschlossenheit. Eilig suchte er seine Sachen zusammen und packte sie auf das Pferd, während El Kassem ihm verdutzt zusah, ohne sich zu rühren. Als Philip sich in den Sattel schwingen wollte, bemerkte er, daß sein Gefährte ihn reglos beobachtete.

»Kommst du nicht mit mir?« fragte er ihn.

»Ich bin nicht hier, um einer Frau hinterherzulaufen. Wenn du deine Suche fortsetzen möchtest, weißt du ja, an wen du dich wenden mußt. Ich werde dich auf unserem Weg wiederfinden, wenn du zur Vernunft gekommen bist.« Philip hätte gerne etwas erwidert, doch El Kassems Worte ließen ihm keine Wahl, und in diesem Augenblick klangen sie ihm wie ein hartes Urteil. So sagte er einfach: »Wir werden uns auf unserem Weg wiedertreffen, El Kassem, zweifle nicht daran. Aber ich muß sie finden.«

Er gab seinem Pferd die Sporen und ritt im Galopp ins Tal hinunter. Die Spuren der kleinen Karawane waren noch deutlich zu sehen, und Philip dachte bei sich, daß er sie bei seinem Reittempo in Kürze einholen würde. Doch schon bald wurden seine Hoffnungen enttäuscht. Auf der Straße nach Aleppo wurden die Spuren immer dichter und gingen in den gleichförmigen Hufabdrücken der Karawanen und Herden auf, die der Stadt zustrebten. Als Aleppo in Sicht kam, verfluchte er seine Naivität. Vor ihm wogte eine Flut von Kamelen, Ziegen und Schafen, und scharenweise trieben Leute bepackte Esel an oder zogen Karren mit Waren aller Art hinter sich her.

Er zügelte sein Pferd und stieg ab. Er war sicher, daß El Kassem ihn einholen würde und sie gemeinsam die Stadt betreten würden, doch er wartete vergeblich. Stundenlang stand er bei dem Tor, während die Vorübergehenden ihn neugierig betrachteten. Schließlich gab er es auf, nahm sein Pferd am Zügel und ging selbst durch das Tor. Er wußte nicht, an wen er sich wegen einer Unterkunft wenden sollte. Deshalb beschloß er, einer Gruppe von Kamelen und ihren Treibern zu folgen, und kurze Zeit später befand er sich in einer Karawanserei, wo er mit seinen französischen Francs den Stall für das Pferd und ein Zimmer für sich selbst bezahlen konnte.

Seine Unterkunft ging auf die obere Galerie und bestand aus einem Zimmer mit freiliegendem Mauerwerk, das einst weiß gekalkt gewesen sein mußte. Auf einer Art gemauertem Katafalk lag ein Strohsack. Gegen ein paar Münzen ließ ihm der Knecht, der ihn hinaufgeführt hatte, eine Öllampe da, und das schwache Licht erlaubte ihm immerhin, die Wanzen und Kakerlaken zu erkennen, die ihm in der Nacht Gesellschaft leisten würden. So gut es ging, schüttelte und klopfte er den Strohsack aus, um wenigstens den größten Teil der Parasiten daraus zu vertreiben, dann versuchte er seine Wunde mit Methylenblau zu behandeln, das er in seinem Reisesack hatte. Er wechselte den Verband und lehnte eine Bank gegen die Tür, um sicherzugehen, daß er aufwachte, wenn jemand sich Zutritt zu verschaffen versuchte. Anschließend ließ er sich, von Müdigkeit überwältigt, auf den Strohsack sinken. Ohne die Unterstützung El Kassems, ohne jede Hoffnung, noch einmal das Mädchen wiederzusehen, das seine Seele und seine Gedanken verwirrt hatte, fühlte er sich an diesem schmutzigen Ort verzweifelt allein. Ermattet fiel er schwer atmend in tiefen Schlaf.

Pater Hogan goß den dampfenden Kaffee in die Tassen und reichte Pater Boni eine davon. Der Priester kniff die Augen zusammen, als er die kochendheiße Flüssigkeit trank, dann stellte er die Tasse ab und begann wieder zu sprechen.

»Thubalkains Söhne mehrten sich in ihrem unendlichen

Reich, doch sie bauten weder eine andere Stadt als die, welche sie auf dem Berg errichtet hatten, noch ein anderes Steingebäude als den Turm der Einsamkeit. Von dort brach die Streitmacht auf, die in der Nacht des Skorpions die Verteidigung des Wachenden Engels überwand.

In diesem Punkt ist der Text recht unklar, Hogan. Es läßt sich herauslesen, daß ihnen dies mit Hilfe einer besonderen Sternenkonjunktion gelang, die durch die Macht einer von ihnen geschaffenen künstlichen Vorrichtung vergrößert wurde, eine Kombination von Kräften, die sie anscheinend in eine Explosion von unvorstellbarer Gewalt umzuwandeln vermochten. Das Ergebnis war katastrophal. Der Basaltriegel brach auseinander, unter durchdringendem Zischen schoß eine Stichflamme durch die Schlucht und verwüstete das Reich von Delfud. Eine Windhose wirbelte eine riesige Wolke aus Staub und Sand auf, und das ganze Land begann langsam auszutrocknen. Die Strömung in den Flüssen nahm ab, die großen Seen verdunsteten, so daß sich ihre Oberfläche mit jedem Jahr verminderte. Wo früher die Ufer gewesen waren, erstreckten sich nun riesige Salzebenen, die von Abertausenden von Skeletten bedeckt waren, deren Knochen unter der immer unbarmherziger werdenden Sonne ausbleichten.

Aber die Katastrophe bändigte Thubalkains Söhne nicht. Sie gaben nicht auf. Sie bauten Kanäle und Dämme, um das Wasser zu verteilen, sowie Zisternen, um den seltenen Regen aufzufangen. Sie bauten die Pflanzen an, die der Trockenheit am besten widerstanden, und nährten sich von ihren Früchten, sie domestizierten Tiere, die Hunger und Durst zu trotzen vermochten, aber all dies bewirkte lediglich, daß sich ihr Niedergang hinauszögerte.

Diejenigen unter ihnen, die das Wissen verwahrten, flüchteten sich unter die Erde. Doch bevor sie verschwanden, konzentrierten sie all ihr Wissen, und die ganze Kraft ihres Geistes stieg in die Tiefe des Himmels hinauf und verschwand in den Abgründen des Firmaments.

Versunken in den Weiten einer unendlichen Wüste, blieb nur der Turm der Einsamkeit auf der Erde zurück ... Auch der Garten der Unsterblichkeit wurde zerstört. Die Basaltwand verfiel und brach in tausend Stücke, und alles wurde vom Sand begraben. Es heißt, daß nur eine Quelle mit reinem Wasser übrigblieb, die so frisch und schön war, daß nicht einmal der Sand sie besiegen konnte. Doch wer sie sah, der fand den Weg nicht mehr wieder, und wer sie zu erreichen versuchte, kehrte nie wieder zurück. Da es nichts mehr zu bewachen gab, steckte der Wachende Engel sein Schwert in die Scheide und fiel in Schlaf.«

Der Priester verstummte und lauschte der Glocke des Petersdoms, die bedächtig die Stunde schlug. Dann nahm er seine Erzählung wieder auf.

»Da es ihnen an allem mangelte und die unerträgliche Hitze sie plagte, machten sich einige der Überlebenden auf die Suche nach Ländern, in denen sie ein neues Leben beginnen konnten. Sie führten ›Den, der nicht sterben darf‹ mit sich, um ihre Herkunft nicht zu vergessen und die Hoffnung auf die Erkenntnis nicht aufzugeben.

Andere hingegen weigerten sich, jenen Ort zu verlassen, und siedelten sich rings um den Turm an, das einzige, was an ihre vergangene Größe erinnerte. Doch Gott strafte sie, indem er ihnen ihr Antlitz und ihr menschliches Aussehen nahm. Sie wurden das ›Volk ohne Antlitz‹.

Die anderen wanderten monatelang unter der stechenden Sonne. In ihrer Seele trugen sie die Erinnerung an die unendlichen Wiesen, an das majestätische Strömen der nun versandeten Flüsse, an den Flug der Vögel und das Getrampel der Viehherden, an den Spiegel ihrer ausgetrockneten Seen, in deren klarem Wasser sich einst die goldenen Wolken am Himmel gespiegelt hatten. Zuerst aßen sie die Tiere, die von Hunger und Durst getötet wurden, und tranken ihr Blut, dann nährten sie sich von denen unter ihnen, die vor Erschöpfung und Entbehrungen auf dem Weg starben.

Eines Tages aber öffnete sich vor ihren Augen ein Tal, das zwischen zwei kargen Hängen eingezwängt war. Im Talgrund floß ein großer Fluß, den Palmen und Sykomoren, Feigen- und Granatapfelbäume säumten. Sie tranken von jenem Wasser und aßen die Früchte und gewannen bald soviel Kraft zurück, daß ihr Geschlecht sich mehrte und über das ganze Tal ausbreitete. Sie jagten das Wild und bauten mit Schilf und Lehm vom Flußufer ihre Dörfer, aus Stein jedoch errichteten sie ein Grab für ›Den, der nicht sterben darf‹.«

Pater Boni senkte den Kopf und verstummte erneut.

»Es ist eine Legende«, sagte Pater Hogan, »eine schreckliche und faszinierende Legende, aber eben doch eine Legende.«

»Es ist eine epische Erzählung«, widersprach Pater Boni. »Das ist ein Unterschied.«

»Mag sein, aber selbst wenn es so wäre, was würde das ändern? Wir werden nie wissen, wo in dieser Ansammlung von Phantasie sich ein Schimmer Wahrheit verbirgt. Der Wert dieses Textes ist ausschließlich literarischer Natur. Wenn er authentisch ist und wenn es wahr ist, daß er älter ist als die Pyramiden, älter als Sumer und Akkad, dann besteht darin sein Wert. Veröffentlichen wir ihn anläßlich eines großen Kongresses und lassen wir ihn von Philologen und Linguisten erforschen.«

»Hören Sie mir gut zu, Hogan, ich habe die Beweise, verstehen Sie? Die Beweise dafür, daß das Signal, das wir empfangen, die letzte Äußerung der Zivilisation ist, deren Geschichte ich Ihnen hier erzähle. Wir werden die Öffentlichkeit erst informieren, wenn wir die Botschaft aus dem Weltraum verstanden haben. Und vielleicht sogar nicht einmal dann. Die Signale, die wir empfangen, sind nur der Auftakt. Etwas weitaus Größeres wird zu uns gelangen, eine Botschaft, wie sie der Mensch in seiner gesamten Existenz noch nicht empfangen hat.«

»Bedeutender als die Botschaft des Evangeliums, Pater Boni? Als die Botschaft Christi?«

Der Alte senkte den Kopf, und als er wieder aufblickte, schien es Pater Hogan, als lese er in diesem Blick zum erstenmal Furcht und Bestürzung.

Im Lärmen Tausender Stimmen wanderte Philip Garrett durch die Straßen des Basars von Aleppo. Unzählige Füße wirbelten im Verein mit dem Getrampel der mit Waren beladenen Maultiere und Esel den Staub auf. An jeder Ecke stieß er auf einen neuen *Suk* mit Dutzenden von Läden, von denen einige so winzig waren, daß sie Schachteln glichen. Waren aller Art quollen daraus hervor, und die in der Luft hängenden Gerüche betäubten die Sinne. Hier mischten sich der penetrante Geruch von Gewürzen, Weihrauch, Zedern- und Aleppokiefernharz mit dem Gestank der Exkremente und des Urins der Lasttiere und dem üblen Geruch der Gerbereien. In jedem *Suk* gab es einen vorherrschenden Geruch, nämlich den der vorwiegend dort ausgestellten und feilgebotenen Ware, doch der riesige, überdachte und weitgehend abgeschlossene Raum leitete auch all die Gerüche aus den anderen Regionen dieses einzigartigen Reiches zu.

Plötzlich fand er sich auf dem Gewürzmarkt wieder und begann zwischen den Läden herumzustöbern, bis er vor einem winzigen unscheinbaren Geschäft stand, wo zwischen Säcken und bunten Schalen ein alter Mann mit langem weißem Bart kauerte.

Philip musterte ihn eingehend, dann sagte er: »Mir gefällt der Geruch von Sandelholz, aber es ist schwierig, ihn von all den anderen Aromen zu unterscheiden.«

»Wenn dir der Geruch von Sandelholz gefällt, so mußt du an den Ort gehen, wo er von den anderen Aromen getrennt aufbewahrt wird. Ich heiße Enos.«

Der Alte war aufgestanden. Er machte eine Verbeugung und ging in den hinteren Teil des kleinen Ladens, wo er hinter einem Vorhang verschwand. Philip stieg über die umgekrempelten Säcke, die mit Ingwer, Koriander, Safran und Curry gefüllt waren, und folgte ihm. Der enge Gang mündete kurz darauf in einen kleinen Hof, der von maurischen Bögen eingefaßt war und in dessen Mitte ein kleiner Brunnen plätscherte.

Der Alte wandte sich um: »Bist du der Sohn von Desmond Garrett?«

»Der bin ich. Ich heiße Philip. Weißt du, wo mein Vater ist?«

Der Mann schüttelte den Kopf, während seine Miene sich verfinsterte: »Dein Vater sucht den ›Mann der sieben Gräber‹. Weißt du, was das bedeutet?«

»Nein. Ich komme aus einem Ort, an dem nur das erforscht wird, was erklärbar ist, und wo nur das gesucht wird, was man mit Händen greifen kann. Doch ich weiß, daß mein Vater seit langem eine andere Richtung eingeschlagen hat. Ich weiß nicht, ob seine Forschungen einen Sinn haben. Vorläufig suche ich ihn, um ihn endlich kennenzulernen und ihn zu begreifen, wenn mir das überhaupt gelingt. Wer ist dieser Mann der sieben Gräber?«

»Niemand weiß es. Es ist ein Geheimnis, dem mein Volk seit Jahrtausenden hinterherjagt. Über die Jahrhunderte sind viele gestorben, qualvoll gestorben, während sie der Sache auf den Grund zu kommen versuchten. Grausame und erbarmungslose Diener beschützen sein Versteck, doch wenn das letzte seiner Gräber zerstört ist, wird sein verderblicher Einfluß für immer enden.«

Er trat an einen Vorhang heran und schob ihn beiseite, dann öffnete er das in die Wand eingelassene Schränkchen, entnahm ihm eine Schriftrolle und rollte sie auf einem Lesepult aus Rosenholz auf: »Es steht geschrieben, daß das Böse, das sich in dieser Todesfestung verbirgt, erneut erwacht und Leid, Krieg und furchtbare Hungersnöte bringen wird. Es ist, als würde die Menschheit von einem heftigen Fieber befallen, das über viele Jahre hinweg ansteigt, bis es auf einmal mit aller Gewalt ausbricht.«

Von draußen fiel goldenes Licht durch die durchbrochenen Fenster und brachte die weißen Haare und den Bart des Alten zum Leuchten.

Philip spürte, wie eine heftige Erregung von ihm Besitz ergriff. War dies der Unsterbliche, den der Haruspex Avile Vipinas beschrieben hatte, bevor ihn der Erstickungstod in seinem Haus in Pompeji ereilte? War dies das Wesen, das in einem Grab eingeschlossen war, über dem sich ein geflügeltes Pferd erhob? Zum zweitenmal innerhalb weniger Tage, seit er das Tor des Windes durchritten hatte, war er mit einer Dimension in Berührung gekommen, die er bisher immer ignoriert und ins Reich des Aberglaubens verbannt hatte. El Kassem hatte sich getäuscht: Das Tor Bab el Awa öffnete sich nicht etwa ins Nichts, es war eine Öffnung in die Unendlichkeit. In diesem Augenblick schnürte ein Schwindelgefühl seinen Magen zusammen, und diese Empfindung zertrümmerte all seine bisherigen Überzeugungen.

»Ich weiß«, sagte der Alte, »du denkst, das sind alles nur alte Legenden. Du bist ein Mann der Wissenschaft, nicht wahr?«

Philip zögerte mit der Antwort, denn er wußte nicht mehr, was die Wissenschaft war, in die er seit jeher all sein Vertrauen gesetzt hatte. »Ich will meinen Vater wiederfinden«, sagte er dann, »und wenn ich kann, will ich ihn vor den Gefahren retten, die ihm drohen. Die Welt, die er erforscht, ist mir seit langem fremd und kam höchstens in meinen Jugendträumen vor. Aber ich muß herausfinden, welches Gefühl uns miteinander verbindet, ob er mich wirklich braucht und aus welchem Grund er gewollt hat, daß ich seinen Spuren folge, nachdem er sich mehr als zehn Jahre lang versteckt hat. Aber jetzt sage mir: Was weißt du über den Mann der sieben Gräber?«

Der Alte senkte den Kopf: »Seit grauer Vorzeit wurde sein Körper an immer anderen Orten im Herrschaftsbereich einer Hochkultur verwahrt. Und wenn der Niedergang einer dieser Mächte einsetzte, wenn sie nicht mehr dazu imstande war, ihn an einem geheimen und unsichtbaren Ort, dem Grab, zu verwahren, so wurde er in ein anderes Mausoleum gebracht, unter dem Schutz einer neuen erstarkenden Macht, die mit grausamen, dunklen Kräften darüber wachte ...«

Die Strahlen der Mittagssonne, die durch das Fenster drangen, beschienen jetzt die kleine Brunnenfontäne, während die Umgebung im Schatten lag. Das einzige Geräusch in dem kleinen Innenhof war das Gluckern des Wassers; das Stimmengewirr des Basars drang nur als fernes, wirres Rauschen herein, wie das Summen in einem Bienenstock.

»Wer ist dieses Wesen? Wer ist der Mann der sieben Gräber? Ein großer König vielleicht? Ein von seinem Volk verfluchter grausamer Tyrann? In dieser Legende muß eine Bedeutung liegen, die entschlüsselt werden kann«, sagte Philip, als spräche er zu sich selbst. Dann sah er plötzlich seinem Gegenüber in die Augen und fragte ihn: »Baruch bar Lev. Sagt dir dieser Name etwas?«

Der Alte fuhr auf, als wäre er von einer unerwarteten Mitteilung überrascht worden: »Woher kennst du diesen Namen? Wo bist du darauf gestoßen?«

»In einem antiken Schriftstück, das ich rein zufällig in einer verschütteten Stadt gefunden habe.«

Enos sah ihn mit ernster Miene an: »Nichts geschieht rein zufällig – Baruch bar Lev war einer der Jäger des Ungeheuers, vor langer Zeit ...«, und er begann wieder in der Schriftrolle zu lesen, die offen auf seinen Knien lag: »Das erste Grab zerstörte Simeon ben Yeoshua, ein großer Priester zur Zeit König Salomons. Baruch bar Lev, der *Rabbi* der Großen Synagoge in Alexandria, entdeckte und zerstörte das zweite und das dritte. Levi ben Aser zerstörte das vierte zur Zeit des byzantinischen Kaisers Romanos Diogenes. Ich, Enos ben Gad, bin der Letzte. Ich habe das fünfte Grab entdeckt und es deinem Vater gezeigt, weil meine Kräfte nicht mehr ausreichten. Er hat verlangt, daß du ihm folgst, damit du das Werk vollendest, falls er fällt. Deshalb, glaube ich, wollte er, daß du seiner Spur folgst.«

»Das fünfte Grab«, sagte Philip. »Wo befindet es sich?«

»Es ist hier. In Aleppo.«

»Wo genau?«

»Du wirst es noch heute nacht sehen. Wenn du dich dazu imstande fühlst.«

»Ich bin bereit«, erwiderte Philip.

»Dann sei um Mitternacht im Hof der Großen Moschee. Ich werde dich dort erwarten.«

Philip nickte. Der Alte führte ihn durch das Haus bis zu einer Seitentür, die auf den Markt der Kupferschmiede führte. Im ohrenbetäubenden Lärm Dutzender Hämmer, die rhythmisch auf die glühenden Bleche fielen, lief der junge Mann die überdachte Gasse entlang und verschwand im blendenden Licht, das durch das Westtor einfiel.

8. KAPITEL

Im Licht des Vollmonds lief Philip Garrett durch die Gassen der Stadt, die von den langen Schatten der Minarette durchschnitten wurden. Unvermittelt gelangte er auf einen weitläufigen Platz und stand vor den Arkaden der Großen Moschee. Die Bögen mit ihren Zwischenräumen gliederten die nächtliche mondbeschienene Fläche und faßten zugleich den Innenhof ein, in dessen Mitte der Brunnen aufragte, an dem tagsüber die Gläubigen die Waschung vornahmen. Er betrat den großen, stillen Platz, der von der mächtigen Kuppel und der kühnen Eleganz der Minarette beherrscht wurde. Tiefer Friede nahm von ihm Besitz. Der weiße Schimmer des Marmors und das leise Gemurmel der Springbrunnen drangen wie zarte Musik in seine Seele, und im Mondlicht trat die vollkommene Harmonie der Architektur hervor wie erhabener Gesang in der Stille.

Das kaum wahrnehmbare Geräusch von Schritten rief ihm in Erinnerung, daß er hier und jetzt eine Verabredung hatte; er wandte sich in die Richtung, aus der das leichte Scharren der Schritte kam, und gewahrte Enos' Schattengestalt.

»*Shalom.*« Er begrüßte ihn mit leiser Stimme, ohne stehenzubleiben. »Folge mir. Ich bringe dich an den Ort, von dem ich dir erzählt habe.«

An den Ostarkaden entlang führte er ihn zu einem anderen Ausgang und dann erneut durch die engen und gewundenen Gassen der Altstadt.

»Aber wenn du es über so viele Jahre versucht und nicht geschafft hast, warum sollte ich es schaffen?« fragte Philip, während er Enos' überraschend schnellen Schritten folgte.

»Vielleicht wird es nicht notwendig sein«, antwortete der Alte, »vielleicht hat dein Vater das Werk schon vollbracht. Aber wenn du wissen willst, welchen Weg er einschlagen wird, mußt du die Orte aufsuchen, die er aufgesucht hat. Leider kann ich dir nicht mehr sagen.«

»In Ordnung, ich werde es tun. Aber sage mir, wenn dieser Ort sich hier in Aleppo befindet, warum ist es dann so schwer, dort einzudringen?«

»Wenn du ihn siehst, wirst du es verstehen«, sagte Enos. Schweigend gingen sie an den Arkaden entlang, wo, in ihre Lumpen gehüllt, die Bettler schliefen, die tagsüber das Mitleid der Passanten angerufen hatten. Auf einmal sahen sie am Ende einer engen gewundenen Straße die dunkle Masse des Hügels vor sich, auf dem sich die Festung erhob.

»Verstehst du jetzt, warum es mir in all den Jahren nicht gelungen ist, ins Innere des Hügels hinabzusteigen?« fragte Enos. »Als ich meine Forschungen begann, lagen in der Burg die äußerst wachsamen Soldaten des Emirs Faysal. Die Bediensteten waren fast ausschließlich enge Bekannte oder Verwandte von ihnen, so daß es faktisch unmöglich war, sich unter die Dienerschaft zu mischen.« Verwundert, als sähe er es zum erstenmal, betrachtete er das Bollwerk. »Ein Grab aus Stein, über dem sich ein berghoher Grabhügel erhebt ...«, murmelte er. »Ist dir bewußt, daß dieser Hügel womöglich von Menschenhand geschaffen wurde? Bist du dir der Macht dessen bewußt, der ihn zum Schutz des Grabes errichtet hat?«

Philip lief ein Schauer über den Rücken: »Mein Gott«, sagte er, »wie hat mein Vater es nur angestellt, dort hineinzugelangen?«

»Hiermit«, sagte der Alte und öffnete ein Paket, das eine perfekt gebügelte Uniform enthielt. »In der Zitadelle ist mittlerweile das syrische Hauptquartier der Fremdenlegion untergebracht, und du sprichst akzentfrei Französisch.« Er zog ein Blatt Papier hervor und faltete es auseinander. »Dies ist der Plan der Festung, und hier ist die

Stelle markiert, an der dein Vater sich ins Berginnere begeben hat. Leider weiß ich nichts darüber, was danach geschah. Nimm dich in acht! Der neue Festungskommandant ist ein außergewöhnlich harter und erbarmungsloser Mann. Wenn sie dich entdecken sollten, wärest du in großer Gefahr. Adieu, und viel Glück. Ich werde mit großer Sorge auf dich warten und beten, damit dir nichts geschieht.«

Kurz darauf passierte Philip den Wachposten. Die beiden Wachen grüßten ihn in Habachtstellung. Er überquerte den Hof und verschwand im Schatten der Galerie, die die gesamte Festung im Innern umgab. Zu so später Stunde war der Exerzierplatz halb verlassen; fast alle Wachen hatten hinter den Mauerzinnen Posten bezogen, und auch die Patrouille verließ in diesem Augenblick die Wachstube, um auf die Galerie hinaufzusteigen und ihren Rundgang zu machen. Philip verbarg sich hinter einer Säule und zog den Plan hervor, um ihn im Schein einer Laterne zu studieren. Der angezeigte Weg geleitete ihn zu der ayyubidischen Moschee, die zum osmanischen Teil der Festung gehörte. Er vergewisserte sich, daß niemand ihm folgte, und trat ein. Der Innenraum wurde nur von ein paar Öllampen erleuchtet, doch der schwache Schein genügte, um das *Mizar* zu finden, das auf seinem Plan durch ein kleines Kreuz gekennzeichnet war.

Er fühlte sich unbehaglich, als er mit seinen Stiefeln über die Teppiche lief, die den Fußboden bedeckten; doch nur so konnte er völlig geräuschlos bis zu der prächtigen Marmorkanzel gelangen, die mit geometrischen Ornamenten und darin eingeflochtenen Pflanzenmotiven verziert war. Er hielt einen Augenblick inne, um zu lauschen, doch er hörte nur die gedämpften Rufe der Wachen. Aufmerksam betrachtete er den Fußboden hinter dem *Mizar*, aber er bemerkte lediglich ein marmornes Viereck, das in ein rautenförmiges Mosaik aus schwarzen Steinchen eingebettet war. Er zündete ein Streichholz an und hielt es an den Rand der Marmorplatte: Das Flämmchen flackerte unter einem Luftzug, der durch einen unsichtbaren Zwischenraum drang; es mußte sich also ein Hohlraum darunter befinden. Philip steckte die Bajonettspitze zwischen Marmorplatte und Einfassung, und nach einigen vergeblichen Versuchen gelang es ihm auf diese Weise, sie anzuheben. Vor ihm lag eine schmale Treppe. Er zündete eine der drei Kerzen an, die er mitgebracht hatte, doch konnte er damit nur die obersten Sandsteinstufen beleuchten.

Mit äußerster Vorsicht stieg er hinunter, nachdem er die Marmorluke hinter sich wieder an ihren Platz gerückt hatte. Er befand sich jetzt offensichtlich in der Krypta einer byzantinischen Kirche. Der Raum war in drei kleine Kirchenschiffe untergliedert, die durch zwei Säulenreihen aus hellem Marmor getrennt waren. Die kleinen Säulen wurden jeweils von einem behauenen Widerlager und einem durchbrochenen Kapitell abgeschlossen. Im Hintergrund öffnete sich eine kleine Apsis, in deren Mitte ein Altar stand. Auf dem Antependium waren zwei Pavianfiguren dargestellt. Sie tranken von einer Quelle, die unter einem Kreuz entsprang: eine symbolische Darstellung der wahrheitssuchenden Seele. Die Fresken an den Wänden stellten Engel und Heilige dar, deren Gesichter von den Ikonoklasten oder vielleicht auch von den Moslems – beide lehnten ja die Verehrung von Bildern ab – verunstaltet und abgekratzt worden waren.

Der Plan führte ihn nun direkt zum Altar. War dies das fünfte Grabmal des Mannes der sieben Gräber? Mit dem Bajonettgriff klopfte er den ganzen Altar ab, doch dem dumpfen Klang nach zu urteilen war der Sandsteinblock unzweifelhaft massiv. Im Kerzenschein untersuchte er die Basis rundherum und sah in der Mitte der Längsseite eine Art Schramme. Der Stein war hier hell, ein Zeichen dafür, daß die Beschädigung noch nicht lange zurückliegen konnte.

Sein Vater! Dies war die erste handfeste Spur seines Vaters, die er seit seiner Abreise aus Neapel zu sehen bekam. Aber es war offensichtlich, daß sein Vater einen Hebel benutzt haben mußte, um diesen Sandsteinblock nach hinten zu verschieben. Sein Bajonett wäre sofort zerbrochen; er brauchte etwas Stabileres. Er sah sich um und ließ das schwache Licht der Kerze auf die nackten Wände fallen, doch er konnte nichts entdecken, das seinem Zweck dienlich gewesen wäre. Es blieb ihm also nichts anderes übrig als umzukehren, wenn er einen geeigneten Gegenstand finden wollte. Er stieg die Stufen bis zur Luke hinauf und drückte mit den Schultern gegen die Marmorplatte, die den Zugang verschloß, doch der Klang einer Stimme ließ ihn innehalten. Es war ihm, als hätte er diesen Klang schon einmal gehört. Der Sprecher drehte ihm den Rücken zu, doch anhand der Uniform konnte man sofort einen hohen Offizier der Fremdenlegion erkennen. Ihm gegenüber standen zwei Beduinenanführer. Sie waren bewaffnet und trugen die gleiche Tracht wie die Männer, die am Tag zuvor zwischen Bab el Awa und Aleppo die Karawane angegriffen hatten.

Der Offizier sprach Arabisch. Er gab ihnen Informationen über eine Waffenlieferung, die auf dem Weg von der Hafenstadt Tartous nach Aleppo war. Mit diesen Waffen könnten die Beduinen ausgedehnte Landstriche brandschatzen und die Beute ihrer Raubzüge unter sich aufteilen. Schweigend hörten die beiden Häuptlinge zu und nickten zustimmend, während der Mann weitersprach. Er forderte sie nun auf, das Gebiet zwischen dem Wadi Queik und dem Khabour zu durchkämmen und nach einem Ungläubigen namens Desmond Garrett zu suchen. Als er diesen Namen aussprach, wußte Philip plötzlich, wen er vor sich hatte: Es war Selznick!

Philip hielt den Atem an und rührte sich nicht, während die beiden Häuptlinge sich mit einem leichten Kopfnicken verabschiedeten und den Raum durch eine Seitentür verließen. Selznick blieb allein zurück, und instinktiv griff Philip nach dem Bajonett. Er hätte sich lautlos von hinten anschleichen und ihn niederstechen können, doch die

Vorstellung, daß er das Ziel verfehlen könnte, schreckte ihn ab. Was hätte es wohl für ihn bedeutet, wehrlos einem Mann ausgeliefert zu sein, der so niederträchtig war und weder Moral noch Maß kannte?

Philip folgte Selznick mit dem Blick, während dieser sich dem Hauptausgang näherte. Plötzlich verlangsamte er seinen Schritt und krümmte sich, als hätte ihn eine Klinge durchbohrt. Mit einem Schmerzensstöhnen preßte er die Hand an die Hüfte, fiel auf die Knie, wälzte und wand sich unter stechenden Schmerzen auf dem Fußboden. Auf einmal konnte Philip sein Gesicht sehen: Totenblässe lag darauf, die Augen waren zu Schlitzen zusammengekniffen und lagen tief in den dunklen Höhlen, der Schweiß rann ihm in Strömen über den Hals. Als er versuchte aufzustehen, stützte er sich mit beiden Händen auf, als müsse er eine unendliche Kraft überwinden, die ihn zu Boden drückte wie eine Kakerlake. Dann krümmte er den Rücken und verharrte reglos auf den Knien, wobei seine Stirn den Fußboden berührte. In dieser krampfhaft gekrümmten Körperhaltung versuchte er die Pein seines verletzten Fleisches zu bändigen und seine Seele mit allem Haß dieser Welt zu füllen wie eine Stahlfeder, die bis zum Äußersten zusammengedrückt ist. Durch die zusammengepreßten Kiefer hindurch drang seine Stimme, und Philip hörte ihn sagen: »Verfluchter, Verfluchter, du wirst auch für diese Wunde bezahlen, die mir keine Ruhe läßt ... Sobald du mich zum letzten Ziel geführt hast ... dann wird es keinen Ausweg mehr geben, weder für mich noch für dich ...«

Es schien, als zitierte er mit großer Anstrengung eine Formel aus dem Gedächtnis: »Er kennt jeden Schmerz und jede Reue ... er kennt das Geheimnis der Unsterblichkeit und der ewigen Jugend ...« Es waren die Worte des Avile Vipinas. »Er ist wie ich ... er weiß, daß es jenseits der menschlichen Intelligenz kein höheres Wesen gibt, das das Universum erfassen kann, das alles schaffen kann, auch Gott. Er wird diese Wunde heilen, und dann werde ich dich zerquetschen, Desmond Garrett, ich werde dich für immer aus meinem Weg räumen.«

Wie er dort im schwachen Licht der Öllampen und in der Stille der Nacht auf den Teppichen der Moschee kniete, schien er eher zu beten, als haßerfüllt einen Menschen zu verfluchen. Schließlich erhob er sich unter großer Anstrengung und gelangte zur Tür. Unmittelbar darauf hallten seine Schritte wieder gleichmäßig und fest auf dem Steinfußboden des Korridors.

Philip wartete, bis das Geräusch vollständig verklungen war, und machte sich seinerseits auf den Weg zum Ausgang. Er überlegte, ob er in der Festung selbst nach einem Gegenstand suchen sollte, mit dem er den Altarstein verrücken konnte, doch er kam zu dem Schluß, daß es weniger gefährlich war, es außerhalb zu versuchen und wieder zurückzukehren. Der Wachwechsel hatte bereits stattgefunden, und die ihn jetzt hinausgehen sahen, hatten ihn nicht hereinkommen sehen. Die Rangabzeichen eines Hauptmanns auf dem Uniformrock würden ihn vor indiskreten Fragen schützen. Er durchschritt das Haupttor und stieg ohne Eile die Treppe hinab, während er versuchte, die Spannung und die Angst zu bändigen, die wie Eiswasser seinen Rücken entlangliefen. Er überquerte den kleinen Vorplatz und tauchte im Labyrinth der Altstadt unter.

Lange lief er ziellos umher, um auszuschließen, daß ihm jemand folgte, und zu weit vorgerückter Stunde klopfte er an Enos' Tür. Der Alte kam, um ihm zu öffnen, und nachdem er nach allen Seiten vorsichtig Ausschau gehalten hatte, ließ er ihn durch eine Seitentür ein.

In der Abenddämmerung des folgenden Tages kehrte Philip zur Festung zurück und wartete, bis eine Gruppe Legionäre einrückte, um unmittelbar hinter ihnen hineinzugehen. Unter dem Staubmantel verbarg er einen Hebel aus Stahl, den er sich im Basar von einem Handwerker hatte anfertigen lassen.

Er gelangte zur Moschee und stieg über die Geheimtreppe hinter dem *Mizar* in die Krypta hinab. Nun mußte er nur noch den Altarstein nach hinten verrücken. Er stellte die Kerze auf dem Fußboden ab, wo er sie mit ein paar Wachstropfen befestigte, setzte den Hebel zwischen dem Stein und der Altarstufe an und stemmte sich mit aller Kraft dagegen. Der Altar gab nach. Philip überlegte, daß er auf Steinrollen laufen mußte, denn die Bewegung war recht stetig und gleichmäßig. Schließlich kam der Stein zum Stillstand, als wäre er in einer Vertiefung eingerastet. Philip griff nach der Kerze und stieg in den darunterliegenden Raum hinab.

Er befand sich in einem vollkommen kahlen Raum mit altem feuergehärtetem Lehmputz an den Wänden. Im Hintergrund bemerkte er eine Art Rampe, die ins Innere des Hügels hinabführte. Bevor Philip sich weiter in seiner Erkundung vorwagte, wandte er sich um und untersuchte den Altarstein: An der Unterseite bemerkte er einen eingeritzten Schriftzug im Gestein. Die Mitteilung lautete: »Blockiere den Stein.« Als er sie entziffert hatte, hätte sie ihn noch retten können. Der Altar hatte nämlich begonnen, in seine ursprüngliche Stellung zurückzurollen. Blitzartig bückte Philip sich nach dem Hebel, den er auf dem Fußboden abgelegt hatte, doch in diesem Augenblick fiel ihm die Kerze zu Boden und erlosch. Tastend versuchte er den Hebel einzuklemmen, doch der erste Versuch mißlang. Als er ihn zum zweiten Mal ansetzte, war der Stein vollständig an seine Ausgangsposition zurückgerollt.

»Block the stone«

So lautete die Inschrift an der Unterseite des Altars – Blockiere den Stein. Wollte sich etwa jemand über ihn lustig machen? Er stieß einen Fluch zwischen den Zähnen hervor und fühlte sich wie früher, wenn sein Vater seine Aufgaben korrigierte und ihm jedesmal, wenn er einen Text falsch interpretiert oder eine Gleichung falsch gelöst hatte, das Gefühl gab, ein Schwachkopf zu sein. Er nahm eine neue Kerze aus der Tasche und zündete sie an. Dann griff er nach dem Hebel und versuchte ihn zwischen Stein und Fußboden anzusetzen, aber der Zwischenraum war zu eng und der Hebel paßte nicht hinein. Er betrachtete die Nuten und bemerkte, daß sie zu zwei Dritteln eine kaum wahrnehmbare schiefe Ebene bildeten. Das letzte Drittel war zwar waagerecht, doch war es nicht lang genug, damit der ganze Stein darauf Platz hatte, so daß dieser in scheinbarem Gleichgewicht ruhte, um dann durch sein eigenes Gewicht auf den Rollen nach hinten gezogen zu werden. Er tröstete sich mit dem Gedanken, daß auch sein Vater Opfer dieses ausgeklügelten Mechanismus geworden sein mußte, denn sonst hätte er nicht jene Warnung hinterlassen. Er nahm die Kerze, die zu Boden gefallen war, griff nach dem Hebel und folgte vorsichtig den nur angedeuteten Stufen der Rampe nach unten. Er durchlief den langen Stollen und gelangte schließlich in eine zweite Gruft, die mit aramäischen Skulpturen und Keilschriftzeichen an der hinteren Wand verziert war. In der Mitte lagen die Trümmer eines großen Steinsarkophags.

»Du hast es also geschafft«, murmelte er bei sich, »du hast das fünfte Grab zerstört. Jetzt bleiben nur noch zwei. Aber wo bist du jetzt? Wo bist du?« Er drehte sich einmal um die eigene Achse und hielt dabei die Kerze in die Höhe, um so gut es ging die Wände auszuleuchten. »Du mußt ein Zeichen für mich hinterlassen haben... irgendwo mußt du ein Zeichen für mich hinterlassen haben.« Von der Kerze war inzwischen nur noch ein Stummel übrig, und Philip zündete eine neue an, die ein wenig mehr Licht in die kleine Gruft warf. Erneut untersuchte er Zentimeter für Zentimeter Wände und Boden, ohne jedoch etwas zu finden. Und doch mußte sein Vater bis hierher gelangt sein, und wenn dem so war, dann mußte er auch wieder herausgekommen sein. Aber wo? Und warum hatte er ihm nicht eine einzige Spur hinterlassen? Entmutigt setzte er sich auf den Boden und fühlte, wie ein Gefühl der Beklemmung und der Bedrückung von ihm Besitz ergriff, wenn er daran dachte, daß der gesamte Hügel auf ihm lastete und es keinen Ausweg gab. Und was würde geschehen, wenn ihm die Kerzen ausgingen? Welche Überlebenschance hatte er in völliger Dunkelheit? Bang sah er zu, wie die Kerze immer weiter niederbrannte, bis sie nur noch aus Docht bestand. Er hatte keine Wahl, er mußte umkehren und sich nach Möglichkeit am höchsten Punkt der Rampe bemerkbar machen. Lieber ließ er sich von Selznick entdecken, als wie eine Ratte in diesen Katakomben zu verenden.

Er zündete die vierte Kerze an und schickte sich an, die Rampe in umgekehrter Richtung zu betreten, doch genau in dem Augenblick, als er den Kopf beugte, um den Aufstieg zu beginnen, bemerkte er über sich einen in den Fels eingeritzten Satz:

»Follow the air when the prayer starts«

Folge dem Luftzug, wenn das Gebet anhebt.

Verblüfft rekonstruierte er die Schritte seines Vaters in diesem Mausoleum. Wie er selbst war er unter der byzantinischen Krypta eingeschlossen worden; wie er selbst hatte er keinen Ausgang aus der Gruft mit dem Sarkophag gefunden, und wie er selbst war er den eigenen Spuren zurückgefolgt, doch beide Male hatte er klar vorhergesehen, wohin sein Sohn sich wenden würde, ja, sogar wohin sein Blick fallen würde.

Während Philip zu verstehen versuchte, worauf sein Vater mit jenen Worten anspielte, war ihm, als hörte er einen Ruf, zuerst weit weg und wirr, dann klarer und deutlicher: »*Allah akbar!*« Das war doch nicht möglich! Seinen Berechnungen zufolge befand er sich rund zwanzig Meter unter der Erde, im Bauch des Hügels. Und doch – dies war das Gebet, auf das sein Vater anspielte. Während er sich noch diesen Betrachtungen hingab, spürte er einen starken Windhauch, der seine Kerze ausblies, und hierauf vernahm er den Ruf des Muezzin noch deutlicher: »*Allah akbar!*«

Er zündete die Kerze wieder an und begann die Rampe hinaufzusteigen, und während er die Flamme mit der Hand abschirmte, versuchte er dem Luftsog zu folgen. Etwa auf halber Strecke wurde er gewahr, daß die Luft von der linken Wand des Stollens, der zur byzantinischen Krypta hinaufführte, eingesogen wurde. Er besah sich die Wand genauer und bemerkte einen offenen Spalt, aus dem laut und deutlich die Stimme des Muezzins zu hören war. Er fühlte sich wie neugeboren und schlüpfte rasch durch die Öffnung, die ihm so unverhofft erschienen war. Er befand sich nun in einem anderen Gang, der sehr eng und gerade so hoch war, daß er auf den Ellbogen kriechen konnte.

So schnell er konnte, kroch er vorwärts, denn nun schreckte ihn die Vorstellung, in diesem Schlauch steckenzubleiben und in der klaustrophobischen Enge den Verstand zu verlieren.

Er versuchte sich die Verse der Sure in Erinnerung zu rufen, die der Muezzin rezitiert hatte, um herauszufinden, wieviel Zeit ihm blieb, bis die Öffnungen sich wieder schlossen. Der Mitteilung seines Vaters entsprechend war es offensichtlich, daß der Durchgang in direktem Zusammenhang mit dem Gebet stand, das in diesem engen Durchschlupf widerhallte. Endlich kam er an einer Art Abwasserkanal heraus, der mit einer dicken Rundmauer verkleidet war, und von dort aus gelangte er durch einen anderen Durchschlupf auf die Wendeltreppe, die im Innern eines hohen Minaretts nach oben führte. Ein System von Gegengewichten, das mit dem Eingangstor in Verbindung stand, betätigte die Sperrgatter und nutzte den Kamineffekt des Minaretts aus, indem die Luft aus den Stollen im Innern des Hügels dort hindurchgeleitet und der Turm in eine gigantische Orgelpfeife verwandelt wurde. Auf diese Weise vielfach verstärkt, erschallte die

Stimme des Muezzins mit magischen Vibrationen über der ganzen Stadt. Sehr erfinderisch.

So leise wie möglich stieg Philip eilig die Treppe hinunter und verbarg sich in dem Raum darunter. Von dort wollte er hinausgelangen, wenn der Muezzin fortgegangen war. Während er wartete, bemerkte er über der Tür das Bild eines Skorpions, den eine Reihe von Zahlen in kufischer Schrift umgaben. Er zog einen Notizblock aus der Tasche und begann sie zu übertragen, doch in diesem Augenblick verstummte die Stimme des Muezzins, und Philip sah, daß der Mechanismus sich wieder in Bewegung setzte und die Eisentür am Ende der Treppe sich zu schließen begann. Der Muezzin mußte einen anderen Ausgang benutzt haben. Gerade noch rechtzeitig sprang er auf, um zwischen Türflügel und Pfosten hindurchzuschlüpfen. Er befand sich nun im Freien, doch bevor er sich vergewissern konnte, wo genau er war, wurde er auf französisch angerufen und wandte sich um. Eine Patrouille der Fremdenlegion unter dem Kommando eines Unteroffiziers hatte ihn in dieser verdächtigen Lage entdeckt und forderte ihn auf, sich auszuweisen. Philip schätzte die Entfernung ab, die ihn von den ersten Häusern der Medina trennte, und beschloß, das Schicksal herauszufordern. Er rannte los, und sofort geboten die Soldaten ihm brüllend stehenzubleiben.

In diesem Augenblick erschien Selznick an der Brüstung des Turms über dem Eingang und blickte in die Richtung, aus der die Schreie kamen. Rennend erreichte Philip den Fuß des Hügels, während Selznick Befehl gab, den großen Scheinwerfer des Wachkorps einzuschalten. Im selben Moment wandte Philip sich um. Selznick erkannte ihn und schrie: »Ergreift ihn!« Er selbst stürzte in den Hof hinunter, sprang auf sein Pferd und galoppierte, dicht gefolgt von einer Schar seiner Leute, die Rampe zur Altstadt hinunter. Inzwischen hatte auch die Patrouille die Verfolgung aufgenommen, und Philip rannte verzweifelt durch die Gassen, während er nach einem Versteck suchte, denn er spürte, daß seine Kräfte ihn langsam verließen.

In der Nähe der Großen Moschee bog er in eine enge Gasse ein und stellte fest, daß es nicht mehr allzuweit bis zu Enos' Haus war. Vor ihm lag eine etwas breitere Gasse, die von Holzbalkonen mit Gittern im türkischen Stil überragt wurde. Der kleinen Gasse folgend, rannte er darauf zu, doch nach wenigen Schritten tauchte vor ihm die Patrouille auf, die ihm entgegenkam. Irgendwie mußten sie ihm den Weg abgeschnitten haben. Er wollte umkehren, aber da bemerkte er, daß aus dieser Richtung andere herbeigelaufen kamen, und er hörte Selznick schreien: »Vorwärts, er kann nur hier sein!«

Er wich zurück und drängte sich in das Dunkel eines Hauseingangs, wo er hoffte, nicht entdeckt zu werden. Doch von beiden Seiten bewegten sich die Patrouille und Selznicks Abteilung langsam aufeinander zu. Sie würden ihn sofort bemerken. Er sah sich um und suchte nach einem Ausweg, aber er konnte keinen entdecken. Er saß in der Falle, und diesmal war kein El Kassem da, der ihn rettete. Er bemerkte, daß am Haus gegenüber die Äste eines Granatapfelbaums fast bis zum Balkon reichten, und machte sich bereit, auf die andere Straßenseite zu springen. Er wollte versuchen, daran hochzuklettern und über die Dächer der Stadt zu entkommen, doch gerade, als er zum Sprung ansetzte, wurde das Haustor hinter ihm geöffnet: Zwei riesige schwarze Hände zogen ihn blitzartig hinein und schlossen gleich darauf wieder das Tor.

Philip drehte sich um und sah sich einem riesenhaften Nubier gegenüber, der ihm Zeichen machte, sich still zu verhalten. Draußen auf der Straße hallten die Rufe der Soldaten und die Schreie Selznicks. Sie konnten nicht begreifen, wie sich die Beute, die ihnen fast schon sicher war, spurlos in Luft auflösen konnte.

Der Nubier machte Philip Zeichen, ihm zu folgen, und so ging er hinter ihm her. Sie durchquerten ein spärlich von einigen Öllampen erhelltes Atrium, gingen einen kurzen Korridor entlang und betraten dann einen eleganten überdachten Innenhof, der mit orientalischer Pracht eingerichtet war. Der Fußboden war vollständig mit wunderbaren Teppichen aus Anatolien und dem Kaukasus ausgelegt, marokkanische Kissen aus blauem und goldenem Samt lagen entlang den Wänden, und in der Mitte stand ein riesiges Tablett aus getriebenem Kupfer und bot eine prächtige Auswahl an Früchten: Granatäpfel und Feigen, Weintrauben und Datteln, Pfirsiche aus Bursa und Äpfel aus Nusaibin. Auf dem Boden standen ein silberner Krug und ein ebenfalls silberner Kelch mit wundervollen Gravuren im Trapezunter Stil.

Philip war hundemüde, hungrig und durstig, also streckte er die Hand nach einer Frucht aus, aber er sah, daß der Nubier mit dem Kopf auf die Treppe deutete, die am anderen Ende des Innenhofs in das obere Stockwerk hinauf führte, und deshalb blickte auch er in diese Richtung. Dort stand sie.

Fast ohne die Stufen zu berühren, kam sie die Treppe herunter. Sie trug ein schlichtes, leichtes weißes Kleid mit spitz zulaufendem Dekolleté, das einen kleinen Ausschnitt ihres Busens unbedeckt ließ. Als einziges Schmuckstück funkelte der Anhänger mit dem Pegasus auf der braunen Haut. Als sie die Treppe hinabstieg, wirkte die geschmeidige Bewegung ihrer langen Beine wie ein Tanz nach einer geheimen Musik. Voller Erstaunen und Bewunderung ging Philip ihr entgegen. »Siehst du«, sagte er, »das Schicksal hat gewollt, daß wir uns so bald nach deinem Aufbruch wiedersehen.«

Das Mädchen senkte den Blick: »Ich konnte nicht zulassen, daß sie dich fangen. Du wärest einem bösen Mann in die Hände gefallen.«

»Hast du mich nur deshalb in dein Haus eingelassen?« Das Mädchen antwortete nicht. »Was weißt du über Selznick?«

»Ich bin eine Frau der Wüste, und die Wüste ist ohne

Grenzen. Auch dieser Mann kommt aus der Wüste. Warum ist er hinter dir her?«

»Mein Vater verschwand vor zehn Jahren und wurde für tot gehalten, aber kürzlich hat er mir Botschaften geschickt, und so habe ich mich auf die Suche gemacht. Selznick glaubt, ihn finden zu können, indem er mir folgt – um ihn dann zu töten.«

»Und dein Vater, was sucht er?«

»Die Wahrheit. Wie alle.«

»Welche Wahrheit?«

Das Mädchen hatte sich verwandelt. Hinter ihrem Interesse verbarg sich nun angstvolle Unruhe, und in ihrer Stimme schwang ein fast ausfragender Ton mit. Philip versuchte weiterhin, ihren Blick zu erhaschen. In der Tiefe seiner Seele spürte er, daß auch dieses Treffen flüchtig bleiben würde, doch konnte er sich nicht damit abfinden. Er senkte den Blick, denn er spürte, daß sie in diesem Augenblick sehr fern war.

»Seine Wahrheit ist ein Grab in der Wüste.«

Das Mädchen schreckte leicht zusammen und schien einen Moment lang nachzudenken. Dann veränderte sich der Klang ihrer Stimme, er wurde leichter und harmonischer, ihr Blick schien sich auf ferne Horizonte und endlose Weiten zu richten: »Mein Stamm lebt auf den Gipfeln des Atlas und in den Geröllwüsten von Hedschas, in Chaldäa und in Persien. Er kennt das Grab Kyros' des Großen, das einsam auf einer Hochebene liegt, und er kennt das Grab des großen Pharao Djoser in Sakkara. Vielleicht sucht dein Vater aber auch das Grab der christlichen Königin, das so groß ist wie eine Festung und, umgeben von einem prachtvollen Säulengang, majestätisch am Meer gelegen ist – oder das der Brüder aus Philainon, die sich für ihre Stadt opferten und lebendig im Syrtensand begraben ließen. Die Wüste ist mit Gräbern übersät, auch wenn die meisten davon namenlos sind.«

»Mein Vater sucht das Grab eines geheimnisvollen schrecklichen Wesens, das seit Tausenden von Jahren tot ist und doch lebt. In jenem Mausoleum ohne Namen sucht mein Vater nach der dunklen Seite der menschlichen Erkenntnis... Und vielleicht bildet er sich ein, sie zerstören zu können.« Das Mädchen senkte den Blick, um das Leuchten auf ihrem Gesicht zu verbergen, doch Philip bemerkte es dennoch. »Du weißt, wovon ich spreche? Kannst du mir dabei helfen, ihn wiederzufinden, bevor er in einem aussichtslosen Kampf unterliegt?« Er blickte den Pegasus an, der auf ihrer Brust blitzte. »Ich weiß, daß dieses Grab die Form eines Zylinders hat, über dem sich ein Pegasus erhebt, ein geflügeltes Pferd – wie dieses da.« Mit dem Finger deutete er auf das Schmuckstück, das auf ihrem stolzen Busen prangte. »Über viele Jahre habe ich die Überreste der antiken Zivilisationen erforscht«, fuhr er fort, »aber all meine Wissenschaft kann mir in diesem Moment nicht helfen. Ich erinnere mich nicht an ein derart beschaffenes Bauwerk. Aber wenn es sich an einem entlegenen Ort erhebt, in der Tiefe der Wüste, dann hat es vielleicht niemand je gesehen außer den Menschen, die in dieser Abgeschiedenheit leben.«

Das Mädchen sah ihn durchdringend an. »Es gibt nichts Böses auf der Welt, das nicht auch ein wenig Gutes enthält, noch gibt es Gutes, das nicht auch die schrecklichsten Übel hervorrufen kann. Ich fürchte, ich kann dir nicht helfen.«

»Sage mir wenigstens, wer du bist. Ich habe noch nie Wüstenbewohner gesehen, deren Frauen sich so gewagt kleiden, ohne die Macht ihres Blickes, den wunderbaren Zauber ihres Körpers zu verschleiern. Sage mir wenigstens deinen Namen – und ob ich dich wiedersehen darf. Jetzt, da ich dich noch einmal getroffen habe, als ich schon verzweifelt glaubte, für immer den Anblick deines Gesichts, das Licht deines Blickes verloren zu haben. Ich wäre ein trauriger Mann für den Rest meines Lebens.« Während er sprach, traten Tränen in seine Augen, und das Mädchen blieb davon nicht ungerührt. Sie hob die Hand und strich leicht über seine Wange, gab die Wärme seines

Blickes zurück. Doch im selben Augenblick fühlte Philip auch die Unüberwindlichkeit der Hürde, die sich zwischen sie schob.

»Iß jetzt und trink«, sagte sie, »mir zuliebe. Komm wieder zu Kräften. Du wirst sie brauchen.« Sie wandte sich ab und stieg die Treppe hinauf. Philip versuchte ihr zu folgen, doch der nubische Riese stellte sich ihm in den Weg. Philip wich zurück und setzte sich zum Essen, während er sich vorstellte, das Mädchen würde vielleicht ein noch schöneres Kleid anlegen und strahlend wie eine thebanische Königin wieder herunterkommen. Doch nur eine Magd mit einem Bündel im Arm sah er kurz darauf die Treppe hinuntersteigen.

»Meine Herrin möchte dich wissen lassen, daß sie dir dankbar ist für das, was du für sie getan hast. Sie wollte sich auf diese Weise dafür erkenntlich zeigen, daß du sie aus tödlicher Gefahr befreit hast.«

»Wo ist sie?« rief Philip. »Wo ist sie? Ich muß sie sehen, ich muß sie unbedingt sehen!« Seine Stimme zitterte vor Verzweiflung. Er stürzte die Treppe hinauf, doch der nubische Diener sprang hinter ihm her, packte ihn bei den Schultern und hielt ihn mühelos zurück. Philip wehrte sich nach Kräften, er schrie in der Gewißheit, daß sie ihn hörte.

Zwei Augen, in denen Tränen schimmerten, betrachteten ihn hinter einem Gitter, während er rief: »Sag mir deinen Namen, ich bitte dich! Ich bitte dich!«

Der Nubier zwang ihn, sich umzudrehen. »Es ist zwecklos«, sagte er. »Sie ist fort.«

»Wohin ist sie gegangen?« fragte Philip. »Sage es mir! Sage mir, wo sie ist! Ich muß sie wiederfinden!«

»Das ist unmöglich«, sagte der Nubier. »Doch wenn sie wirklich in deinen Gedanken ist, so respektiere ihren Willen.«

Das Mädchen reichte ihm orientalische Kleidungsstücke: »Du kannst nicht in dieser Uniform fortgehen.«

»Lege diese Kleider an, dann fällst du niemandem auf«,

sagte der Nubier. Er ging fort, und auch die Magd verschwand. Mit Bitterkeit im Herzen und wirren Gedanken blieb Philip allein in dem Innenhof zurück. Es blieb ihm nichts anderes übrig, als die Kleider zu wechseln. Er verhüllte Kopf und Gesicht mit einer *Kufija* und ging.

Die Tore zum Basar waren verrammelt, und er mußte mehrere Versuche unternehmen, um über eine außen gelegene Straße zu Enos' Haus zu gelangen. Auf einmal erkannte er von außen die zweibogigen Fenster des Innenhofs wieder, aus denen über der Abdachung eines Laubengangs ein schwacher Lichtschein drang. Doch sowohl das Haupttor als auch der Einlaß für die Dienerschaft waren verschlossen. Auf den Straßen war niemand zu sehen außer ein paar Bettlern, deren magere, in Lumpen gehüllte Körper auf dem Bürgersteig kauerten. Sie schliefen, vielleicht streckte aber auch schon der Tod den Arm nach ihnen aus. Unter dem Laubengang hörte er ein paar Pferde scharren, die an Eisenringen in der Innenmauer festgebunden waren. Ein Mann in Uniform bewachte sie. Unverzüglich zog Philip sich zurück, um nicht gesehen zu werden. Dann begann er eine Säule zu erklimmen, gelangte zu einem Wasserspeier, packte ihn mit den Händen und zog sich aufs Dach hinauf. Auf allen vieren kroch er vorwärts, und während er achtgab, daß er nicht das kleinste Geräusch verursachte, erreichte er eines der zweibogigen Fenster des Innenhofs und sah hindurch. Erschreckt und bestürzt zog er sich sofort wieder zurück. Was er sah, war leider die Bestätigung der Vorahnung, die er beim Anblick der Pferde gehabt hatte. Aus der hinteren Tür, die auf die Gasse hinausging, trat in diesem Moment Selznick. Ihm folgten seine Männer. Mehr konnte Philip nicht sehen, denn ein Teil des Innenhofs lag außerhalb seines Gesichtswinkels. Sobald er die Stiefel Selznicks und seiner Legionäre auf dem Pflaster hallen hörte, kauerte er sich aufs Dach und verharrte in dieser Stellung, bis er Pferdegetrappel, Stimmen und kurze Befehle hörte. Schließlich verlor sich der Galopp in den Gassen, die zur Zitadelle führten.

Nun schlich er in die Mitte des Hauses, brach mit der Dolchspitze ein Oberlicht auf und ließ sich ins Innere hinab. Eilig hastete er eine Treppe hinunter und gelangte in den Korridor, den er bereits zwei Tage zuvor durchquert hatte, als er Enos aus dem Geschäft im Basar gefolgt war. Der Gang war in Halbschatten getaucht, und nur das Gluckern des Brunnens im Innenhof war schwach und fern zu hören. Er faßte sich ein Herz und rief: »Enos! Enos!« Gleichzeitig ging er auf den Innenhof zu, aus dem ein schwach flackernder Lichtschein wie von einer verlöschenden Flamme drang. In diesem Augenblick schien es ihm, als hörte er einen Klagelaut, und so rannte er auf den Innenhof hinaus. Auf dem Fußboden lag Enos mit geschwollenem Gesicht, unbeweglichen Gliedern und geschlossenen Augen. Philip stürzte zu ihm hin, bettete ihn in seine Arme und betupfte seine Lippen mit dem Taschentuch, das er in Brunnenwasser getaucht hatte: »Was haben sie mit dir gemacht? Hat Selznick das angerichtet, der Schurke? Er war es, nicht wahr?«

Mit Mühe öffnete Enos die Augen: »Dein Vater … Suche ihn …«

»Wo? Wo?«

»Abu el Abd … in Tadmor … er weiß es«, konnte er gerade noch in einem Atemzug flüstern, dann fiel sein Kopf nach hinten, und er sackte reglos zusammen.

Von unbändiger Panik ergriffen, schüttelte Philip den Toten. »Enos, antworte mir! Antworte mir! Verlaß mich nicht, ich brauche dich, ich brauche dich!« Weinend beugte er sich über den Körper des Alten, der in seinen Armen ruhte. Das große Haus lag in tiefer Stille und Dunkelheit.

Draußen, über den Dächern der Stadt, erschallte erneut der Ruf des Muezzins, der zum Morgengebet rief. Wie ein langes Klagen schallte es: »*Allah akbar!*«

Philip rappelte sich auf. Er legte den Körper des Alten auf den Fußboden, bettete seinen Kopf auf ein Kissen und kreuzte die Arme über der Brust, während er leise das

Totengebet der Söhne Israels sprach. Das Schicksal gestand ihm nicht mehr an Ehrerweisung für diesen mutigen Mann zu, der sein ganzes Leben lang gegen übermächtige und grausame Mächte gekämpft hatte. Dieser schmächtige, abgezehrte Körper war härter und stärker als der eines Helden in der Schlacht gewesen, widerstandsfähiger als der eines unbeugsamen Kriegers. Um seinetwillen hoffte er zum erstenmal in seinem Leben, daß Gott existierte, damit er nicht in alle Ewigkeit besiegt und geschlagen blieb, damit sein Tod nicht unnütz und sinnlos war.

Er durfte nicht mehr länger in diesem Haus bleiben, es war zu gefährlich. Deshalb trat er hinaus in die von Selznicks Truppen durchkämmte Stadt, wo er im Schatten der dunklen Stadtviertel vorwärtsschlich und sich den Kopf zerbrach, wie er unbeobachtet hinausgelangen konnte. Er hoffte inständig, daß El Kassem wie ein Deus ex machina auftauchte, um ihn aus dieser verzweifelten Lage zu befreien, doch auch er schien sich vollkommen in Luft aufgelöst zu haben. Es war eine harte Lektion, die er ihm erteilte. Vielleicht wollte er ihm zu verstehen geben, daß er nie wieder dulden würde, daß er vom gesteckten Ziel abwich. Allerdings war sich Philip zu diesem Zeitpunkt nicht einmal sicher, ob es jemals eine zweite Gelegenheit für ihn geben würde. Er hatte nur einen Bezugspunkt: einen Menschen namens Abu el Abd, der in Tadmor lebte, der alten Wüstenmetropole, dem sagenhaften Palmyra, wo die große Königin Zainab geherrscht hatte, die von den Römern Zenobia genannt worden war. Doch wie sollte er dorthin gelangen?

Während er im ersten Schimmer der Morgendämmerung umherlief, bemerkte er einen Bettler, der in diesem Augenblick erwachte und die gefühllos gewordenen Glieder reckte. Nachdem Philip sich vergewissert hatte, daß niemand ihn beobachtete, trat er zu ihm hin und bat ihn, ihm seinen dreckstarrenden Umhang zu verkaufen, damit er die prächtigen Kleider aus gemusterter Baumwolle verdecken konnte. Begeistert stimmte der Alte zu, und Philip nahm obendrein auch seinen Napf und seinen Stab, auf den er sich hinkend stützte. Auf diese Weise und mit verhülltem Gesicht durchschritt er das Bagdad-Tor, ohne daß die Wachen ihn eines Blickes würdigten, und entfernte sich mit langsamen, schleppenden Schritten gen Osten. Die Sonne, die sich in diesem Augenblick am Horizont zeigte, zeichnete hinter ihm seinen langen Schatten in den Straßenstaub.

Als die Sonne ein wenig höher gestiegen und die Stadt in der Ferne verschwunden war, warf Philip Napf und Stab fort, entledigte sich des sperrigsten Teils seiner Kleidung und schritt nun rascher aus. Dennoch dauerte es viele Stunden, bis er den ersten Rastplatz an der Straße erreichte. Eine Weile hielt er sich abseits, solange er dort Uniformen der Fremdenlegion sah, dann, als die Soldaten weitergezogen waren, riß er sich den zerschlissenen Umhang vom Leib und trat ein. Er setzte sich an einen Tisch und ließ sich einen Teller Pilaw-Reis mit gekochtem Huhn bringen. Mit ein paar Münzen gewann er das Zutrauen des Kellners. Er erzählte ihm, daß ihm das Pferd gestohlen worden sei und er sich in diesem Zustand nicht ohne schwere Bestrafung bei seinem Herrn blicken lassen könne. Dann fragte er ihn, ob die Möglichkeit bestehe, an diesem Ort ein Pferd zu erwerben. Er benötigte kein Schlachtroß, das eines Saladins würdig gewesen wäre und das ihm der Knecht sogleich eilfertig anpries, ihm genügte ein würdiges Reittier, das nicht gleich beim ersten Trab zusammenbrach und kein Vermögen kostete.

Nach ein paar Stunden lästiger Verhandlungen mit dem Händler wurde das Geschäft abgeschlossen, und als der Abend dämmerte, konnte er sich wieder auf den Weg machen.

Er sattelte sein Pferd und galoppierte los, als die riesige rote Scheibe des Mondes eben über den sanft geschwungenen Hügeln aufging, die im Osten seinen Weg säumten.

Zu seiner Rechten flossen die Wasser des Nahr Quoeik

träge im Mondlicht dahin, während sein Pferd im Galopp über die Straße stob. In der weißen Staubwolke, die das Tier aufwirbelte, ließ Philip die Erinnerungen aus seiner Kindheit und Jugend genauso hinter sich wie den lang genossenen Frieden seiner Studienzeit. Er jagte nun verschwommenen Trugbildern hinterher, flüchtigen Schatten in der Nacht, Alpträumen. Immer weiter trieb er sein Pferd an, bis der Rhythmus des Galopps seinen rasenden Herzschlag einholte, und auf der Welle dieses wahnwitzigen Taktes flog er dahin, bis eine Wolke die Mondscheibe verhüllte.

Die plötzliche Finsternis dämpfte seine Raserei, und er zügelte sein schweißnasses, geiferndes Pferd, bis es im Schritt ging. Er glitt aus dem Sattel und warf sich wie von Sinnen auf den kühlen Sand.

Das Pferd schimmerte im Schatten wie eine lebendige Bronzestatue, und so weit das Auge reichte, erstreckte sich die Ebene endlos vor seinen Augen. Noch viermal legte er eine Rast ein, bis plötzlich wie aus dem Nichts zu seiner Linken die verfallenen Türme und Mauern von Dura-Europos in der Nacht auftauchten.

Er stand wieder auf, nahm das Tier am Halfter und ging langsam auf die alte Legionärsfestung zu. Als er durch das Tor schritt, bemerkte er die unzähligen Inschriften an den Einfassungen; und diese in den Stein gemeißelten Worte in der verlorenen Sprache Roms schienen ihm in der abgrundtiefen Stille widerzuhallen wie ein Chor wirrer Schreie, und im Vorübergehen in der Dunkelheit zu fliegen wie ein Schwarm aufgescheuchter Abendsegler. Durch verfallende Mauern, abgebrochene Säulen und offen daliegende Atrien folgte er der Lagerstraße bis zum Osttor. Vor ihm in der Dunkelheit glitzerte majestätisch der Euphrat.

Umgeben von der beeindruckenden Ruine der römischen Festung setzte er sich ans Ufer des großen Flusses. Er dachte an Selznick, der sich auf dem Fußboden wand, und dahinter schien das Bild des Mädchens durch, das er auf der Straße bei Bab el Awa getroffen und einen kurzen Moment lang an einem magisch duftenden Ort wiedergesehen hatte – wie eine Erscheinung, die sich sofort verflüchtigt. Es gelang ihm einfach nicht, sie sich aus dem Kopf zu schlagen, ständig mußte er an sie denken. Dieser Gedanke peinigte ihn, und die Sehnsucht tat ihm körperlich weh. Von den Türmen von Dura-Europos flogen die Nachtvögel auf, Tausende von Fledermäusen flatterten aus den Höhlen heraus, die in den Ruinen versteckt lagen, und schwärmten über Flußufer und Wüste aus.

Mit ein wenig Gestrüpp und Holz machte er Feuer, um in seiner Verlassenheit ein bißchen Licht und Wärme zu haben. Er röstete altbackenes Brot, das er im Quersack fand, und brockte ein wenig Ziegenkäse darauf. An diesem öden melancholischen Ort flößte ihm die karge Mahlzeit neue Kraft ein und gab ihm den Mut zurück, seine Suche fortzusetzen. Nachdem er Holz nachgelegt hatte, streckte er sich im Schutz einer niedrigen Mauer am Feuer aus. Er war beruhigt, denn niemand konnte ihn von der Wüste aus sehen. Am anderen Ufer des Flusses jedoch sah jemand das einsame Lagerfeuer und wartete bis zum Morgengrauen, bis der Mann, der dort schlief, zu erkennen war. Am selben Morgen erhielt Selznick die Nachricht, daß ein junger Europäer sich allein mit seinem Pferd in den Ruinen von Dura-Europos versteckt hielt.

Im Dunkeln durchquerte Pater Hogan die vatikanischen Gärten. Er lauschte seinen Schritten auf den Kieswegen und betrachtete unverwandt das brennende Licht in der Sternwarte über sich, das in die Nacht gerichtete aufgerissene Auge, das die Unendlichkeit absuchte. Oben wartete der alte Priester auf ihn, um ihm den Epilog einer gotteslästerlichen Geschichte zu erzählen, den letzten Akt einer hochmütigen und vermessenen Herausforderung. Er stieg die Treppen hinauf, und als er seinem Ziel näherkam, hörte er hartnäckig und prasselnd wie ein Winterregen das Signal, das aus der Tiefe des Alls kam.

Pater Boni saß an seinem Arbeitstisch. Wie immer, wandte er ihm den Rücken zu.

»Ich weiß, was geschehen wird«, sagte er, »ich weiß, was dieses Signal bedeutet.«

Hogan gab keine Antwort und setzte sich.

»Der Zivilisation von Delfud ist es gelungen, den eigenen Geist in die Tiefen des Weltraums hinauszuschießen, bevor das immens hohe Niveau ihres Wissens bei der Katastrophe zerstört wurde.«

»Was bedeutet ›den eigenen Geist‹?«

»Ich weiß es nicht. Ich zitiere diesen Ausdruck wörtlich aus Pater Antonellis Übersetzung. Vielleicht … handelt es sich um eine Maschine.«

»Eine Maschine, die denken kann?«

»Was sonst?«

Pater Hogan schüttelte den Kopf: »Es kann keine Maschine geben, die die Fähigkeit besitzt, Gedanken zu erzeugen.«

»Fest steht, daß wir ein intelligentes Signal empfangen. Dieses Ding wurde mit einer genau umrissenen Absicht in den Weltraum geschossen, mit einer Mission, die …« Der alte Priester hielt inne, als fände er nicht die richtigen Worte für das, was er sagen wollte.

»Fahren Sie fort, Pater Boni«, sagte Hogan.

»Das Ziel war, Gottes Geist im Augenblick der Schöpfung zu erkunden.« Der Alte schwieg und senkte den Blick, als schämte er sich für das, was er soeben gesagt hatte.

»Sie können unmöglich an so etwas glauben.«

»Ach nein? Dann kommen Sie her, Hogan. Ich möchte Ihnen etwas zeigen. Sehen Sie her – die Signale, die wir empfangen, liefern uns die Himmelskoordinaten sämtlicher zwanzig Sterne des Sternbilds Skorpion plus eines weiteren, fernen, dunklen Himmelskörpers mit unvorstellbarer Energie, die viele Millionenmal größer ist als die unserer Sonne. Er ist auf dem Stein der Sternbilder abgebildet und wird im Text von Amun beschrieben. Sein

Name ist ›Herz des Skorpions‹. Seine Position stimmt mit den Himmelskoordinaten überein, die unsere Radioquelle übermittelt. Ich denke, daß es sich um einen schwarzen Körper handelt. Die Zivilisation von Delfud nutzte seine gewaltige Schwerkraft als Beschleuniger aus, wie einen gewaltigen Katapult, der ihren Apparat mit unvorstellbarer Geschwindigkeit in die entlegensten Abgründe des Universums geschleudert hat.

Zehntausende von Jahren sind vergangen, und jetzt – jetzt kommt dieses Ding zurück. Hogan, in fünfunddreißig Tagen, siebzehn Stunden und sieben Minuten wird es all das auf die Welt schleudern, was es in jenen verlorenen Regionen des Kosmos erfahren hat. Uns steht nicht mehr viel Zeit zur Verfügung. Sie müssen so schnell wie möglich aufbrechen.«

Pater Hogan schüttelte den Kopf: »Marconi hat gesagt, daß die Radioquelle einem Punkt entspricht, der fünfhunderttausend Kilometer über der Erde in einer geostationären Umlaufbahn kreist.«

»Das ist lediglich ein Verstärker, das Gerät, welches das Signal ins Ziel lenken soll.«

»Und wo befindet sich das Ziel?«

Pater Boni schlug eine große Karte der Sahara auf und zeigte auf einen Punkt im südöstlichen Quadranten. »Hier«, sagte er, »an einem Ort, der tagsüber glüht wie ein Backofen, nachts hingegen von Frost gepeinigt wird; ein Ort, der von heißen Winden und von Sand- und Staubstürmen heimgesucht wird. Der Name dieser Hölle ist ›Turm der Einsamkeit‹.«

9. KAPITEL

Desmond Garrett ritt unter der senkrechtstehenden Wüstensonne. Mit den Jahren hatten Wind und Sand seine Gesichtszüge gegerbt und die Haut verbrannt; durch die lange Übung im Reiten hatte er sich eine eigentümliche Haltung angewöhnt, seine Bewegungen waren harmonisch, als wäre sein Körper mit dem des Pferdes verwachsen. Er trug die Tracht der Syrtenbeduinen, eine *Kufija* verhüllte Kopf und Mund, doch die türkischen Hosen steckten in gewichsten Stiefeln aus braunem Leder. Im Sattel steckte ein amerikanisches Repetiergewehr, und vom Gürtel hing ein Säbel mit damasziertem Griff.

Ab und zu hielt er an, um einen Blick auf den Kompaß zu werfen und seinen Standort auf einer Karte zu verzeichnen. Zu seiner Rechten neigte sich die untergehende Sonne dem Horizont zu. Er spornte sein arabisches Rennpferd an, um in der Oase zu sein, wenn der Himmel über den Säulengängen von Palmyra sich violett färbte.

Als er über einen niedrigen Hügel ritt, tauchte die Wüstenperle plötzlich auf wie eine Erscheinung. In der rauhen Landschaft ringsum leuchtete die Oase von Tadmor in düsterem strengem Grün, und wie ein Kornfeld im Maiwind bewegten Tausende von Palmen ihre Wedel in der abendlichen Brise. In der Mitte blinkte ein großer Teich im Abendlicht, und die Sonne, die langsam ihre Bahn zog, schien wie eine Gottheit durch das große Kalksteintor hindurch, entzündete eine Säule des majestätischen römischen Portikus nach der anderen, als wären sie kolossale Fackeln.

Und in diesem Augenblick vollzog sich das Wunder. Sobald die Sonne hinter dem Horizont verschwunden war und die Ruinen von Palmyra mit einemmal im Schatten lagen, flammte der Himmel urplötzlich von neuem auf. Violettes Licht fiel auf Hügel und Wüste hinter der Stadt, und wie eine unwirkliche Morgendämmerung, wie ein geheimnisvoller Zauber breitete es sich fast bis zur Mitte des Himmelsgewölbes aus.

Desmond Garrett stieg vom Pferd, reglos stand er da und betrachtete das Wunder. Vor zwanzig Jahren hatte er es zuletzt gesehen und danach nie mehr, aber seit damals hatte er in den Nächten, die er in der Wüste verbracht hatte, häufig an den violetten Himmel über Palmyra zurückgedacht wie an eine Heimstatt der Seele, wie an ein rauschhaftes Bild.

Im letzten Zucken der Abenddämmerung gewann der purpurne Widerschein nun noch eine rosa Schattierung hinzu, dann schwächte er sich langsam ab und wich dem tiefen Türkis des Abends.

Desmond Garrett nahm das Pferd am Halfter und ging langsam zu Fuß zum Teichufer hinunter. Nicht weit entfernt, unter einer Gruppe hochgewachsener Palmen, erblickte er ein imposantes Zelt, vor dem zwei Krieger Wache hielten. Er band das Pferd an einen der Stützpfähle und wartete, daß man von ihm Kenntnis nahm. Die Wachen beachteten ihn nicht, doch ein Diener sah ihn. Er trat ins Zelt, um ihn zu melden, und kurz darauf zeigte sich Scheich Abu el Abd persönlich am Zelteingang.

Er ging Garrett entgegen und umarmte ihn. Dann führte er ihn ins Zelt, wo er ihm Platz auf den Samtkissen aus Fez anbot, und ließ kochendheißen Tee in kleinen türkischen Gläsern mit silbernen Einfassungen bringen.

»Enos hat mich wissen lassen, daß du kommen würdest, und Freude breitete sich in meinem Herzen aus. Ich bin glücklich, dich als Gast zu empfangen, so wie ich vor Jahren ihn als Gast empfangen habe.«

»Auch ich bin glücklich, dich zu sehen, Abu el Abd. Wie viele Jahre sind vergangen …«

»Warum ist Enos nicht gekommen? Tadmor ist nicht sehr weit von Aleppo entfernt.«

»Ich weiß es nicht. Es dauert sehr lange, bis die Nachrichten durch die Weiten der Wüste vom einen zum anderen gelangen. Aber Enos ist inzwischen sehr alt – vielleicht ist das der Grund. Ich bin sicher, daß er sonst gekommen wäre. Hier in Tadmor habe ich ihn vor vielen Jahren kennengelernt.«

»Ja, es war hier, in meinem Zelt.«

»Und was wollte er damals von Abu el Abd?«

»Ich sollte die Fateh von Kalaat el Amm dazu bewegen, mit ihm zu sprechen; ein sehr schwieriges Unterfangen. Nur wenigen ist es je im Leben vergönnt, mit der Fateh zu sprechen.«

»Und hat die Fateh dem Treffen zugestimmt?«

»Ja.«

»Und was hat sie zu ihm gesagt?«

»Ich weiß es nicht. Doch als Enos wieder aufbrach, lag ein Schatten in seinen Augen – der Schatten des Todes.«

»Auch ich will die Fateh sehen.«

Der Stammeshäuptling blickte Desmond Garrett in die Augen: »Das ist sehr schwierig, wenn nicht gar unmöglich. Aber wenn sie zustimmen sollte, dich zu sehen – weißt du, was das bedeutet, Desmond *sahib*, weißt du das? Die Fateh hat die Macht, dich deinen eigenen Tod sehen zu lassen.«

»Ich jage einem Geheimnis hinterher, das größer ist als der Tod. Ich... ich suche den Mann der sieben Gräber.«

Der Häuptling erbleichte, sein dürres Gesicht versteinerte. Reglos sah er seinem Gegenüber in die Augen, als suchte er darin nach Kräften, die dessen Worte nicht auszudrücken vermochten, die sein Äußeres nicht verriet. Dann sagte er ruhig: »Ich habe eine Vorahnung, daß Allah ihn uns entreißt, eine schreckliche Vorahnung, was das Schicksal unseres Freundes Enos ben Gad betrifft.«

»Warum sagst du das?« fragte Desmond Garrett. »Hast du etwa eine Nachricht erhalten, die du mir nicht verraten wolltest?«

»Nein. Ich habe keine Nachrichten erhalten. Ich spüre es. Und ich spüre auch, daß deine Suche der Grund dafür ist. Du hattest mir nicht gesagt, wonach du suchtest.«

Desmond Garrett senkte den Kopf, ohne zu antworten, doch es war offensichtlich, daß dieses schmerzliche Bewußtsein plötzlich auch von seiner Seele und seinem Geist Besitz ergriffen hatte. »Vielleicht ist es so«, sagte er. Mehr konnte er nicht hinzufügen, weil er sich plötzlich schrecklich allein in einem ungleichen Kampf fühlte, der bis zum letzten Blutstropfen geführt wurde.

Sie verließen das Zelt und schauten auf Kalaat el Amm. Das schroffe Bollwerk mit seinen verfallenen Mauern ragte im letzten Licht des erloschenen Tages auf.

»Du hattest mir nicht den wahren Grund für dein Kommen genannt... Ich konnte mir nicht vorstellen..., doch wenn es so ist, wie du sagst, wenn du wirklich den Mann der sieben Gräber jagst, so steige hinauf«, sagte der Scheich. »Gewiß weiß sie schon, daß du hier bist. Gewiß spricht sie in diesem Augenblick mit deinen Gedanken.«

Desmond Garrett verabschiedete sich, stieg auf sein Pferd und sprengte in Richtung Gebirge davon. Im Galopp preschte er durch die beeindruckenden Ruinen und an dem großartigen Säulengang vorbei, der sich jetzt gegen das Dunkel abhob, als hätte er sich mit der letzten Kraft des Sonnenuntergangs aufgeladen und könnte nun, zugleich mit der gespeicherten Wärme vom Tage, noch eigenes Licht aussenden.

Er kam an den halb im Sand versunkenen Gräbern der Nekropole vorbei und ritt hinauf bis an den Fuß der Burg. Auf halber Höhe stieg er vom Pferd und ging zu Fuß weiter, bis er das verfallene Tor erreichte. Er überschritt die Schwelle und drang zwischen den Trümmern vorwärts, während er um sich blickte, denn er spürte, daß ein gespannter und bedrohlicher Blick jeden seiner Schritte beobachtete.

Plötzlich vernahm er das Geräusch loser Kieselsteine. In einem Mauerdurchgang tauchte ein Hund mit struppigem schwarzem Fell vor ihm auf und zeigte knurrend die Zähne.

Er würdigte ihn keines Blickes und ging auch dann weiter, als das Tier, eine Handbreit von seinen Knien entfernt, ihn wütend anbellte. Vielleicht war er ja die Fateh.

Ein paar Schritte weiter vernahm er das Zischen der gehörnten Sandviper, doch er wandte sich nicht um und ließ das Reptil seine Suche nach Beute zwischen den Steinen und Büschen fortsetzen, bevor die nächtliche Kälte seine Glieder lähmte. Da bemerkte er hinter einer Mauer den rötlichen Schein von Flammen und ging darauf zu. Neben dem Feuer saß eine alte Frau mit faltigem Gesicht und langen weißen Haaren. Ihre geschlossenen Augen lagen in dunklen Höhlen. Genauso hatte er sich immer die Wahrsagerin vorgestellt, die für Saul den Schatten Samuels aus dem Jenseits beschworen hatte.

Die Frau öffnete die vom grauen Star getrübten Augen: »Ich habe dich erwartet, Garrett. Enos sagte mir, du würdest kommen.«

»Ist Enos etwa tot? Ist es so?«

Ungerührt antwortete die Alte: »Nicht für mich, ich kann seine Stimme noch hören. Was willst du von mir?«

Desmond Garrett spürte, wie sich eine Last auf sein Herz senkte, dennoch antwortete er forsch: »Du sollst mich zum sechsten Grab führen, damit ich es zerstören und mich danach auf die letzte Etappe meiner Reise begeben kann.«

»Niemandem ist dieses Vorhaben je gelungen. Wer bist du, daß du soviel wagst?«

»Ich habe den Schlüssel gefunden, um die Tafeln von Amun und den Stein der Sternbilder zu lesen. Ich werde auch das siebte Grab finden und zerstören.«

»Weißt du denn, wer in diesem Grab schläft?« Und bei diesen Worten schoß urplötzlich brüllend eine Stichflamme auf, und das Feuer loderte nun kräftiger, höher und heller. Desmond Garrett schüttelte den Kopf: »Nein, Enos hat es mir nie gesagt. Vielleicht hat er es nicht gewußt.«

»Enos hat es nicht gewußt, aber jetzt weiß er es.«

»Dann sage es mir.«

»Nein. Du mußt es allein herausfinden, denn nur, wenn du es herausgefunden hast, kannst du entscheiden. Ich kann dich zum sechsten Grab führen, nicht weiter.«

»Was muß ich tun?«

»Begib dich hinunter in das Tal von Sodom und Gomorrha und reite an den Toten Wassern entlang, sodann durchquere das Salzgebirge, das Tal Araba und die Wüste Paran, bis du nach Wadi Musa gelangst. Folge dem Skorpionzeichen durch das *Wadi*. Es wird dich in die Stadt der Gräber führen. Dort vollbringe, was du vollbringen mußt.«

»Die Stadt der Gräber? Wie soll ich denn unter all diesen Gräbern das Grab dessen, der nicht sterben kann, finden?«

Die Fateh riß die weißen Augen auf und hielt die runzligen Handflächen an die prasselnden Flammen, um Wärme in ihren kalten und gebrechlichen Körper zu leiten: »Die Angst vor dem Schrecklichsten, das sich auf dem Grund deiner Seele verbirgt, soll dich führen. Die Bestie in dir wird die Fährte wittern. Leb wohl. Ich muß jetzt schlafen … muß schlafen …«

Sie stieß einen tiefen Seufzer aus, fast ein Röcheln, schloß die Augen und zog den dunklen Schleier, der Kopf und Schultern fast vollständig bedeckte, übers Gesicht. Sie glich einem grotesken Fetisch, den einzig der launenhafte Tanz der Flammen beseelte. Gleich darauf brannte auch das Feuer nieder und kroch wie eine Schlange über die glasige Glut. Desmond Garrett wandte sich um und machte sich auf den Rückweg. Während er den Hügel hinunterschritt, wandelte sich das Winseln des Hundes, das im Verlauf der Unterredung mit der Fateh nie abgerissen war, in ein langgezogenes Heulen und stieg zum sternenübersäten Himmel hinauf, der sich über Palmyra ausbreitete wie der mit Edelstein verzierte Umhang auf den Schultern einer Königin.

Er kehrte zum Zelt zurück, wo Abu el Abd auf ihn wartete. Der Scheich saß mit gekreuzten Beinen auf dem Boden und hatte die Handflächen auf die Knie gestützt. Unter der Galabiya aus blauem Leinen glich sein Körper einem gespannten Bogen, und die Anordnung seiner in dieser Weise miteinander verbundenen Glieder war der Ausdruck der vollkommenen Konzentration seiner Geisteskräfte.

»Ich werde unverzüglich aufbrechen«, sagte Desmond Garrett. »Vielleicht bin ich der letzte verbliebene Jäger – falls deine Vorahnung der Wahrheit entspricht.«

»Nein«, sagte El Abd, »ein paar Stunden früher oder später werden dir nicht den Sieg bringen. Es ist nicht mehr so heiß, als daß du gezwungen wärest, bei Nacht zu reisen. Iß und trink und ruhe dich aus. Ich lasse dir ein Lager herrichten und ein reichliches Abendessen zubereiten. Morgen wirst du mit dem ersten Licht der Sonne aufbrechen. Das wird ein gutes Vorzeichen sein, und dein Geist wird davon aufgeheitert werden.«

Desmond Garrett dankte ihm. Er nahm ein Bad in den reinen Wassern des Teichs und setzte sich dann mit einer sauberen Galabiya über seinem nackten gereinigten Körper zum Essen. Abu el Abd brach das Brot, tauchte es in Salz und reichte es dem Gast. Dann rief er, und zwei Diener traten mit gebratenem Hammelfleisch und Couscous ein. Desmond Garrett aß und trank, und in seinem Herzen hoffte er immer noch, daß Enos noch am Leben war, daß Scheich El Abd und die Fateh anderes Leid als das eines fernen Todeskampfs wahrgenommen hatten, ein anderes Klagen als das eines Menschen, der sein Leben verliert. Doch als sie eben das Mahl beendet hatten, ließ sich draußen vor dem Zelt Pferdegalopp vernehmen, dann Gewieher und das Scharren von Hufen. Ein Mann wurde gemeldet und trat kurz darauf ein. Er verbeugte sich und grüßte: »*Salam aleikum*«. Dann trat er neben den Scheich, flüsterte ihm etwas ins Ohr und ging wieder hinaus. El Abd blickte Desmond Garrett an, und die tragische Feierlichkeit seines Gesichtsausdrucks kündigte bereits die traurige Mitteilung an: »Du bist der letzte Jäger«, sagte der Scheich. »Enos ben Gad ist tot. Ermordet. Von Selznick.«

Desmond Garrett verließ das Zelt und schrie vor Wut und ohnmächtigem Zorn: »Verfluchter Wolf! Tollwütiger Hund! Du sollst unbegraben sterben und von den Geiern gefressen werden, du sollst vor Schmerz brüllen, wenn du stirbst!« Dann fiel er auf die Knie, ließ die Stirn in den Staub fallen, und zitternd verharrte er in dieser Haltung, in der Stille und Kälte der Nacht. Die Hand El Abds rüttelte ihn schließlich auf.

»Enos ben Gad ist wie ein Krieger auf dem Schlachtfeld gegen übergroße Mächte gefallen«, sagte er. »Er hat sich geschlagen wie ein Löwe, auf den die Jäger die Meute hetzen. Ehren wir ihn, indem wir erhobenen Hauptes gehen: Gott ist groß!«

Desmond Garrett stand auf und hob den Blick zum unermeßlichen Sternengewölbe, das von einem Ende des Horizonts zum anderen auf den Säulen von Palmyra zu ruhen schien.

»Gott ist groß«, sagte er, und als er sich zu Scheich El Abd umwandte, war sein Blick fest und trocken. Doch darin schimmerte die schmerzlichste Trauer, jene, die keine Worte kennt, weder Klagen noch Tränen.

Viele Tage lang ritt Desmond Garrett, bis er Bosra erreichte. Von dort schlug er den Weg über Gerasa zum Berg Nebo ein, durchquerte das weitläufige Tal, in dem der Legende nach Moses begraben lag, und dachte darüber nach, daß die Knochen des Heerführers namenlos im Sand irgendeiner unbekannten Höhle begraben lagen, wo sie auf den Sturm des Jüngsten Tages warteten.

Von dort ritt er ins Tal des Toten Meeres hinunter und betrachtete die düstere Fläche jener unbewegten Wasser, die die tiefste Wunde des Planeten ebenso bedeckten wie die Verwüstung der legendären Pentapolis und das

Gemetzel an all ihren Einwohnern. Welche der vielen Salzsäulen, die wie stumme Gespenster das Nichts bewachten, hielt die ruhelose Seele von Lots Frau und ihre verzweifelte Sehnsucht nach der verfluchten und verlorenen Heimat gefangen?

Am Fuß der Salzberge ritt er weiter bis zur Einmündung des Tals Araba, das mit schwarzem Geröll bedeckt war und, so weit das Auge reichte, vollkommen verlassen dalag. Es war, als wäre ein Feuersturm darüber hinweggefegt und hätte eine Schicht erloschener Kohle zurückgelassen.

Trotz der inzwischen fortgeschrittenen Jahreszeit war die Hitze in dieser tiefen Landsenke fast unerträglich, so daß er während der Mittagsstunden möglichst viel von seiner und seines Pferdes Kraft sparen wollte. Er ging zu Fuß weiter und führte das Pferd am Halfter. Ab und zu befeuchtete er dessen Maul mit einem Tuch, auf das er Wasser aus dem Schlauch gegossen hatte. Erst wenn der Abend dämmerte, schwang er sich wieder in den Sattel und suchte nach einem Brunnen, an dem er sein Nachtlager aufschlagen konnte. Manchmal hielt er an, wenn sein Blick auf Spuren von Werken oder der Anwesenheit von Menschen fiel: in den Fels geritzte Zeichen, Gräber, deren Inschriften von Sand und Wind abgeschliffen worden waren. Manchmal hielt er an, um die Figur des Skorpions zu betrachten, die in die schwarze Oberfläche des Gerölls eingeritzt war, und in der stillen Unendlichkeit des Tals gewann dieses Bild eine beunruhigende Kraft, eine wilde und böse Lebendigkeit.

Eines Tages, als der Morgen anbrach, gelangte er an ein *Wadi*, das sich in einem gewaltigen Kalksteinmassiv zu seiner Linken öffnete, und folgte ihm bergauf. Immer weiter rückten die Hänge des Tals zusammen, bis es zu einer engen Schlucht geworden war, die den Berg von oben nach unten senkrecht durchschnitt. Im Lauf der Zeiten hatte das Wasser sämtliche geologische Schichten des Gebirges freigelegt, und während der Reiter weiter vordrang, betrachtete er erstaunt die zahllosen roten, grünen, beigefarbenen und gelben Gesteinsschichten, welche die Felsen zu beiden Seiten des Einschnitts aufwiesen. Der Wind fuhr an den sich fortwährend verändernden Oberflächenstrukturen entlang durch die mal weitere, mal schmalere Enge, und auch sein Klang veränderte sich wie ein Luftzug, der durch die unterschiedlichen Pfeifen einer Orgel hindurchrauscht.

Einem Amphitheater gleich, öffnete sich vor Desmond Garrett plötzlich die Stadt der Gräber, das sagenhafte Petra. Jahrhundertelang war die Stadt im Innern eines ausgehöhlten Gebirges verborgen geblieben und nur durch die teilweise verschüttete enge Schlucht zugänglich gewesen. Nach ihrer Entdeckung durch Ludwig Borchardt hatte die Stadt bei den Gelehrten der ganzen Welt bewunderndes Staunen ausgelöst, doch erst sehr wenige hatten das Privileg genossen, sie mit eigenen Augen betrachten zu können.

Garrett band sein Gepäck los und ließ es zu Boden fallen. Dann gab er seinem Pferd die Sporen und galoppierte durch die weitläufige Talmulde, vorbei an den ins Gebirge gehauenen monumentalen Gräbern, an imposanten Fassaden, an bunten, aus dem Stein gearbeiteten Säulen und Giebelfeldern, die von den sanften Wellungen der vielfarbigen Schichten zerlegt wurden, als lägen sie unter gekräuseltem Meerwasser. Während sein Pferd über den Sand flog, der den riesigen Talkessel bedeckte, warf er einen Blick ins Innere eines jeden der leeren Mausoleen und suchte nach einem Zeichen, versuchte den Hauch einzufangen, der aus den aufgerissenen schweigsamen Steinmündern drang; doch an sein Ohr drang nur der keuchende Atem seines Rennpferdes, das Trommeln der galoppierenden Hufe auf Stein und Sand und das Echo dieses erschöpfenden Ritts, das zwischen Fels und Gestein hin und her geworfen wurde.

Er zügelte sein Pferd und stieg ab. Der einzige Laut im Schweigen der Jahrtausende kam nun vom Wind, und der

Flug des Adlers in der Höhe war das einzige Anzeichen von Leben am leeren und geblendeten Himmel. Er kletterte auf einen Felsen, der aus dem Sand ragte wie eine Klippe im Meer, und ließ seinen Blick schweifen, während sein Pferd gemächlich die spärlichen Büsche abzuweiden begann. Er sagte in die Stille hinein: »Hier hast du also zuletzt geschlafen, Mann der sieben Gräber, in diesem geheimen Tal. Und von hier brachten sie dich fort, bevor das Tal entdeckt wurde, bevor menschliche Stimmen erneut zwischen diesen Felsen schallten. Doch ich werde deine Spur finden, ich werde deine Witterung aufnehmen. Enos ben Gad ist nicht umsonst gestorben.«

Nachdem er dem Pferd den Sattel abgenommen hatte, quartierte er sich in einem der Felsengräber ein und breitete seine Decke auf dem Fußboden aus. In einer Nische stellte er sein Kochgeschirr mit dem Silberbesteck ab, auf das er nie verzichtet hatte, sowie einen ebenfalls silbernen Reisebecher, der sich wie ein Teleskop ausziehen ließ und in geschlossenem Zustand nicht mehr Platz einnahm als eine runde Schachtel. Um seinen Proviant vor Ungeziefer und Mäusen zu schützen, steckte er Zwieback, getrocknetes Fleisch, Datteln und Wasserschlauch in die Ledertasche. Dann legte er Spitzhacke, Schaufel und seine Grabekelle zurecht, ein *trowel* mit Buchenholzgriff, das die Eisenschmiede im Britischen Museum eigens für ihn angefertigt hatte. Er verfügte über Proviant und Waffen, und er hatte sich in der Felswand verschanzt – nun konnte er zum Angriff übergehen.

In jener Nacht entzündete er sein Lagerfeuer in der Mitte der großen Mulde, unter dem Himmelsgewölbe und unter dem weißen Streifen der Milchstraße, die den Schlund des weitläufigen Talkessels von einer Seite zur anderen durchzog. Der Gedanke daran, daß jenes Wesen an diesem Ort über so viele Jahrhunderte hinweg geschlafen hatte, genügte, um seinen Geist und seinen Körper im Alarmzustand zu halten, doch schließlich überwog der unendliche Friede dieses wunderbaren Ortes, und Desmond Garrett ging nicht wieder in das Mausoleum zurück, das er als Unterschlupf gewählt hatte. Eingetaucht in die Stille des Universums, schlief er unter dem Mantel der sternklaren Nacht ein.

Philip verließ Dura-Europos im Morgengrauen, nachdem er sein Pferd bepackt und den Schlauch mit dem Wasser gefüllt hatte, das er aus dem Euphrat geschöpft und in seinem Feldkessel abgekocht hatte. Er verließ das Lager durch das nach Westen gehende Palmyra-Tor und machte sich auf den Weg zur Oase Tadmor, die vier Tagesreisen entfernt lag. Das Gelände, das er durchqueren mußte, war vollkommen flach und kahl, eine gelbliche Ebene mit festem Untergrund, die hier und da mit vereinzelten dürren Büschen durchsetzt war. Die Straße nach Deir es Zor mied er, da sie belebter war. Außerdem mißtraute er den Beduinenstämmen und wollte seine Reiseroute so geheim wie möglich halten.

Sooft er in der Ferne die Umrisse eines Zeltes gewahrte, wich er von seinem Weg ab und schlug einen großen Bogen, bis er meinte, daß seine Gestalt am Horizont nicht mehr zu erkennen war. Dann näherte er sich langsam wieder seiner ursprünglichen Route an und ritt geradeaus, solange die Sonne genug Licht spendete.

Es war nun schon recht spät im Jahr, und die Tage wurden kürzer, doch Philip versuchte die letzten Strahlen der Dämmerung solange es ging auszunutzen und brach morgens mit dem ersten Licht wieder auf. Manchmal gestattete ihm auch der Mondschein, seine Reise fortzusetzen; dann nutzte er das bleiche Leuchten aus, das die salzhaltige Erde abstrahlte.

Die Nächte waren genauso still wie die Tage, und die ebene Weite schien vollkommen leer. Manchmal ließ sich das Geheul des Schakals vernehmen, das sich von Zeit zu Zeit, wenn die zarten Herbstwolken den Mond ein wenig verhüllten, aus dem Nichts erhob und im Nichts verklang. Er orientierte sich mit Hilfe seines Reisekompasses, den sein

Vater ihm vor vielen Jahren geschenkt hatte. Das sehr schöne Stück war aus glänzendem Messing gefertigt und steckte in einem Futteral aus braunem Leder. Und jedesmal, wenn er das Instrument benutzte, wurde ihm bewußt, daß sein Vater ihn auch in diesem Augenblick leitete.

Inmitten dieser Einsamkeit versuchte er sich vorzustellen, wie sein Vater wohl aussah nach all den Jahren, die er fern von den Menschen verbracht hatte, nach all den Jahren, die er mit einer mühseligen Suche, einer Jagd ohne Zuhause zugebracht hatte. Er versuchte sich auch vorzustellen, wie ihr Zusammentreffen sein würde, wenn es ihm überhaupt je gelingen sollte, ihn einzuholen. Was er ihm wohl sagen würde, wie ihre Begrüßung ausfallen und wie er selbst ihn zur Rede stellen würde, weil er ohne Lebewohl, ohne ein einziges Wort verschwunden war.

Er legte sich schlafen, wo die Dunkelheit ihn überraschte, und auch wenn er manchmal genügend Gestrüpp in der Umgebung hätte zusammensuchen können, vermied er es stets, Feuer zu machen. Er wollte keine Aufmerksamkeit auf sich ziehen, obwohl er genau wußte, daß die Wüste überall Augen und Ohren hat, selbst wenn sie vollkommen verlassen scheint. Am Abend des vierten Tages gelangte er nach Tadmor und beglückwünschte sich zu seiner einsamen Navigation, die ihn glücklich an diesen wunderbaren Ort geführt hatte.

Er ritt den großen Säulengang entlang und wandte sich dann nach links zu dem Palmenhain, der Quelle und Teich umstand. Seit seiner Ankunft in der Oase verfolgte und beobachtete ihn ein Junge, der eine lange rote Tunika trug. Plötzlich hielt Philip an und fragte: »Was willst du?«

»Und du«, fragte der Junge zurück, »was willst du?«

»Ich suche Scheich Ahmed Abu el Abd, Gott möge ihn erhalten.«

»Dann komm mit«, sagte das Kind und steuerte auf den gewaltigen Baal-Tempel zu, der sich am westlichen Rand der Oase erhob.

Dort saß der Scheich auf einem Schemel, um Rechtsstreitigkeiten in seinem Stamm zu schlichten. Philip ließ sich auf einem herabgefallenen Säulenkapitell nieder und wartete, bis die Sitzung zu Ende war. Dann trat er näher und grüßte: »*Salam aleikum, al Sheik,* ich heiße Philip Garrett. Enos ben Gad sagte mir, daß du mir Nachricht über meinen Vater geben würdest.«

Der Scheich ging ihm entgegen und sah ihn prüfend an: »Du bist der Sohn von Desmond *nabil*«, sagte er.

»So ist es«, antwortete Philip.

»Wann hast du mit Enos ben Gad gesprochen?«

»Vor fünf Tagen.«

»Warst du in seiner letzten Stunde bei ihm?«

»Ja. Aber woher weißt du, daß er tot ist?«

»Ich weiß es.«

»Enos sagte mir, du wüßtest, wo ich nach meinem Vater suchen muß.«

»Dein Vater hat mir nicht von dir erzählt. Warum sollte ich dir sagen, wo er sich aufhält?«

Philip senkte den Kopf. Er dachte, daß dies unmöglich wahr sein konnte. Sein Vater konnte sich doch nicht einfach bis zum letzten Moment verstecken! Dennoch antwortete er: »Vielleicht hat mein Vater dir nicht von mir erzählt, dafür hat Enos ben Gad mir von dir erzählt, denn wie hätte ich sonst hierhergelangen sollen? Er hat es mir mit dem letzten Atem gesagt, der ihm blieb. Er sagte: ›Abu el Abd … geh nach Tadmor, er weiß es‹. Aber selbst wenn du nicht mit mir sprechen willst, werde ich weitersuchen; auch wenn ich jeden Stein dieser verfluchten Wüste umdrehen müßte, ich werde ihn finden.« Er schwieg und wartete auf eine Antwort.

»Wenn du mit Enos ben Gad gesprochen hast, so sage mir, nach welcher Ware fragen ihn die Leute in seinem Laden im großen Basar?«

»Sandelholz. Man muß ihn nach Sandelholz fragen.«

»Und wo befindet sich diese Ware?«

»Nicht im Laden selbst. Er lagert sie in einer Anrichte, die in einer Ecke im Innenhof seines Hauses steht.«

»Folge mir«, sagte der Scheich.

Er ging zu seinem Zelt am Teich und ließ ihn eintreten. »Ich kann niemandem vertrauen«, sagte er, während er sich setzte und ihn mit einem Wink einlud, es sich ebenfalls bequem zu machen. »Unsere Feinde lauern überall. Wolltest du deinen Vater finden, oder hat er dich gerufen?«

»Eher, glaube ich, hat er mich gerufen. Aber manchmal zweifle ich daran. Seit zehn Jahren habe ich ihn nicht mehr gesehen. Ich folge lediglich den Spuren, die er hinterlassen hat. Aber er hilft mir nicht. Mein Weg ist beschwerlich, und ständig muß ich Hindernisse überwinden, die unüberwindbar scheinen.«

»Weißt du, wonach dein Vater sucht?«

»Ich weiß es.«

»Und hast du keine Angst?«

»Doch. Ich habe Angst.«

»Und warum kehrst du dann nicht um?«

»Weil ich nicht genug Angst habe.«

»Dein Vater war hier, als Enos ben Gad starb. Wir hörten, wie seine Seele im Wind vorüberstrich.«

»Und wo ist mein Vater jetzt?«

»Wenn er nicht auf größere Hindernisse gestoßen ist, müßte er in der Stadt der Gräber sein.«

»Petra«, sagte Philip. »Ich werde ihn finden.«

Oberst Joberts Schar rückte im Herzen der Wüste vor und hoffte inständig, vor Einbruch der Nacht einen Brunnen zu erreichen. Die Landschaft hatte sich auf seltsame Weise verändert. Hier und da ragten riesige Tierknochen aus dem Sand, und das Gelände war mit einer Unzahl schwarz glänzender Steinbrocken übersät, die in der Hitze glühten. Hauptmann Bonnier wandte sich an Jobert: »Oberst.«

»Was gibt's?«

»Sehen Sie nur. Auf dem Stein dort.«

Jobert betrachtete das Bild, das einen Mann ohne Gesicht darstellte, auf dessen Brust eine häßliche Fratze eingeritzt war.

»Die Blemmyer, Kommandant.«

Jobert antwortete nicht. Er gab seinem Pferd die Sporen und setzte sich an die Spitze der Vorhut. Der Hauptmann folgte ihm.

»Wie lange gedenken Sie noch diese Richtung beizubehalten, Oberst? Der Brunnen von Bir Akkar ist der letzte, an dem wir uns mit Wasser versorgen können. Wenn wir diese Richtung weiter als dreißig Kilometer beibehalten, begeben wir uns in akute Gefahr.«

»Haben Sie je von Kalaat Hallaki gehört, Hauptmann Bonnier?«

Bonnier war ein wenig irritiert: »Ja, ich habe davon gehört, aber viele sind der Meinung, es handele sich um einen mythischen Ort.«

»Es ist kein Mythos, Bonnier, und ich werde es Ihnen beweisen. Man muß nur den Mut haben, sich fünfzig oder mehr Kilometer über den Brunnen von Bir Akkar hinauszuwagen.«

»Aber wir müssen hundert einrechnen für den Fall, daß wir umkehren müssen, ohne etwas gefunden zu haben und vor allem – ohne Wasser gefunden zu haben. Die Abteilung läuft Gefahr, vernichtet zu werden, Kommandant.«

»Aber wir haben keine andere Wahl, wenn wir das Gebiet erreichen wollen, das wir erkunden sollen. Wir müssen herausfinden, was mit den Truppen geschieht, die in dieses Gebiet eindringen und dann vom Erdboden verschwinden.«

»Wir müssen abwarten, ob wir in Bir Akkar genug Wasser finden, davon hängt alles übrige ab«, sagte Bonnier.

»Sie sagen es. Wenn das der Fall ist, werden wir so viel Wasser mitnehmen, daß wir es bis Kalaat Hallaki schaffen.«

»Und wenn Kalaat Hallaki gar nicht existiert?«

»Es existiert, Bonnier. Ich bin sicher, daß es existiert. Es liegt nur gut versteckt in irgendeiner Schlucht des Wadi Addir.«

Am späten Nachmittag erreichten sie den Brunnen, und Jobert ließ sofort den Wasserstand messen. Allzu viel war nicht da, aber womöglich reichte es. Das entnommene Wasser ließ er auf Schwefelkarbidöfen abkochen, und am folgenden Morgen rechnete er aus, daß jedem Mann zwanzig Liter Wasser für vier Tage zur Verfügung standen. Diese Menge entsprach dem absoluten Minimum, doch wenn sie Kalaat Hallaki fanden, würde es reichen. Im gegenteiligen Fall lag das Schicksal aller in Gottes Hand.

Sie brachen auf, ohne daß sich in den ersten zwei Tagen etwas Außergewöhnliches ereignete. Jobert hatte Befehl gegeben, so sparsam wie möglich mit dem Wasser umzugehen und sowohl den Urin der Menschen als auch den der Tiere aufzufangen. Im Notfall würden sie diesen trinken.

Am Abend des dritten Tages kamen sie in Sichtweite eines *Wadis*, das ihre Route kreuzte. Im Flußbett wuchsen zwischen Steinen und Geröll ein paar kümmerliche Pflanzen, doch hier und da gab es auch kleine Bäume, die besonders stromaufwärts eine erstaunliche Größe erreichten.

»Haben Sie gesehen, Bonnier?« fragte Oberst Jobert. »Wissen Sie, was das bedeutet? Wenn wir in diese Richtung weiterziehen, werden wir auf reichlich Wasser stoßen.«

Sie setzten ihren Marsch fort, doch nach ein paar Kilometern lichtete sich die Vegetation wieder, bis sie schließlich ganz verschwunden war. Jobert ließ den Kopf sinken. In seinem Rücken spürte er die Blicke seiner Männer, und er fürchtete um ihr Leben.

»Es hat keinen Sinn, daß wir alle gemeinsam weiterziehen«, sagte er daraufhin. »Damit verschwenden wir nur Wasser und Kräfte, und das können wir uns nicht erlauben. Ich werde mit zwei Mann die Gegend erkunden. Ihr anderen bleibt hier und wartet auf unsere Rückkehr. Ihr müßt euch so gut es geht vor der Sonne schützen und dürft nichts tun, wodurch ihr Wasser oder Vorräte über das unbedingt notwendige Maß hinaus verbraucht. Laßt den Mut nicht sinken. Ich bin sicher – noch vor Sonnenuntergang werden wir Kalaat Hallaki gefunden haben. Sollten wir wider Erwarten bis morgen abend nicht zurück sein, dann kehrt ihr um. Gott möge euch schützen.«

In Begleitung eines Sergeants und eines Legionärs sowie mit ausreichend Wasser und Proviant für vierundzwanzig Stunden im Gepäck wandte Jobert sich nach Südosten. Er folgte nicht weiter dem Lauf des *Wadis,* da es sie von ihrem Ziel zu entfernen schien. Aus der Beobachtung des Geländes schloß er, daß das trockene Flußbett des Addir eine Schleife um ein weitläufiges Kalksteinplateau beschrieb, das mehrere Kilometer stark sein mußte, obwohl es nur hier und da aus dem Sand ragte. Dieses Plateau bildete sicherlich auch den Sockel der Hügelkette, die im Südwesten den Horizont begrenzte. In der Hoffnung, auf der anderen Seite wieder auf das *Wadi* zu stoßen, beschloß Jobert, das Plateau zu überqueren. Das große Kalksteinmassiv bewirkte wahrscheinlich auch, daß das Sickerwasser von den Hügeln daran entlangfloß und sich dort sammelte, wo das Plateau erneut in den Sand eintauchte. Möglicherweise befand sich an dieser Stelle Kalaat Hallaki.

Stunde um Stunde ritten Jobert und seine beiden Gefährten unter der stechenden Sonne, doch als sie etwa die Mitte des weitläufigen Plateaus erreicht hatten, versperrte ihnen plötzlich eine undurchdringliche Wolke aus Staub und Sand den Weg, die von einem glühendheißen Westwind aufgewirbelt wurde. Jobert wandte sich seinen Männern zu. »Auch dieses Phänomen wird in dem Bericht beschrieben, den ich gelesen habe. Glaubt mir, wir dürfen nicht aufgeben. Der Kompaß wird uns durch den Sandsturm führen. Bedeckt Gesicht und Augen, und dann vorwärts.«

Die Männer benetzten ihre Halstücher mit etwas Wasser und banden sie sich vor Mund und Nase. Dann folgten sie ihrem Kommandanten, der in diesem Augenblick sein widerstrebendes Reittier in die dichte Nebelwand trieb, die vom unablässigen Wind aufgewirbelt wurde und den Himmel verdunkelte. Gut drei Stunden lang ritten sie im Schritt weiter, ohne daß ihre Lage sich im mindesten besserte. Der feine Staub trocknete Nase und Kehle aus, er drang sogar in die Lungen ein und reizte zu krampfhaftem Husten. Jobert wandte sich um und bemerkte, daß das Pferd eines seiner Männer vor Anstrengung und Durst dem Zusammenbruch nahe war. Da schrie er: »Vorwärts! Wir dürfen den Mut nicht sinken lassen! Vorwärts!« Doch das Heulen des Windes trug seine Worte fort. Er fühlte sich verloren, er dachte an seine Leute, die auf ihn warteten und im vergeblichen Versuch, nach Bir Akkar zurückzukehren, den Tod finden würden. Er blickte nach vorn, um in der einzigen Richtung weiterzureiten, die noch Hoffnung versprach, und wollte seinen Augen nicht trauen: Wie durch ein Wunder lichtete sich der Nebel, nach und nach wich der Sturm einer leichten Brise, und seinen Augen bot sich nun der Anblick eines geschützten üppigen Tals, einer Ebene mit fruchtbaren Feldern und prächtigen Palmen, mit Granatapfel- und Feigenbäumen und Rebstöcken. Rings um eine Quelle mit himmelblauem kristallklarem Wasser zog sich ein Netz von Kanälen, und auf einem Granitfelsen erhob sich eine gewaltige Burg: Kalaat Hallaki!

»Mein Gott«, sagte er, und vor Ergriffenheit klang seine Stimme brüchig, »wir haben es geschafft.«

Im Schritt ritten sie langsam in das Tal hinunter, und schon die frische feuchte Luft schien ihren Durst zu stillen und sie für die Hölle zu entschädigen, durch die sie gegangen waren. Sie ritten nun durch grüne Wiesen, auf denen Schafherden und langmähnige Pferde mit ihren Füllen weideten. Bei einer felsigen Schlucht, aus der ein Wasserstrahl in ein Basaltbecken schoß, hielten sie an. Ein alter Mann saß auf einem trockenen Palmstumpf und schien ihre Anwesenheit überhaupt nicht zu bemerken.

»Wir haben die Wüste durchquert, und der Durst quält uns«, sagte Oberst Jobert. »Wir kommen in friedlicher Absicht und bitten darum, Wasser schöpfen zu dürfen.«

Der Alte antwortete auf Arabisch, allerdings mit dem seltsamen Akzent dessen, der an eine ganz andere Sprache gewöhnt ist. »Wenn ihr in friedlicher Absicht kommt, könnt ihr Wasser nehmen«, sagte er.

»Wir kommen in Frieden«, wiederholte der Offizier, »danke, aus tiefstem Herzen, danke.«

Die Männer stiegen von den Pferden, schöpften das Wasser mit den Händen und führten es gierig an den Mund, reinigten Gesicht und Haare vom Staub und gaben den erschöpften Tieren zu trinken. Es war wie im Traum.

»Meine Kameraden werden von Durst und Hunger gepeinigt. Sie warten auf der anderen Seite der Windbarriere«, sagte er dann. »Darf ich sie herführen? An jenem trockenen und verlassenen Ort ist ihr Leben in Gefahr.«

»Führe sie her«, erwiderte der Alte, »wenn sie in Frieden kommen.«

Bevor sie aufbrachen, ließen die beiden Legionäre die Pferde weiden, gaben ihnen zu trinken und füllten die Schläuche mit frischem Wasser.

»Morgen früh bei Tagesanbruch sind wir wieder zurück«, riefen sie.

»Viel Glück«, erwiderte Oberst Jobert. »Ich werde auf euch warten.«

»Wer seid ihr?« fragte der Alte.

»Wir sind Franzosen«, antwortete Oberst Jobert.

»Was sind Franzosen?«

Jobert senkte den Kopf, denn ihm wurde bewußt, daß er an diesem Ort nur ein Mensch war und sonst nichts.

Als die Sonne zu sinken begann, sagte der Alte zu ihm: »Du kannst mein Brot essen und meinen Wein trinken und in meinem Haus schlafen, wenn du möchtest.«

»Ich nehme deine Gastfreundschaft mit Freuden an«,

erwiderte Jobert. »Ich bin sehr müde, und ich bin ein Fremder in diesem Tal. Ich wüßte nicht, wohin ich gehen sollte.« Er hatte den Satz kaum beendet, als eine Bewegung auf den Festungswällen von Kalaat Hallaki seine Aufmerksamkeit erregte. Eine Frauengestalt hob sich gegen den dunkel werdenden Himmel ab, ihre Schleier wallten in der lauen Abendluft. Jobert war von diesem Anblick fasziniert und trat einige Schritte ins Freie, um die Szene besser beobachten zu können.

Langsam wanderte die Gestalt über die Wälle, bis sie an das südliche Ende der großen zinnenbewehrten Bastion gelangte. Dort blieb sie stehen, und dem Himmel zugewandt, begann sie plötzlich zu singen. Wie in einem kühnen Flug schwang sich die Stimme zum Himmelsgewölbe empor und fiel klar und glitzernd wie ein Frühlingsregen auf das Tal herab, vereinigte sich mit dem Wind, der durch die in goldenes Licht getauchten Palmen und Weinreben strich, folgte dem erhabenen Flug des Falken, der über den Burgtürmen seine Kreise zog. Plötzlich jedoch riß der Gesang ab. Wie ein Stein, der die Oberfläche eines Teiches aufwühlt, durchzuckte ein Schrei die letzte Note und verzerrte den Gesang zu einem unmenschlichen, gräßlichen Laut – dem Laut eines Schreckens, der jede Vorstellung überstieg, einer Qual, die den unendlichen Frieden dieser Stunde und dieses wunderbaren Ortes zerstörte.

Wie versteinert lauschte Jobert, und als er sich umdrehte, stand der Alte direkt vor ihm.

»Mein Gott, was ist das?«

Der Alte senkte den Kopf, ohne etwas zu erwidern.

»Ich bitte dich«, sagte der Offizier, »sage mir, wer einen so harmonischen Gesang in einen so schmerzerfüllten Schrei verwandeln kann.«

»Es ist der Gesang von Altair, Rasafs Gemahlin. Auf der Reise von der Oase ihres Vaters wurde sie vom Volk ohne Antlitz gefangengenommen ...« Jobert fuhr auf, in seinem Hirn tauchten plötzlich wie Alpträume die in den Felsen geritzten Gestalten auf, die Wesen ohne Gesichter, auf deren Brust eine Fratze prangte. »Unter ungeheuren Verlusten und trotz schrecklicher Verwundungen gelang es Rasaf, sie zu befreien, doch er brachte sie in diesem Zustand zurück. Sie erkennt niemanden mehr, sie weiß nicht, wer sie ist. Manchmal steigt sie abends auf die Festungswälle der Burg hinauf und erhebt ihren Gesang… und ihren verzweifelten Schrei. Rasaf ist unsterblich in sie verliebt und findet sich nicht mit ihrem Zustand ab. Er wartet auf den Tag, an dem von der Wüste her das Licht der Erkenntnis strahlen wird, um sie dorthin zu bringen, damit sie geheilt wird.«

»Ich verstehe nicht«, sagte Jobert. »Was hat es mit diesem Licht auf sich?«

»Wohin wollt ihr?« fragte der Alte.

»Nach Süden.«

»Dann wirst du es vielleicht sehen, doch dazu mußt du dich in die Gespenstersande vorwagen. Falls ihr das vorhabt, nehmt euch vor dem Volk der Sande in acht.«

»Meinst du etwa – die Blemmyer?«

Bedächtig nickte der Alte: »Sie verstecken sich im Sand wie Skorpione, und wenn sie dir zu Leibe rücken, ist es bereits zu spät. Solltet ihr einen von ihnen gefangennehmen, so versucht nicht, das schwarze Tuch zu entfernen, das ihr Gesicht verdeckt… unter gar keinen Umständen!« Er schwieg eine Weile und hob den Blick zu den Bastionen der Burg hinauf, dann blickte er wieder Oberst Jobert an und wartete, bis der Schrei der Frau sich zu einem trostlosen Weinen abschwächte.

»Kehrt um, wenn ihr könnt«, sagte er, »und vergeßt Kalaat Hallaki.«

10. KAPITEL

Rasaf saß seiner Gemahlin gegenüber, während die Mägde sie für die Nacht zurechtmachten. Sie entkleideten sie, legten sie in eine große Bronzewanne und gossen parfümiertes Wasser über ihre schönen dunklen Gliedmaßen. Nachdem sie sie gewaschen und abgetrocknet hatten, legten sie sie aufs Bett, flößten ihr einen Heiltrank ein und verließen das Zimmer.

Noch lange saß Rasaf da und betrachtete sie mit brennenden und tränennassen Augen. Er liebkoste ihr Gesicht und ihren Körper, doch die Frau blieb kalt und reglos wie eine Statue.

»Der Tag naht...«, flüsterte er ihr ins Ohr. »Wenn der Moment gekommen ist, werde ich dich vor das Licht führen, das die Erkenntnis bringt, und du wirst so werden wie einst – wie einst, meine Liebe.«

Er blieb neben ihr auf dem Bett sitzen und hielt ihre Hand, bis sie die Augen schloß und einschlief und er sie ruhig und regelmäßig atmen hörte. Da ging er hinaus, folgte dem langen Korridor bis zur Treppe und stieg zu den Festungswällen hinauf. Der Himmel war mit Sternen übersät, leicht wie ein Atemzug hing die Milchstraße über der Oase. Wie ein Kranz aus Diamanten schimmerte das Sternbild Skorpion über den Gespenstersanden.

In diesem Augenblick bemerkte er im Norden Reiter, die sich in einer weißen Staubwolke der Oase näherten.

Rasaf wandte sich an den Befehlshaber der Wache, die auf der Galerie patrouillierte: »Wer sind diese Männer?« fragte er.

»Soldaten aus der Wüste. Sie haben um Wasser und

Speise gebeten. Sie wollen die Gespenstersande durchqueren.«

»Wissen sie, was sie dort erwartet?« fragte Rasaf.

»Sie wissen es«, antwortete der Befehlshaber.

Im Halbdunkel versuchte Rasaf die Stärke der Reiterschar auszumachen. »Gebt ihnen, was sie benötigen«, sagte er und ging fort.

Am folgenden Tag ritt Oberst Jobert seine Kolonne ab und vergewisserte sich, daß sämtliche Gefäße mit Wasser gefüllt und die Vorräte fest verzurrt und mit Tüchern gegen den Staub geschützt waren, dann gab er Befehl zum Aufbruch.

Der Alte saß bei der Quelle und sah ihnen nach. Sie hatten nicht auf ihn hören wollen, es mußten sehr starrköpfige Männer sein.

Die Kolonne verließ die Oase, und Jobert beobachtete, wie die grünen Felder, je weiter sie nach Süden kamen, immer karger wurden, bis die Vegetation schließlich ganz einer endlosen Weite aus glühendem Sand wich. Der Topograph, der an seiner Seite ritt, zog eine Karte aus der Satteltasche. Er wollte die Umrisse dieses unerforschten Gebiets einzeichnen und darin die herausragenden topographischen Orte notieren, die als Anhaltspunkte dienen konnten, doch die Weite wurde immer leerer und ebener. Nur die welligen Umrisse der Dünen belebten die Ödnis ein wenig.

Am Ende des zweiten Marschtages wurde die Umgebung düsterer, und es tauchten Staubwirbel auf, die am Horizont tanzten und sich nach oben hin verbreiterten wie Pilze. Zunächst waren es nur wenige, aber je weiter die Kolonne vordrang, desto mehr schienen es zu werden, bis sie schließlich einen bizarren Wald aus tanzenden unsteten Formen bildeten, die der Landschaft ein instabiles und beunruhigendes Aussehen verliehen.

»Die Gespenstersande«, sagte Hauptmann Bonnier, und sein Gesicht war bleich, die Kiefer verkrampft.

»Dieses Naturphänomen ist gar nicht so selten, Hauptmann, und in diesem Fall erklärt es auch recht gut den Namen, den die Oasenbewohner diesem Gebiet gegeben haben. Die Wirbel ähneln tatsächlich über den Horizont wandernden Gespenstern.« Eine Weile schwieg er, dann sprach er weiter, als wollte er damit die immer bedrückendere Stimmung auflösen: »Ich würde sogar sagen, daß es sich um eine besonders suggestive Erscheinung handelt und daß es durchaus der Mühe wert wäre, ihre meteorologischen Ursachen zu ergründen.« Er wandte sich an den Topographen: »Was halten Sie davon, Patin?«

Der Unteroffizier zog eine Grimasse, denn er wußte nicht, was er antworten sollte. Da er aber merkte, daß der Kommandant irgendeine Antwort erwartete, sagte er: »Nun ja, Kommandant, meiner Meinung nach handelt es sich um aufsteigende Luftströme, die durch die starke Sonneneinstrahlung erzeugt werden und vor allem in Gegenden wie dieser vorkommen, wo es keine natürlichen Hindernisse gibt.«

»Was reden Sie da für einen Unsinn, Patin«, unterbrach ihn Hauptmann Bonnier. »Wir haben die Wüste tausendmal unter allen möglichen und unmöglichen meteorologischen Bedingungen durchquert, und dennoch haben wir so etwas noch nie gesehen. Ich meine, wir sollten umkehren. Wenn wir noch weiter in diese Gegend eindringen, besteht keine Hoffnung, daß wir überleben.«

Mit ärgerlicher Miene wandte Jobert sich ihm zu. »Ich habe Sie nicht nach Ihrer Meinung gefragt, Bonnier, und das Ziel unserer Mission ist gerade, in dieses Gebiet vorzudringen, um ein für allemal herauszufinden, was hier vor sich geht. Gut möglich, daß die Staubwirbel, die wir da vor uns sehen, zu den Ursachen jener Vorgänge gehören. Wir werden uns deshalb vorsichtig nähern und uns nach Möglichkeit keinen unnötigen Gefahren aussetzen, aber wir müssen versuchen herauszufinden, womit wir es hier zu tun haben.«

Hauptmann Bonnier verzichtete auf eine Erwiderung, und so setzten sie ihren Marsch fort. Um sie herum herrschte absolute Stille, doch der Offizier sah sich besorgt um, als spürte er, daß ihnen unmittelbar Gefahr drohte.

Die Gegend ringsum war vollkommen leer, und Jobert sah ein, daß er bei diesen unerträglichen Temperaturen nicht mehr tagsüber marschieren konnte. Sobald die Sonne sich am Horizont zeigte, warf sie ihre sengenden Strahlen auf Dünen und Geröllfelder. Nach einer Stunde schien auch die Luft zu brennen und sich in ein glühendes Plasma zu verwandeln, das Kehle und Nase verbrannte und den Reitern den Atem verschlug. Und zu allem Überfluß rotierten die Sandwirbel unverdrossen am Horizont, als käme die Kolonne keinen Meter vorwärts.

»Sind Sie immer noch von Ihrer meteorologischen Theorie überzeugt, Patin?« fragte Hauptmann Bonnier. Patin antwortete nicht, und nicht einmal Oberst Jobert erwiderte etwas. Auch die Männer folgten schweigend, damit ihre Kehle nicht austrocknete; zudem waren die Mühen des Marsches so groß, daß ihnen keine Kraft für anderes blieb.

In der Nacht des dritten Tages gab Jobert gleich nach Sonnenuntergang Befehl anzuhalten. Persönlich postierte er die Wachen rings um das Lager, während die Männer ihre Schlafstelle herrichteten und die immer kärger werdende Mahlzeit zubereiteten. Obwohl Hauptmann Bonnier im allgemeinen auf jedes noch so winzige Detail der Gegend achtete, die sie durchquerten, bemerkte er in der Dunkelheit, die sich schlagartig über das Lager senkte, weder den Felsen, der aus dem Boden ragte und in den die Figur eines Skorpions eingeritzt war, noch sah er die halb von Dünen begrabenen Knochen und Waffen ehemaliger Soldaten, die Wind und Sand abgeschliffen hatten.

Gegen zwei Uhr morgens erwachte Hauptmann Bonnier. Es war ihm, als hörte er verdächtige Geräusche, und in diesem Augenblick sah er in der Ferne einen seltsamen Lichtschein, einen rötlichen Schimmer, als ob hinter den Dünen, die den Blick nach Süden versperrten, ein Feuer brannte. Auch die Wachen hatten das Licht bemerkt und schickten sich an, den Kommandanten zu wecken. Er gab ihnen einen Wink, an ihrem Platz zu bleiben, und ging selbst zum Oberst: »Kommandant, sehen Sie, dort hinten.« Jobert stand auf und erklomm eine kleine Anhöhe, um das seltsame Phänomen besser in Augenschein nehmen zu können.

»Was mag das sein?« fragte er.

»Ich weiß es nicht«, sagte Hauptmann Bonnier. »Vielleicht handelt es sich um eine Lichtbrechung – etwas anderes möchte ich lieber nicht in Betracht ziehen.«

»Ja, vielleicht haben Sie recht, Bonnier, es muß sich um eine Lichtbrechung handeln. Versuchen Sie, die Wachen zu beruhigen, und dann legen wir uns wieder schlafen. Wecken ist eine Stunde vor Tagesanbruch, ab morgen marschieren wir drei Stunden am Morgen und drei am Abend. Tagsüber schlagen wir einen Unterstand auf und bleiben im Schatten, um Wasservorräte und Kräfte zu schonen. Jeder Mann hat eine Ration von zwei Litern Wasser pro Tag. Wenn wir in den nächsten drei Tagen keinen Brunnen finden, kehren wir um.«

Bonnier sprach mit den Wachen. Er bemühte sich, ihnen das Phänomen zu erklären und sie durch sein ruhiges und kontrolliertes Verhalten zu beruhigen. Dann legte er sich wieder hin, doch statt zu schlafen lag er mit krampfhaft angespannten Sinnen wach, damit ihm nicht das geringste Alarmzeichen aus diesem ungewissen Land, aus dieser flüchtigen Weite entging. Als es nicht mehr lang bis zum Morgengrauen war, meinte er, ein seltsames Geräusch wahrzunehmen, wie das Kreischen unbekannter Tiere, doch in der undurchdringlichen Finsternis, die sich gleich hinter dem Lager ausbreitete, vermochte er nichts zu entdecken.

Der seltsame rötliche Lichtschein am Horizont hatte sich mittlerweile abgeschwächt und war fast verschwunden. Er versuchte sich einzureden, daß es nichts anderes war als eine Lichtbrechung. Von Müdigkeit übermannt, streckte er sich aus und fiel einige Minuten in tiefen Schlaf.

Schlagartig wurde er von den grauenhaften Schreien der Wachen geweckt, die urplötzlich angegriffen und niedergemetzelt wurden. Scharenweise sprangen die Angreifer von allen Seiten aus dem Sand hervor. Jeder war mit zwei Sicheln bewaffnet, die an den Unterarmen befestigt waren und mit denen sie verheerende Wunden zufügten: »Die Blemmyer!« schrie er, als er die verhüllten Gesichter, die abstoßenden Tätowierungen auf der Brust und die nie zuvor gesehenen Waffen erblickte. Mit blutigem Säbel und der Pistole in der Faust stand Jobert in der Mitte des Lagers und schrie, so laut er konnte: »Ins Karree, ins Karree! Schnell, bildet ein Karree! Schnell!« Aber den Männern gelang es nicht, sich zu sammeln, denn die Feinde waren überall, und sie griffen von allen Seiten und aus geringer Entfernung an. Viele, die sich einem Feind stellten, wurden hinterrücks von einem anderen niedergestreckt, der in diesem Augenblick aus dem Sand fuhr.

Jemandem fiel ein, daß die Pferde ihnen einen Vorteil verschaffen konnten, und versuchte in den Sattel zu springen, doch die Tiere, die sehr wohl an Schüsse gewohnt waren, schreckten vor diesen Wesen zurück, als müßten sie sich wilder Raubtiere erwehren. Ausschlagend, scheuend und wiehernd stoben sie in alle Richtungen davon.

Schließlich gelang es drei Dutzend Männern einschließlich Hauptmann Bonnier, ein Karree um Jobert zu bilden. Sie ordneten sich in zwei Reihen an, die erste kniete, die andere stand dahinter. Schulter an Schulter feuerten sie ohne Unterlaß und trafen mit tödlicher Präzision, doch die Blemmyer schienen über unerschöpfliche Lebenskräfte zu verfügen. Manche warfen sich ihnen immer noch entgegen, obwohl sie bereits ein oder mehrmals getroffen worden waren, und erst als sie fast verblutet waren, schienen sie den Schüssen zu erliegen. Andere hatten die Legionäre eingekreist, die außerhalb des Karrees geblieben waren, und warfen sich scharenweise auf sie wie wilde Tiere über ihre Beute. Die Schreie der Opfer waren so grauenvoll, daß Jobert, der dachte, daß diese

Ungeheuer sie bei lebendigem Leib zerfleischten, Befehl gab, auf die Kameraden zu schießen, die Gefahr liefen, umzingelt zu werden, oder die aus dem Karree gerissen wurden.

Es war jetzt ein ungleicher Kampf, und obwohl das Gelände ringsum mit den Leichen der Blemmyer übersät war, wurde Jobert sich bewußt, daß er nur noch wenige Minuten zu leben hatte. Sobald nur noch eine Kugel im Lauf seiner Pistole steckte, lud er nach, denn er wollte ihnen nicht lebend in die Hände fallen. Mehrmals griff er zum Säbel, und jedesmal mußte er den Gegner mehrere Male durchbohren, bis er ihn niedersinken sah, obwohl er zuvor schon auf ihn geschossen hatte.

Sie schrien nicht, nicht einmal dann, wenn schreckliche Wunden ihren Leib zerfetzten. Sie gaben nur eine Art Kreischen von sich, das tausendmal entsetzlicher war als der qualvollste Schrei.

Jobert sah Bonnier mit abgehacktem Arm und aufgeschlitztem Bauch niedersinken. Patin wurde von einem einzigen Hieb der verheerenden Sicheln enthauptet. Grauen packte ihn, sein Kopf schien zu zerplatzen, und sein Herzschlag war so rasend, daß er beinahe daran erstickte. Nie zuvor hatte er ähnliches empfunden, nicht einmal im wildesten Schlachtengetümmel.

»Jetzt ist es soweit«, dachte er, als er seine letzten Soldaten fallen sah, doch in diesem Augenblick zerriß eine Gewehrsalve die Luft, und gleich darauf noch eine und noch eine, und die Wüste hallte von donnerndem Gebrüll und dem Galopp Hunderter von Pferden wider. Langsam wie im Traum drehte er sich um und sah eine Schwadron Reiter in blauem Berkan, die hinter einem purpurfarbenen Banner folgten: die Krieger von Kalaat Hallaki!

Sie attackierten die Blemmyer frontal in so geschlossener Formation, daß nicht der kleinste Zwischenraum zwischen zwei Pferden blieb, und sie feuerten so dichtes Gewehrfeuer ab, daß kein Flecken Wüste vor ihren Schüssen sicher war. Wie durch ein Wunder blieb Jobert unverletzt, während die Schar rechts und links an ihm vorbeistürmte und die Feinde zurückdrängte. Als sie ihre Munition verschossen hatten, ergriffen sie die Hellebarden und spießten sie wie Fische auf, schleiften sie hinter sich her über den Sand und zogen die Waffe erst wieder heraus, wenn sie verendet waren. Sie töteten alle, denn keiner wandte sich zur Flucht, keiner ergab sich oder streckte die Waffen. Dann scharten sie sich um ihren Anführer und schrien ihre Freude heraus. Gleich darauf galoppierten sie auf ein Zeichen von ihm wieder los und verschwanden in die Richtung, aus der sie gekommen waren.

Oberst Jobert beschloß, sich sofort auf den Weg zu machen. Als er einen letzten Blick auf das Schlachtfeld warf, bemerkte er nicht, daß eine der tausend Dünen, die sich bis zum Horizont erstreckten, eine zu perfekte Form aufwies. Als er am nördlichen Horizont verschwand, hatte der Wind ein halbkugelförmiges Bauwerk freigelegt, dessen polierte Basaltoberfläche in der Sonne glänzte.

Er benötigte fast vier Tage, um nach Kalaat Hallaki zurückzukehren, und als er die herrliche Oase wie ein Schmuckstück in der Sonne funkeln sah, als er die glitzernden Kanäle und Quellen sah, die Palmen, die voller Früchte in den Himmel ragten, die Kinder, die in den Teichen spielten – da konnte er die Tränen nicht zurückhalten.

»Was wirst du jetzt tun?« fragte ihn der Alte, als er ihn erblickte – abgerissen und blutend, das Gesicht verbrannt und die ausgetrockneten Lippen aufgesprungen. »Wie kannst du ohne deine Männer zurückkehren, wie willst du dich dafür rechtfertigen, daß du sie verloren hast?«

»Ich habe meine Mission erfüllt, auch wenn ich einen schrecklichen Preis dafür gezahlt habe«, antwortete Jobert. »Ich weiß jetzt, was sich in diesem Teil der Wüste verbirgt. Ich, der ich nicht daran glauben wollte …«

»Glauben woran?«

»An eine Legende. An die Legende von den Blemmyern. Wie ist das möglich, mein Gott, wie ist das nur möglich?«

»Du weißt überhaupt nichts«, sagte der Alte, »und deshalb ist deine Mission gescheitert. Du hast all deine Männer verloren, aber du hast nichts zu berichten.«

»Nichts?« fragte Jobert und sah ihn verstört an. »Ich habe Ungeheuer ohne Gesicht gesehen, die sich wie Skorpione im Sand eingraben, die selbst dann noch mit tödlicher Kraft zuschlagen, wenn zwei oder mehr Kugeln in ihrem Körper stecken. Und du sagst, ich hätte meine Mission nicht erfüllt?«

»Ja«, sagte der Alte, »denn du weißt nicht, wer diese Wesen wirklich sind und wie sie an diesem entsetzlichen Ort leben können, wo es kein Wasser und weder Pflanzen noch Tiere gibt. Du weißt nicht, wer sie sind, was sie denken, ob sie Gefühle haben, ob sie Schmerz oder Verzweiflung empfinden.«

»Es sind Ungeheuer. Nichts als Ungeheuer.«

»Wir alle sind Ungeheuer. Wir, die wir in Kalaat Hallaki leben, können edle Gefühle hegen, weil es uns an nichts fehlt. Die Kraft der Sonne wird vom Schatten der Bäume und der Kühle des Wassers gemildert; die Nahrung ist vielfältig, frisch und mehr als ausreichend; die Luft ist klar und rein; wir haben schöne Frauen und schöne Kinder, und der Boden ermöglicht drei Ernten pro Jahr. Du bist nur eine Woche in jener Hölle gewesen, und in deinen Augen liegt mehr Haß und Grausamkeit, als du je in deinem Leben verspürt hast. Die Blemmyer jedoch sind seit Anbeginn der Zeiten in diesem Backofen eingesperrt.«

»Ich kenne diese philosophischen Diskurse, mein lieber Freund. Ich habe beschlossen, die hohlen Diskussionen und den Klatsch der Großstadt zurückzulassen, um in der kargen Weite der Wüste zu leben. Ich habe deinen Respekt verdient.«

»Das hast du«, sagte der Alte, »und deshalb sage ich dir, daß du noch weit von der Wahrheit entfernt bist. Hast du jemals vom Turm der Einsamkeit gehört?«

Jobert schüttelte den Kopf.

»Dort wirst du die Antwort finden, wenn du je dorthin

gelangst. Der Turm liegt jenseits der Gespenstersande, am Rand des Sandmeers, doch wenn du meinen Rat hören möchtest, vergiß das alles, auch Kalaat Hallaki. Dieser Krieg ist selbst für den abgehärtetsten Soldaten zu hart.«

Allzu heftige Gefühle bestürmten Jobert, um darauf eine Antwort zu geben.

»Nun geh schlafen«, sagte der Alte. »Ruhe dich aus. Morgen werde ich dir reichlich Nahrung und Wasser geben, damit du die Mauer aus Staub und die trockenen Gegenden durchqueren kannst, die dich von deinem Land trennen. Vergiß, was du gesehen hast. Sage deinem Kommandanten, die Männer seien verhungert und verdurstet. Schlage deine Schlachten gegen Männer, die die gleichen Waffen tragen wie du und die deine Gesichtszüge haben, und vergiß Kalaat Hallaki und die Gespenstersande für immer.«

Desmond Garrett schlief unter dem sternklaren Himmel, der den weitläufigen Talkessel überspannte. Neben ihm züngelte die Glut und warf ein wenig Licht auf sein Gesicht und auf die spärlichen Büsche ringsumher. In der Nähe weidete das Pferd. Ab und zu, wenn es ein Rascheln im Gestrüpp oder den Schrei eines Nachtvogels hörte, hob es unvermittelt den Kopf und spitzte die Ohren.

Plötzlich schnaubte das Tier, trat mehrmals mit dem Huf auf den Fels, dann schlug es wiehernd Alarm.

Desmond Garrett fuhr hoch, warf die Decke ab und blickte um sich. Alles war ruhig und still. Auch die Vögel schliefen in ihren Verstecken in den Felsen oder in den weitläufigen Gräbern, die sich in den Gebirgswänden öffneten. Eines der Gräber, ein monumentales Mausoleum mit eindrucksvoll verziertem Giebel, der auf einer Reihe korinthischer Säulen aus braun-beige gestreiftem Stein ruhte, zog plötzlich Garretts Aufmerksamkeit auf sich. Im Innern der Höhle leuchtete ein rötlicher Schimmer, der mit jedem Augenblick intensiver wurde, als hätte dort jemand ein Feuer entfacht.

Hatte vielleicht ein Hirte das Tal aufgesucht, um dort einen Unterschlupf für die Nacht zu finden? Doch der Morgen war nicht mehr fern, und Garrett konnte sich einfach nicht erklären, warum der andere ausgerechnet in diesem Moment ein Feuer entfachte. Außerdem wurde der Schein immer heller, bis er schließlich die Innenwände des Grabmals ausleuchtete und mit seinem flackernden Licht die Säulenschäfte umzüngelte. Das Grab glich jetzt der Öffnung eines Brennofens. Oder dem Tor zur Hölle.

Garrett stand auf und trat näher. Er wollte die Ursache dieses seltsamen Phänomens herausfinden, doch da bemerkte er in dem Raum, der von der unsichtbaren Flamme in rotes Licht getaucht wurde, eine schwarze, in einen Umhang gehüllte Gestalt. Dann sah er, wie der Umhang zu Boden glitt und ein Säbel in der Hand der geheimnisvollen Person aufblitzte.

Auch er bückte sich, zog den Krummsäbel aus der Scheide und ging bis auf wenige Schritte an den Grabeingang heran. Mit einem Ruck drehte der andere den Kopf zu ihm hin, und da erkannte Desmond Garrett ihn wieder: Selznick!

»Du bist es, Verfluchter!« schrie er, während er einen Satz nach vorn machte und ihm einen Säbelhieb versetzte. Doch der andere wich aus und antwortete mit einem Ausfall, und Garrett konnte nur mit einem Sprung zur Seite in letzter Sekunde verhindern, daß seine Brust durchbohrt wurde. Allerdings schnitt die Klinge in seine Haut unterhalb der Achsel, und das Blut lief in Strömen an seinem Körper entlang. Er spürte die Wärme auf der Haut, ein süßlicher Geruch stieg ihm in die Nase. Die Verwundung vervielfachte seine Kräfte, denn er wußte nicht, wie schwer die Verletzung war, wie lange er noch zu leben hatte, wieviel Zeit ihm noch blieb, den Stoß zu erwidern und damit, wenn möglich, den verhaßten Gegner zu töten.

Wieder ging er zum Angriff über und stach viele Male zu, bis sein Gegner zurückwich, doch als er das Loch in seiner Deckung fand, die Stelle, an der die Klinge früher schon einmal eingedrungen war, spürte er, daß seine Kräfte nachließen. Er legte all seinen Haß in diesen Hieb und stieß die Klinge in Selznicks Flanke, er sah, wie sich das Gesicht des anderen vor Schmerz verzerrte, und da stach er noch einmal zu und noch einmal.

Vom Echo vervielfacht, wurde der Klang der mit aller Gewalt aufeinanderprallenden Klingen von den Talhängen ins Innere des Grabmals zurückgeworfen. Doch mit jedem Mal ließ die Kraft seiner Bewegungen nach. Die beiden im Kampf verstrickten Körper schienen nun schwerelos in der Luft zu schweben, die Bewegungen wurden immer mühsamer, immer langsamer. Dafür ließ Selznicks Stimme sich immer lauter vernehmen: »Wir sehen uns in der Hölle wieder, Garrett, wir sehen uns in der Hölle wieder!«

Er entzog sich seinen Hieben, und während das Blut aus der wieder aufgebrochenen Wunde strömte, wich er in den hinteren Teil des Mausoleums zurück. Garrett war nicht mehr imstande, ihm zu folgen, ihm mit einem letzten Stoß den Garaus zu machen. Seine Glieder waren steif geworden, sie gehorchten seinem Willen nicht mehr. Nicht einmal sein Haß vermochte ihnen neue Energie einzuflößen. Er nahm seine letzten Kräfte zusammen, stand auf und drang in den langen Gang ein, der sich am Ende der Grabkammer öffnete. Das in den lebenden Fels gehauene Gewölbe wies zahlreiche Spalten auf, aus denen Wasser tropfte. Zuerst verschaffte es ihm ein wenig Linderung, gab ihm ein Gefühl von Frische, doch dann wurde ihm mit Grausen bewußt, daß es sich um Blutstropfen handelte. Das ganze Gebirge blutete auf ihn herab.

Das beharrliche Wiehern seines Pferdes weckte ihn, und noch halb im Traum erhob Desmond Garrett sich von seinem Lager und rieb sich mit den Händen das Gesicht: Es war naß, jedoch vom Regen. Vom kräftigen Westwind getrieben, hatte sich ein Gewitter über dem Tal zusammengebraut, und die Steilwände ringsumher wurden nun vom Widerschein der Blitze erhellt. Er suchte in einem der Gräber Zuflucht. Es war das Grab, das er im Traum gesehen hatte.

Nun lag es dunkel und still da.

Er zündete die Laterne an, blickte um sich und spürte, wie ein starkes und deutliches Gefühl in ihm aufstieg. Die Worte der Fateh kamen ihm in den Sinn: »Die Bestie in dir wird dir den Weg weisen ...« Leise murmelte er vor sich hin: »Hier ist es also. Hier hast du in deinem sechsten Grab geschlafen.«

Er nahm die Laterne und drang ins Innere der großen Felsfassade vor. Der hintere Raum, der einst die Grabkammer gewesen sein mußte, war in christlicher Zeit als Kapelle genutzt worden, genau wie unter dem Festungshügel von Aleppo. Hatten die antiken Gläubigen vielleicht die Notwendigkeit gespürt, dem anwesenden Feind etwas entgegenzusetzen?

An der hinteren Wand bemerkte er zwischen heidnischen Motiven ein Gemälde an der Wand, das eine Kreuzigungsszene darstellte: Die Wunde in der Flanke des Heilands war reliefartig hervorgehoben, sie wirkte lebendig.

»Die Bestie in dir wird dir den Weg weisen«, murmelte er abermals. Instinktiv fuhr seine Hand zum Gürtel und zog einen langen Dolch hervor. Was er vorhatte, widerstrebte ihm zutiefst, und in der stehenden Luft lief ihm der Schweiß von der Stirn. Er trat an das Gemälde heran. Christus war am Kreuz gestorben, doch sein Gesicht strahlte den tiefen Frieden aus, der einem langen Martyrium folgt. In der Ferne hörte er Donnergrollen. Vergeblich fiel der Regen über Petra und die winterliche Wüste, nichts würde hier wachsen.

Als er die Dolchklinge in der offenen Rippe des Gekreuzigten ansetzte, verhärteten sich seine Gesichtszüge. Er spürte, daß etwas in ihm zerriß, daß er ein weiteres Band durchtrennt hatte, das zu seinen menschlichen Regungen von einst gehörte.

Ein trockenes Klicken rüttelte ihn aus dieser schmerzlichen Spannung auf. Er war sich seiner Vermutung ziemlich sicher, doch nichts geschah. Mit dem Dolchgriff klopfte er die Wand ab, um zu überprüfen, ob sich hinter der Mauer Hohlräume verbargen, doch die Schläge hallten dumpf unter dem großen Gewölbe, als klopfte er auf massiven Fels. Vielleicht hatte er sich ja getäuscht. Er hatte den Traumbildern Glauben geschenkt, und nun wußte er nicht mehr, wie er weiter vorgehen sollte. Er ging zu dem monumentalen Eingang zurück und hockte sich zwischen die gigantischen Säulen, um den Regen zu betrachten, der auf das Tal fiel, und um dem Prasseln auf den Felsen und den Ruinen der untergegangenen Stadt zu lauschen.

In dieser Atmosphäre jenseits von Raum und Zeit stellte er sich vor, wie die Gestalt seiner Frau mitten im Tal aus dem silbernen Regen erstand, wie sie, fast ohne den Boden zu berühren, auf ihn zukam – die leichten Kleider klebten an ihrem Körper wie bei einer Götterstatue des Phidias.

Seit er vor vielen Jahren die zivilisierte Welt verlassen hatte, hatte er sich angewöhnt, im Traum zu leben, seine Geister zu beschwören, sie aus dem Nichts erstehen zu sehen wie Wüstenblumen nach einem Gewitter, doch während er sich noch versunken seinen Betrachtungen hingab, schreckte ihn plötzlich ein Geräusch auf, das an das dumpfe Rollen aufeinander mahlender Mühlsteine erinnerte. Es kam von hinten.

Er kehrte zurück und sah verblüfft, wie der Putz mit dem Gemälde des Gekreuzigten Risse zog und sich oben und an den Seiten öffnete. Dann senkte sich auf einmal ein ganzer Abschnitt der Wand wie eine Zugbrücke nach hinten ab und gab einen dunklen Gang frei, der ins Innere des Berges führte.

Desmond Garrett holte seine Ausrüstung und leuchtete mit der Laterne in den Stollen hinein, der von der Wand fortführte, dann sah er nach unten und entdeckte dort einen tiefen Graben. Wenn er auf die andere Seite wollte, mußte er über den Körper des Gekreuzigten gehen. Die Steinplatte, auf der sich das Gemälde befand, ragte nun vor wie eine Brücke ins Nichts. »Auch das wird mich nicht aufhalten«, sagte er zu sich und überlegte, daß diese Hindernisse für jene Menschen der Antike konstruiert worden waren, deren Glaube in erster Linie vom Aberglauben gespeist wurde. Gleichzeitig fiel ihm wieder ein, wie er damals in Aleppo in der Krypta unter der Moschee eingeschlossen worden war, und deshalb klemmte er, bevor er sich weiter vorwagte, zwei große Steinbrocken zwischen den Sockel der bemalten Platte und die Einfassungen der Öffnung, damit sie sich unter keinen Umständen hinter ihm wieder schließen konnte. Er band ein Seil um seinen Körper, packte die Spitzhacke und machte sich auf den Weg, wobei er die Laterne in die Höhe hielt, so daß er sah, wohin er trat.

Es blieb ihm nichts anderes übrig, als seine Füße auf Körper und Gesicht des heiligen Bildnisses zu setzen, denn er konnte sich nicht zu nahe an die Ränder der Steinplatte wagen, die über den Abgrund ragten. Er befand sich nun an der Einmündung eines leicht geneigten Stollens. Langsam folgte er ihm bergab, wobei er sorgfältig jedes Stückchen Decke, Wand und Boden ausleuchtete. Plötzlich bemerkte er auf der linken Seite einige Nischen im Kalkstein, die mit Bildnissen romanisierter Nabatäer-Gottheiten verziert waren.

Der Geruch des verbrannten Petroleums aus seiner Laterne staute sich immer mehr in der unbeweglichen Luft und nahm ihm den Atem. Hinter einer Stollenbiegung stieß er auf ein gewaltiges, sehr seltsames Bauwerk, wie er es noch nie im Leben gesehen hatte.

In der Mitte eines großen, vollständig aus dem Fels gehauenen Saales erhob sich ein kubischer Baukörper, der bis an die Decke reichte. Den runden Zugang verschloß eine Art Mühlstein, der in eine Vertiefung in der Vorderwand eingelassen war. Von diesem Raum gingen weder andere Säle oder Nischen noch weitere Durchgänge ab, und die rauhen nackten Wände waren aus massivem Fels. Als er sich den Schließmechanismus näher ansah, dachte er unwillkürlich an den großen Stein, den man vor das Grab Jesu Christi gewälzt hatte.

Er trat näher und stellte fest, daß die Laufebene nicht sehr steil und der Schlußstein nicht übermäßig groß war. Mit Hilfe des Hebels stemmte er den Stein nach hinten und häufte in der Vertiefung Schutt auf, um ihn zu blockieren. Auf diese Weise stellte er sicher, daß der Stein keinesfalls aufgrund seines Gewichts nach vorne rollen konnte.

Hierauf trat er ein und befand sich im Innern einer Kammer von vielleicht vier Metern Seitenlänge. In der Mitte stand ein nabatäischer Holzsarkophag, der nach ägyptischem Vorbild bemalt war. Es handelte sich um Darstellungen der Feldarbeit: Bauern, die den Pflug hinter sich herzogen, andere, die aussäten. Wieder andere hielten Sicheln in den Händen und waren dabei, das Getreide zu ernten und in Garben aufzustapeln. Auf einer anderen Seitenwand waren Hirtenszenen dargestellt: Herden auf der Weide, das Scheren der Schafe, Frauen, die an ihren Webstühlen Stoffe oder Teppiche woben.

Mit der Dolchspitze ließ er den Deckel aufschnappen und hob die Laterne hoch, um ins Innere zu leuchten. Der Kasten war leer, doch auf dem Boden wimmelte es von Skorpionen.

Es waren hauptsächlich Weibchen mit ihren Jungen, deren fast durchsichtige Körper sich auf den Rücken der Mütter drängten. Sie hatten sich an diesem geeigneten und gut geschützten Ort eingefunden, um sich zu vermehren. Doch wie waren sie dorthin gekommen?

Desmond Garrett schüttete ein wenig Petroleum aus seiner Laterne ins Innere des Sarkophags, dann zündete er ein Streichholz an und ließ es fallen. Das morsche Holz loderte sofort in einer riesigen Stichflamme auf, die die

Grabkammer taghell erleuchtete. Im Zischen der Flammen hörte er das Knistern der zerplatzenden Tierpanzer. Er dachte an das Gerücht, demzufolge ein von Feuer eingeschlossener Skorpion sich das eigene Gift injiziert und dadurch selbst tötet.

Wie hypnotisiert von dieser Lichtexplosion betrachtete Garrett das Feuer: Er hatte das sechste Grab zerstört! Nun blieb nur noch das siebte und letzte, das abgelegenste, versteckteste, schwierigste: eine uneinnehmbare Festung, die von furchterregenden Verteidigern bewacht wurde.

Die Festung der Einsamkeit!

Er wandte sich um und wollte zum Eingang zurückkehren, doch was er nun sah, stürzte ihn aus der Euphorie in die tiefste Verzweiflung.

Sand.

Der Zugangsstollen war voller Sand, der langsam in den Grabraum rieselte, wo er sich fächerförmig auf dem Fußboden ausbreitete. Garrett stürzte nach vorn, um einen Durchschlupf zu finden, doch er sank bis zur Hüfte ein. Er versuchte sich mit aller Kraft die Rampe hinaufzukämpfen, doch der Sand umschloß ihn und machte jede Bewegung ungeheuer mühselig. Diesmal saß er wirklich in der Falle.

Er betrachtete die Seile, die Hacke, den Eisenhebel, die er nach der Erfahrung im Grab von Aleppo mitgenommen hatte. Allesamt nutzlos. Dummkopf! Genau das war es, was sein Leben nun in Gefahr brachte. Er hatte gemeint, die gleichen Gegenstände, die ihm beim erstenmal aus der Klemme geholfen hatten, würden auch diesmal genügen. Doch nun stand er entweder massivem Fels gegenüber oder dem anderen Extrem, nämlich Sand. Zwei vollkommen unterschiedlichen Elementen also, die nur eines gemeinsam hatten: Sie waren gleichermaßen unüberwindlich. Wer die Verteidigung des sechsten Grabes ersonnen hatte, der hatte wahrscheinlich an die Mutmaßungen desjenigen gedacht, dem es gelungen war, das fünfte zu bezwingen. Doch wo war der Sand eingedrungen, wenn Stollen und Wände in massiven Fels gehauen waren?

Die Platte mit dem Gekreuzigten! Das Verrücken der Platte mußte einen Mechanismus mit Verzögerungseffekt in Gang gesetzt haben, der Sand aus einem höher gelegenen Reservoir in den Stollen leitete. Und er, Desmond Garrett, der letzte Jäger, saß nun in einer Sanduhr gefangen. Wenn der Sand aus dem oberen Reservoir abgelaufen wäre, würde die abscheuliche Maschinerie seine letzte Stunde einläuten.

Eingehend betrachtete er den Stollen. Der obere Teil, durch den noch ausreichend Frischluft hereinströmte, war noch frei, doch dort gab es nichts, woran er sich hätte festhalten können, dieser Weg war ihm versperrt. Noch einmal schlug er mit der Hacke gegen die Wände, um herauszufinden, ob es dort etwa einen verborgenen Raum oder eine brüchige Stelle gab, doch vergeblich.

Ab und zu unterbrach er sein Tun und setzte sich in die am weitesten vom Zugang entfernte Ecke, um neue Kraft und Atem zu schöpfen. Er setzte alles auf eine letzte Hoffnung: daß ein Stein, ein Lehmbrocken, irgendein Hindernis sich querlegen und den Zustrom des Sandes unterbrechen würde. War es möglich, daß das obere Reservoir nach so vielen Jahrhunderten noch glatt und sauber war wie ein Glastrichter? War es möglich, daß es keinen einzigen Erdrutsch gegeben hatte, daß kein Wasser eingesickert war? Schließlich bestanden die Felsen von Petra zum großen Teil aus wasserlöslichen Karbonaten. Und in zwanzig Jahrhunderten mußten Unmengen von Wasser in Form von Regen auf das erosionsanfällige Gelände gefallen sein. Und auch jetzt, während er dort unten gefangen saß, fiel Regen …

Er dachte an Philip.

Einen Moment lang hatte ein seltsamer Lichtschein die völlige Finsternis der Nacht, die über der Landschaft lag, durchzuckt wie ein Feuer, das in einem Talkessel verborgen brannte, doch wie konnte dort ein Feuer brennen, wenn es seit über einer Stunde regnete? Er hatte sein Pferd zum leichten Trab angetrieben, damit es in der Dunkelheit nicht ins Straucheln geriet. In einer trichterförmigen Vertiefung im Boden hatte er eben noch gesehen, wie der Schein wieder erlosch.

Das Gewitter hatte sich abgeschwächt, war jedoch noch nicht vorübergezogen. Philip suchte unter einem überhängenden Felsen in der Nähe Zuflucht und rieb sein Pferd mit dem Schwamm trocken, den er immer in der Satteltasche mitführte.

Plötzlich war ihm, als hörte er ein dumpfes, jedoch deutlich wahrnehmbares Geräusch, ein kurzes, hartes Klopfen, das aus der Vertiefung kam, und so zündete er seine Laterne an, um deren Untergrund zu untersuchen. Tatsächlich, dort befand sich ein Loch. Das rhythmische Geräusch kam von dort. Er nahm ein Seil vom Sattel, befestigte es an einem vertrockneten Akazienstamm, der über den Rand der Vertiefung ragte, und stieg vorsichtig hinab. Das Geräusch war jetzt deutlich vernehmbar, doch er konnte sich nicht erklären, was es war. Manchmal verstummte es für ein paar Minuten, dann hob es wieder an.

Er beschloß, der Sache auf den Grund zu gehen. Als das Klopfen einen Augenblick verstummte, beugte er sich über den Rand und brüllte auf Arabisch: »Wer ist da?« Und noch einmal, so laut er konnte: »Wer ist da?«

Desmond Garrett, der gerade die Spitzhacke schwang, hielt inne und lauschte. War das möglich? Wieder tönte die Stimme: »Wer ist da?«

»Philip«, sagte er erregt. Dann schrie er, so laut er konnte: »Philip, Philip!«

»Vater!« antwortete die Stimme des Sohns. Gedämpft und verzerrt, aber erkennbar drang sie zu ihm hinunter.

Brüllend antwortete Desmond Garrett, wobei er Pausen zwischen den Wörtern einlegte, um sicherzugehen, daß er zu verstehen war. »Philip, ich bin's, dein Vater! Ich sitze in einer Katakombe fest, in die Sand hereinströmt. Kannst du von dort, wo du bist, sehen, was unter dir ist?«

»Warte!« antwortete Philip. Dann ließ er sich langsam in das Loch hinab. Als er einen ausreichend sicheren Stand gefunden hatte, ließ er das Seil los und zündete die Laterne an. Unter ihm befand sich eine große trichterförmige Anlage, deren Oberfläche teils auf natürliche Weise, teils von Menschenhand geglättet worden war, so daß eine große Menge Sand darauf hinabrutschen konnte. Der obere Abschnitt des Lochs lag auf etwa einem halben Meter frei: von dort war der Widerschein der Flammen gekommen, der ihm im Dunkel der Nacht aufgefallen war. Und von dort drang auch die Stimme seines Vaters zu ihm.

»Der Sand kommt von hier!« brüllte er. »Hier ist ein großes Reservoir, aber ich kann nicht erkennen, wie tief es ist: Der Sand rinnt zu einer Öffnung hinunter. Ich könnte mich an einem Seil hinablassen!«

»Wie lang ist das Seil?« fragte der Vater.

»Etwa fünfzehn Meter.«

»Das reicht nicht. Du könntest mich nicht einmal sehen. Der Gang zu dem Raum, in dem ich mich befinde, ist allein schon acht Meter lang.«

»Ich kann trotzdem versuchen, zu dir zu gelangen«, sagte Philip.

»Tu's nicht, um Gottes willen! Du würdest im Sand versinken.«

»Aber wie bist du denn da hinuntergekommen?«

»Über das Tal von Petra. Durch das große Felsengrab mit der korinthischen Vorhalle!«

»Soll ich es von dort aus versuchen?«

»Nein, das geht nicht. Du müßtest über den Sandsturz und kämst dann nicht weiter, weil der Stollen zu zwei Dritteln mit Sand gefüllt ist!«

»Verdammt!« brüllte Philip. »Es muß einen Weg geben. Hast du nichts bei dir?«

»Spitzhacke, Stahlhebel und ein Seil. Lauter nutzloses Zeug in meiner Lage.«

»Nein«, sagte Philip, »warte, mir ist da eine Idee gekommen. Wie lang ist dein Seil?«

»Ungefähr zehn Meter.«

»Dann binde es an irgend etwas Schwerem fest. Dem Hebel, zum Beispiel. Ich habe vielleicht einen Weg gefunden, wie ich zu dir hinunterkomme.«

»Sei vorsichtig!« schrie der Vater. »Wenn du in den Sand fällst, sind wir beide verloren.«

»Keine Sorge«, sagte Philip, »wir schaffen es.«

Die Vorstellung, seinen Vater aus einer Falle zu befreien, in der er wie eine Maus gefangen saß, machte ihn euphorisch. Nun konnte er sich Genugtuung verschaffen für all die Rätsel, die er zu lösen hatte, und für all die Prüfungen, die er zu bestehen hatte, um seinem Erzeuger wieder nahe sein zu dürfen.

Er kletterte wieder bis zum Rand der Vertiefung hinauf, wo er das Seil an dem Akazienstamm befestigt hatte. Wie er vermutet hatte, war der Stamm länger, als die Öffnung unten in der Vertiefung breit war. Er ging zu seinem Pferd, nahm eine Axt aus seinem Gepäck und begann die Wurzeln des Baumes durchzuhacken. Er wußte, daß Akazienholz zu den härtesten Hölzern überhaupt gehörte, doch er hätte nie gedacht, daß es so hart sein könnte. Es war, als schnitte er Stein.

Er arbeitete aus Leibeskräften, denn ihm war bewußt, daß das Leben seines Vaters von ein paar Minuten abhängen konnte. Endlich war die letzte Wurzel durchtrennt, und der Stamm fiel zu Boden. In einer doppelten Schlinge band Philip das Seilende an den Baumstamm und das andere Ende um seine Hüften. Dann zog er den Stamm hinunter und legte ihn quer über die Öffnung, die sich unten in der Vertiefung auftat. Er band sich ein Taschentuch vor den Mund, steckte sich Watte in die Ohren und begann sich hinabzulassen. Als er die Sandoberfläche berührte, ließ er sich, damit er nicht versank, mit ausgebreiteten Beinen und Armen fallen und nach unten gleiten. Er rutschte durch die Öffnung und kroch in den Zugangsstollen, wobei er die Augen schloß und den Atem anhielt, als ob er unter Wasser tauchte.

Der Sandschwall ergoß sich über ihn, er fühlte sich dem Ersticken nahe und geriet fast in Panik, doch er ließ das Seil nicht los. Mit ungeheurer Kraftanstrengung gelang es ihm, sich an die Oberfläche zu hieven. Lider und Augen waren voller Sand, und sein Herz zersprang fast, doch sobald sein Kopf im Freien war und er wieder atmen konnte, wußte er, daß er es geschafft hatte. Vom Sandstrom ließ er sich nach unten mitreißen und kontrollierte dabei mit dem Seil die Geschwindigkeit. Nach einem kurzen Stück gewann er wieder mehr Kontrolle über seine Bewegungen, weil die Fließgeschwindigkeit des Sandes stark nachgelassen hatte. Als er sich in etwa an der Stelle befand, wo der Stollen in die Grabkammer einmündete, spürte er, daß das Seil sich straffte und ihn zurückhielt. So gut es ging, versuchte er sich die Lider zu säubern, bevor er die Augen öffnete, und endlich konnte er seinen Vater sehen. Er stand etwa vier, fünf Meter entfernt. Der Sand bedeckte bereits den ganzen Fußboden und reichte ihm bis zur Hüfte.

»Wirf mir dein Seil zu!« schrie er.

Desmond Garrett warf ihm den Eisenhebel zu, an dem er sein eigenes Seil gesichert hatte, und nach einigen Fehlversuchen gelang es Philip, das Seil zu packen und mit seinem zu verknoten.

»Wir steigen jetzt hinauf«, sagte er. »Binde dir ein Taschentuch vor den Mund und versuche deine Augen und Ohren zu schützen. Das Schwerste kommt erst noch, wir müssen durch den Schwall hindurch. Es gibt keinen anderen Weg!«

»Ich folge dir«, antwortete Desmond Garrett. »Los.«

Ohne große Schwierigkeiten kletterte Philip am Seil

hinauf, bis er den Punkt erreichte, wo der Sand eindrang. Dann hielt er den Atem an und glitt mitten in den Sandstrahl, der mit seinem ganzen Gewicht auf ihn hinabstürzte. Er hatte das Gefühl, sein Herz würde vor Anstrengung und Atemnot zerspringen, doch dann erinnerte er sich an seinen langen Weg, an die tausend Hürden, die er bereits überwunden hatte, und er dachte an den Mann, der sich mühsam hinter ihm her schleppte. Er fühlte, daß auch dessen Leben in seinen Händen lag, und so zog er sich mit allen verbliebenen Kräften an dem Seil hinauf. Der Sand schürfte seine nackten Hände auf, er sammelte sich in seinen Kleidern und machte sie dadurch schwerer. Doch er hatte die Höhe des Schwalls genau berechnet, und jedesmal, wenn er eine Hand über die andere an das Seil legte, wußte er, daß er zwanzig Zentimeter auf dem Weg zum Ziel gewonnen hatte.

Als er im oberen Teil des Reservoirs den Kopf aus dem Sand steckte, war er kurz davor, das Bewußtsein zu verlieren. Er riß das Taschentuch vom Mund und atmete zwei-, dreimal schnell und tief ein. Der Sauerstoff flößte ihm neues Leben ein und gab ihm seine Geistesgegenwart zurück. Während er sich weiter nach oben arbeitete, drehte er sich um und schrie: »Bleibe vor dem Schwall stehen, Vater! Hörst du? Nicht in den Schwall vordringen!«

»Ich habe verstanden.«

»Gut! Warte, bis ich den Ausgang erreicht habe, und sobald ich ein paarmal heftig am Seil ziehe, kletterst du langsam hoch. Dann kann ich mithelfen.«

»In Ordnung, ich warte.«

Philip kletterte weiter hinauf und stellte fest, daß im oberen Teil des Reservoirs inzwischen kein Sand mehr war. Soweit es ging, stützte er sich mit den Füßen von dem nunmehr freiliegenden Fels ab, dann zog er sich frei schwebend bis zu dem Akazienstamm hinauf, der seine Aufgabe als Anker hervorragend erfüllt hatte. Er war nun draußen, und die letzten Regentropfen des Gewitters waren eine ungeheure Wohltat. Der Anblick der Sterne, die hier und da zwischen den Wolken blinkten, ließ ihn an den herrlichen Vers denken, mit dem Dante das »Inferno« enden ließ.

Er wandte sich der Öffnung zu, spannte das Seil und zog heftig daran.

»Ich komme hoch!« schrie sein Vater. Philip stemmte die Beine gegen den Akazienstamm und begann mit aller Kraft zu ziehen. Kurz darauf spürte er, daß sein Vater über den kritischen Punkt hinaus war, doch er zog weiter, um ihm beim Aufstieg zu helfen. Als er seinen Kopf aus der Öffnung auftauchen sah, schien es ihm unwirklich. Er hielt ihm die Hand hin und half ihm, ins Freie zu gelangen, an die frische Nachtluft. Endlich stand er vor ihm!

»Hallo, Vater«, sagte er ruhig. Desmond Garrett wischte sich den Sand aus Augen und Gesicht, dann sagte er: »Ich bin froh, dich zu sehen, Philip.«

Tausendmal hatte Philip sich ausgemalt, wie das Zusammentreffen mit seinem Vater wohl sein würde, was er ihm sagen würde. Er hatte gedacht, daß er ihm all seine absurden Verhaltensweisen vorhalten, ihn wüst beschimpfen würde, weil er ihn zu diesem törichten Versteckspiel gezwungen hatte. Manchmal hatte er sich sogar vorgestellt, daß sie sich wie Odysseus und Telemach zunächst prügeln und danach einander in die Arme fallen würden.

Doch alles, was er sagen konnte, war: »Hallo, Vater.«

»Gehen wir ins Tal hinunter«, sagte Desmond Garrett. »In meiner Tasche habe ich Zwieback, Salz und Olivenöl. Und vielleicht ist auch noch ein wenig Whisky übrig.«

»Aber Vater«, sagte Philip, »es ist drei Uhr früh, das ist nicht die Zeit, um ausgiebig zu Abend zu essen.«

»Und ob es die Zeit dafür ist«, entgegnete Desmond Garrett. »Ich habe das sechste Grab zerstört, und du bist hier bei mir. Du weißt, wovon ich spreche, nicht wahr?«

»Ich weiß es«, antwortete Philip.

Es hatte aufgehört zu regnen. Aus der Erde stieg der Duft aromatischer Pflanzen und gelöschten Staubs auf, und die Sterne funkelten zwischen den sich auflösenden Wolken.

»Mach dich auf die Suche nach ein wenig Holz«, sagte Desmond, als sie unten im Tal angekommen waren, »das bißchen Regen hat bestimmt nur die Oberfläche genäßt. Vielleicht kannst du ein Feuer entfachen, dann rösten wir ein wenig Brot.«

»Auch ich habe etwas dabei«, sagte Philip und holte die Tasche mit den Kleidungsstücken, die ihm das Mädchen in Aleppo gegeben hatte, damit er sich tarnte. Im Schutz eines Felsüberhangs machte er Feuer, und nachdem die Feuchtigkeit verdampft war, prasselte es schließlich ordentlich und verströmte einen leicht bitteren Duft. Dann öffnete Philip die Tasche, breitete ein Taschentuch am Boden aus und legte die verbliebenen Schätze darauf: Honig, Datteln, Kekse, Fruchtgelee und Nüsse. Während er tief unten in der Tasche stöberte, hielt er plötzlich inne: seine Finger hatten einen Gegenstand berührt, den er dort niemals erwartet hätte.

Verblüfft zog er ihn hervor und drehte ihn im Schein der Flammen hin und her, die nun aus dem aufgehäuften Gestrüpp emporzüngelten. Sein Vater sah ihn nicht weniger verdutzt an.

»Mein Gott, das ist wunderschön. Was ist das nur?«

»Ein Pegasus, der sich über einem Turm erhebt.«

Bewundernd betrachtete Desmond Garrett das herrliche Schmuckstück. Seiner Einschätzung nach war es späthellenistisch, vielleicht auch römisch. Das geflügelte Pferd stand auf den Hinterhufen und hatte funkelnde Augen aus Saphiren, während der kleine Turm darunter naturgetreu mit Auskehlungen und Mauerblöcken dargestellt war.

»Und was stellt das dar?«

Philip legte den Schmuck auf einen Stein am Feuer und

betrachtete ihn schweigend, als faszinierte ihn das Spiel der Reflexionen auf der schimmernden Oberfläche, auf der perfekten Anatomie des kleinen Streitrosses.

»Was mag das sein?« fragte sein Vater noch einmal.

»Es ist das siebte Grab, Vater. Das letzte.«

11. KAPITEL

Rhythmisch blinkte das Lämpchen auf der Spitze der Glaspyramide in Pater Bonis geheimem Arbeitszimmer. Vor dem alten Priester lag Pater Antonellis Brevier, und an der Wand hinter ihm hing eine große Karte des nördlichen Sternenhimmels. Jeder Zoll des großen Arbeitstisches war mit Blättern bedeckt, auf denen er seine Berechnungen angestellt hatte. Die Mühe dieser immensen Arbeit stand dem Wissenschaftler deutlich ins Gesicht geschrieben. Es war blaß und von tiefen Furchen durchzogen. Als es leise an der Tür klopfte, sah er von den Papieren auf, in denen er gerade las.

»Sind Sie es, Hogan? Treten Sie ein und setzen Sie sich.«

»Es geht Ihnen nicht gut, Pater Boni«, sagte Hogan. »Sie sollten sich ausruhen und einige Wochen von diesem verfluchten Text fernhalten, oder Sie werden so enden wie Antonelli.«

»Sie sind seltsam, Hogan«, sagte der Wissenschaftler mit müdem Lächeln. »Wir sind Zeugen eines einzigartigen und unwiederholbaren Ereignisses in der Geschichte des Universums, und Sie sagen mir, ich solle mir einige Wochen Erholung gönnen.«

»Ich bin keineswegs seltsam. Ich bin Priester und ich bin gläubig. Deshalb bin ich überzeugt, daß meine Seele den biologischen Tod überleben wird und daß ich Gottes Antlitz sehen und seine Seele mit allen Geheimnissen und Mysterien, die darin enthalten sind, anschauen werde. Ich bin überzeugt, daß die Zeit, die mich von diesem Ereignis trennt – selbst wenn es noch Jahrzehnte dauern sollte –, nichts ist im Vergleich zur Ewigkeit und verschwindend wenig im Vergleich zur Geschichte unseres Planeten oder zur Geschichte der Menschheit.«

»Natürlich. Warum sich also Sorgen machen? Dann hatte Bellarmino wohl recht, als er Galilei knebelte?«

»Ich habe gesagt, ich bin gläubig, nicht töricht«, entgegnete Pater Hogan, »und Sie wissen das genau. Ich bin genauso begierig wie Sie, den Ausgang dieses Abenteuers zu erfahren, doch ich betrachte es als gravierenden Fehler, daß wir das Geheimnis für uns behalten haben. Wir benötigen Hilfe. Wir hätten andere Gelehrte hinzuziehen und auf den riesigen Schatz von Erfahrungen und Kenntnissen zurückgreifen sollen, über den die Kirche verfügt. Unsere kümmerlichen Kräfte reichen nicht aus. Wir laufen schlicht und einfach Gefahr, den kürzeren zu ziehen. Ich sehe immer wieder Pater Antonellis verzerrtes Gesicht vor mir, die angstvolle Unruhe in seinem Blick, das krampfhafte Zucken seiner Hände.«

»Wir haben Guglielmo Marconi hinzugezogen, genügt Ihnen das nicht?«

»Nein. Wir sind mit dem heiligen Buch einer anmaßenden Zivilisation in Berührung gekommen, die sämtliche Naturgesetze verletzt und den Versuch in die Tat umgesetzt hat, zur letzten Erkenntnis zu gelangen. Und dabei hat sie den Weg verlassen, den Gott den Menschen vorgab.«

»Stimmt. Der wahnwitzige Flug. Gerade diese titanische Herausforderung fasziniert mich. Sie kennen Odysseus' Gesang in der ›Göttlichen Komödie‹, nicht wahr?«

»Ich kenne ihn. Er gehört zum Höchsten, was die Weltliteratur je hervorgebracht hat. Aber das ist es gerade, was ich fürchte: Sie sind von der Provokation einer Zivilisation fasziniert, die die Natur unterwerfen und Gott herausfordern wollte.«

Pater Bonis Stirn und Schläfen waren schweißgebadet, und seine Lider zuckten seltsam aufgeregt. Hogan bohrte weiter: »Sagen Sie, was erhoffen Sie sich eigentlich von dieser Offenbarung? Sagen Sie es mir. Ich muß es wissen.«

Mit einer raschen Bewegung trocknete Pater Boni sich die Stirn, als wollte er die Anzeichen seiner Schwächung nicht durchscheinen lassen. »Hogan«, sagte er, »das ist genau der Punkt. Wir Katholiken glauben, daß der Mensch in jedem Augenblick seines Lebens Gott versucht: wenn er tötet, wenn er vergewaltigt, wenn er flucht. Doch Gott antwortet nicht auf diese Provokationen. Er schreibt alles im ewigen Buch seiner unvergänglichen Erinnerung nieder, und eines Tages wird über jeden gemäß seiner guten und seiner schlechten Taten geurteilt. Erklären läßt sich dies mit der Freiheit, die Gott den Menschen geschenkt hat. Dem Menschen steht es sogar frei, Gott zu beleidigen, es steht ihm frei, sich zur ewigen Verdammnis zu verurteilen.«

»So ist es«, stimmte Pater Hogan zu.

»Und deshalb antwortet Gott nicht auf die Provokationen. Wie lautet noch das Sprichwort? Abgerechnet wird zum Schluß.«

»In der Tat.«

»Doch hier liegt der Fall anders. Hier haben wir eine Zivilisation, die ihn auf direkte und unübersehbare Weise herausgefordert hat. Sie hat ihn Aug in Aug herausgefordert, sie ist ins Universum hinausgezogen, ihn zu suchen; sie ist in der Zeit zurückgegangen, um ihm bei der Schöpfung zuzusehen. Ja, ist Ihnen eigentlich bewußt, was das heißt? Ist Ihnen das bewußt?« Der Wissenschaftler schien verändert, in seinen Augen funkelte eine Vision. »Hogan, erinnern Sie sich daran, als ich Ihnen die Übersetzung des Textes von Amun vorlas? Sie sagten, es handele sich um einen Mythos, nicht wahr? Erinnern Sie sich daran?«

»Gewiß. Und ich bleibe bei meiner Meinung.«

»Ich dagegen sage Ihnen, daß dies nicht ganz der Wahrheit entspricht. Es handelt sich nicht einfach um einen Mythos, sondern um eine epische Erzählung beziehungsweise um die literarische Verarbeitung einer tatsächlichen Begebenheit.«

»Aber der Ursprung einer so alten epischen Erzählung ist für uns unerreichbar.«

»Nein. Ich bin in der Lage, Ihnen zu erklären, was dieser Durchgang bedeutete, an dem die Bewohner von Delfud der Überlieferung nach eine Garnison errichteten, in der sie über viele Generationen Tag und Nacht ausharrten und darauf warteten, daß der Wachende Engel einschlafen würde, auf daß sie die Tore zum Garten der Unsterblichkeit sprengen und zum Baum der Erkenntnis zurückgelangen konnten. Diese Erzählung handelt von der ungewöhnlichsten Unternehmung, die je in der Geschichte des Menschen versucht wurde: eine Reise zum Ursprung des Universums, um Gottes Plan im Augenblick der Schöpfung zu begreifen oder ihn sogar zu entstellen, ihn abzuändern – und ihn auf der Erde neu zu programmieren, und zwar dort, wo die Botschaft empfangen werden wird, an einem Ort im Herzen einer glutheißen Wüste – dem Turm der Einsamkeit.«

Das Gesicht des Priesters war wie verwandelt, auf seine Wangen war die Farbe zurückgekehrt, seine Augen funkelten wie im Fieberwahn. Pater Hogan betrachtete ihn fassungslos, wagte jedoch nicht, ihm zu widersprechen: »Fahren Sie fort«, sagte er.

»Hogan, keiner von uns ist vor dem Zweifel gefeit. Nicht einmal der Papst.«

»Und?«

»Ich will nicht auf den Tod warten, um zu wissen. Ich will vorher wissen. Jetzt. Sehen Sie, meine Überlegung ist folgende: Falls Gott existiert, kann er auf eine derart schreckliche Provokation unmöglich nicht reagiert haben. Und wenn deshalb der Sender in Konjunktion mit dem schwarzen Körper im Zentrum des Skorpions stehen wird – und das heißt in genau neunundzwanzig Tagen, siebzehn Stunden und dreizehn Minuten –, dann werden wir die Antwort auf alle Fragen erhalten, die der Mensch sich stellt, seit er sich seiner Existenz bewußt ist; wir werden die Antwort Gottes auf die Beleidigung von Delfud erfahren. Und diesmal werden wir seine Stimme und seine Botschaft direkt auffangen, selbst wenn es nur ein Schrei des

Zorns sein sollte. Keine Bücher mit zweifelhafter Interpretation mehr, keine Zeichen und Symbole mehr, kein Sichverstecken mehr hinter dem ungreifbaren Spiel des Zufalls. Wir werden seine leibhaftige Stimme vernehmen und für immer festhalten.«

»Und wenn es überhaupt keine Botschaft gibt? Keine Antwort? Auch diese Möglichkeit müssen Sie in Betracht ziehen.«

Pater Boni schwieg lange, und das blinkende Licht auf der Pyramidenspitze spiegelte sich in seinen erweiterten Pupillen. Plötzlich wandte er sich dem kleinen blinkenden Lämpchen zu: »Sehen Sie«, sagte er, »innerhalb weniger Tage sind die Intervalle zwischen einer Signalfolge und der nächsten sehr viel kürzer geworden, sie haben sich fast um ein Prozent verkürzt. Wissen Sie, was das bedeutet?« Mit der Hand deutete er auf den Papierberg voller Berechnungen. »Wenn Sie einmal einen Blick auf diese Berechnungen werfen wollen, werden Sie erfassen, was ich beweisen konnte: Der Sender nähert sich entlang der Parabel mit einer Geschwindigkeit, die wir uns nicht einmal vorstellen können und die höher ist als die des Lichtes. Er bewegt sich durch den Kosmos und krümmt dabei die Raum-Zeit vor sich, er springt von einem Scheitelpunkt der Krümmung auf den nächsten wie ein Stein, der mit unendlich großer Kraft flach über das Wasser geschleudert wird.«

Pater Hogan starrte auf diese unendliche Abfolge von Integralrechnungen und dann wieder in die Augen seines Vorgesetzten, wobei er mechanisch seine Frage wiederholte: »Und wenn es überhaupt keine Botschaft gibt? Keine Antwort?«

»Dann würde das bedeuten, daß –«

»Daß Gott nicht existiert?« drängte Pater Hogan.

Der Alte senkte den Kopf: »Schlimmer«, sagte er, »viel schlimmer.«

Pater Hogan bedeckte das Gesicht mit den Händen, um die Tränen zu verbergen, die ihm aus den Augen schossen: »Oh, mein Gott«, war das einzige, was er hervorbrachte.

Pater Boni faßte sich plötzlich wieder, sein Gesichtsausdruck wandelte sich vollständig und wurde wieder der alte, dann sprach er weiter: »Lassen wir diese Dinge erst einmal auf sich beruhen. Ich habe Sie nicht hergerufen, um über Philosophie zu diskutieren, sondern um Ihnen eine Mitteilung zu machen. Es ist mir gelungen, den genauen Ort und den genauen Zeitpunkt zu berechnen, an dem das Ereignis eintreten wird. Marconi hat seine Zusammenarbeit mit uns fortgesetzt und eine außergewöhnliche Maschine entwickelt: ein Ultrakurzwellenradio, das mit einem anderen Instrument mit revolutionären Eigenschaften verbunden ist.

Sie werden an jenem Ort zugegen sein, wenn das Signal eintrifft, und die Botschaft aus den fernsten Regionen des Universums wird von unserem Radio eingefangen und auf einem Tonträger aufgenommen werden, der sie über Jahre speichern und uns die Entschlüsselung erlauben wird. Möglicherweise bedarf es auch überhaupt keiner Entschlüsselung. Ich habe alles bis ins kleinste Detail vorbereitet, Hogan. Sie werden sich in einen wüsten und unzugänglichen Ort begeben, weit weg von den letzten Vorposten der Zivilisation. Wir haben maßgebliche Stellen kontaktiert und deren Unterstützung für Ihre Reise gewonnen, allerdings werden wir unsererseits etwas zurückgeben müssen. Es gab keinen anderen Weg.«

»Und was?«

»Sie haben verlangt, über die Ergebnisse unseres Experiments unterrichtet zu werden.«

»Und wie werden Sie es anstellen, daß –«

Pater Boni machte eine vielsagende Handbewegung: »Es ist eine recht allgemein gehaltene Forderung, und genau so wird auch die Antwort ausfallen.«

»Weiter nichts?«

»Da ist noch etwas, worauf sie besonderen Wert legen.«

»Und zwar?«

»Sie sind hinter jemandem her, an dem sie größtes Interesse haben. Zufällig besitzen wir wichtige Informationen über diesen Mann, von denen ich Sie jetzt in Kenntnis setzen werde. Danach brechen Sie auf. So schnell wie möglich.«

»Was bedeutet ›so schnell wie möglich‹?«

»Spätestens übermorgen.«

»Ich kann nicht. Ich hätte nicht genug Zeit, mich … vorzubereiten.«

»Es gibt nichts vorzubereiten. Alles ist schon bereit, auch Ihr Gepäck. Und Ihre Reise ist schon gebucht. Noch heute abend wird Ihr Sekretär Ihnen die Fahrkarte und das nötige Geld bringen.«

Einen Augenblick lang überließ Pater Hogan sich seinen Gedanken, dann sagte er: »In Ordnung, ich werde abreisen. Um wieviel Uhr soll ich mich einschiffen?«

»Um zehn Uhr abends. Und nun hören Sie mir gut zu: Der Mann, den ich eben erwähnte, ist ein fahnenflüchtiger Offizier der Fremdenlegion, der unter dem Namen Selznick bekannt ist. Vor zehn Jahren erhielt er den Auftrag, eng mit Desmond Garrett bei der Erkundung des südöstlichen Quadranten der Sahara zusammenzuarbeiten. Nachdem anfangs alles reibungslos vonstatten gegangen war, wurden die beiden jedoch Erzfeinde. Sie schlugen sich sogar in einem blutigen Duell mit blanker Waffe, an dessen Folgen Selznick noch immer leidet. Er trug nämlich eine Wunde an der rechten Hüfte davon, die sich nicht schließt und seinen Haß immer abgrundtiefer werden läßt.

Selznicks wahre Identität ist niemandem bekannt. Außer uns. In dem versiegelten Umschlag, den ich Ihnen geben werde, steht alles, was wir über ihn wissen. Sie können diese Informationen je nach Notwendigkeit preisgeben, aber nur, wenn Sie die Unterstützung erhalten haben, die wir benötigen.

Noch heute abend wird der päpstliche Oberarzt Sie

gegen die wichtigsten Tropenkrankheiten impfen, allerdings hoffe ich, daß dies gar nicht nötig sein wird; schließlich gehört die Wüste zu den saubersten Gegenden dieser Erde. Ich werde mich von Ihnen verabschieden, wenn Sie aufbrechen.«

Pater Hogan ging fort, betrat sein Arbeitszimmer und rief eine geheime Telefonnummer an.

»Ich bin Pater Hogan, ich rufe aus dem Vatikan an. Ich möchte den Herrn Marchese sprechen.«

»Es tut mir leid, Pater«, antwortete eine männliche Stimme, »aber der Herr Marchese ist momentan beschäftigt.«

»Sagen Sie ihm, daß ich angerufen habe und ihn unbedingt bis spätestens morgen und streng vertraulich sprechen muß. Ich warte auf seine Antwort.«

Einige Minuten vergingen, dann sagte die gleiche Stimme: »Der Herr Marchese wird Sie morgen um siebzehn Uhr empfangen.«

Am folgenden Abend bei Sonnenuntergang verließ Pater Hogan in Zivilkleidung den Vatikan und fuhr mit einem gemieteten Wagen in eines der eleganteren Stadtviertel. Vor der Einfahrt eines Palazzo aus dem achtzehnten Jahrhundert, die von einem uniformierten Portier bewacht wurde, stieg er aus. Er begab sich ins zweite Stockwerk hinauf und blieb vor einer dunklen Nußbaumtür ohne Namensschild stehen. Nachdem er geklingelt hatte, mußte er eine Weile warten, bis er das Geräusch sich nähernder Schritte vernahm. Ein Butler in schwarzem Frack und weißen Handschuhen öffnete ihm und machte ihm Zeichen, ihm zu folgen: »Der Herr Marchese erwartet Sie, Hochwürden. Kommen Sie, ich zeige Ihnen den Weg.«

Er bot ihm einen Platz in einem großen Arbeitszimmer mit Parkettfußboden an. Die bis an die Decke reichenden Nußbaumregale waren mit alten und neuen Büchern vollgestopft. Auf einer Seite, nahe beim Fenster, stand der große, massive Schreibtisch, der ebenfalls aus Nußbaum war, und darauf stand eine Jugendstillampe in Form einer halbnackten Nymphe, die den Ständer des Lampenschirms aus grünem Opalglas stützte. Nirgends in dem nach Bienenwachs riechenden Zimmer fand sich eine Spur der komplexen technischen Apparate, die den Hausherrn in der ganzen Welt berühmt gemacht hatten. Neben dem Schreibtisch befand sich eine alte Weltkarte, und an der Wand hinter dem Sessel hing Fra Mauros Planiglobium.

Nach einigen Minuten trat Guglielmo Marconi durch eine Seitentür ein: »Ich bin froh, Sie zu sehen«, sagte er. »Ich war mir sicher, daß Sie mich anrufen würden. Andernfalls hätte ich es getan.«

»Signor Marconi«, erwiderte Pater Hogan, »ich bin im Begriff, eine Reise in die Sahara anzutreten und werde einen Apparat mitnehmen, den Sie konstruiert haben.«

»Ich weiß«, antwortete Marconi. »Wann brechen Sie auf?«

»Schon morgen. Doch zuvor muß ich einige Fragen klären, die sich mir aufdrängen. Einige davon betreffen Sie direkt.«

Marconi nickte. Sein Gesicht verriet nicht die leiseste Gefühlsregung. »Ich höre Ihnen zu«, sagte er.

»Pater Boni rief mich vor einem Jahr zu sich, damit ich ihm bei einer Forschungsarbeit half, die – seinen Worten zufolge – von ungeheurem Interesse und grundlegender Bedeutung sein würde. Begeistert willigte ich ein und verließ meine Dozentur an der Universität von Cork. Inzwischen jedoch bin ich in einem Alptraum gefangen und in ein Experiment verwickelt, bei dem ich weder abschätzen kann, wie es ausgeht, noch welche Konsequenzen es nach sich ziehen wird.«

»Ich glaube, ich kann Ihre Gefühle verstehen«, warf Marconi ein.

»Als wir damals nach jener Nacht in der vatikanischen

Sternwarte auseinandergingen, haben Sie mich ermahnt, ich solle auf der Hut sein, erinnern Sie sich?«

»Ja, ich erinnere mich bestens.«

»Warum?«

»Weil Pater Boni mir nie erzählt hat, wie er das Eintreffen dieses Signals vorhersehen konnte, und weil er mir nie verraten hat, was er danach tun würde.«

»Und trotzdem haben Sie unter absoluter Geheimhaltung ein revolutionäres Gerät für Pater Boni konstruiert. Was erwarten Sie als Gegenleistung für Ihr Schweigen?«

»Nichts. Manchmal gibt es für einen Wissenschaftler keine Gegenleistung außer dem Ergebnis seiner Arbeit.«

»Wissen Sie überhaupt, was Pater Boni sich von dieser Unternehmung verspricht? Wissen Sie darüber Bescheid, wie wir Ihre Erfindungen zu nutzen gedenken?«

»Ich sehe darin kein Problem. Pater Boni ist ein Priester, genauso wie Sie.«

»Sie haben meine Frage nicht beantwortet.«

»Was ich weiß, ist, daß wir ein Signal aus dem Weltall einfangen und daß dieses Signal eine intelligente Botschaft einer Quelle übermittelt, die mit rasender Geschwindigkeit auf uns zu kommt. Es gibt eine Vereinbarung zwischen Pater Boni und mir.«

»Können Sie mir sagen, worin sie besteht?«

»Ich wüßte nicht, was dagegen spricht. Pater Boni hat versprochen, mir den Inhalt dieser Botschaft mitzuteilen, sobald er sie entschlüsselt haben wird.«

»Technik als Gegenleistung für Erkenntnis.«

»Im Grunde, ja.«

»Ich muß nun aufbrechen und in achtundzwanzig Tagen an einem bestimmten Ort sein – nämlich genau dort, wohin der Verstärker oben im All die letzte Botschaft leiten wird.«

»Ich dachte mir, daß diese Aufgabe Ihnen zufallen würde. Auch deshalb sagte ich Ihnen, Sie sollten auf der Hut sein.«

»Was könnte geschehen?«

»Das kann niemand vorhersagen...«

»Pater Boni sagte mir, daß es mit Hilfe des Apparates, den ich an diesen Ort in der Wüste mitnehmen werde, möglich ist, die Botschaft auf einem Speichermedium festzuhalten und dadurch zu konservieren. Stimmt das?«

Der Wissenschaftler nickte, sagte aber nichts. Eine Weile verharrte er in Schweigen, und Pater Hogan bemerkte einen kleinen Schweißtropfen, der an seiner Schläfe entlanglief wie in der Nacht in der Sternwarte, als er dem Signal aus dem Weltraum gelauscht hatte.

»Sie können auf mich zählen, Hogan«, sagte er schließlich. »Tun Sie, was Ihnen aufgetragen wurde, und kommen Sie dann wieder zu mir. Haben Sie verstanden? Kommen Sie zu mir. Bevor Sie in den Vatikan gehen.«

»Sie können sich darauf verlassen.«

Sie gingen zum Ausgang, und bevor er die Tür öffnete, reichte Marconi ihm die Hand: »Viel Glück«, sagte er und sah ihm nach, während er die Treppe hinunterstieg und im Dunkel des Atriums verschwand.

Obwohl er todmüde war, fuhr Philip mit seiner Erzählung fort. Er rekonstruierte all die Schritte, die er in Rom und Neapel bis zur Entdeckung des Hauses von Avile Vipinas unternommen hatte. Dann erzählte er seinem Vater noch von der Begegnung hinter dem Tor von Bab el Awa und von den Ereignissen in Aleppo und Palmyra.

»Dies ist das siebte Grab, Vater. In dem Papyrus wurde das Bauwerk als Zylinder beschrieben, über dem sich ein Pegasus erhebt. Als ich dieses Mädchen und den Anhänger an ihrem Hals sah, dachte ich gleich, daß es sich um eine Darstellung des siebten Grabes handeln könnte. Ein unwahrscheinlicher Zufall, ich weiß. Aber wie sollte man einen solchen Gegenstand sonst deuten? Meiner Meinung nach kann kein Zweifel daran bestehen: ein Zylinder, über dem sich ein Pegasus erhebt.«

»Aber wir wissen nicht, wo es sich befindet.«

Philip drehte den Anhänger in seinen Händen hin und her und zeigte auf eine Inschrift in alten arabischen Lettern, die in die Unterseite eingraviert war: »Du irrst. Der Anhänger stammt aus Dschebel Gafar.«

»Dschebel Gafar …«, wiederholte Desmond Garrett, »das liegt jenseits der Grenze, in Arabien. Da bin ich mir fast sicher. Ein unzugänglicher und verlassener Ort. Es kommt mir merkwürdig vor, daß dort ein solches Bauwerk stehen soll. Die Karte von Baruch bar Lev hilft mir da auch nicht weiter. Das siebte Grab ist nämlich nicht darauf verzeichnet, doch wenn ich mich recht erinnere, heißt es dort, daß man es in der südlichen Wüste suchen muß. Etwas an der Sache überzeugt mich nicht. In dem Text von Avile Vipinas heißt es, die römische Expedition sei von Cydamus aufgebrochen, nicht wahr? Und Cydamus ist Gadames in Libyen.«

»Aber es gibt noch ein *Cydama* in Syrien, und dann würde wieder alles auf Dschebel Gafar hindeuten.«

»Aber warum sollte das Mädchen dir ein derartiges Geschenk machen?«

»Ich habe da eine bestimmte Hoffnung«, sagte Philip.

»Bist du in sie verliebt?«

»Seit ich sie gesehen habe, steht mir ihr Bild vor Augen. Sie geht mir einfach nicht aus dem Sinn. Leider mußte ich seitdem ohne El Kassems Hilfe auskommen; er hat meine Entscheidung, ihr unter allen Umständen zu folgen, nicht gebilligt. Er hatte einen anderen Reiseweg für mich vorgesehen und hat sich von mir getrennt, ohne daß ich ihn zurückhalten konnte. Und so mußte ich mich allein durchschlagen, ohne jede Hilfe. Mehr als einmal war ich kurz davor zu scheitern. Das einzige, was ich bereue, ist der Tod von Enos ben Gad. Mit El Kassem an meiner Seite hätte ich dies vielleicht verhindern können. Doch trotz allem bin ich nach wie vor davon überzeugt, richtig gehandelt zu haben, und ich bin sicher, daß du an meiner Stelle dasselbe getan hättest.«

»Ohne Zweifel«, erwiderte Desmond Garrett. »Und der

Beweis dafür ist, daß du hier bei mir bist und mir das Leben gerettet hast.«

Philip hob den Blick zum östlichen Horizont, wo er einen blassen Schimmer bemerkte: »Warum hast du meinen Weg eigentlich mit solch absurden Hürden versperrt? Warum behandelst du mich wie ein Kind?«

»Begreifst du das denn nicht? Philip, ich bin nicht mehr der Jüngste, auch wenn die Wüste meinem Körper die Zähigkeit erhalten und ihn hart und widerstandsfähig gemacht hat. Ich hätte ohne weiteres auf meinem Weg sterben können, und deshalb wollte ich, daß jemand an meine Stelle treten und das Unternehmen zu Ende führen würde: nämlich das siebte Grab zu zerstören. Und das solltest du sein, Philip!

Ich wollte, daß du der letzte Jäger bist, aber du warst fern – zeitlich, räumlich und gefühlsmäßig. Wie konnte ich dich in diese Unternehmung einweihen? Wie konnte ich deinen Geist und deinen Körper vorbereiten? Wie konnte ich deine harte Lehrzeit lenken? Also beschloß ich folgendes: Für den Fall, daß du dich entscheiden solltest, meinen Spuren zu folgen, würde ich dir eine Übungsstrecke vorzeichnen. Solltest du es schaffen, wäre die Mühsal meines Lebens nicht umsonst gewesen.«

»Aber auch ich hätte umkommen können. Hast du daran nie gedacht?«

»Doch«, sagte Desmond Garrett, »und ich litt darunter, als ich meine Entscheidung traf. Aber mir wurde auch bewußt, daß die meisten Menschen sterben, als hätten sie nie gelebt. Ich war mir sicher: Wenn du den Weg, den ich dir vorgegeben hatte, erst einmal kennenlernen würdest, würdest du ihn, obwohl er steinig und hart ist, unter Lebensgefahr gehen. Ich war sicher, daß du ihn lieben würdest, daß du von ihm gepackt und ihm erliegen würdest. Das war ich, weil ich dich schätze, mein Sohn, weil ich mehr Vertrauen in dich gesetzt habe als in jeden anderen.« Er legte ihm eine Hand auf die Schulter, und Philip legte seine eigene darauf und drückte sie, zum erstenmal in seinem Leben.

»Vorhin hast du gesagt, du hast eine bestimmte Hoffnung«, nahm der Vater das Gespräch wieder auf. »Du glaubst, diese Frau habe das Schmuckstück bewußt in deinen Reisesack gelegt, und zwar in der eindeutigen Absicht, dich in Dschebel Gafar wiederzutreffen. Das ist es, was du hoffst, nicht wahr?«

Philip nickte.

»Schon möglich, aber mir ruft dieser Umstand eine Geschichte aus der Bibel in Erinnerung, nämlich die von Joseph, der seinen silbernen Becher in den Kornsäcken verstecken ließ, die seine Brüder in Ägypten gekauft hatten, um sie dann des Diebstahls zu bezichtigen und den Bruder Benjamin bei sich zu behalten. Es kann also noch viele andere Motive geben, warum sie dich in diesen Backofen locken will. Sei auf der Hut.«

»Du bist mißtrauisch«, sagte Philip, und in seiner Stimme lag fast eine Spur von Groll. Er dachte an seine Mutter. Auch Desmond Garrett erinnerte sich in diesem Moment an die verlorene Ehefrau, und Schweigen trat zwischen Vater und Sohn.

»Wer war der Mann in dem Haus in Pompeji?« fragte Desmond Garrett auf einmal.

»Ein etruskischer Haruspex. Er war der einzige Überlebende eines entsetzlichen Ereignisses, das so grauenvoll war, daß er nicht die Worte fand, es zu beschreiben.«

»Fast als hätte er einer übernatürlichen Erscheinung beigewohnt...«

»Ja. Und weißt du, was ihn gerettet hat? Der Klang eines Sistrums. Das Instrument hing noch an der Tür zum *tablinum* in seinem Haus unter der Erde.«

»Mein Gott«, sagte Desmond Garrett, »aber dann –«

»So ist es. Die ›Erdbebenglöckchen‹ waren nichts anderes als der Klang des Sistrums. Der gleiche Klang, den du in einer Spieldose nachzuahmen versucht hast – warum?«

»Ich weiß es nicht. Eines Nachts hörte ich ihn im Franziskanerkloster, und von da an fand ich keinen Frieden mehr. Ich spürte, daß ich unbedingt herausfinden mußte, was diesen Klang erzeugte. Während des Erdbebens stieg ich in die Katakomben hinab und folgte ihm von einem Gang zum anderen, bis mir vor jener Wand klar wurde, daß sich auf der anderen Seite ein Hohlraum befand und der Klang von dort kommen mußte. Doch ich konnte nicht weiter vordringen. Als ich hinaufstieg, um mir geeignetes Werkzeug zu besorgen, erreichte mich die Nachricht, daß es deiner Mutter schlecht ging. Wo befindet sich dieses Instrument jetzt?«

»Ich habe es bei mir«, sagte Philip und wollte mit der Hand in die Innentasche seiner Jacke fassen, doch im selben Augenblick trat ein Ausdruck tiefer Enttäuschung auf sein Gesicht: »O mein Gott«, sagte er, »die Uniformjacke!«

»Du willst mir doch nicht etwa sagen, daß –«, begann der Vater bestürzt, doch er konnte den Satz nicht beenden.

»Desmond Garrett!« Hart und grell schallten die Worte zwischen den Felsen von Petra.

»Selznick!« rief Philip und erschauerte. »Wie ist das möglich?«

»Verflucht. Er muß dir hierher gefolgt sein. Rasch, bringen wir uns in Sicherheit.«

Philip griff nach seiner Reisetasche und rannte hinter seinem Vater her, der bereits in eine Geländesenke gesprungen war.

»Desmond Garrett!« ertönte die Stimme abermals, diesmal von einer anderen Stelle. In rascher Folge feuerte Garrett drei Schüsse in diese Richtung ab. Die Wände des Talkessels vervielfachten das Echo ins Unendliche, die leeren Räume der Felsengräber verstärkten sie zu Donnergrollen. Mit Philip im Gefolge rannte er auf eine Ruine zu, die etwa fünfzig Schritt entfernt aus dem Gelände ragte und besseren Schutz bot.

Am Himmel zeigte sich ein erster Schimmer, und gegen den blassen Horizont konnten sie nun eine Schar berittener Beduinen erkennen, die in verschiedene Richtungen ausschwärmten, als gehorchten sie präzisen Befehlen.

»Mein Gott«, sagte Philip, »sie versuchen uns alle Fluchtwege zu versperren.«

»Stimmt«, antwortete der Vater, »und bald werden sie kommen, um uns gefangenzunehmen. Bist du bewaffnet?«

»Ich habe die Dienstpistole, die ich bei mir trug, als ich in die Zitadelle von Aleppo eindrang, aber ich habe nur wenig Munition.«

»Sehen wir zu, daß wir das ändern.« Desmond Garrett drehte sich nach seinem Pferd um, das in der Nähe vorbeitrottete, und rief es mit einem Pfiff. Das Tier wieherte und galoppierte auf ihn zu, und die beiden konnten es gerade noch hinter eine Ziegelmauer ziehen, bevor das Gewehrfeuer der Beduinen es niederstreckte.

Desmond Garrett nahm ein Gewehr und Munition aus dem Sattel und begann auf die Angreifer zu schießen, die näher zu kommen versuchten, während Philip seinen Reisesack im Sand vergrub. »Stelle dich hinter mich und feuere in die andere Richtung«, wies ihn der Vater an. »Schieße nur, wenn du sicher bist, daß du das Ziel triffst. Wir dürfen nicht einen Schuß vergeuden.«

Die Beduinen, die sich gegenseitig Feuerschutz gaben, rückten immer weiter vor, während Selznick brüllte: »Ich will sie lebend!«

Desmond und Philip verteidigten sich bis zum letzten Schuß, dann griffen sie zur blanken Waffe. Als Selznick dies bemerkte, befahl er den Beduinen, sie zu umzingeln, dann trat er selber bis auf Rufweite heran.

»Sieh mal einer an«, sagte er aus dem Dunkeln heraus, so daß Desmond Garrett weder den schmerzerfüllten Gesichtsausdruck sehen konnte, der gleich darauf seine Züge verzerrte, noch die Hand, die er auf die schmerzende Hüfte preßte.

»Ich weiß nicht, welcher Dämon dir das Leben gerettet hat, Selznick«, erwiderte er, »aber gib dich keinen Hoffnungen hin. Ich weiß, daß der Tod dir ein Pfand dagelassen hat, und du kannst sicher sein, daß er wiederkommt, um es einzulösen.«

»Aber du bist vor mir dran«, sagte Selznick, »während ich leben und gesunden werde. Wenn ich das Heiligtum dessen betreten haben werde, der das Geheimnis der Unsterblichkeit und der ewigen Jugend kennt. Und jetzt wird Philip mir sagen, was auf der zweiten Hälfte des Papyrus geschrieben steht!«

»Wovon redet er da?« wandte sich Desmond leise an seinen Sohn.

»In jener Nacht kam es zum Streit zwischen Selznick und den Männern, die ihn in die Katakomben geführt hatten. In dem Handgemenge, das folgte, wurde der Papyrus beschädigt. Die Aufnahme, die ich wenige Minuten zuvor gemacht hatte, enthält die einzige vollständige Kopie des Textes. Und jetzt befindet sie sich hier drin«, erwiderte Philip und zeigte unauffällig auf die Stelle am Boden, wo er zuvor den Reisesack versteckt hatte.

Unterdessen war Selznick in Begleitung zweier Beduinenkrieger mit angelegten Gewehren noch näher gekommen.

»Ich habe es noch nicht ganz gelesen, Selznick. Ich hatte gerade damit begonnen, als ihr kamt. Die Lektüre einer solchen Schrift erfordert Zeit. Ein paar Minuten reichen da nicht aus. Man braucht Tage dafür.«

Am Osthimmel dämmerte nun der Morgen, und im Tal wich langsam die Dunkelheit. Selznick zog den Säbel aus der Scheide, trat vor seinen alten Feind und legte ihm die Waffe an die Kehle.

»Versuch nicht, mich hinters Licht zu führen, junger Mann«, sagte er zu Philip. »Ich weiß, daß du eine Kopie des Textes hast. Jemand hat beobachtet, wie du in den Bibliotheken über der Übersetzung gebrütet hast. Durchsucht sie!« befahl er den Beduinen, doch weder in seinen Kleidern noch im Gepäck, das er neben dem Lagerfeuer gelassen hatte, konnten sie etwas finden.

»Ich hab's dir doch gesagt«, sagte Philip. »Ich habe sie nicht bei mir. Sie ist in Aleppo geblieben – in einer Tasche meiner Uniform.«

Selznick schrie ihn an: »Du willst doch nicht etwa, daß ich deinem Vater die Kehle durchschneide nach all der Mühe, die es dich gekostet hat, ihn zu finden, nicht wahr?«

»Sag ihm nichts, Philip«, sagte Desmond Garrett, »dieser Mann hat keine Ehre. Er wird uns auf jeden Fall töten.«

»Aber ich will nicht daran schuld sein«, erwiderte Philip. »Du wirst mich nie dazu bringen, so tief zu sinken wie du, Selznick. Das Foto brauchen wir nicht. Ich kenne den Text auswendig. Was du suchst, ist ein zylindrisches Bauwerk, über dem sich ein geflügeltes Pferd erhebt. Es befindet sich in Dschebel Gafar, jenseits der saudiarabischen Grenze.«

Selznick steckte die Klinge wieder in die Scheide: »Ich war mir der edlen Gefühle sicher, die dich an deinen Vater binden. Ihr bleibt hier in guter Gesellschaft, während ich überprüfe, ob du die Wahrheit gesagt hast.« Doch als Selznick sich nun seinen Männern zuwandte, um ihnen Anweisungen bezüglich der Gefangenen zu erteilen, streckten plötzlich zwei Gewehrschüsse die Beduinen an seiner Seite nieder. Ein dritter Schuß brannte Selznick ein Loch in den Jackenstoff, während er sich seitlich auf den Boden warf, um hinter einer Mauer Schutz zu suchen. Gleichzeitig sprang eine schwarze Gestalt von oben herunter und feuerte weitere Salven aus zwei Trommelrevolvern ab.

»El Kassem!« schrie Philip.

»Alter Bandit, ich wußte, daß du wieder auftauchen würdest!« rief Desmond Garrett.

El Kassem warf ihm einen Patronengurt zu und brüllte Philip an: »Lauf weg! In der Schlucht des *Wadi* wartet ein Pferd. Die Wachen habe ich getötet. Lauf, solange der Weg noch frei ist. Es geht um Sekunden.«

»Lauf!« schrie auch sein Vater. »Lauf! Sonst ist alles verloren, was wir bis jetzt getan haben. Fort, solange wir dir noch Deckung geben können!«

Philip griff nach seinem Reisesack und schickte sich an loszurennen, doch dann hielt er einen Augenblick inne, zog die Fotografie des Textes hervor und gab sie seinem Vater. »Ich habe alles hier drin«, sagte er und tippte sich mit dem Finger gegen die Stirn, »dir kann sie vielleicht etwas nützen. Viel Glück, Vater!«

Vom Sperrfeuer seines Vaters und El Kassems gedeckt, rannte er auf die Einmündung des Wadi Musa zu, bis er das Pferd entdeckte, das mit den Zügeln an einen Felsbrocken gebunden war. Von dem Gewehrfeuer erschreckt, scharrte es mit den Hufen und versuchte sich zu befreien. Philip sprang in den Sattel. Das letzte, was er im Licht der Morgendämmerung sah, bevor er im Galopp durch die Schlucht davonjagte, waren El Kassem und sein Vater, die nun von allen Seiten von einer feindlichen Übermacht überwältigt wurden.

Bleich vor Zorn trat Selznick vor: »Ich weiß die Treue zu deinem Herrn sehr zu schätzen, El Kassem. Eine solche Eigenschaft sagt man einem Hund nach, wie du einer bist.«

El Kassem spuckte ihm ins Gesicht.

»Auch dafür wirst du bezahlen, nur keine Sorge«, sagte Selznick, ohne die Fassung zu verlieren. »Im Grunde ist es leicht, sein Leben in einer Schießerei oder in einem Duell aufs Spiel zu setzen. Wir werden sehen, ob du auch zu anderem fähig bist.«

Von seinen Leuten ließ er sie ins Innere eines Grabmals schaffen, in dessen Grabkammer der Sarkophag noch intakt war.

Er befahl seinen Männern, den Deckel wegzurücken, und ließ eine der Leichen hineinlegen, die noch draußen auf der Erde lagen. Dann wandte er sich an die, die El Kassem festhielten: »Legt ihn ebenfalls hinein und schließt den Deckel.«

Der arabische Krieger wand sich in dem verzweifelten

Versuch, sich zu befreien und auf weniger grauenvolle Art zu sterben. Aber Selznick befahl zwei anderen, seinen Bewachern zu helfen und ihn gewaltsam in dem Sarkophag einzuschließen.

Kurz darauf hörte El Kassem in der Finsternis seines entsetzlichen Gefängnisses, in dem sich schon der Gestank des Leichnams verbreitete, Selznicks Stimme sagen: »Du bekommst genug Luft, denn der Deckel schließt nicht luftdicht, aber wenn du versuchen solltest, ihn anzuheben, wirst du den Abzug eines Gewehrs auslösen, das auf die Brust deines Herrn gerichtet ist. Solltet ihr bei meiner Rückkehr noch nicht tot sein, werde ich euch freilassen. Und dieses Versprechen werde ich halten. Wie bei allen Menschen gibt es auch bei mir Grenzen, die ich respektiere.«

El Kassem hörte, wie Selznick fortging und etwas weiter entfernt befahl: »Ihr beide bleibt hier am Eingang, dann kann euch niemand überraschen.«

Unterdessen hatte El Kassem ungeachtet der fast völligen Dunkelheit in seinem Grab nicht seine Klarsicht verloren. Mit den Fingern tastete er jeden Millimeter des großen Sarkophags ab und durchsuchte dann den Leichnam. Er kannte die Gewohnheiten der Beduinen des Nahen Ostens gut, und endlich fand er, im Patronengurt versteckt, ein kleines scharfes Messer. Erleichtert seufzte er auf – schlimmstenfalls konnte er sich wenigstens die Pulsadern aufschneiden.

Allein Desmond Garretts Stimme verband ihn mit der Außenwelt. Sein Gefährte sprach jetzt Französisch mit ihm:

»Du hast keine Wahl, El Kassem. Wir warten, bis es dunkel wird, und wenn ich es dir sage, hebst du den Deckel an und kommst heraus. Es wird nur einen Augenblick dauern, ich werde nicht leiden, aber du hast zumindest eine Chance, in der Dunkelheit zu entkommen. Sollten sie dich töten, stirbst du wenigstens durch einen Gewehrschuß. Falls dir die Flucht jedoch gelingt, kannst du zu Philip stoßen und ihm dabei helfen, unsere Unternehmung zu Ende zu führen. Tu, was ich dir sage, du kannst dieses Grauen nicht lange aushalten, ohne verrückt zu werden.«

Dumpf und kaum wahrnehmbar drang El Kassems Stimme zu ihm: »Mach dir keine Sorgen, *el sidi,* ich werde es schon aushalten. Ich habe einen Dolch bei der Leiche gefunden, und dieser Sarkophag ist aus Sandstein. In ein paar Tagen könnte ich es schaffen, du mußt nur Hunger und Durst standhalten. Wenn du jemanden kommen siehst, beklage dich bei ihm, dann werde ich meine Arbeit unterbrechen.«

Gleich darauf konnte Desmond Garrett das Kratzen der Klinge auf dem Sandstein des Sarkophags hören.

»Das ist doch absurd«, sagte er, »du kannst es nicht schaffen. Du wirst bald zu schwach sein. Warte und versuche dich bis heute abend ruhig zu verhalten, und wenn ich es dir sage, hebst du den Deckel, und wir machen der Sache ein Ende.«

»Nein«, antwortete El Kassem halsstarrig, »ich kann es schaffen. Und wenn meine Kräfte nachlassen sollten ... genügend Fleisch habe ich ja.«

Garrett verstummte. Er kannte ihn gut genug, um zu wissen, daß er es ernst meinte. Eine Zeitlang lauschte er dem Geräusch des Messers, das den Stein prüfte, dann sprach er weiter: »Wenn du wirklich fest entschlossen bist, so folge meinen Anweisungen, damit du das Loch an einer Stelle bohrst, von der aus du die Schnur erreichen kannst. Setze an der rechten vorderen Ecke an – bist du soweit? Gut, jetzt gehe eine Handbreit nach oben und folge dann eine Handbreit der rechten Sargwand nach hinten. Dort mußt du kratzen. Die Schnur läuft durch eine Astgabel hindurch, die genau auf dieser Höhe in den Boden gerammt ist. Du mußt dich nur ein wenig hinauslehnen, um sie zu durchschneiden.«

»Ich habe verstanden, *el sidi,* versuche du nur durchzuhalten. Ich bin sicher, daß ich es schaffen werde.«

Gleich darauf hörte Garrett erneut das Kratzen von

Metall auf Stein, ein langsames, aber regelmäßiges und nie nachlassendes Geräusch. Jede Stunde legte El Kassem eine zehnminütige Erholungspause ein, dann setzte er seine Arbeit fort.

Auf diese Weise vergingen der erste Tag und die erste Nacht. Garrett, den man an Handgelenken und Knöcheln an die Felswand gefesselt hatte, war erschöpft und von Durst gepeinigt. Doch das regelmäßige, wenn auch schwache Geräusch des Messers an der Sarkophagwand machte ihm Mut.

Er begriff einfach nicht, warum dieser Mann, der seit vierundzwanzig Stunden zusammen mit einem Leichnam in einem so beengten Raum eingeschlossen war, nicht schon an Platzangst und Entsetzen gestorben war, und wie er noch die Kraft aufbrachte, seine Arbeit fortzusetzen. Je mehr die Stunden verrannen, desto mehr nahmen die aktiven Phasen ab und die der Stille zu. Garrett verbrachte sie in banger Sorge, weil kein Geräusch aus dem Sarkophag drang und er nicht zu sprechen wagte. Schlief El Kassem in diesen endlosen Stunden der Stille etwa? Welche Alpträume peinigten ihn? Welchen Qualen mußte er widerstehen?

Von draußen war das Gelächter ihrer Kerkermeister zu vernehmen, die sich das Warten verkürzten, indem sie *tawlet zaher* spielten.

Sollte er Selznick je wiederfinden, so schwor er sich, würde er ihn die gleiche bestialische Strafe erleiden lassen.

Im Morgengrauen des dritten Tages, als er vor Durst, Hunger und Müdigkeit schon zu phantasieren begann, hörte Desmond Garrett nach einer langen Pause ein Geräusch. Es war das kaum wahrnehmbare Geräusch eines Steinchens, das aus wenigen Zentimetern Höhe auf den Boden fiel. In der tiefen Stille der Morgendämmerung schwoll dieses winzige trockene Geräusch in seinem Hirn zu einem Donnergrollen an. Instinktiv warf er einen Blick auf die Stelle, von wo der Laut kam, und das Herz schlug ihm bis zum Hals. Die Sarkophagwand bröckelte an einer Stelle, und zwar genau an der Stelle, die er El Kassem gezeigt hatte.

»Du hast es geschafft«, sagte er. »Hörst du mich, El Kassem? Du hast es geschafft!«

»Ich weiß«, zischte eine Stimme aus dem kleinen Loch, »ich sehe das Licht. Wie spät ist es?«

»Der dritte Tag bricht gerade an.«

»Der dritte? Verflucht! Nach meinen Berechnungen war es erst der Abend des zweiten.«

»Nur Mut, erweitere nun das Loch, es muß so groß werden, daß deine geschlossene Faust hindurchpaßt.«

Es bedurfte weiterer vier Stunden geduldiger Arbeit, bis El Kassems Faust aus der Öffnung in der Sarkophagwand zum Vorschein kam. Dann leitete Garrett ihn bis zu der Schnur. Allerdings hatte sich das Messer bei der langen Grabearbeit im Sandstein weitgehend abgenutzt, und von der Klinge war kaum mehr als ein Stummel übrig geblieben. Bei zu leichtem Druck schnitt es nicht mehr, bei zu starkem Druck bestand die Gefahr, daß der Abzug betätigt und der Schuß ausgelöst würde.

Deshalb schärfte El Kassem zunächst den Rest der Klinge, indem er sie an der Sarkophagwand hin und her schliff, was noch einmal eine halbe Stunde in Anspruch nahm. Schließlich streckte er die Faust wieder aus dem zuvor gebohrten Loch heraus und begann geduldig die Schnur zu zerschneiden. Sobald Garrett ihn warnte, daß der Abzug ausgelöst zu werden drohte, hielt er inne.

Nach jeder Pause konnte er jedoch nicht mehr die Stelle wiederfinden, an der er die Schnur zuvor schon angeschnitten hatte, und so mußte er jedesmal wieder von vorne anfangen. Schließlich jedoch obsiegte seine übermenschliche Ausdauer über Selznicks Falle, und die Schnur riß in zwei Teile.

Reglos und still blieb El Kassem noch eine Weile in seinem Grab, um seine Kräfte und seine Konzentration wiederzugewinnen. Dann sagte er: »Halte dich bereit, *el sidi*. Ich komme jetzt heraus.«

Er kniete sich hin, stemmte den Rücken gegen den Deckel und drückte mit aller Kraft dagegen, bis die Platte sich hob und zur Seite rutschte. Mit der Kraft der Verzweiflung drückte El Kassem noch einmal dagegen, und die Platte glitt zu Boden.

Aufgeschreckt durch das Geräusch, kam einer der wachestehenden Beduinen von draußen herbeigerannt, doch El Kassem warf das Messer und traf ihn in den Halsansatz. Der Beduine brach zusammen und preßte dabei die Hände auf den Blutschwall, der aus der zerrissenen Halsschlagader hervorschoß. El Kassem griff sofort nach dem Gewehr, das eigentlich Desmond Garrett hatte töten sollen, und schoß auf den anderen, der in diesem Augenblick herbeigelaufen kam. Er nahm auch dessen Waffen und gab sie Garrett, nachdem er ihn von den Stricken befreit hatte, die ihn an die Wand fesselten.

An der Wand entlang schlich er bis zum Eingang, wo er feststellte, daß sich draußen noch vier weitere bewaffnete Männer befanden. Sie waren allesamt in Deckung gegangen, nachdem sie von den Schüssen und durch den Umstand, daß ihre Gefährten nicht wieder herausgekommen waren, in Alarmbereitschaft versetzt worden waren. El Kassem zog sich soweit zurück, daß er nicht mehr gesehen werden konnte, und feuerte zwei weitere Schüsse in die Luft ab.

»Wozu das?« fragte Garrett.

»Rasch, folge meinem Beispiel«, sagte El Kassem, während er die *Kufija* und den schwarzen Berkan eines der Getöteten anzog. Als auch Garrett sich verkleidet hatte, gingen sie zum Eingang, wo er den anderen zurief: »Alles in Ordnung! Wir haben sie erledigt.« Dann trat er aus der Deckung und machte den anderen Zeichen herauszukommen. Die vier standen auf, um denen, die sie für ihre Kumpane hielten, in die Felsenkammer zu folgen, doch als sie nahe genug waren, drehten Garrett und El

Kassem sich blitzartig um und mähten sie mit Gewehr- und Pistolenschüssen nieder. Die Luft war jetzt rein.

Sie traten ans Lagerfeuer der Beduinen und tranken gierig aus den Wasserschläuchen. Dann fand Garrett in einem Reisesack etwas zu essen und bot seinem Gefährten davon an.

»Nein, danke, *el sidi*«, sagte El Kassem, »ich habe keinen Hunger.« Garrett sollte nie erfahren, ob sein Gefährte die Wahrheit gesagt hatte oder diese Worte nur sprach, um ihn in dem Glauben zu lassen, daß er wahrhaftig zu allem fähig war. Auch das wäre nicht ungewöhnlich für El Kassem gewesen.

Beide waren vollkommen erschöpft. Also suchten sie sich ein Versteck, wo sie sich ermattet hinlegten und für ein paar Stunden in tiefen Schlaf fielen.

Als Desmond Garrett aufwachte, fiel sein Blick auf ein loderndes Feuer. El Kassem zog gerade einer Schlange die Haut ab, um sie zu braten: »Um diese Uhrzeit kommen sie heraus, um auf Mäusejagd zu gehen, aber es gibt keinen Jäger, der nicht seinerseits gejagt werden kann. Es schmeckt gut, und es ist … frisches Fleisch.«

»Ich weiß, El Kassem«, antwortete Garrett, »ich esse nicht zum erstenmal Schlangenfleisch.«

Der Krieger ließ sich am Feuer nieder, zerteilte das Reptil, steckte die Stücke auf einen Krummsäbel und hielt sie über die Glut. Inzwischen hatte Garrett sein Gepäck zusammengesucht und die Fotografie mit dem Text von Avile Vipinas hervorgezogen, die Philip ihm vor seiner Flucht gegeben hatte.

»Dschebel Gafar«, sagte er immer wieder, »das überzeugt mich nicht … das überzeugt mich überhaupt nicht …« Sein Blick fiel auf die Zeile, wo der antike Haruspex das geheimnisvolle Bauwerk beschrieb. Er bat El Kassem, ihm aus seiner Satteltasche seine Lupe zu holen.

El Kassem legte den improvisierten Spieß auf zwei Steine, so daß das Schlangenfleisch weiterbriet, dann ging er zu Garretts Pferd und zog aus der Tasche eine große

Insektenforscherlupe. Garrett trug sie immer bei sich, um Inschriften oder Felszeichnungen zu studieren. El Kassem reichte ihm die Lupe, und Garrett nahm sie, ohne auch nur den Blick von dem Dokument zu heben, das er untersuchte. Unter dem Vergrößerungsglas enthüllte die Schrift jedes kleinste Detail, und Garrett beschäftigte sich nun eingehend mit den Worten, die das Bauwerk beschrieben, aus dem heraus sich die vernichtende Bestie gestürzt haben sollte. »Ein Zylinder, über dem sich ein Pegasus erhebt – ein Pegasus. O mein Gott!«

»Was ist los?« fragte El Kassem. »Was hast du entdeckt?«

»Einer der Buchstaben weist eine Anomalie auf – natürlich! – hier ging das Zeichen nach links unten weiter; es wurde nur teilweise vom Schimmel ausgelöscht. Unglaublich! Und so ist aus einem ›Tau‹ ein ›Gamma‹ geworden. Das Wort lautete also nicht ›pegasos‹, sondern ›petasos‹!«

»O gütiger und barmherziger Allah, meine Schlange!« rief El Kassem aus, als ihm der Geruch von Verbranntem in die Nase stieg. Er nahm das Fleisch vom Feuer und setzte sich wieder neben den Gefährten: »Also, was ist nun mit dem Text?« fragte er verblüfft.

»Es ist ganz einfach«, gab Garrett zurück. »Im Altgriechischen schrieb man den Buchstaben ›Tau‹ so« – und dabei malte er mit der Messerspitze ein Zeichen in den Boden – »und es wurde ›t‹ ausgesprochen, wie im Arabischen *ta.* Wenn nun aber der Schimmel dieses Stück im Balken auslöscht« – und nun verwischte er mit der Spitze des Zeigefingers einen Teil des Zeichens – »dann wird aus dem ›Tau‹ ein ›Gamma‹, das ›g‹ ausgesprochen wird wie *ghaf,* verstehst du? Also war das, was wir für einen Pegasus hielten, in Wirklichkeit ein Petasos.«

»Und was ändert das?« fragte El Kassem.

»Alles, mein Freund. Im Altgriechischen bedeutet ›pegasos‹ ein Pferd mit Flügeln, ein Fabelwesen. Ein ›petasos‹ hingegen ist ein breitkrempiger Hut mit flachem

Kopf, der von den Menschen der Antike getragen wurde. Unser Bauwerk ist also ein Gebäude, über dem sich eine halbkugelförmige Kappe erhebt.« Und mit der Messerspitze zeichnete er ein Bild auf den Boden.

El Kassem zuckte leicht zusammen, was Garrett nicht entging: »Erinnert dich das vielleicht an etwas?«

Das Gesicht des Kriegers verdüsterte sich, als er sagte: »Ich habe einmal davon gehört, ich war noch ein Junge. Ein Mann, der aus der südlichen Wüste gekommen war, erzählte schreckliche Dinge, aber man hielt ihn für verrückt. Hast du je von den Blemmyern gehört, *el sidi*?«

Garrett sah ihm fest in die Augen und bemerkte darin zum erstenmal in seinem Leben einen Schauer des Entsetzens.

»Gib mir ein Stück Schlange«, sagte er, um vom Thema abzulenken, »ich bin hungrig geworden.«

Schweigend saßen sie neben dem Feuer und aßen. Der arabische Krieger dachte an die Alpträume, die nach der grausigen Erzählung des Unbekannten die Nächte seiner Kindheit heimgesucht hatten, und Desmond Garrett versuchte sich das schreckliche Bauwerk vorzustellen, das sich einsam wie ein Leuchtturm im Sandmeer erhob.

Schließlich brach El Kassem das Schweigen: »Was hast du beschlossen?«

Desmond Garrett hob den Blick zum Himmel, wo das Sternbild Skorpion über dem Tal von Petra funkelte, starrte auf den rot blinkenden Antares und in den schwarzen Raum darüber. »Allein gegen Selznick schwebt Philip in großer Gefahr«, sagte er, »aber ich kann nicht nach Dschebel Gafar gehen, dafür bleibt keine Zeit mehr. Morgen schon, beim ersten Tageslicht, muß ich aufbrechen. Dich, El Kassem, bitte ich, dafür zu sorgen, daß Philip nichts geschieht. Ich werde dir für den Rest meines Lebens dankbar sein. Er ist mein einziger Sohn, El Kassem, laß ihn mich nicht verlieren.«

»Es wird ihm nichts geschehen, solange ich bei ihm bin. Aber du, wohin wirst du gehen?«

Garrett breitete eine Landkarte auf dem Boden aus: »Ich werde versuchen den Reiseweg des Mannes herauszufinden, der vor zweitausend Jahren diesen Brief geschrieben hat. Ich glaube, daß er und seine Gefährten Kalaat Hallaki suchten und sie statt dessen in den Gespenstersanden gelandet sind. Der Turm der Einsamkeit steht dort, ich fühle es.«

Nachdem sie zu Abend gegessen hatten, begruben sie die Toten, damit in der Nacht keine Raubtiere angelockt wurden. Anschließend studierte Garrett eingehend seine Papiere. Immer wieder las er die Worte von Avile Vipinas und verglich sie mit all den Geheimnissen, die er der Wüste in den vielen Jahren des Herumreisens und der Forschungen entrissen hatte. Unter diesen Papieren befand sich auch eine Zeichnung, die er zehn Jahre zuvor eigenhändig angefertigt hatte und die den Stein der Sternbilder darstellte, die Kostbarkeit, die Pater Antonelli ihm im Allerheiligsten der Vatikanischen Bibliothek gezeigt hatte. Lange studierte er sie im Licht einer Laterne, dann nahm er einen Sextanten aus der Tasche, hob ihn gen Himmel und richtete ihn auf den Stern Akrab im Skorpion, dessen eisiges Licht im klaren Himmel funkelte. El Kassem hörte ihn flüstern: »Es bleibt keine Zeit mehr, es bleibt keine Zeit mehr …«

Pater Hogan schiffte sich in Tunis aus, wo ihn der päpstliche Nuntius mit einem Automobil erwartete, doch bevor er einstieg, wollte er sich persönlich vergewissern, daß sein Gepäck mit der größten Sorgfalt ausgeladen und dann auf dem Gepäckträger des Wagens festgezurrt wurde.

»Es wäre mir ein großes Vergnügen gewesen, Sie in unserem Amtssitz bewirten zu dürfen«, sagte der Nuntius, »aber wir haben ohne nähere Erläuterung die Anweisung erhalten, Sie ins Hotel Oasis in El Kef zu begleiten. Eine – gelinde gesagt – recht ungewöhnliche Vorgehensweise, wenn ich ehrlich sein darf. Das Amt, das ich unwürdigerweise bekleide, brächte es eigentlich mit sich, daß ich über die Einzelheiten jeder Operation des Heiligen Stuhls in diesem Gebiet unterrichtet werde, aber nichts dergleichen. Vielleicht haben Sie ja die Anweisung, mir die Einzelheiten einer derart delikaten Mission persönlich mitzuteilen, wodurch ich verstehen könnte ...«

»Es tut mir leid, Monsignore«, erwiderte Pater Hogan, »aber ich kann Ihnen nichts sagen. Ich selbst weiß nichts über das, was in El Kef passieren wird.«

Der Prälat schwieg eine Weile, während das Automobil in die Straße nach Südwesten einbog und aufs Landesinnere zusteuerte. Als sie die letzten Häuser am Stadtrand hinter sich gelassen hatten, unternahm er einen neuen Versuch, seinem schweigenden Begleiter etwas zu entlocken: »Ich habe gesehen, daß Sie große Gepäckstücke dabeihaben. Handelt es sich dabei vielleicht um Geräte für eine unserer Missionsstationen? Gewiß, die Zeiten ändern sich, die Technik macht gewaltige Fortschritte, und auch wir müssen dem Rechnung tragen, um Gottes Ruhm zu mehren, versteht sich.«

Pater Hogan, der sein Brevier aufgeschlagen hatte, schloß dieses nun und wandte sich dem Nuntius zu: »Monsignore«, sagte er, »Ihre Neugier, beziehungsweise Ihre Anteilnahme, ist völlig legitim, und ich verstehe Sie sehr gut, doch ich habe strikte Anweisungen von meinen und Ihren Vorgesetzten, kein Wort zu sagen, weder über das Ziel dieser Reise noch über den Inhalt meines Gepäcks.« Dann, als er den fassungslosen Blick des Nuntius sah, fuhr er fort: »Sehen Sie, Exzellenz, wenn Sie meine Meinung hören wollen – unter dem Siegel der Verschwiegenheit, versteht sich –, so ist diese Geheimhaltungsmanie in letzter Zeit bei den Kanzleien ziemlich in Mode gekommen, und bei allem Respekt: Ich glaube, daß sie nun auch das Staatssekretariat erfaßt hat. Es ist zum Beispiel denkbar, daß diese ganze Geheimhaltung ihre Ursache in Zollformalitäten hat, Sie verstehen mich. In guter Absicht und zur Mehrung von Gottes Ruhm, wie Sie richtig bemerkten, erweist es sich manchmal als erforderlich, ein bürokratisches oder verwaltungstechnisches Hindernis zu umgehen, und zwar mit Methoden und Mitteln, die man vielleicht nicht als orthodox im eigentlichen Sinne bezeichnen kann.«

Der Nuntius war zufriedengestellt und fügte nichts mehr hinzu. Es genügte ihm zu wissen, daß auch dieser junge Ire die vertraute gewundene Sprache der Kurie beherrschte, obwohl diese im Grunde nicht weniger obskur war als das Schweigen. Unterdessen folgte der Wagen mit mäßiger Geschwindigkeit der Straße, deren Asphaltdecke weiter im Landesinnern von planierter Erde abgelöst wurde.

Ab und zu hielt der Fahrer an, um eine Schafherde oder eine Kamelkarawane vorbeizulassen, dann gab er wieder Gas und wirbelte dabei eine Staubwolke hinter sich auf.

Gegen Abend erreichten sie El Kef, und Pater Hogan wachte darüber, daß die Träger sein Gepäck unter größter Sorgfalt auf sein Zimmer brachten. Nachdem er ihm gedankt hatte, verabschiedete er sich von dem Nuntius und ließ sich einen Imbiß bringen, bevor er zu Bett ging. Er war todmüde, und die afrikanische Sonne hatte auf seiner sommersprossigen Nordländerhaut schon Verbrennungen hinterlassen.

Im Morgengrauen des folgenden Tages wurde er von einem leisen Klopfen an der Tür geweckt. Er schlüpfte in den Morgenmantel und öffnete. Vor ihm stand ein Offizier der Fremdenlegion: »Ich bin Leutnant Ducrot, und Sie sind Pater Hogan, nicht wahr? Ich warte im Atrium auf Sie. Wir brechen in einer Viertelstunde auf. Ich schicke Ihnen zwei Männer herauf, die Ihr Gepäck tragen werden. In der Zwischenzeit können Sie unten in der Bar etwas essen. Es gibt dort Crêpes, und Sie sollten besser darauf zurückgreifen, denn ich weiß nicht, wann Sie noch einmal die Gelegenheit dazu erhalten werden.«

Pater Hogan wusch sich und ging in die Bar hinunter, wo Leutnant Ducrot schon auf ihn wartete. In der Zwischenzeit luden die Männer sein Gepäck in eine Kiste, die auf einem Geländewagen stand und anschließend verplombt wurde. Der Wagen verließ schon bald die Straße und bog in eine Piste ein, die nach Südwesten in Richtung algerische Grenze führte. Plötzlich deutete der Offizier nach links, und Hogan erblickte ein Militärflugzeug, das mit laufenden Motoren auf einer Erdpiste wartete, die von leeren, rot und weiß angestrichenen Ölfässern begrenzt wurde. Fast sieben Stunden lang flog er über Tausende von Kilometern Wüste hinweg in südöstlicher Richtung, bis das Flugzeug auf einer anderen Piste landete, die der ersten aufs Haar glich. In der Nähe hatten sich einige kümmerliche, über und über mit Staub bedeckte Palmen um einen Brunnen herum angesiedelt.

Dort erwartete ihn ein weiterer Offizier der Legion, der sich als Major Leroy vorstellte: »Willkommen in Bir Akkar, Pater Hogan. Sie werden von jemandem erwartet, der Sie in das Gebiet führen kann, für das Sie sich interessieren. Es handelt sich um einen unserer besten Männer. Allerdings hat er eine schwere Prüfung hinter sich. Bei einer außergewöhnlich schwierigen Operation, die in ein gänzlich unerforschtes Gebiet führte, hat er seine ganze Abteilung verloren. Wundern Sie sich also nicht, wenn er Verhaltensweisen an den Tag legt, die Ihnen vielleicht ungewöhnlich oder verwirrend vorkommen.«

Sie betraten ein flaches Gebäude, das mit Lehm verputzt und mit Kalk geweißt war. Major Leroy führte ihn in ein Zimmer, in dem ein anderer Offizier mit dem Rücken zur Tür stehend wartete. Der Raum war kahl und schmucklos. Außer einem Schreibtisch und zwei Stühlen hingen eine große Karte der Sahara an der einen sowie ein alter Druck mit einer folkloristischen Szene aus dem Leben der Kabylen an der anderen Wand. Als der Mann sie eintreten hörte, wandte er sich um. Er war groß und mager, das Haar trug er kurz geschnitten und den Schnurrbart schmal und sorgsam gepflegt, doch seine Augen verrieten Anzeichen einer zermürbenden Schlaflosigkeit, und sein Gesichtsausdruck war der eines Menschen, der schon lange mit dem Alptraum lebt.

»Ich heiße Jobert«, sagte er, »Oberst Charles Jobert.«

12. KAPITEL

»Setzen Sie sich, Pater, Sie haben eine anstrengende Reise hinter sich und werden müde sein. Möchten Sie vielleicht einen arabischen Tee?«

»Ja, danke, sehr gern«, antwortete Pater Hogan. Jobert öffnete das Fenster und rief einem Jungen auf der Straße etwas zu, dann setzte er sich seinem Gast gegenüber.

»Wir haben von unseren vorgesetzten Militärbehörden und den Geheimdiensten Anweisung erhalten, bei einer wichtigen gemeinsamen Mission mit Ihnen zusammenzuarbeiten, aber ich bekenne, daß ich als Militär zum erstenmal mit dem Heiligen Stuhl zusammenarbeite. Ich stehe ab sofort zu Ihrer Verfügung, allerdings kann ich mir vorstellen, daß Sie sich erst einmal zurückziehen und von der Reise erholen möchten.«

Kurz darauf klopfte es an die Tür, und der Bursche trat mit dem Tee ein. Jobert goß die dampfende bernsteinfarbene Flüssigkeit in die Gläser und reichte eines davon Pater Hogan, der bedächtig und genießerisch daran nippte, obwohl der Unterschied zwischen diesem Tee und seinem eigenen Vorrat, den er sich aus London in den Vatikan schicken ließ, kaum größer hätte sein können.

»Ich bin gar nicht so müde«, sagte Pater Hogan, »und wir haben nicht viel Zeit. Wenn Sie nichts dagegen haben, würde ich es vorziehen, daß wir sofort damit beginnen, die Bedingungen unserer Zusammenarbeit festzulegen.«

»Ich habe nichts dagegen einzuwenden«, erwiderte Oberst Jobert. »Wenn ich es recht verstanden habe, wollen Sie also in die unwegsamsten Gebiete des südöstlichen Quadranten vordringen. Ist das richtig?«

»Allerdings. Und Sie sind der einzige Mensch auf der Welt, der mich dorthin führen kann. Richtig?«

»Nicht ganz. Es gibt noch jemanden, dem es gelungen ist, bis ins Herz dieses Backofens vorzudringen und zurückzukehren: Desmond Garrett. Doch bis zur Stunde ist es uns nicht gelungen, uns mit ihm in Verbindung zu setzen, obwohl wir die Hoffnung noch nicht aufgegeben haben ...«

»Würden Sie auch dorthin gehen, wenn ich nicht hier wäre und Sie darum bitten würde?«

»Darauf können Sie sich verlassen. Meine Soldaten sind bis auf den letzten Mann niedergemetzelt worden, und ich will mit den geeigneten Waffen dorthin zurückkehren, um die Rechnung zu begleichen.«

»Verzeihen Sie, wer hat Ihre Männer getötet?«

»Sie würden mir nicht glauben, wenn ich es Ihnen sage.«

»Versuchen Sie es trotzdem. Ich bin Priester und den Umgang mit dem Unglaublichen gewohnt.«

Joberts Augenlider flatterten, als er sagte: »Haben Sie je von den Blemmyern gehört?«

»Den Blemmyern? Aber – dabei handelt es sich doch um ein mythisches Volk, wenn ich mich recht erinnere. Mir scheint, daß Plinius in der *Naturalis Historia* ...«

»Es gibt sie wirklich, Pater. Und ich bin ihnen begegnet, ich habe gesehen, wie sie meine Männer in Stücke gerissen haben, wie sie weiterrannten und ihre Sicheln schwangen, nachdem sie ein-, zwei-, dreimal von Gewehrschüssen getroffen worden waren. Ich habe ihr abscheuliches Kreischen gehört, das grauenvoller ist als der bestialischste Schrei. Ob Sie mir glauben oder nicht, sie existieren, und wir werden uns in ihr Territorium vorwagen müssen. Es ist eine Hölle, wo die Temperaturen um bis zu fünfzig Grad schwanken und der Durst wie eine glühende Kralle die Kehle zerfetzt, wo weder Gras noch Sträucher wachsen, wo der Wind Dutzende von Wirbeln wie Gespenster am Horizont tanzen läßt. Dorthin werden Sie mir folgen müssen, wenn Sie es wirklich wünschen.

Ich werde fünfzig leichte Reiter mitnehmen, einschließlich Troß und Munition, ferner Repetiergewehre, schwere Maschinengewehre und ein Dutzend Kamele zum Transport von Proviant und Wasser. Ich habe entdeckt, daß man in einer wunderschönen Oase eine Rast einlegen kann, wo neben reichlich Wasser auch alle Arten von Früchten und Getreide vorhanden sind. Der Name dieser Oase ist Kalaat Hallaki. Auch diesen Ort hielt man für eine Legende, und doch existiert er, und es ist der bezauberndste Ort, den man sich vorstellen kann.«

»Ich bin bereit aufzubrechen, Oberst. Ich bin bereit, Ihnen überallhin zu folgen, schon morgen.«

Jobert bemerkte, daß Pater Hogan unablässig die Fliegen verjagte, die sich ständig auf dem Rand seiner Tasse niederließen: »Fliegen. In Bir Akkar gibt es nur Fliegen. Im Gefolge der ersten Karawane, die bis hierher vorgedrungen ist, haben sie dieses staubige Loch erobert, und hier sind sie gewachsen und haben sich vermehrt. Auch wir sind wie diese Fliegen: Wir haben Bir Akkar erobert und halten es fest unter Kontrolle, aber wir können weder wachsen noch uns vermehren.«

Pater Hogan bemerkte den trostlosen Ausdruck seines Blicks hinter dem hämischen Lächeln. Manchmal wirkte sein Gegenüber fast völlig abwesend, als jagten seine Augen Traumbildern hinterher – oder Alptraumbildern.

»In Ordnung«, fuhr Jobert unvermittelt fort und knüpfte an ihr vorheriges Gesprächsthema an, »aber es gibt eine Vereinbarung zwischen uns. Wir geben Ihnen umfassende logistische Unterstützung und den nötigen Schutz, und Sie verpflichten sich, uns über die Ergebnisse Ihres Experiments zu unterrichten.«

Pater Hogan nickte: »Sofern es Ergebnisse gibt.«

»Selbstverständlich. Aber da ist noch etwas ...«

»Selznick«, sagte Pater Hogan.

»So ist es.«

»Wissen Sie, wo er sich zur Zeit aufhält?«

»Wir haben einen Verdacht. Uns wurde gemeldet, daß

unser General La Salle, der Kommandant der Garnison Aleppo, plötzlich spurlos verschwunden ist. Die ganze Sache ist äußerst merkwürdig.

Dazu kommt, daß dieser La Salle mit einer Hiebwunde an der Hüfte in Aleppo eingetroffen ist, nachdem er bis auf einige Männer seine gesamte Abteilung verloren hatte. Und das ist ebenfalls sehr merkwürdig.«

»Das gleiche ist Ihnen doch auch widerfahren, wie Sie mir eben erzählt haben. Warum finden Sie es dann merkwürdig?«

Jobert fuhr kaum merklich auf, seine Augen verengten sich zu Schlitzen, als blendete ihn die Wüstensonne: »Weil ich La Salle kenne. Er hätte den Kommandoposten nicht auf diese Weise verlassen, unter keinen Umständen, und auf gar keinen Fall hätte er das Blutbad an seinen Männern überlebt.«

»Sie dagegen schon«, wandte Hogan ein.

»Gegen meinen Willen und aus reinem Zufall. Außerdem hatte ich die Pflicht, mich zu retten. Mir war eine Mission anvertraut worden, und ich mußte zurückkommen, um über die Ergebnisse Bericht zu erstatten. Und da ist diese Wunde an der rechten Hüfte, die ihm nur von einem Linkshänder zugefügt werden konnte. Wie zum Beispiel von Desmond Garrett. Das ist ein merkwürdiger Zufall, finden Sie nicht?«

»Allerdings. Aber nichtsdestotrotz handelt es sich immer noch um Vermutungen.«

»Stimmt. Aber kommen wir zu uns, Pater Hogan. Uns ist mitgeteilt worden, Sie seien im Besitz wichtiger Informationen über Selznick, die für uns von vitaler Bedeutung sind.«

»So ist es«, sagte Pater Hogan. »Während unserer langen Reise werden wir alle Zeit der Welt haben, darüber zu sprechen, aber einstweilen kann ich Ihnen sagen, daß Selznick nicht sein wahrer Name ist, und um die Wahrheit zu sagen: er hat gar keinen wahren Namen – dafür aber um so unterschiedlichere … Er wurde bei einer Vergewaltigung gezeugt. Sein Vater war ein abtrünniger Ungar, der unter Sultan Abd ül-Hamid Offizier geworden war. Doch die Identität seines Vaters, die uns ebenfalls bekannt ist, tut nichts zur Sache. Die Identität der Mutter wird Sie jedoch überraschen.«

Oberst Jobert machte es sich auf seinem Stuhl bequem, schlug die Beine übereinander und zündete sich eine Zigarre an. »Ich höre Ihnen zu«, sagte er.

Von draußen drangen die Rufe der Kameltreiber einer Karawane herein, die bis zu diesem einsamen Vorposten vorgedrungen waren und nun Wasser für sich und ihre ermatteten Tiere schöpften. Das Flugzeug, das Pater Hogan nach Bir Akkar gebracht hatte, startete in diesem Augenblick in Richtung der am Horizont untergehenden Abendsonne, und nach einem weiten Bogen nahm es Kurs nach Norden. Der junge Priester sah ihm eine Weile hinterher, und als er es im Licht des Sonnenuntergangs verschwinden sah, spürte er, wie sein Herz sich zusammenzog.

»Ich... würde lieber ein andermal darüber reden«, sagte er.

Über eine flache eintönige Weite, in der die Luft vollkommen stillstand und gleißendes Licht sie blendete, drang Selznicks Kolonne in der arabischen Wüste vor. Auf dem ganzen Weg bis nach Dschebel Gafar gab es nicht einen einzigen Brunnen, und Männer wie Tiere tranken immer noch sehr sparsam das Wasser der Quelle von Petra.

Einer seiner Beduinen gehörte zu einem Stamm aus dem Süden und hatte während des Weltkriegs gegen die Türken gekämpft. Er kannte die Piste nach Dschebel Gafar, doch er hatte sich noch nie so weit vorgewagt. Hier führten keine Karawanenstraßen vorbei, und weder auf dem Hinweg noch auf einem der möglichen Rückwege gab es Wasser.

Als die ersten Höhenzüge in Sicht kamen, rief Selznick seine Männer zu sich und teilte sie in mehrere kleine

Gruppen ein: zum einen, damit sie weniger ins Auge fielen, falls sich jemand in der Gegend aufhalten sollte, zum anderen, damit sie auf verschiedenen Wegen nach dem Bauwerk suchen konnten, das er ihnen genau beschrieb: einen Turm, über dem sich ein Pferd mit Flügeln erhob.

Er selbst suchte in einer Schlucht zwischen zwei Hügeln Zuflucht, wo die Erosion tiefe Furchen eingegraben hatte, die jetzt unter den schräg einfallenden Strahlen der untergehenden Sonne ein wenig Schatten warfen. Ein Trupp nach dem anderen traf ein, und seine Leute berichteten, nichts entdeckt zu haben, was der Beschreibung entsprach. Die Augen dieser Leute waren hervorragend darauf eingestellt, noch die winzigste Einzelheit in der Wüstenlandschaft zu erkennen, deshalb bestand kein Anlaß, an ihren Angaben zu zweifeln. Sollte Desmond Garrett bei seiner Rückkehr noch am Leben sein, würde er für diesen dummen Scherz bezahlen.

So beschloß Selznick, die Nacht an diesem Ort zu verbringen, um am folgenden Morgen einen weiteren Versuch zu unternehmen. Die Nacht war außergewöhnlich klar, der Vollmond ging am westlichen Horizont auf und tauchte die Ebene in einen kristallenen Schimmer, der jeden Stein und jeden Fels auf dem eintönigen Untergrund der weitläufigen Staubfläche hervorhob. Wie gewohnt blieb er nicht bei seinen Leuten, die um das Lagerfeuer saßen, sondern lenkte sein Pferd auf die Hügel des Dschebel Gafar. Dort wollte er die Mondlandschaft von oben betrachten. Und außerdem sollten die Männer seine einsame Gestalt in der Ferne sehen und sich davor fürchten.

Da fiel ihm eine seltsame Anomalie der Landschaft auf. Etwa einen Kilometer entfernt öffnete sich eine Art Amphitheater vor ihm, das die Erosion im Abhang eines Hügels geschaffen hatte. Der Einsturz des beigefarbenen Oberflächengesteins hatte die darunterliegenden gipshaltigen Schichten freigelegt, die tagsüber das darauffallende Sonnenlicht als konturloses, blendendes Weiß zurückwarfen. Doch im Mondlicht, das nun seitlich und fast waagerecht einfiel, hob sich eine Reihe Felsnadeln ab, die der Wind und die seltenen Winterregen aus dem Gestein geschnitten hatten, vor allem aber eine Form, die zu regelmäßige Umrisse aufwies, um ein Werk der Natur zu sein.

Im Schutz eines Felsgrats, der das Gelände schräg durchschnitt, das ihn vom Objekt seiner Neugier trennte, ritt er näher. Dann, als er meinte, nah genug zu sein, ließ er das Pferd zurück und ging zu Fuß weiter. Er achtete darauf, nicht gesehen zu werden, und vertraute im übrigen auf die Khakifarbe seiner Uniform, die fast die Farbe des Sandes hatte.

Als er den letzten Bergrücken erklommen hatte, der ihm noch den Blick versperrte, stand er vor einer zylindrischen Konstruktion aus trockengemauerten Steinblöcken, die aus dem dahinterliegenden Berg herausgehauen worden waren. Der identische weiße Farbton bewirkte, daß das Bauwerk bei direkter Sonneneinstrahlung nicht erkennbar war. Der obere Teil des Turms war teilweise eingestürzt, und dies trug noch mehr dazu bei, seine Umrisse zu verschleiern. Oben in der Mitte war ein von der Zeit und den Witterungseinflüssen angegriffenes und verstümmeltes Standbild auszumachen. Obwohl nur wenig davon übriggeblieben war, konnte man ohne weiteres ein auf den Hinterbeinen stehendes geflügeltes Pferd erkennen. Die Vorderbeine ruhten auf einer Stütze, die der antike Künstler in Form eines Felsens gestaltet hatte und die das Standbild im Gleichgewicht hielten.

Selznick hätte am liebsten einen Schrei in die unendliche Leere ausgestoßen, einen Schrei des Sieges und des Triumphes. Endlich hatte er das Ziel erreicht, das er über Jahre verfolgt hatte. Er hatte es als erster erreicht und dafür mehr als jeder andere gelitten, mehr als jeder andere dafür gekämpft, Hunger und Durst widerstanden, die Nähe von rohen und sinnlos grausamen Menschen ertragen. Er legte sich auf die Erde und suchte mit dem Fernglas die Turmspitze ab. Was er sah, verblüffte ihn und erregte seine Wut: Auf den Festungswällen standen bewaffnete Männer, und einen Augenblick lang schien es ihm, als erkenne er eine Frauengestalt.

Fassungslos schüttelte er den Kopf und ging in Gedanken die Zahl seiner Leute durch. Es waren zu wenige, um einen Frontalangriff zu wagen. In diesem Augenblick kamen hinter dem Turm weitere Männer zu Pferde zum Vorschein, die im Mondlicht eine weiße Staubwolke aufwirbelten. Es waren mindestens dreißig kräftige und gutbewaffnete Männer, die die Umgebung durchkämmten.

Selznick kehrte ins Lager zurück und gab Befehl, sofort das Feuer zu löschen, das die Männer mit dem wenigen Holz entzündet hatten, das sie in einem Wadi gefundenen hatten. Sie mußten sich Deckung suchen, wo immer sie welche fanden. Dann suchte er nach einer Stelle, von der aus er den Turm weiter beobachten konnte, und wieder schien es ihm, als sähe er eine weibliche Gestalt auf den Wällen umherwandeln und dann verschwinden.

Das Mädchen war eine Treppe bis zu einer darunterliegenden Galerie hinabgestiegen, die den Innenhof des Bauwerks umgab und von wo aus man in die ringsumher liegenden Räume gelangte. Nun stand sie in ihrem Zimmer, einem nüchternen kahlen Raum mit massiven Steinmauern. In einer Ecke lagen Teppiche und Decken, in einer anderen waren Kissen um einen Kupferteller herum angeordnet, auf dem Beduinenbrot und ein Tonkrug mit Wasser standen. Neben der Tür hingen Gewehre, Säbel und Piken sowie ein runder Schild aus damasziertem Stahl an der Wand. Nur das Licht des Mondes fiel auf die Mauern aus weißen Kalksteinblöcken.

Plötzlich zog ein trockenes Geräusch, das gedämpft und kaum wahrnehmbar von draußen hereindrang, ihre Aufmerksamkeit auf sich. Sie lehnte sich aus dem engen Fenster hinaus und zuckte zusammen: Sie erblickte einen Mann, der ein Seil über die Bastionen geworfen hatte und im Schutz des Schattens die Außenmauer emporkletterte. Instinktiv rannte sie zu dem Waffenbrett, nahm ein Gewehr und zielte damit auf den Mann, der sich nun der Brüstung näherte, doch etwas wie eine Vorahnung gebot dem Finger am Abzug Einhalt. In diesem Augenblick verließ der Eindringling den Schatten, um sich hinaufzuschwingen, und drehte sein Gesicht in ihre Richtung: Philip!

Das Mädchen ließ die Waffe sinken, lief aus der Tür hinaus und über die Treppe auf die obere Galerie, wo sie gerade rechtzeitig ankam, um die Wache zu sich zu rufen. »Ich habe dort hinten ein Geräusch gehört«, sagte sie, »geh und sieh nach.«

Die Wache entfernte sich in entgegengesetzter Richtung, und das Mädchen erreichte die Stelle des Mauerrings, wo die Krampe mit dem darangebundenen Seil in einem Spalt zwischen zwei Blöcken steckte, genau in dem Augenblick, als Philip sich an der Brüstung nach innen ziehen wollte. Als er sie erblickte, war er vor Verblüffung wie gelähmt: »O mein Gott, du bist es?«

Sie zog ihn aus dem Gesichtsfeld der Wache fort. »Wahnsinniger«, zischte sie ihn an. »Warum hast du das getan? Du hättest sterben können… Du kannst immer noch sterben.« Als sie diese Worte aussprach, konnte Philip in ihrem Gesicht tiefe Besorgnis lesen. »Folge mir jetzt«, sagte sie und zog ihn hinter sich her die Treppe hinunter bis zur unteren Galerie und in ihr Zimmer. Atemlos schloß sie die schwere Tür hinter sich.

In einer verkrampften Umarmung drückte Philip sie an sich, als schreckte ihn der Gedanke, sie könnte noch einmal aus seinem Leben verschwinden. »Was tust du hier?« fragte er sie. »Was hat es mit diesem Ort auf sich?« Das Mädchen schüttelte den Kopf. »Das ist der Ort, den ich suche, den mein Vater sucht, nicht wahr? Sage es mir, ich bitte dich! Du kannst mir die Antwort nicht verweigern. Schließlich warst du es, die mich hierhergeführt hat.«

»Nein, das ist nicht wahr. Ich wollte dich nicht wiedersehen.« Doch Philip spürte, daß sie in seinen Armen zitterte. Aus seinem Reisesack zog er den Anhänger mit dem Pferd hervor. »Du lügst«, sagte er, »dieser Anhänger gehört dir, und du warst es, die ihn an jenem Abend in Aleppo in meinem Gepäck versteckt hat. Diese Gravur machte es mir möglich, den Ort ausfindig zu machen. Du warst es, die mich hierhergeleitet hat.«

»Es hätte nicht unbedingt so kommen müssen«, erwiderte das Mädchen. »Du hättest auch erst eintreffen können, wenn wir diesen Ort schon seit Tagen wieder verlassen hätten. Leider ist es nicht so gekommen. Ich war gezwungen, hierzubleiben und zu warten. Nur deshalb hast du mich gefunden.«

Sie brachte ihre Worte in entschiedenem Ton hervor. Und nun blickte sie ihm so fest in die Augen, daß Philip sich erneut verloren fühlte.

»Aber dann … warum nur? Warum wolltest du, daß ich mich unter Einsatz meines Lebens an diesen verlassenen Ort schleppe? Nur damit ich meine Suche fortsetzen kann?«

Das Mädchen nickte.

»Das ist nicht möglich, ich glaube dir nicht. Und wärest du wirklich aufgebrochen, ohne auf mich zu warten, ohne mich je wiederzusehen?«

Sie hob die Augen, und sie waren feucht und so düster, daß Philip von Schwindel befallen wurde. »Ich verfüge nicht über mein Leben, Philip«, sagte sie.

»Aber du verfügst über diesen Augenblick. Du verfügst über den Schatz deiner Schönheit, und ich flehe dich an, mich nicht zurückzuweisen, denn wenn du das tust, werde ich, ohne mich zu verteidigen und zu verstecken, auf die Galerie hinausgehen. Du hast zum erstenmal meinen Namen ausgesprochen«, fügte er hinzu, »laß mich deinen aussprechen, ich bitte dich.«

»Arad.«

»Arad«, wiederholte er, als spräche er ein Zauberwort

aus, mit dessen Hilfe er eine lange verschlossene Tür öffnen konnte.

Bis zu diesem Augenblick hatte sie die Handflächen gegen seine Brust gestemmt, aber nun fuhr sie damit bis zu seinen Schultern hinauf; ihre Hände umfaßten seinen Hals, und Philip fühlte plötzlich, daß sein Blut wie ein Feuerstrom durch seine Adern schoß, er küßte ihre Lippen, die so heiß und süß waren wie Früchte in der prallen Sonne. Und während sie seinen Kuß erwiderte und ihren Busen gegen seine Brust drückte, erbebte Philip vor unendlicher Rührung, vor grenzenloser Glückseligkeit. Er streichelte ihre Hüften und ihren Bauch und ihren stolzen Busen, er bettete sie auf die Teppiche, entkleidete sie und betrachtete sie nackt im Schein des Mondes, während ihre offenen Arme ihn empfingen. Er umarmte sie, auch er nun nackt, und fast fürchtete er sich vor dem strahlenden Weiß seiner Haut neben ihrer dunklen Schönheit.

Sie schwang sich auf seinen Körper, und einen Augenblick lang erhob sie sich unbeweglich über ihm wie ein schwarzes Götzenbild, wie eine in Basalt gehauene Göttin. Dann griff sie nach seinen Händen und legte sie auf ihre, damit sie den wogenden Tanz ihrer Hüften führten, lange und ermattend in der Stille der Mondnacht... Er folgte ihr, er suchte sie in jedem Seufzer, in jedem Beben, er kostete jede Stelle ihrer glänzenden Haut, bis die langsame, majestätische Bewegung ihres Beckens in ein erregtes Zucken überging, in einen wilden Krampf, und er erwiderte ihn hart und gewaltsam, berauscht vom Duft dieser Jungfrau, dieser schwarzen Eva, die aus geheimen Welten zu ihm gekommen war. Er warf sie unter sich, umfaßte sie in einer entfesselten Umarmung, drang in ihr heißes Fleisch ein und entfloh der Welt und der Wüste und den Kalksteinmauern dieses entlegenen Turms; floh weit weg, schwebte im Mondlicht wie ein umherirrender Geist, wie ein bebender Pegasus, er flog über die Dünen und die Berge, über die Stille der verlassenen Ebenen bis zu den weißen Schaumkronen eines entlegenen Meeres … Dann fiel er zurück, versank in ihrem heißen Schweiß, in ihrem noch keuchenden Atem, sein Körper war erschöpft, sein Geist verlor sich im Abgrund ihrer großen schwarzen und funkelnden Augen. Dann schliefen sie ein.

Das ferne Geräusch galoppierender Pferde riß beide aus tiefem Schlaf, und mit gespannten Gliedern sprang Arad auf wie eine Löwin im Hinterhalt. Sie stürzte zum Fenster und erblickte eine lange Staubwolke, sah hier und da Lanzenspitzen und Gewehrläufe blitzen. Das große purpurfarbene Banner wehte vor den blauen Mänteln in der Luft. Sie lief zum Bett, in dem Philip traumverloren lag, rüttelte ihn, bis er erwachte: »Rasch, du mußt jetzt gleich fort! Wenn sie dich hier finden, werden sie dich töten.«

»Aber wer denn? Wer kann meinen Tod wollen? Etwa Selznick, der wie ich diesen Ort sucht? Kennst du den Mann, der in Aleppo hinter mir her war? Ich fürchte ihn nicht. Ich werde nicht gehen.«

Arad zog ihn ans Fenster: »Siehst du sie? Das sind die Männer, die dich töten werden, wenn du nicht gehst. Ich kann es dir nicht erklären, aber wenn du bleibst, werden sie dich umbringen, ohne auch nur einen Moment zu zögern.«

»Ich will dich nicht noch einmal verlieren. Ich werde bleiben.«

»Dann wird man auch meinem Leben ein Ende setzen … Möchtest du das? Du mußt fort, Philip … Höre, wenn sich mein Schicksal wandeln sollte, werde ich dich suchen und finden, wo immer du auch bist, denn es ist wahr, ich habe dich angelogen: Ich habe dir diesen Anhänger gegeben, damit du mich hier findest, wo ich hoffte, dich allein zu treffen, aber leider hat das Schicksal es anders gewollt. Doch komm jetzt, komm, ich bitte dich.«

»Eine Sache noch«, sagte Philip, »erinnerst du dich an Aleppo? Ich habe in meiner Uniform einen Gegenstand zurückgelassen, eine kleine silberne Rassel. Es ist … ein Talisman. Ich brauche sie unbedingt.«

»Deine Uniform«, flüsterte das Mädchen, »habe ich aufgehoben, als eine Erinnerung an dich, um deinen Geruch bei mir zu haben …« Sie wühlte in einem Ledersack, und Philip hörte ein silbernes Klirren. Im nächsten Augenblick funkelte das silberne Sistrum zwischen ihren schlanken Fingern.

»Danke«, sagte er, »danke, daß du es für mich aufgehoben hast.«

Das Dröhnen war inzwischen ganz nahe gekommen, man hörte das Trappeln der Hufe, das Wiehern, die Rufe der Männer.

»Folge mir«, sagte Arad. Und sie führte ihn ans Ende einer Treppe, die spiralförmig entlang der Innenmauer des großen Bauwerks zu einer verborgenen Zelle führte, in die man durch eine Bodenluke gelangte. Und während Philip hinunterstieg, schloß sie mit einem Ruck die Tür hinter ihm und versperrte sie mit einem Riegel.

»Verzeihe mir«, sagte sie, »aber es ist der einzige Weg, dich zu retten. In zwei Tagen wird jemand kommen und dich befreien. Leb wohl.«

Wütend schlug Philip mit den Fäusten gegen die Luke, doch vergeblich. Arad war schon weit weg. Nachdem sie auf die obere Galerie gestiegen war, zeigte sie sich gerade in dem Augenblick im Hof, als das Tor aufgerissen wurde und eine dichtgedrängte Reiterschar hereinsprengte. Amir führte sie an.

»Zu lange war mir der Anblick deines Gesichts verwehrt, Arad«, begrüßte er sie. »Ich mußte dich einfach sehen. Ich hoffe, du bist wohlauf.«

»Mir geht es gut, Amir. Es ist schön, dich zu sehen.« Sie ging in den Hof hinunter, während die Männer Wasser aus dem Brunnen in der Hofmitte schöpften, ihren Durst stillten und die Tiere tränkten. Amir trat auf sie zu: »Der Moment ist nahe, meine Herrin. Von heute an in fünf Wochen wird sich der Zyklus der Sternbilder vollenden, und das Licht der Erkenntnis wird in all seinem Glanz über den Gespenstersanden und dem Turm der Einsamkeit erstrahlen. Die Königin wird genesen können.

Doch nun müssen wir den Schatz holen. Mit den chaldäischen Kaufleuten habe ich bereits verhandelt, und eine riesige Menge Erdöl befindet sich auf dem Weg ans Meer. Eine Ladung modernster und tödlichster Waffen gelangt aus Tartous dorthin; unbesiegbare Klingen werden in Damaskus geschmiedet. Nun müssen wir das Gold holen, mit dem wir all diese Dinge bezahlen können, doch du mußt auch das Banner der Schwarzen Königinnen aus der Schatzkammer mitnehmen. Tausendmal haben wir uns in dieser Prüfung geübt – wir können nicht scheitern. Wenn es dir gelingt, wenn dein Schlüssel im selben Augenblick auftrifft wie meiner, wird die Tür sich öffnen, und du wirst das Banner ergreifen. Du wirst deine Dynastie fortsetzen können, und ich werde dir zu Füßen liegen, damit du deinen Blick auf mir ruhen läßt.«

»Ich danke dir, Amir. Auch ich habe in banger Sorge auf deine Ankunft gewartet. Nun werde ich zurück in mein Zimmer gehen. Dort werde ich darauf warten, daß der Tag anbricht und du mich zur Prüfung rufst. Stärke dich und ruhe dich gleichfalls aus, und gönne auch deinen Männern eine Pause. Ich werde einsam wachen, um alle Kräfte meines Geistes und meines Körpers zu sammeln. Mein Leben lang habe ich auf diesen Augenblick gewartet.«

Amir verbeugte sich und ging zu seinen Männern, um Anweisungen für den Tag zu geben, der in Kürze anbrechen würde, dann zog er sich in ein Zimmer neben Arads zurück, wo er auf die Morgendämmerung wartete.

Nachdem Amir sein Zimmer betreten hatte, verschloß er die Tür hinter sich. Dann breitete er einen kleinen Teppich auf dem Boden aus und hockte sich auf die Fersen. Er öffnete ein Lederfutteral, das an seinem Gürtel hing, und zog seinen Schlüssel hervor: eine sternförmige Pfeilspitze aus poliertem Stahl. Er hatte für sich die schwierigere ausgesucht, denn er war sich seiner Sache vollkommen sicher, so groß war sein Verlangen, zum Gefährten der künftigen Königin von Kalaat Hallaki auserwählt zu werden.

Eingeschlossen in ihren Zimmern saßen die beiden jungen Leute jeder für sich auf dem Fußboden und starrten die Pfeilspitze an, die sie vor sich auf den Teppich gelegt hatten. Sie warteten darauf, daß das Licht des neuen Tages sie zum Funkeln brachte wie einen Diamanten – das Zeichen, daß der Augenblick der Prüfung gekommen war.

Die Strahlen der aufgehenden Sonne trafen zunächst auf den Kopf des geflügelten Pferdes auf der Spitze des Turms, dann wanderten sie ganz langsam an seiner Brust und seinen abgebrochenen Flügeln entlang hinunter bis zu der Steinmauer und tauchten sie in reinstes Licht. Schließlich schienen sie in Amirs Zimmer hinein, das nach Osten lag, und wenig später auch in das von Arad.

Da standen beide auf, nahmen einen Bogen von der Wand und steckten jeweils die eigene Pfeilspitze auf den Schaft eines Pfeils. Sorgfältig justierten sie ihn, wogen ihn mehrmals in der Handfläche. Dann verließen sie ihre Zimmer.

Sie trafen sich in der Mitte des verlassenen Hofes, der noch dunkel im Schatten lag, und sahen sich lange reglos in die Augen. Da bemerkte Amir eine Veränderung in ihrem Blick, ein Flackern, als wäre die Seele dahinter verstört. Er hob die Augen zu den Festungswällen, wo die Wachen nach allen Himmelsrichtungen Ausschau hielten, und wartete darauf, daß einer seiner Männer mit einem Gewehr im Arm vortrat. Er wechselte ein einvernehmliches Zeichen mit ihm, dann wandte er sich an das Mädchen und sagte: »Gehen wir, Arad, es ist Zeit.«

Sie stiegen eine Treppe in die Katakomben hinunter und bogen in einen Gang ein, der zur Gebäudemitte führte. Seite an Seite gingen sie schweigend nebeneinander her, den Bogen in der Hand und den Blick nach vorne gerichtet, doch Arad klangen noch Philips Worte in den Ohren, und sie spürte noch den Schauer, den seine Hände auf ihrer Haut ausgelöst hatten.

Schließlich gelangten sie in einen großen kreisförmigen Raum, der ebenfalls aus mächtigen Kalksteinblöcken gemauert war und in den aus einer Öffnung in der Decke das Sonnenlicht einfiel. In der Mitte stand ein runder grauer Stein, der sich nur aufgrund der Farbe vom gelben Sandsteinfußboden ringsum abhob. Keiner von beiden hob den Blick, damit die Augen nicht vom Weiß des Himmels geblendet wurden. Das von den schneeweißen Wänden reflektierte und fast flüssig scheinende Tageslicht war perfekt. Noch waren die Umrisse eines jeden Gegenstands nicht vollständig zu erkennen. Um so schärfer zeichneten sich zwei silberne Sterne ab, die, einer genau gegenüber dem anderen, auf Mannshöhe in die Mauern eingelassen waren. Arad und Amir tauschten einen einvernehmlichen Blick aus, dann wichen sie langsam zurück, Schritt für Schritt, bis jeder einen Stern in Höhe des rechten Ohres hatte.

»In wenigen Augenblicken wird das Zeichen gegeben«, sagte Amir, »leg an und spanne.« Er selbst tat inzwischen das gleiche. Sie standen sich nun genau gegenüber, und jeder sah die Spitze des Pfeils, den der andere auf ihn gerichtet hatte, als ständen beide im Begriff, den anderen durch einen Schuß ins Gesicht zu töten. Nicht ein Tropfen Schweiß rann den jungen Leuten von der Stirn, kein Zittern durchfuhr ihren Arm. Unbeweglich wie Statuen standen sie im Augenblick der höchsten Anspannung da. Doch wenn Amir die Frau betrachtete, die er liebte, empfand er sie ferner als einen Stern am Firmament. Arad spürte seine Qual, und ihre Seele war davon zutiefst verstört. Sie blickten sich in die Augen, obwohl sie sich auf das Ziel konzentrierten, und seltsamerweise gelang es beiden, irgendwie und nicht ohne Schmerz, die Empfindungen in Seele und Augen des anderen zu lesen.

Von oben knallte ein Gewehrschuß, der die Alpträume der Morgendämmerung zerriß, und die beiden Pfeile schnellten blitzartig von der Sehne und bohrten sich in die jeweilige sternförmige Aussparung gegenüber.

Ein Klicken und ein dumpfes Dröhnen ließen sich vernehmen, dann rollte der große runde Stein auf dem Fußboden langsam nach hinten. Darunter funkelte ein unermeßlicher Schatz. Amir stieg in die Gruft hinab und kam mit einer bronzenen Lanze wieder herauf; darauf steckte eine auf den Hinterbeinen stehende Gazelle. Er kniete sich hin und legte sie in Arads Hände: »Du bist die letzte Königin von Hallaki, die letzte aus dem Geblüt von Meroë. Du bist die dreißigste schwarze Perle von Kusch.«

Das immer höher stehende Licht der Sonne strich nun über Gold und Silber, Bronze und Glas, Elfenbein, Ebenholz, Edelsteine, Marmor, Münzen, Geschmeide. Dort unten standen altägyptische Statuen und Idole, Ketten, die sich um den Hals der Königinnen vom Nil geschlossen hatten, Brustpanzer von Kriegern und Eroberern aus dem Zweistromland, Armreifen und Amulette anatolischer und persischer Priester und Zauberer, Kohlenbecken und Weihrauchkessel, in denen arabischer Weihrauch verbrannt worden war zur Ehre aller Gottheiten, die die Menschen zwischen Indien und den Säulen des Herkules nach ihrem Ebenbild geschaffen hatten. Es gab unzählige Münzen, auf denen die Siegel der helladischen Städte prangten, die Bildnisse der Könige von Makedonien und Syrien, von Lydien und Baktrien, die Profile der Kaiser von Rom und Byzanz, die Monogramme der abbasidischen, ayyubidischen und almoravidischen Kalifen, der Sultane der Hohen Pforte.

In dieser Krypta waren die Herrschafts- und Ruhmeszeichen sämtlicher Zivilisationen vereint, denn alle hatten dem Banner der schwarzen Königinnen ihren Tribut gezahlt, weil ihre Herrscher und ihre Heerführer versucht hatten, die letzte Grenze zu verletzen und die bekannte Welt hinter sich zu lassen, um das Unbekannte herauszufordern, und weil das kleine Reich von Kalaat Hallaki sie alle überlebt hatte.

»Unser Vorhaben ist geglückt«, sagte Arad. »Nimm, was wir benötigen, Amir, und dann brechen wir so rasch wie möglich auf. Eine lange Reise liegt vor uns.«

»Es ist uns geglückt«, sagte Amir, »und das bedeutet, daß wir füreinander geschaffen sind.« Er betrachtete sie im Tageslicht, das von oben hereinfiel. Er hätte alle Schätze der Krypta gegeben, um sie in seine Arme schließen zu können, für einen Kuß von ihr, doch in der Tiefe seines Herzens spürte er, daß sie ferner war als damals, als sie, nackt und glänzend, in die Quelle von Hallaki gesprungen war.

Den ganzen Tag über wartete Arad auf den geeigneten Augenblick, um zu Philips Zelle hinunterzusteigen, um mit ihm zu sprechen und ihm Hoffnung zu machen, doch es war unmöglich. Die ganze Zeit über war sie mit Vorbereitungen beschäftigt, und der Einbruch der Nacht bot ihr keine bessere Gelegenheit. Die große Zahl von Kriegern überall im Turm machte verdächtige Bewegungen unmöglich.

Am folgenden Tag brachen sie noch vor Morgengrauen auf.

Amirs Krieger bereiteten sich im Hof auf den Abmarsch vor. Sie legten den Lasttieren das Geschirr an und beluden sie mit den wertvollen Gegenständen, die in Weizen- und Gerstesäcken versteckt waren, andere schöpften Wasser aus dem Brunnen und füllten Schläuche und große Tonkrüge, die auf die Packsättel der Kamele geladen und mit Seilen festgezurrt wurden. Auch Arad hatte die Kleidung der Krieger angelegt, sie trug einen blauen Berkan, einen damaszierten Schild, Krummsäbel und Dolch. In der Linken hielt sie die Gazellenstandarte. Ein alter Diener kam auf sie zu und führte ihr Pferd am Halfter, ein arabisches Vollblut mit großen feuchten Augen. Arad nahm die Zügel, doch gleichzeitig legte sie den Schlüssel, mit dem sich Philips Gefängnis öffnen ließ, in die Hand des Alten und flüsterte ihm einen Befehl ins Ohr: »Öffne die Bodenluke im Kellergeschoß morgen bei Tagesanbruch, Ali, und befreie den Gefangenen. Gib ihm ein Pferd und Wasser und Essen für fünf Tage.«

In der Zwischenzeit hatte Amir das Tor öffnen lassen und erwartete das Mädchen an der Kolonnenspitze. Arad trieb ihr Pferd an und zügelte es neben dem Anführer. Die Krieger ritten in zwei Kolonnen rechts und links neben der Last; zwei starke Trupps bildeten Vor- und Nachhut. Der Alte stieg gemächlich hinauf auf die Festungswälle und betrachtete das Schauspiel dieser kleinen blauen Armee, die in westlicher Richtung einer Schlacht entgegenritt, wie sie noch nie geschlagen worden war.

Die Kolonne war bald nur noch als Staubstreifen in der Ferne zu erkennen, und doch schwoll das Geräusch der Hufe an, statt zu verklingen, und das Gewieher klang immer näher, statt sich zu verlieren. Der Alte konnte sich beim besten Willen nicht erklären, was da vor sich ging. Deshalb stieg er über die Treppe in den Hof hinunter, um nachzusehen, was wohl ein derartiges Phänomen verursachen mochte.

Doch als er das Tor öffnete, das nach Norden ging, stand er auf einmal einem Reiter mit versteinerter Miene gegenüber, der von einer Schar Beduinen umgeben war, die im Galopp ins Innere der Festung ritten, zu Boden sprangen und sich um den Brunnen drängten, um zu trinken.

Selznick stieg nicht einmal vom Pferd. Langsam ritt er den Innenhof ab, wobei er sich umsah und in die Höhe blickte. Er wirkte enttäuscht, als hätte er etwas ganz anderes erwartet. Er betrachtete die Statue des geflügelten Pferdes, das nun von den ersten Sonnenstrahlen beschienen wurde. Aus der Nähe wirkte es auf ihn noch mehr wie ein unförmiger Torso, den Zeit, Sandstürme und unzählige Jahreszeiten angegriffen und verstümmelt hatten.

Er brachte sein Pferd vor dem Alten zum Stehen, der ihn verdutzt und verschreckt ansah. »Wer bist du?« fragte Selznick.

»Ich bin der Wächter dieses Ortes«, antwortete der Alte.

»Und du willst mir weismachen, daß du hier alleine lebst?«

»So ist es. Die Karawanen nach Mekka legen hier eine Rast ein und lassen mir zum Tausch gegen Wasser und Obdach Vorräte da.«

»Was ist das für ein Ort?« bohrte Selznick nach.

»Es ist das Grab eines heiligen Mannes, der von allen verehrt und respektiert wird und den auch ihr respektieren müßt.«

»Du lügst!« schrie Selznick. »Wie war es möglich, daß ein heiliger Mann unter einem heidnischen Bildnis begraben wurde?« Und dabei zeigte er auf die Marmorstatue, die sich über dem Turm erhob. »Und die Krieger, die ich vor Tagesanbruch von hier aufbrechen sah, gehörten gewiß nicht zu einer Pilgerkarawane!« Er wandte sich wieder an seine Männer: »Durchsucht diesen Ort von oben bis unten!« Dann stieg auch er vom Pferd, erklomm die innere Galerie und betrat die großen, kahlen Räume, die von dort abgingen und noch die Spuren der Leute aufwiesen, die bis vor wenigen Stunden dort beherbergt gewesen waren. Anschließend stieg er hinunter in die Kellergeschosse, doch kurz darauf wurde seine Aufmerksamkeit von Streitlärm erregt. Er rannte einen Korridor entlang und eine Steintreppe hinunter und erblickte drei seiner Beduinen, die wütend miteinander um etwas kämpften, das sie auf dem Fußboden gefunden haben mußten.

»Hört auf!« brüllte er, und als sie seine Stimme vernahmen, erhoben sich die drei Männer keuchend. Auf dem Fußboden funkelte eine Silbermünze, und Selznick bückte sich, um sie aufzuheben. Sie trug auf einer Seite das Abbild eines Mannes mit kräftigem kantigem Kiefer und buschigen Augenbrauen, dessen Kopf von einem Diadem umschlossen wurde. Auf der anderen Seite sah man einen Adler, der eine Schlange in den Fängen hielt.

»Habt ihr noch mehr davon gefunden?« fragte er. »Und wo?«

Einer der Beduinen deutete mit dem Blick auf einen Gefährten zu seiner Linken, und Selznick zwang ihn, die Faust zu öffnen: Zwei Goldmünzen kamen darin zum Vorschein.

»Sie lagen auf den Stufen dieser Treppe«, antwortete der Mann.

»Dann muß es noch mehr davon geben«, sagte Selznick. »Bringt den Alten her!«

Von seinem Gefängnis aus hatte Philip Rufe und Schreie, Wiehern und Pferdegalopp vernommen. Zuerst hatte er versucht, auf sich aufmerksam zu machen, indem er seinerseits schrie, doch dann schwieg er, als ihm bewußt wurde, daß niemand ihn hörte oder daß seine Schreie, selbst wenn sie nach draußen gelangten, sich dort nur mit den anderen Geräuschen vermischten. Nun drangen plötzlich die Schmerzensschreie eines Mannes zu ihm hinunter, Schreie, die immer qualvoller und verzweifelter wurden, und da kam ihm plötzlich der Gedanke, daß Selznick diesen Ort in seine Gewalt gebracht haben mußte.

Mit der Zeit wurden die Schreie des Mannes immer schwächer, bis sie schließlich ganz verstummten. Philip war nun überzeugt, daß niemand mehr herunterkommen würde, um ihn zu befreien, und daß er in diesem finsteren Keller vor Hunger und Durst umkommen würde. Natürlich hätte er versuchen können, Selznicks Männer auf sich aufmerksam zu machen, wenn die Nacht hereingebrochen war und man seine Stimme in der Stille hören würde. Doch wollte er diese Möglichkeit nur in Betracht ziehen, falls keine andere Hoffnung mehr bestand.

Schon mehrmals hatte er sein Gefängnis untersucht, ohne einen Fluchtweg zu finden. Auf einer Seite befand sich ein Belüftungsschacht, der aus seiner Zelle hinauf bis zur Spitze des Bauwerks führte, doch es bestand keinerlei Möglichkeit, daran hochzuklettern, denn die untere Öffnung befand sich in der Zellendecke, und der obere Ausgang war durch ein schweres Eisengitter versperrt, durch welches nur ein Fetzen des sich verdunkelnden Himmels zu sehen war.

Den ärgsten Hunger hatte er mit ein paar Stück Zwieback stillen können, die er noch ganz unten in seinem Reisesack gefunden hatte, doch der Durst war inzwischen unerträglich. Noch einmal sah er nach, ob es nicht etwas gab, das ihm aus dieser Lage heraushelfen konnte, und da entdeckte er einen der Feuerwerkskörper, die Lino Santini ihm bei der Abreise geschenkt hatte. Er überlegte, ob es möglich wäre, mit Hilfe des Pulvers die Bodenluke über ihm aufzusprengen, doch sie war aus massivem Eisen und somit zu schwer, und in jedem Fall befand sie sich außer Reichweite. Dann überlegte er, daß Arads Karawane an diesem Reisetag nicht mehr als fünfzehn, zwanzig Meilen zurückgelegt haben konnte und daß sie im Dunkel der Nacht vielleicht den Lichtschweif der Rakete sehen konnte, sofern es ihm gelang, sie durch den Kamin und das Eisengitter hindurchzuschießen. Arad hatte eine solche Explosion bereits auf der Straße von Bab el Awa gesehen und hätte sofort eine Verbindung zu ihm hergestellt. Es war seine letzte Chance. Danach blieb ihm nur noch, seine Anwesenheit den Leuten zu erkennen zu geben, die diesen Ort im Moment besetzt hielten.

Er machte sich daran, eine Stütze für den Pappzylinder mit dem Schwarzpulver zu konstruieren, die ihn in vollkommen senkrechter Stellung hielt, und versuchte, so gut es ging, ihn in Richtung auf die mittleren Zwischenräume des Gitters zu richten. Sollte der Knallkörper an einem der Stäbe hängenbleiben, würde der Knall mit Sicherheit Leute an die Kaminöffnung locken. Auch in diesem Fall würde er wohl aus seinem Gefängnis befreit werden und anschließend überlegen, was zu tun war.

Er wartete, bis der Himmel vollkommen dunkel geworden war, dann zündete er ein Streichholz an und legte es an die Lunte. Es gab eine Stichflamme, und zischend schoß die Rakete durch das Gitter und explodierte am

Himmel in einer gespenstischen Fontäne aus Licht und Farben. Die zur Wache eingeteilten Beduinen sprangen bei dem durchdringenden Pfeifen auf und betrachteten bestürzt die unwirkliche Lichtkaskade am Himmel, dann rannten sie hinunter und klopften an das Zimmer, das Selznick belegt hatte. Ihre Beschreibung war allerdings dermaßen aufgeregt und wirr, daß Selznick, obwohl auch er die Explosion gehört hatte, sich kein Bild davon machen konnte, was genau sie gesehen hatten. Deshalb ordnete er eine neuerliche Inspektion des Bauwerks und der Umgebung an. Am meisten fürchtete er eine abergläubische Reaktion seiner Leute, die einen verstörten und entsetzten Eindruck machten.

Mit einer Fackel in der Hand durchsuchte er persönlich jeden Winkel des antiken Gebäudes, denn das Phänomen, das seine Männer ihm als übernatürliche Erscheinung beschrieben hatten, hatte in seinem Hirn einige Fragen aufgeworfen. Er kam an dem gefolterten Körper des alten Wächters vorbei, der gestorben war, ohne etwas zu verraten: weder ob in den Kellern Schätze verborgen lagen, noch wer die Krieger waren, die am Morgen von dort aufgebrochen waren.

Mit ausgebreiteten Armen und aufgerissenen Augen lag der Alte auf dem Fußboden. Nichts hätte ihn wieder ins Leben zurückrufen können. Bei allen toten Menschen, die er im Lauf seines Lebens gesehen hatte, hatte ihn stets die bestürzte Starre des Blicks fasziniert. Jedesmal hatte er versucht, in diesen versteinerten Augen die Offenbarung des Unendlichen zu erkennen, und manchmal war es ihm auch gelungen. Durch diese kalten Pupillen hindurch war es ihm gelungen – oder zumindest war es ihm so vorgekommen –, in den Abgrund zu blicken, ohne Schrecken zu empfinden. Es war ihm bewußt geworden, daß jener Abgrund nicht tiefer, schwärzer und eisiger war als das, was bereits in ihm war.

Der Lärm der aufgeregten Rufe und Schritte in den Kellern und auf den Treppen des Turms gelangte bis zu Philip, und er beschloß, bis zum folgenden Morgen zu warten, bevor er sich bemerkbar zu machen versuchte.

Arads Kolonne hatte den Kamm von Dschebel Gafar unterdessen schon lange hinter sich gelassen, und weder sie noch einer ihrer Begleiter konnte den kleinen leuchtenden Schweif sehen, der über den Himmel zog. Doch ein Reiter sah ihn, der in der Wüste Philips Spuren folgte: El Kassem. Alleine und mit einem weiteren Pferd im Schlepptau, das mit Wasser und Proviant beladen war, war er der Piste nach Dschebel Gafar gefolgt. Er hoffte, Selznick zuvorzukommen, doch die Spuren, die eine vielköpfige Reiterschar im Gelände hinterlassen hatte, ließen ihm wenig Hoffnung.

Sofort erinnerte er sich an die Feuer von Bab el Awa und spornte sein Pferd an bis hin zu der Stelle, an der die bunte Lichtfontäne mitten am Himmel erstanden war. Fast ohne sich dessen bewußt zu werden, stand er plötzlich dem Turm aus weißem Stein gegenüber. Er band die Pferde an einem geschützten Ort fest und schlich im Schutz der Dunkelheit zu der imposanten Bastion. Es dauerte nicht lange, bis er die Wachen auf der oberen Galerie entdeckt hatte, und am Schnitt der Gewänder und an den Waffen erkannte er sie sofort als Selznicks Leute. Mit dem Rücken zur Mauer tastete er sich um den ganzen Turm herum und suchte nach einem anderen Durchschlupf außer dem Tor, an dem weitere Wachen standen. Auf einmal stieß er auf ein Seil, das vom oberen Rand der Mauer herabbaumelte. Er überlegte, daß Philip auf diesem Weg hineingelangt sein mußte. Die Füße gegen die Mauer stemmend, begann er daran hochzuklettern, wobei er den Schatten ausnutzte, der auf diesem Abschnitt der Mauer lag. Je höher er kam, desto besser konnte er das freie Gelände überblicken und desto mehr wurde er von Schwindel befallen, dem einzigen Gefühl, das ihm etwas anhaben konnte. Von jeher war El Kassem an die unendliche horizontale Dimension der Wüste gewöhnt: Zum Himmel hinaufzusteigen und im Leeren zu schweben dagegen rief in ihm Erstickungsanfälle und eine Übelkeit hervor, die er noch nie im Leben verspürt hatte, nicht einmal als er zusammen mit einem Leichnam in einem Grab in Petra eingeschlossen war.

Als er sich an den Rand der Brüstung klammerte, fühlte er sich deshalb wie neugeboren. In diesem Augenblick kam wenige Schritte entfernt eine Wache hinter den Mauern hervor. Blitzartig flog sein Messer durch die Luft und ließ den Alarmschrei des Mannes noch im Hals ersterben. Hierauf zog El Kassem den schwarzen Umhang des Getöteten über, packte das Gewehr und setzte den Rundgang fort, um sich einen Überblick über die Situation zu verschaffen. Einige von Selznicks Leuten befanden sich unten im Hof. Auf der gegenüberliegenden Seite der Galerie ging eine weitere Wache, und es war offensichtlich, daß der andere auf seinem Rundgang schon bald eine Stelle erreichen würde, von der aus er seinen toten Gefährten entdecken konnte. So ging El Kassem auf ihn zu, als ob er ihm etwas sagen wollte, und als der andere bemerkte, wen er in Wirklichkeit vor sich hatte, war es schon zu spät. Mit durchschnittener Kehle und ohne auch nur ein Stöhnen hervorzubringen, sackte er zusammen.

Nun begann El Kassem damit, die gesamte obere Galerie abzusuchen, bis er das Eisengitter bemerkte, das den Lüftungsschacht abschloß. Dies schien ihm der einzige Weg, um ins Innere des Gebäudes einzudringen, das vollständig von Selznicks Leuten besetzt war.

Er holte das Seil von der Brüstung ein, doch bevor er sich ins Innere hinabließ, dachte er bei sich, daß er auf irgendeine Art das Ende dieses Schlundes ausloten mußte, um sicherzugehen, daß er keine Falle oder sonstige Gefahren barg. Also riß er einen Streifen von seinem Umhang ab, zündete ihn mit dem Feuerzeug an und ließ ihn hinunterfallen. Die Flamme landete auf einem Steinfußboden, ohne daß er eine Gefahr erkennen konnte, doch während er sich anschickte, die Krampe am Eisengitter festzuhaken, um sich hinabzulassen, bemerkte er unten in dem Raum einen Mann, der verstört nach oben blickte: »Philip!« rief er erstaunt.

»Wer ist dort oben?« fragte der junge Mann.

»Ich bin's, El Kassem. Ich werfe dir ein Seil hinunter. Komm so schnell du kannst herauf, bevor sie bemerken, daß ich die Wachen getötet habe.«

Philip klammerte sich an das Seil, das ihm in diesem Moment hinuntergeworfen wurde. Erschöpft von den zwei Tagen unfreiwilligen Fastens, begann er sich unter großen Mühen hinaufzuziehen. Als er etwa die Hälfte der Strecke zurückgelegt hatte, fürchtete er, er würde es nicht schaffen und hinunterstürzen. Die Hände taten ihm weh, und die Muskeln verkrampften sich schmerzhaft, sooft er sie beim Hinaufklettern anspannte.

»Ich schaffe es nicht, El Kassem!« rief er halblaut. »Ich schaffe es nicht, ich habe nicht genug Kraft.«

El Kassem konnte ihn nicht sehen, doch er konnte die ungeheure Anstrengung in seiner Stimme hören, eine Willenskraft, die zu versiegen begann.

»Nein!« schrie er ohne jede Vorsicht. »Gib nicht auf, warte, ich ziehe dich hoch! Binde dir das Seil um den Körper, so daß du nicht hinunterfällst. Bist du soweit? Bist du soweit? Verflucht, in dieser Finsternis kann ich überhaupt nichts sehen.«

»Ich bin soweit«, sagte Philip. »Ich habe mich festgebunden.«

El Kassem stemmte sich mit den Füßen gegen das Gitter, legte das Seil um die Schultern und begann aus Leibeskräften zu ziehen. Nach jedem Zug stellte er einen Fuß auf das Seil, um Atem zu holen und sich auf die neue Kraftanstrengung vorzubereiten. Philip erinnerte sich an das Feuerzeug in seiner Tasche und ließ ein, zwei Funken sprühen, bevor die Flamme sich entzündete. »Siehst du mich?« fragte er.

»Ich sehe dich«, sagte El Kassem, »es fehlt nicht mehr viel.«

Doch in diesem Augenblick ertönte vom Hof her eine

Stimme: »Ahmed!« Und kurz darauf kräftiger und beunruhigter: »Ahmed!« El Kassem wurde sich bewußt, daß sie eine der Wachen riefen, die sich seit geraumer Zeit nicht mehr hatten blicken lassen.

»Rasch!« raunte er. »Hilf mit, sonst sind wir in ein paar Minuten beide tot.«

Philip begann wieder zu klettern, während sein Gefährte weiterhin das Seil zu sich hinaufzog. Sobald Philip das Gitter packte, sicherte El Kassem das Seil an der Brüstung und kam zurück, um ihm beim Hinaussteigen zu helfen. In diesem Augenblick tauchte der Mann, der nach der Wache gerufen hatte, auf der oberen Galerie auf und sah die beiden Eindringlinge sowie die leblosen Körper seiner Kumpane. Überrascht zögerte er einen Moment, und das gab El Kassem die Zeit, den Revolver zu ziehen und das Feuer zu eröffnen.

»Fort, fort«, sagte er unmittelbar danach, »gleich werden sie alle hinter uns her sein.« Er zog das Seil ein, und nachdem er es an der Brüstung befestigt hatte, warf er es nach unten. Doch als er sich umwandte, um sich herunterzulassen, sah er Philip unbeweglich auf der Galerie stehen: »Bist du verrückt?« schrie er. »Hörst du nicht, daß sie heraufkommen?«

Philip raffte sich auf und lief zu ihm hin. Dann ließen sich beide am Seil hinab, während Selznicks Leute auf die Galerie strömten. Sie liefen hin und her, bis sie das Seil entdeckten und unten die beiden Männer, die zu den Pferden rannten. Sie legten die Waffen an und begannen zu schießen, doch Selznick selbst gebot ihnen Einhalt: »Laßt sie laufen«, sagte er, »sie wissen, wo sich der Schatz befindet, den wir suchen. Hier … ist nichts.«

Lange ritten El Kassem und Philip im Mondlicht den Kamm des Dschebel Gafar entlang, bis sie auf eine Höhle stießen, in der sie sich für den Rest der Nacht verstecken konnten.

Philip war vom Hungern, von den Gefühlen und den Anstrengungen ermattet und brach mehr zusammen als daß er vom Pferd stieg. El Kassem reichte ihm den Wasserschlauch, und der junge Mann trank langsam, in kleinen Schlucken, wie er es in der Wüste gelernt hatte. Dann sank er kraftlos zu Boden.

»Noch ein bißchen länger, und wir wären beide deinetwegen umgebracht worden«, sagte El Kassem. »Warum bist du auf der Galerie stehengeblieben, statt dich sofort zusammen mit mir hinabzulassen?«

»Unter der Statue des Pegasus war eine Inschrift. Das gesamte Bauwerk ist ein Siegesdenkmal eines Kaisers aus der Antike namens Trajan. Er errichtete es nach seinem Sieg über die Nabatäer, einen arabischen Stamm aus dieser Gegend. Es kann nicht das Gebäude sein, das wir suchen.«

»Hätte ich die Zeit dazu gehabt, hätte ich dir das auch gesagt. Dein Vater hat herausgefunden, wo sich das siebte Grab befindet, und er weiß, wie es beschaffen ist. Es ist ein Zylinder, über dem sich eine flache Kuppel erhebt, die einem Hut ähnelt. Es hat nichts mit einem Pferd zu tun. Er meinte, daß du es nicht richtig lesen konntest, weil der Schimmel ein Stückchen eines Buchstabens ausgelöscht hat. Und er hat das hier gezeichnet.« Mit der Dolchspitze kritzelte er das gleiche Zeichen, das Desmond Garret in den Sand von Petra gekritzelt hatte.

»Ein Hut ... mein Gott, das bedeutet: ein Petasos ... Hat er das gesagt? Ein Petasos?«

»Ja, ich glaube, es war dieses Wort. Doch wenn uns eine Stunde Schlaf ausreicht und wir unsere Reise fortsetzen, wird er es dir vielleicht selbst besser erklären können. In vier Tagen erwartet ihn eine Feluke in Al Muwailih am Roten Meer, um ihn an die ägyptische Küste überzusetzen. Mit Allahs Hilfe werden auch wir dort sein.«

Am folgenden Tag stießen Philip und El Kassem auf die Spuren von Arads Reitern, doch kurz darauf sahen sie, daß sie nach Süden abbogen, während ihr eigener Weg nach Westen führte. Philip sah El Kassem an, doch in dessen Augen lag eine solche Bestimmtheit, daß er nicht einmal anzudeuten wagte, was ihm durch den Sinn ging. Ohne ein Wort zu sagen, folgte er ihm unter der flammenden Sonne entlang der Piste, die zum Meer führte.

»Hast du sie wiedergefunden?« fragte El Kassem plötzlich.

»Ja«, antwortete Philip, »und ich habe sie erneut verloren. Und dieses Mal für immer.«

13. KAPITEL

Oberst Jobert stand vor Tagesanbruch auf, um zu überprüfen, ob alles zum Aufbruch der Expedition bereit war, und um sich persönlich um sein Pferd und dessen Zaumzeug zu kümmern. In Wahrheit allerdings wollte er – wie stets, seit er in der Legion diente – vor Sonnenaufgang auf den Beinen sein, um zu beobachten, wie das Licht vom Horizont her den schwarzen Himmel über der Wüste langsam aufhellte, wie die Schatten sich auflösten und unter den Sonnenstrahlen fast zu verdampfen schienen, und wie die Dünen sich neu belebten, als seien sie Wellen eines fossilen Meeres, das nach langem Schlaf neu erwacht. Er liebte diese Tageszeit, in der die Alpträume der Nacht verschwinden.

Ein paar Minuten lang war die Temperatur wunderbar angenehm, weder kalt noch heiß, war das Licht perfekt; keine Fliegen belästigten mit ihrem Gesumme, alle Tiere schliefen noch friedlich. Die ganze Welt wohnte still dem Wunder des Tages bei, der zurückkehrte, um der Erde seinen Besuch abzustatten.

An jenem Tag jedoch war er weder der erste noch der einzige. Nicht weit entfernt bemerkte er Pater Hogan, der in tiefe Andacht versunken auf einer Düne stand. Eine Weile beobachtete Jobert ihn, dann trat er zu ihm hin: »Beten Sie auch für mich«, sagte er, »ich bin seit Jahren nicht mehr dazu fähig.«

»Was suchen Sie dort unten wirklich, Oberst Jobert?« fragte Pater Hogan, ohne sich umzudrehen.

»Einen Durchgang.«

»Wohin?«

»Ich weiß es nicht. Die Wüste ist eine Vorstufe der

Unendlichkeit; ein Territorium ohne Grenzen und ohne Eingrenzungen, das zwischen der bewohnten Welt und dem Chaos der ursprünglichen Natur liegt. Vielleicht wachen an jenem trostlosen Ort Wesen, die nicht mehr menschlich sind, über die Säulen des Herkules dieses erstarrten und gleichzeitig veränderlichen Ozeans, der Gespenster und Trugbilder heraufbeschwört, flüchtige ungreifbare Wirklichkeiten … Und Sie, um was bitten Sie, wenn Sie beten, Pater Hogan?«

»Um nichts. Ich erhebe meine Stimme, ich rufe Abba, Vater!«

»Und wie lautet die Antwort?«

Pater Hogan zögerte einen Augenblick, dann wandte er sich um und sagte: »Gottes Stimme ist wie –« Doch Jobert war schon wieder gegangen, still, wie er gekommen war.

Er betrat seine Unterkunft, um sein persönliches Gepäck zu holen, doch als er eben aufs Pferd stieg, kam ein Offizier vom Befehlsstab mit einer Depesche herbeigelaufen: »Es ist vor wenigen Minuten eingetroffen, Oberst, es wurde in einem ägyptischen Hafen am Roten Meer aufgegeben.« Jobert nickte und nahm die Depesche. Sie lautete:

> »Ich habe meinen Vater wiedergefunden, und wir reiten jetzt nach Kalaat Hallaki. Selznick befindet sich auf freiem Fuß und ist wahrscheinlich hinter uns her.
>
> Philip Garrett«

Endlich! Alles würde enden, wo es angefangen hatte. Der alte Jäger war aus dem Nichts wiederaufgetaucht und folgte der Spur, die nach Wadi Addir und in die Gespenstersande führte. Und wo er war, würde auch Selznick sein.

Kurz nach Sonnenaufgang brachen sie auf und schlugen den Weg nach Südwesten ein. Jobert ritt an der Kolonnenspitze, und Pater Hogan blieb an seiner Seite. Noch nie in seinem Leben war er geritten, und deshalb hatte der Kommandant für ihn ein ruhiges Tier ausgesucht, eine Stute, die immer als Lasttier eingesetzt worden war.

Dahinter folgten zwei Kamele, die durch eine Art Sänfte zusammengebunden waren, auf der, sorgsam in zwei Schichten Wachstuch verpackt, Pater Hogans Apparat transportiert wurde.

Jobert warf einen Blick zurück, um sich zu vergewissern, daß alles in Ordnung war: »Sie sagten, daß sich darin ein Radio befindet.«

»In der Tat.«

»Und wo nehmen Sie den Strom für die Batterien her?«

»Den Strom liefert ein kleiner Rotor, dessen Flügel vom Wind angetrieben oder durch Muskelkraft betätigt werden können. An Energie wird es nicht fehlen.«

Eine Weile ritt Jobert schweigend weiter, dann sagte er:

»Wahrscheinlich wird es bei unserem Eindringen in das kritische Gebiet zu einer blutigen Begegnung kommen, haben Sie auch daran gedacht? Werden Sie ebenfalls kämpfen, wenn es nötig ist, oder werden Sie nur die anderen für Sie töten lassen?«

»Ich bin nicht hergekommen, um zu töten, Jobert, sondern um eine Botschaft anzuhören. Selbstverständlich weiß ich, daß dies Risiken mit sich bringt. Ich bin kein Feigling und auch kein Heuchler, wenn Sie das wissen wollten. Ich bin mir bewußt, daß ein Mann, der eine Wahl getroffen hat wie Sie, wahrscheinlich viel Schmerzliches erlebt hat. Aber bedenken Sie bitte, daß auch jemand, der eine Wahl getroffen hat wie die meine, einen Weg geht, der weder einfach noch ohne Hindernisse ist. Versuchen Sie nicht, mich auf die Probe zu stellen, Oberst: Sie könnten eine Überraschung erleben.«

Während der ersten beiden Tage folgten sie der Piste, auf der Jobert damals zurückgekehrt war, und die Temperatur war durch die winterliche Jahreszeit gerade noch auszuhalten. Am Abend des dritten Tages, während die Männer das Lager aufschlugen, trat Jobert mit einer Landkarte unter dem Arm zu Pater Hogan: »Ihr Radio könnte uns weiterhelfen, sofern Sie bereit sind, uns behilflich zu sein. Vor unserer Abreise habe ich Depeschen an unsere Informanten und an die Vorposten entlang den Wüstenpisten geschickt. Philip und Desmond Garrett marschieren auf Kalaat Hallaki zu, und Selznick hat sich gewiß an ihre Fersen geheftet. Wenn wir Kontakt aufnehmen und uns melden lassen können, welche der drei Pisten, die vom Roten Meer dorthin führen, er eingeschlagen hat, könnten wir ihm eine Falle stellen.«

»Das Radio steht zu Ihrer Verfügung«, antwortete Pater Hogan. »Lassen Sie mir nur Zeit, die Verpackung zu öffnen. Ich habe das Einpacken persönlich besorgt und muß sie deshalb eigenhändig öffnen.«

Binnen kurzem war das Radio von der Plane befreit und durch eine aufmontierte Antenne funktionstüchtig, doch Oberst Jobert betrachtete die viel größere Plane daneben, die sorgfältig versiegelt und mit stählernen Vorhängeschlössern gesichert war.

»Und da, was ist da drin, Hochwürden?« fragte er leicht ironisch. »Das wird doch nicht etwa eine Geheimwaffe der Heiligen Römischen Kirche sein?«

»Darin befindet sich ein leistungsstarker magnetischer Tonträger, ein Gerät, das man etwas kühn als Massenspeicher bezeichnen könnte.«

»Ich fürchte, ich habe nicht begriffen.«

»Jetzt, da wir mitten in unserer Mission sind, kann ich es Ihnen ja verraten. Seit geraumer Zeit fangen wir Signale eines geheimnisvollen Senders auf, der in fünfundzwanzig Tagen, siebzehn Stunden und sieben Minuten einen gigantischen Datenfluß auf eine genau umrissene Stelle in der südöstlichen Wüste konzentrieren wird. Da wir nicht wissen, mit welcher Geschwindigkeit und in welcher Frequenz dies vor sich gehen wird, haben wir eine Vorrichtung angefertigt, die theoretisch dazu in der Lage ist, den Datenfluß zu speichern, so daß die Entschlüsselung auch zu einem späteren Zeitpunkt möglich wird.«

»Theoretisch?«

»So ist es. Es handelt sich um ein Experiment, das bisher noch nie durchgeführt wurde.«

»Aber woher wissen Sie, daß diese – Schachtel über eine ausreichende Kapazität verfügt? Wenn wir die Fluten eines Wasserfalls auffangen sollen, welchen Unterschied macht es da, ob wir ein Glas oder eine Zisterne bei uns haben? Auf jeden Fall wird der überwiegende Teil der Daten verlorengehen.«

Die Abendbrise kam auf. Pater Hogan installierte den Flügelrotor, der die Stromzufuhr in Gang setzte, und schaltete das Radio ein. »Geben Sie mir die Frequenz Ihrer Station«, sagte er. Und als er die Frequenz eingestellt hatte, fuhr er fort: »Sie denken also wirklich, daß wir nicht daran gedacht haben? Ich will Ihnen eine Geschichte erzählen: Eines Tages befand ich mich in einer Missionsstation in Zentralafrika, in einem Dorf, das tagelang wegen eines Bürgerkriegs von der Außenwelt abgeschnitten war. Die Menschen waren erschöpft, Kinder und Alte begannen vor Hunger und Entbehrungen zu sterben. Eines Tages schließlich traf die Nachricht ein, daß es einem mit Mehl beladenen Lastwagen gelungen war durchzukommen und daß er am folgenden Morgen eintreffen würde. Vor Tagesanbruch warteten alle, die sich noch auf den Beinen halten konnten, beiderseits der Straße mit allen möglichen Gefäßen in der Hand. Als der Lastwagen in Sicht kam, liefen sie ihm entgegen, doch als sie ihn fast schon erreicht hatten, fuhr er auf eine Mine. Es gab eine furchtbare Explosion, und eine weiße Staubwolke stieg in den Himmel empor. Nach der anfänglichen Verwirrung liefen die Menschen herbei und hielten ungeachtet des Vorgefallenen ihre Gefäße, ihre Kleider, Taschentücher, Schürzen auf. Das Mehl schien ihnen in diesem Augenblick so wertvoll, daß es für sie besser war, ein kleine Menge davon, und sei es auch noch so wenig, zu ergattern, als es völlig verlorenzugeben.«

Jobert antwortete nicht und begab sich auf seinen Rundgang.

Den ganzen Abend blieb Pater Hogan neben dem Radio sitzen und ließ sich auch seine Ration Essen und Wasser dorthin bringen, doch der Apparat blieb stumm. Als er sich schon schlafen legen wollte, empfing er eine Stimme aus einer Küstenortschaft. Telegraphisch hatte man dort eine Depesche erhalten, die einen Offizier der Legion mit einem Trupp Beduinen meldete, die über die Piste von Al Shabqa in den südöstlichen Quadranten marschierten. Die Beschreibung des Offiziers deutete auf Selznick hin.

Er ließ Oberst Jobert rufen, der unverzüglich zu ihm kam.

»Gut«, sagte dieser, während er die Landkarte auf dem Klapptisch ausbreitete: »Er versucht, von Norden aus durch Ägypten und Fezzan herunterzukommen. Für ihn ist das die sicherste Richtung, denn niemand kann ihn dort abfangen. Außer uns.«

»Was haben Sie vor?« fragte Pater Hogan.

Mit dem Finger fuhr Jobert auf der Karte die mutmaßliche Route entlang: »Wenn Selznick, wie ich glaube, hier entlangkommt, hat er keine Wahl. Er muß zwangsläufig an dem einzigen Brunnen vorbei, den es auf diesem Weg gibt, bevor er das Tal des Wadi Addir erreicht, wo er seinen Feind abzufangen beabsichtigt. Und wir werden ihn dort erwarten«, sagte er und deutete mit dem Zeigefinger auf die Stelle, an der in der Karte der Brunnen von Bir el Walid eingezeichnet war.

Pater Hogan schüttelte den Kopf: »Aber wie ist es möglich, in einem Millionen Quadratkilometer großen Sandmeer einen einzelnen Mann zu orten?«

»Die Wüste ist eine Landschaft, die nicht verzeiht«, sagte Jobert. »Man kann nicht hingehen, wohin man will. Man geht nur dorthin, wohin man kann, und das heißt, wo es Brunnen gibt. Außerdem läßt sich die zurücklegbare Strecke ganz leicht anhand der Reiseroute und der

Jahreszeit errechnen. Selznick dürfte in frühestens zwei Wochen in Bir el Walid sein, und wir werden ihn dort bereits erwarten. Wenn meine Vermutung stimmt, hat Selznick in Syrien die anrückende Abteilung von General La Salle überrascht und vernichtet und sich anschließend als Kommandant ausgegeben. Ich muß ihn gefangennehmen und vor ein Exekutionskommando führen.«

»Zwei Wochen«, sagte Pater Hogan, »uns bleibt dann noch weniger Zeit, um die Gespenstersande zu erreichen. Dieses Risiko ist zu hoch.«

»Ein freier Selznick an unseren Fersen wäre ein noch viel größeres Risiko.«

Pater Hogan stand auf: »Diese Wüstendurchquerung ist an sich schon außerordentlich riskant und voller Unwägbarkeiten, Oberst. Ihre Änderung der Reiseroute ist nicht gerechtfertigt. Selznick kann nicht so gefährlich sein, daß er eine Abteilung Fremdenlegionäre in voller Kriegsrüstung und mit schweren Waffen bedroht. Oder ist da noch etwas anderes, von dem ich nichts weiß?«

»Da ist nichts anderes«, sagte Jobert. »Das Niedermetzeln einer Garnison scheint mir völlig ausreichend – mal ganz abgesehen von der Fahnenflucht und den anderen Verbrechen.«

»Ich bin damit nicht einverstanden«, erwiderte Pater Hogan. »Diese Expedition beruht auf einer Übereinkunft, und durch Ihre Änderung des Marschziels ist sie ernsthaft gefährdet. Sollte die Mission scheitern, so tragen Sie dafür die volle Verantwortung.«

Jobert grinste: »Sie wollen doch nicht etwa einen diplomatischen Zwischenfall zwischen unseren beiden Ländern provozieren, zwischen der Heiligen Mutter Kirche und ihrer erstgeborenen Tochter.«

»Schlimmer«, erwiderte Pater Hogan, dem der Eigensinn des Offiziers verdächtig vorkam.

Jobert wurde wieder ernst, was Hogan die Gewißheit gab, ins Schwarze getroffen zu haben: »Was wollen Sie damit sagen?« fragte er.

»Ich will damit sagen, daß wir in der Lage sind, Ihnen Informationen über Selznicks Identität zu liefern ...«

»Nicht besonders viele, wenigstens bisher nicht.«

»Wie ich Ihnen versprochen hatte, werde ich Ihnen erzählen, was wir wissen, aber ich kann Ihnen auch sagen, daß wir in der Lage sind, noch mehr herauszufinden.« Diese Worte trafen Jobert sichtlich, und Pater Hogan, der nur geblufft hatte, dachte bei sich, daß auf jeden Fall ein wahrscheinlich peinliches und beschämendes Geheimnis dahinterstecken mußte, das man so schnell wie möglich mit Selznicks Erschießung unter die Erde bringen wollte.

»Sagen Sie mir, was Sie wissen«, sagte Jobert, »das gehört ebenfalls zu unserer Übereinkunft.«

»Wie ich Ihnen bereits erzählt habe«, begann Hogan, »ist es nicht so sehr Selznicks Vater, der uns interessiert, sondern die Mutter. Selznicks Mutter ist nämlich auch die Mutter von Desmond Garrett: Evelyn Brown Garrett.«

Jobert zog die Augenbrauen hoch: »Sind Sie sich darüber im klaren, was Sie da sagen?«

»Absolut.

Es geschah vor mehr als fünfzig Jahren: Der amerikanische Ingenieur Jason Garrett arbeitete damals in Ostanatolien an der Planung der Straße durch das Pontische Gebirge, die Erzerum mit Trabzon verbinden sollte. Zur selben Zeit kam es in diesem Gebiet zu Unruhen und bewaffneten Zwischenfällen mit den Kurdenstämmen, und der Sultan schickte seine Truppen, um den Aufruhr niederzuschlagen. Garrett war besorgt und schickte seine Frau mit dem Kind nach Europa, doch während einer Rast in dem Dorf Bayburt wurde ihr Wagen offensichtlich im Zuge einer Routinekontrolle von einer Patrouille gestoppt. Als der Kommandant sie erblickte, wurde er von ihrer Schönheit dermaßen in Bann geschlagen, daß er sie in sein Zimmer bringen ließ, nachdem er ihre Eskorte beseitigt hatte. Er versuchte erst, sie zu verführen und dann sie einzuschüchtern, doch es gelang ihm nicht, sie seinen Wünschen gefügig zu machen. Also wandte er Gewalt an. Er mißbrauchte sie und behielt sie für die gesamte Dauer der Operation bei sich. Dann nahm er sie mit nach Istanbul zurück und ließ sie zur Grenze geleiten.

Verstört und verzweifelt, wie sie war, wagte Evelyn Garrett nicht, ihren Mann über das Vorgefallene in Kenntnis zu setzen. Sie schrieb ihm, sie sei auf der Reise erkrankt und in einem Kloster in Izmir gepflegt worden. Doch ihre Leidensgeschichte war noch nicht zu Ende. Als sie in Saloniki ankam, stellte sie fest, daß sie ein Kind erwartete. Über Belgrad reiste sie nach Wien, wo sie ihren kleinen Sohn Desmond, der aufgrund seines Alters die Tragödie nicht begriffen und dem sie eine Reihe erbärmlicher Lügen erzählt hatte, in einem Internat unterbrachte.

Sie erzählte ihm, sie benötige einen Kuraufenthalt und müsse deshalb eine Zeitlang fort. Sie zog sich in eine Klinik zurück, wo sie einen Jungen zur Welt brachte, den sie dann in die Obhut der Passionisten gab.

Dem Ehemann erzählte sie nie, was ihr widerfahren war, doch in ihrem Herzen trug sie den Zorn und die Erniedrigung des erlittenen Unrechts und zugleich die Gewissensbisse gegenüber dem unschuldigen Sohn, den sie seinem Schicksal überlassen hatte. Evelyn Garrett war eine gebildete und sensible Frau, die aus einer der prominentesten Familien Neuenglands stammte. Sie bezahlte hart für die Entscheidung, ihrem Mann in ein schwieriges und gefährliches Land zu folgen – eine Entscheidung, die sie gegen den Willen ihrer Familie getroffen hatte. Diese hatte von Anfang an die Heirat mit einem Mann abgelehnt, der zwar fleißig und intelligent war, aber eben aus bescheidenen sozialen Verhältnissen stammte, und später auch die Tatsache mißbilligt, daß sie ihm mit einem Kleinkind in eine unwegsame Gegend folgte, deren Bewohner für Barbaren gehalten wurden.«

Oberst Jobert zog den Rauch seiner Zigarre ein und

schüttelte den Kopf: »Die Macht der Kirche ...«, sagte er. »Ihr habt eure Augen und Ohren überall, ihr lauscht den peinlichsten Geheimnissen im Beichtstuhl. Ihr habt keine Waffen, doch ihr könnt die Heere der Könige und Nationen in Bewegung setzen. Ihr habt kein Territorium, aber ihr seid überall. Ist ein Krieg vorbei, müssen sich die erschöpften Staaten erst einmal erholen, doch ihr kämpft eure Schlacht überall und unerbittlich, ohne je innezuhalten.«

»Wir können nicht innehalten«, erwiderte Pater Hogan, »wir müssen allen Menschen vor dem Ende der Zeiten eine Botschaft verkünden.«

»Woher wißt ihr, daß es sich bei dem Kind, das in dem Wiener Waisenhaus zurückgelassen wurde, um Selznick handelte?«

»Unsere Einrichtungen verfolgen soweit als möglich den Lebensweg derer, die ihnen von klein auf anvertraut wurden. Das gilt insbesondere für diejenigen, die sich auf die eine oder andere Art hervortun, im Guten wie im Schlechten.«

»Stimmt«, sagte Oberst Jobert, »besonders wenn sie nicht so sind wie die anderen. Ist das alles, was Sie mir über Selznick sagen können?«

»Im Augenblick, ja«, erwiderte Pater Hogan. »Der Rest hängt vom Ausgang meiner Mission ab.«

»Machen Sie sich keine Sorgen. Ich übernehme die volle Verantwortung. Zunächst werde ich Selznick fassen, dann werde ich Sie nach Kalaat Hallaki und in die Gespenstersande führen. Ich will diese Verabredung nämlich auch nicht verpassen. Wenn ein Priester so weit geht, mit einem politischen Eklat zu drohen, nur um nicht zu spät zu kommen, dann muß es sich um etwas absolut Außergewöhnliches handeln – ist es nicht so, Hochwürden?«

Pater Hogan antwortete nicht. Jobert stand auf und drückte mit dem Absatz die Zigarre aus. »Wir legen uns jetzt besser schlafen«, sagte er. »Morgen erwartet uns ein sehr harter Marsch. Dank Ihrer Mithilfe, Pater. Ohne diesen Apparat hätten wir kaum die Informationen erhalten, die uns erlauben, diesen äußerst gefährlichen Mann gefangenzunehmen. Wer hätte vor wenigen Jahren gedacht, daß eine Stimme einmal wie der Blitz die endlosen Weiten der Wüste durchqueren und eine versprengte Abteilung erreichen könnte, die sich im Dunkel der Nacht verbirgt? Etwas Derartiges hätte man nur der Stimme Gottes zugetraut.«

Pater Hogan hob den Blick zum Sternbild Skorpion, zu Akrabs kaltem Licht. »Die Stimme Gottes ...«, wiederholte er, als spräche er zu sich selbst, »schon als Kind habe ich sie im Wind und im Donner gehört, im Brausen der Brandung, die sich an den Klippen brach.«

»Hier gibt es nichts als Stille«, sagte Jobert, »eine Stille, die vor uns herrschte und die, eingesperrt auf diesem Planeten, herrschen wird, wenn wir gegangen sein werden, bis zum Ende der Zeit. Die Wüste ist eine versteinerte Prophezeiung. Gute Nacht, Pater Hogan.«

Er machte kehrt und verschwand in der Dunkelheit.

Vor Morgengrauen brachen sie auf. Den ganzen Tag über marschierten sie durch unebenes, stellenweise steiniges Gelände, das mit feinem Staub bedeckt war. Am folgenden Tag bemerkten sie in der Ferne eine entgegenkommende Karawane, und Jobert beobachtete sie lange durch sein Fernglas, bevor sie hinter den Dünen verschwand. Von da an sahen sie keine Menschenseele mehr. Sie folgten ihrem Weg mit Hilfe des Kompasses, denn über weite Strecken war die Piste völlig unauffindbar oder nur mit Mühe und Not zu erkennen.

Pater Hogan, der sich in den ersten Tagen höchst unwohl gefühlt hatte und in diesem Klima und in dieser eintönigen Umgebung fast zu ersticken meinte, erlag mit jedem Tag mehr der Faszination dieses gewaltsamen Lichts, dieses lebhaften Farbenspiels, dieser extremen Reinheit von Luft und Erde, dieses Himmels, wo sich im Wechsel von Tag und Nacht die reinste Erscheinungsform von Licht und Finsternis offenbarte.

War ihm jene Landschaft anfangs wie das Gerippe einer zur Hölle verdammten Natur vorgekommen, so enthüllte sie nun mit jedem Schritt eine geheime Lebendigkeit – eine Lebendigkeit, die aus zarten Gerüchen bestand, die der ungebändigte makellose Wind aus fernen Ländern und Meeren herbeitrug, aus verschwimmenden Lichtern und Schatten, aus verborgenen Existenzen, die nur in der unwirklichen Stille der Morgendämmerung und im Lodern des Sonnenuntergangs erfaßbar waren.

Er war sich bewußt, daß er sich über die antiken Ebenen von Delfud bewegte, die einst endlose Prärien und die Heimat zahlloser Herden wilder Tiere gewesen waren, daß er über den Grund ausgetrockneter Flüsse und Seen ritt. Er durchquerte ein Land, das einst an einem geheimnisvollen versteckten Ort an den Garten der Unsterblichkeit gegrenzt hatte ...

Als sie in die Nähe von Bir el Wadid gelangten, ritt Jobert mit einem halben Dutzend Männern voraus, und erst als er festgestellt hatte, daß sich im Umkreis mehrerer Meilen um den Brunnen keine Menschenseele zeigte, ließ er die Abteilung vorrücken, damit Menschen und Tiere tranken und die Wasservorräte aufgefüllt wurden.

Eine Nacht lang ließ er sie beim Brunnen lagern, doch dann befahl er, sich in eine wenige Kilometer entfernte Bodensenke zurückzuziehen und ihre Spuren zu verwischen. Daraufhin verteilte er Kundschafter entlang der von Osten kommenden Piste, damit sie ihn rechtzeitig benachrichtigten, falls sich ihnen jemand näherte. Das Wetter war bisher gut geblieben, und während des Marsches waren sie auf keine unüberwindlichen Schwierigkeiten gestoßen. Alles schien bestens zu laufen. Jobert hatte ausgerechnet, daß Selznick in drei oder vier Tagen eintreffen mußte. Doch die Zeit verging, ohne daß etwas geschah, und mit jeder Stunde nahm Pater Hogans Sorge zu. Er zählte die Tage, die bis zu seiner Verabredung mit der Stimme fehlten, die auf ihrem Weg zur Erde den unendlichen Weltraum durchpflügte. Er verglich die abgründige Geschwindigkeit dieses Boten, der die kosmischen Entfernungen verschlang, mit dem trägen Schritt der Maultiere und Kamele und spürte, wie eine ohnmächtige Unruhe von ihm Besitz ergriff. Manchmal schaltete er das Radio ein, suchte eine Frequenz im Ultrakurzwellenbereich und richtete die Antenne auf das Sternbild Skorpion. Dann saß er stundenlang da und lauschte dem beharrlichen, beunruhigenden und immer häufiger eintreffenden Signal.

Am Abend des fünften Tages trat Oberst Jobert, der ihn seit einiger Zeit beobachtete, still wie immer zu ihm hin: »Ist es das?«

»Ja.«

»Und woher kommt es?«

Pater Hogan richtete den Blick auf das Sternbild, das knapp über dem tropischen Horizont schwebte.

»Von dort«, sagte er, »es kommt von einer dunklen Stelle im Sternbild Skorpion, knapp über Antares.«

»Wollen Sie mich auf den Arm nehmen?«

»Nein. Wir wissen es mit Gewißheit.«

»Dann erwarten Sie also … mein Gott, eine Botschaft aus einer anderen Welt …«

»Begreifen Sie jetzt, worum es geht? Lassen Sie mich aufbrechen, bitte. Eine kleine Eskorte und die nötigsten Lebensmittel genügen mir. Ich kann nicht länger warten.«

»Ich verstehe durchaus, doch Sie begehen einen schweren Fehler, wenn Sie jetzt in Panik geraten. Auf diese Art riskieren Sie sehr viel eher, nicht anzukommen, als wenn Sie noch einen oder zwei Tage warten. Sie können nicht mehr lange auf sich warten lassen. Wenn sie in zwei Tagen immer noch nicht in Sicht kommen, bedeutet das, daß etwas passiert ist, und ich selbst werde Befehl zum Aufbruch geben. Ich habe bereits Anweisung gegeben, alles vorzubereiten.«

Resigniert nickte Pater Hogan und wandte sich zum Gehen, doch Jobert rief ihn zurück: »Warten Sie, da ist etwas.« Mit einem Ruck fuhr der Priester herum und sah, daß Jobert auf eine kleine Bodenerhebung starrte, die etwa einen Kilometer in östlicher Richtung entfernt lag.

»Ich sehe nichts«, sagte Hogan enttäuscht.

»Die Kundschafter signalisieren etwas, sehen Sie.« Tatsächlich konnte man nun auf dem Hügel ein Leuchtsignalgerät blinken sehen. »Kein Zweifel«, sagte Jobert, »da kommt jemand. Vielleicht ist er es. Sie bleiben hier und rühren sich nicht von der Stelle. Um diese Angelegenheit muß ich mich persönlich kümmern.«

Er rief die Männer und teilte sie in Gruppen ein, dann versammelte er die Offiziere zum Rapport. »Meine Herren«, begann er, »wahrscheinlich meldet das Lichtsignal, das Sie vorhin gesehen haben, die Ankunft Selznicks, eines Fahnenflüchtigen und Kriminellen, wie Sie wissen, der unbedingt vor ein Kriegsgericht gestellt werden muß. Jede Abteilung wird in einem großen Bogen um das Brunnengelände herumreiten und Stellung beziehen, und zwar so, daß es kein Entkommen gibt. Wir warten, bis sie ihr Lager aufgeschlagen haben, dann, auf mein Signal hin, verlassen Sie die Deckung und zeigen sich, bleiben aber außer Schußweite. Selznick ist nicht allein. Sollte es Widerstand geben, schießen Sie, ohne zu zögern, doch nur auf seine Männer. Ihn selbst müssen wir lebendig fassen.« Die Offiziere begaben sich zu ihren Abteilungen, ließen sie aufsitzen und ritten langsam und leise zu der Stelle, die jedem einzelnen zugewiesen worden war. Pater Hogan trat auf Oberst Jobert zu: »Hätten Sie etwas dagegen, wenn ich Sie begleite?« fragte er.

»Nein, wenn Sie mir Ihr Wort geben, daß Sie sich abseits halten und unter gar keinen Umständen eingreifen werden.«

Pater Hogan nickte, und sobald Jobert an der Spitze seiner Gruppe aufs Pferd sprang, stieg auch er in den Sattel und folgte ihm in geringem Abstand. Als sie den Brunnen fast erreicht hatten, befahl Jobert den Männern abzusitzen und sich zu verstecken. Mal auf allen vieren, mal kriechend schlich er bis auf wenige Dutzend Meter heran, dann legte er sich auf den Boden und blickte durch das Fernglas: Von Osten näherte sich eine Gruppe Berittener, denen eine kleine Kamelkarawane folgte. Eine Vorhut aus zwei mit Gewehren bewaffneten Beduinen trabte auf den Brunnen zu und machte dann einen kleinen Erkundungsritt, bevor sie herbeieilten, um Wasser zu schöpfen. Da spornten auch die anderen ihre Tiere an, umringten die Gefährten, die ihre Schläuche füllten, und reichten diese untereinander weiter. Dann sammelten sie Holz und machten Feuer. Der letzte, der vom Pferd stieg, schien ihr Anführer zu sein. Er trug die Uniform eines Generals der Fremdenlegion und Lederstiefel, doch Kopf und Gesicht wurden von der *Kufija* verdeckt. Als sie ihm zu trinken brachten, zeigte er sein Gesicht, stieg vom Pferd und stellte sich ans Feuer. Es war Selznick.

Obwohl Jobert sich dessen eigentlich sicher gewesen war, fuhr er beim Anblick dieses Mannes auf. Er war schon so lange hinter ihm her, und nun konnte er ihm endlich nicht mehr entwischen! Er sah auf die Uhr und berechnete, daß die anderen Abteilungen inzwischen ihre Stellungen bezogen haben mußten. Er wartete noch einige Minuten und gab dann einen Schuß in die Luft ab. Man hörte das Geräusch galoppierender Pferde, und kurz darauf tauchten die drei Schwadronen der Fremdenlegion in weitem Halbkreis um den Brunnen auf.

Niemand leistete Widerstand. Als sie erkannten, daß sie von einer Übermacht vollständig eingekreist waren und jeglicher Fluchtweg versperrt war, legten Selznicks Männer die Waffen nieder und ergaben sich. Selbst Selznick leistete keinen Widerstand und übergab seine Waffen dem Offizier, der ihn festnahm. Den etwa zehn Beduinen in seinem Gefolge wurden sämtliche Waffen abgenommen. Danach durften sie ihre Wasservorräte auffüllen, und mit der Warnung, unverzüglich erschossen zu werden, falls sie sich noch einmal blicken ließen, wurden sie zurückgeschickt.

Mit gefesselten Händen wurde Selznick vor Jobert geführt. Schweigend blickten sich die beiden Männer lange in die Augen. Die Soldaten und die anderen Offiziere bemerkten die spannungsgeladene Atmosphäre zwischen den beiden Gegnern und entfernten sich einer nach dem anderen. Auch Pater Hogan stellte sich abseits.

»Ein fast unglaublicher Glücksfall, nicht wahr«, sagte Selznick plötzlich. »Daß wir uns getroffen haben, ist genauso unwahrscheinlich, als begegneten sich zwei Sandkörnchen von den entgegengesetzten Enden der Wüste.«

»Das stimmt nicht, Selznick, ich konnte Ihnen zuvorkommen, weil jemand Ihre Bewegungen auf der Piste von Al Shabqa gemeldet hat und ich ein leistungsstarkes Radio bei mir habe.«

»Ein Radio?« sagte Selznick und grinste: »Aber dann – dann war es keine faire Jagd, Jobert. Außerdem haben Sie den letzten Landstrich entweiht, wo ein Mann noch frei sein konnte wie ein Fisch im Meer oder ein Vogel am Himmel.«

»Frei zu töten, zu stehlen, zu verraten.«

»Frei und weiter nichts«, erwiderte Selznick.

Ohne Zeit zu verlieren, brachen sie noch am selben Tag auf, und Oberst Jobert nahm wieder seinen Platz an der Kolonnenspitze ein. Pater Hogan ritt an ihn heran: »Was haben Sie mit Selznick vor?«

»Haben Sie etwa erwartet, daß wir kurzen Prozeß machen und ihn erschießen würden? Ich bin Offizier und kein Henker. Fünf Tagesreisen entfernt liegt ein Vorposten mit einer kleinen Besatzung, den wir über einen kleinen Umweg erreichen. Er wird als Vorratslager genutzt. Die Truppenteile, die durch diese Gegend ziehen, können sich dort mit Lebensmitteln und Wasser versorgen. Ich werde Selznick dort übergeben, dann können wir beruhigter und schneller unseren Weg fortsetzen. In zwei Wochen werden wir in den Gespenstersanden sein, und er wird vor dem Standgericht stehen. Vielleicht ist sein Schicksal aber leichter zu ertragen als das unsere ...«

Sie zogen weiter nach Süden und überquerten zunächst einen felsigen Bergrücken, der teilweise unter Sand begraben lag, und anschließend eine ebene, verbrannte Steinwüste, die mit dürren Büschen übersät war. Am vierten Tag kreuzten sie ein *Wadi*, und Jobert gab Befehl, seinem Lauf zu folgen.

Während sie marschierten, ließ er Selznick stets die Fesseln abnehmen, damit er sich gegen die Fliegen und Bremsen wehren konnte, die sie auf ihrem Weg begleiteten und Männer, Pferde und Kamele unablässig peinigten.

Am Abend des fünften Tages kam der Vorposten in Sicht: eine niedrige trockengemauerte Steinwand und eine Fahne, die unbeweglich an einem Mast aus Akazienholz herabbaumelte. Der Posten war sehr klein, und nur eine der drei Kompanien fand darin Platz, um das Lager aufzuschlagen. Die anderen lagerten außerhalb.

Wie eine Glocke lag ein seltsames dämmriges Licht über diesem vollkommen verlassenen Ort. Selznick wurde an einen Pfahl gebunden, und man gab ihm eine Decke als Schutz gegen die Kälte der einbrechenden Nacht. Oberst Jobert betrat die mutmaßliche Kommandantenunterkunft: eine Hütte ohne Türen und Fenster, überall Staub, ein Tisch mit einigen vergilbten Papieren, in einem Regal zwei Bücher, deren Einbände durch die Hitze wellig geworden waren, Insekten, große Laufkäfer mit langen Beinen, die sich überrascht vor dem Eindringling versteckten. Er verließ diesen finsteren Ort und machte einen Spaziergang durch die Wüste, um die Spannung und Sorge abzubauen. Als er zurückkehrte, hatten die Männer bereits gegessen und sich erschöpft hingelegt, doch Selznick war noch wach.

»Schwierigkeiten mit dem Einschlafen, Kamerad?« fragte er mit ironischem Lächeln.

»Nennen Sie mich nicht so, Selznick. Sie sind ein Deserteur und ein Mörder. Wir haben nichts gemein außer der Uniform, die Sie entehrt haben und die ich Ihnen vom Leib reißen würde, wenn ich könnte.«

Selznick grinste: »Eine schöne Bescherung, nicht wahr? Keine Menschenseele da. Was machen Sie jetzt mit mir? Finden Sie deshalb keinen Schlaf, Jobert? Aber wenn's weiter nichts ist, dafür gibt es eine Lösung: ein hübsches Standgericht und eine hübsche Erschießung. Dann können Sie ungestört Ihren Weg fortsetzen ...«

»Lassen Sie das, Selznick. Was glauben Sie, mit wem Sie reden? Ich bin nicht wie Sie, ich halte mich an ethische Prinzipien und moralische Regeln.«

»Und deshalb halten Sie sich für etwas Besseres als mich? Sagen Sie mir, in wessen Namen Sie schießen und töten. Wofür kämpfen Sie hier, Jobert? Wozu tragen Sie diese Uniform?«

»Ich schlage mich für die Werte der Zivilisation, an die ich glaube.«

Selznick schüttelte den Kopf: »Das christliche Abendland. Ohne Judas würde es überhaupt nicht existieren. Sagen Sie, Jobert, haben Sie je erlebt, was es bedeutet, verachtet zu werden, die Last des Abscheus und des Hasses seiner Mitmenschen zu tragen, der Wolf zu sein, den die Meute hetzt? Wir sind die wahren Helden – ich und die Menschen, die so sind wie ich. Nur wir haben den Mut zum Äußersten ...«

Mit verwirrtem Blick wich Jobert zurück: »Das wird Sie nicht vor dem Erschießungskommando retten, Selznick. Das schwöre ich Ihnen.«

»Niemand kann voraussehen, wann und wo der Tod ihn ereilt, Jobert. Sie sind Soldat, Sie müßten das wissen.« Eine Weile schwieg er, dann richtete er den Blick auf die improvisierte Fahnenstange, die in einer Ecke der Einfriedung aufragte: »Ist Ihnen die Fahne aufgefallen? Niemand hat sie eingezogen. Ist so etwas möglich?« Ein Windhauch zupfte an dem zerfetzten Tuch, das von dem Mast baumelte. »Haben Sie sich eigentlich mal gefragt, warum niemand diese Fahne eingezogen hat, Oberst Jobert?«

Der Offizier erschauerte, als er daran dachte, was Selznick sagen wollte; fast fluchtartig kehrte er in seine armselige Unterkunft am anderen Ende des Lagers zurück, wo er einen Kerzenstummel anzündete und in eine Laterne steckte. Dann verließ er die Einfriedung und suchte im Osten und Süden, wo noch niemand nachgesehen hatte, die Wüste ab, bis er auf eine Ansammlung kleiner Sandhügel stieß, die der Wind fast völlig eingeebnet hatte. Daneben erblickte er die unbegrabenen Überreste eines Offiziers. Die Uniform eines Hauptmanns der Fremdenlegion bedeckte noch den mumifizierten Körper.

Jobert spürte, wie er von Panik erfaßt wurde. Was hatte die kleine Garnison dahingerafft, wenn nicht eine Epidemie? Im und um das Lager herum gab es keinerlei Kampfspuren. Es gab nur Anzeichen für einen langsamen, unaufhaltsamen Niedergang.

Er kehrte zum Vorposten zurück und ging langsam durch die Reihen seiner schlafenden Männer. Er hielt die Laterne in die Höhe, um ihre Gesichter zu beleuchten. Vielleicht hatten sie sich schon angesteckt, vielleicht hauste in ihren Körpern bereits eine unheilbare Krankheit. Vielleicht war auch er davon betroffen. Er trat an den Pfahl, an den man Selznick gebunden hatte. Es hatte den Anschein, als sei er eingeschlummert, doch der Mann öffnete sofort die Augen und blickte ihn mit höhnischer Miene an. »Es war eine Epidemie«, sagte er, »ihr könnt nicht entkommen.«

Jobert gewann seine Kaltblütigkeit zurück. »Schon möglich«, erwiderte er, »aber Sie werden keine Gelegenheit haben, sich darüber zu freuen, Selznick. Sie kehren mit ihnen zurück, und ich werde dem Kommandanten den Befehl geben, Sie zu töten, wenn sie aus irgendeinem Grund Bir Akkar nicht erreichen sollten.«

»Dann müssen Sie mich jetzt töten«, entgegnete Selznick, »sonst schreie ich nämlich, daß Sie sie ihrem Schicksal überlassen und daß sie allesamt auf dem Weg an derselben Krankheit sterben werden, die diese Besatzung dahingerafft hat. Ich werde sagen, daß Sie nichts gegessen und getrunken haben, weil Sie es wußten und keine Ansteckung riskieren wollten. Die werden Sie lynchen, Jobert. Vergessen Sie nicht, wer diese Männer vor ihrem Eintritt in die Fremdenlegion waren. Unter diesen Umständen haben sie nichts zu verlieren. Es sei denn …«

»Es sei denn?«

»Es sei denn, Sie nehmen mich mit.«

»Wohin?«

»Nach Kalaat Hallaki und in die Gespenstersande.«

»Sie sind verrückt, Selznick. Ich will gar nicht –«

»Verschonen Sie mich mit Ihren Lügen, Oberst. Der Marsch ist lang und eintönig, die Männer reden, und ich bin weder taub noch auf den Kopf gefallen. Von hier aus gibt es nur zwei Straßen: Die eine führt zurück nach Bir Akkar, die andere stößt mitten in den südöstlichen Quadranten hinein, nach Wadi Addir und Kalaat Hallaki. Wenn Sie diese Abteilung nach Bir Akkar zurückschicken, bedeutet das, daß Sie nach Süden weiterziehen wollen.«

»Kalaat Hallaki existiert nicht, es gehört zu den vielen Hirngespinsten, die sich die Menschen der Wüste erzählen.«

»Sie vergessen, daß ich mit Desmond Garrett zusammengearbeitet habe. Kalaat Hallaki existiert, und Sie sind auf dem Weg dorthin, aber weshalb? Und weshalb dieser Truppenaufmarsch?«

Jobert sah ein, daß er keine Alternative hatte. Entweder ging er auf die Erpressung ein und nahm einen äußerst gefährlichen Mann mit auf eine Mission, die an sich schon ausgesprochen riskant war, oder er schaffte ihn aus dem Weg, und zwar jetzt gleich. Im Grunde würde er damit nur ein Urteil vorwegnehmen, das gewiß nicht anders ausfallen würde. Er würde Selznicks Fesseln lösen und ihn dann töten, und den Männern würde er sagen, daß der andere sich befreit und zu fliehen versuchte hatte. Er schlich hinter den Pfahl, löste die Fesseln und legte die Hand an die Pistolentasche. Augenblicklich erfaßte Selznick die Situation: »Ja«, sagte er, »vielleicht ist das die klügste Lösung. Aber sind Sie sicher, daß es sich nicht um kaltblütigen Mord handelt? Sind Sie sicher, daß Sie nicht die entsetzlichste aller Ungerechtigkeiten begehen?«

»Ich hätte Sie lieber der Justiz übergeben, aber Sie lassen mir ja keine Wahl, Selznick«, sagte Jobert, während er mit dem Revolver auf ihn zielte.

Ohne das leiseste Zittern, ohne den Schatten eines Zauderns blickte Selznick ihm geradewegs in die Augen. »Der Tod kann nicht schlimmer sein als das Leben«, sagte er. »Doch bevor Sie den Abzug drücken, beantworten Sie eine letzte Frage, Oberst. Sie kennen das wahre Motiv, weshalb Ihre Vorgesetzten mich so erbarmungslos jagen, nicht wahr? Und deshalb töten Sie mich.«

»Fahnenflucht, das Massaker an General La Salle und seinen Männern ...«

»Seien Sie nicht naiv, Jobert. Gewähren Sie mir noch fünf Minuten, und ich werde Ihnen den wahren Grund dafür nennen, einen Grund, der entweder Ihrem Herzen Frieden schenkt, wenn Sie zynisch genug veranlagt sind, oder Sie für den Rest Ihrer Tage mit Reue und Scham peinigt, wenn in Ihnen nur ein Fünkchen jener Ehrenhaftigkeit ist, deren Sie sich so gerne rühmen.«

Jobert hatte den Finger um den Abzug des Revolvers geschlossen und war bereit abzudrücken, doch etwas hielt ihn zurück. Er wußte, daß Selznick während des Krieges auch für sein Land Geheimaufträge erledigt hatte, die seinem grausamen, skrupellosen Charakter entsprachen, doch tiefer konnte oder wollte er der Sache nie auf den Grund gehen. Er hatte es stets vorgezogen zu gehorchen. Selznick merkte, was ihm durch den Kopf ging, und sprach weiter: »Während des Krieges vertraute Ihre

Regierung mir das Kommando über die Abteilungen an, die den Auftrag erhielten, jene Einheiten zu erschießen, die der Feigheit vor dem Feind für schuldig befunden worden waren. Tausende junger Männer, Jobert, deren einzige Schuld darin bestand, nicht grundlos auf die Schlachtbank geführt werden zu wollen wie Hunderttausende ihrer Kameraden, die von dem Maschinengewehrfeuer zerfetzt wurden, die von stumpfsinnigen und unfähigen Generalen gezwungen wurden, in selbstmörderischen Attacken vorzurücken. Das ist der wahre Grund dafür, warum sie mich nach meiner Flucht aus der Legion ergreifen und erschießen wollten. Und das ist auch der wahre Grund dafür, warum Ihr Finger jetzt an diesem Abzug liegt.«

Jobert ließ die Waffe sinken und hielt schweigend Selznicks halluzinierendem Blick stand. »Sie kommen mit mir«, sagte er. »Jetzt können wir die Sache auch zu Ende führen.«

Er kehrte auf den kleinen Friedhof zurück, den er hinter dem Vorposten entdeckt hatte, und begrub den unbeerdigt gebliebenen Körper. Dann beseitigte er, was von den Grabhügeln übriggeblieben war, die die Überreste der anderen Soldaten bedeckten, damit seine Männer sie bei Sonnenaufgang nicht sahen. Schließlich lehnte er sich an die Einfriedung, um sich auf das vorzubereiten, was er nach Tagesanbruch tun würde und um sämtliche in Betracht kommenden Lösungen abzuwägen. Er konnte seine Männer weder nach Bir Akkar zurückschicken, weil er nicht wußte, wie er diese Entscheidung rechtfertigen sollte, noch konnte er sie mitnehmen, denn sollten sie sich eine Krankheit zugezogen haben, konnten sie auch den Rest seiner Abteilung anstecken. Er würde ihnen befehlen, in dem kleinen Fort zu bleiben und es instand zu setzen und bis zu seiner Rückkehr zu bewachen. Wenn sie sich nicht infiziert hatten, wären sie gerettet, und er würde sie bei seiner Rückkehr mitnehmen. Wenn die Krankheit bei ihnen ausbrechen würde, hätten sie wenigstens einen Zufluchtsort, an dem sie auf das Ende warten konnten.

Vor Tagesanbruch suchte er im Schlummer ein wenig Ruhe für seine aufgewühlte Seele und sein gepeinigtes Gewissen.

14. KAPITEL

Das kleine Lagerfeuer war das einzige Licht in der endlosen Leere, das Heulen des Schakals der einzige Laut in der unendlichen Stille.

Philip stand auf und trat zu seinem Vater, der den Sextanten auf einen Punkt am klaren Winterhimmel einstellte. »Wonach suchst du in diesem Sternbild?« fragte er ihn.

»Nach der Zeit, die uns bleibt.«

»Kannst du unser Ende vorhersehen?«

»Nein. Ich versuche die Zeit zu berechnen, die uns noch vom Ende unserer Reise trennt. Ich habe am geheimsten Ort Roms den Stein der Sternbilder gesehen, und ich kenne das Testament des Baruch bar Lev. Ich bin der letzte Jäger des Mannes der sieben Gräber. Das letzte Grab kann zerstört werden, wenn Antares sein rotes Licht in der Quelle von Hallaki spiegelt, wenn der Stern Akrab ins Zentrum des Firmaments über dem Turm der Einsamkeit tritt.«

Pferdegewieher hallte durch die Dunkelheit. Philip wandte sich um und beobachtete El Kassem, der in diesem Augenblick sein Pferd bestieg und zu einer kleinen Anhöhe im Norden ritt, um den Horizont abzusuchen. Er lauerte auf den Augenblick, da Selznick wieder auftauchen würde, um das letzte Duell zu eröffnen. Nun zeichnete sich seine Gestalt unbeweglich auf dem Basalthügel ab, doch sein Araberhengst wirkte wie ein verzauberter Pegasus, bereit, sich aufzuschwingen.

Philip wandte sich wieder seinem Vater zu. »Du weißt, wo die Quelle von Hallaki liegt, nicht wahr? Sie ist das Ziel unserer Reise.«

Desmond Garrett legte den Sextanten nieder. »Hallaki zu finden war mein Jugendtraum, meine heimliche Utopie. Jahrelang habe ich es mir vorgestellt, während ich meine Tage und Nächte über den Büchern verbrachte, und ich habe mich stets geweigert, darin einen Mythos zu sehen. Ich betrachtete es als letzten Flecken einer verlorengegangenen Natur, als letzte Reliquie einer antiken Glückseligkeit. Auf meinen Expeditionen streifte ich viele Monate lang durch die Wüste am Rand des südöstlichen Quadranten, und häufig wurde ich von einem Sandsturm zur Umkehr gezwungen.«

»Und wie hast du es dann gefunden?«

»Entscheidend war die Erkenntnis, daß der Sandsturm praktisch eine ständige Barriere bildete, einen Schild, mit dem die Wüste dieses letzte Paradies verteidigte. Entlang meinem Weg legte El Kassem geheime Wasserdepots an – übrigens dieselben, auf die wir bisher zurückgegriffen haben –, und schließlich wagte ich den großen Sprung, doch trotz dieser Umsicht setzte ich mein Leben aufs Spiel. Wie im Delirium durchquerte ich diese glühende Mauer, und als ich mein Pferd verloren hatte, ging ich stundenlang zu Fuß weiter. Der Sand kratzte mir Gesicht und Hände blutig, und der Wind riß mir die Kleider vom Leib. Plötzlich verließen mich meine Kräfte, und ich sank zu Boden. Ich zog mir einen Zipfel meines Umhangs über den Kopf, und bevor ich das Bewußtsein verlor, hatte ich das Gesicht deiner Mutter vor Augen, der einzigen Frau, die ich je geliebt habe, und ich dachte an dich, Philip, den ich nie mehr wiedersehen würde.«

Lange schwieg er. Er horchte in die Dunkelheit und hob den Kopf, als wollte er die Witterung des Feindes in der lauen Nachtluft aufnehmen. El Kassem war verschwunden, um dann einen Augenblick lang an einer anderen Stelle im Schatten einer Düne wieder aufzutauchen. »Als ich die Augen wieder öffnete, befand ich mich an einem märchenhaften Ort. Im goldenen Licht der Abenddämmerung lag ich im Gras, in meinen Ohren klang das Blöken der Lämmer und der Gesang der Vögel, bunter Geschöpfe, die über mir am violetten Himmel flogen.

Als ich jenen Ort sah, dachte ich, daß ich nie mehr fortgehen würde. Deine Mutter war gestorben, und du warst inzwischen zum Mann geworden. Vielleicht hatte ich das mythische Land der Lotophagen gefunden, wo Odysseus' Gefährten Erholung von der endlosen Reise suchten und Vergessen fanden. Ich malte mir aus, daß ich in diesem unzugänglichen Refugium leben und gelassen auf meine letzte Stunde warten würde. Ich machte mir vor, ein Mann könne vor seiner Geschichte, seinen Gefühlen und seinem Haß davonlaufen, ich machte mir vor, es gäbe einen Ort auf dieser Welt, wo der Mensch sich selbst vergessen kann.

Doch dann fand ich heraus, daß an diesem wunderbaren Ort eine wehrhafte Zitadelle stand, und mir wurde bewußt, daß über diesen herrlichen Gärten eine schreckliche Bedrohung lastete, daß diese zauberhafte Oase der letzte Vorposten war, jenseits dessen ein Geheimnis herrschte, das grauenvoller war als jeder Alptraum, ein Geheimnis, dem ich mehrmals erfolglos zu entfliehen versucht hatte. Hallaki ist die Metapher für unser Schicksal als Menschen, mein Sohn. Wir werden nie davon ablassen, auf dieser Erde das Paradies zu suchen, das wir verloren haben, doch sooft wir denken, wir hätten es wiedergefunden, stehen wir einem Ozean der Finsternis gegenüber. Es gibt keinen Tag ohne Nacht, keine Wärme ohne Kälte, es gibt kein Reich der Liebe, das nicht an das Reich des Hasses grenzen würde.«

»Aber warum kämpfen wir dann?« fragte Philip. »Warum nehmen wir Risiken und Mühen und Leiden auf uns, um einen unüberwindlichen Fluch zu besiegen? Wenn du das letzte Grab zerstört haben wirst, falls es dir je gelingen sollte, hast du dann das Schicksal umgangen? Wirst du Gottes drohende Faust aufgehalten haben? Oder folgst du lediglich einem magischen Ritual, das deine Abenteuerlust befriedigt, deine Neugier auf das Geheimnisvolle?«

»Vielleicht. Doch es ist ein Krieg, dem wir nicht aus dem Weg gehen können, der Kampf kennt kein Erbarmen, das Schlachtfeld ist überall, es gibt keinen Ort, an dem Deserteure Zuflucht finden könnten. Man hat nur die Wahl zwischen zwei Lagern. Und daß du hier an meiner Seite bist, bedeutet, daß du dich entschieden hast, auf welcher Seite du stehen willst. Auf deine anderen Fragen gibt es keine Antwort.«

Philip hob den Blick zum Sternengewölbe, und die rasche Bewegung der Augen erweckte bei ihm kurz den Eindruck, als würden die Sterne wie von einem Strudel in die Tiefe gerissen.

»Und wenn alles nur eine einzige Einbildung wäre? In Paris wäre das nicht passiert ...«

»Nein. Bestimmte Erscheinungen kommen nur dort vor, wo die Schöpfung noch unangetastet ist. Bist du je bei Nacht allein durch einen Wald gegangen? Selbst wenn du all deine Vernunft anrufst, du empfindest dich nur als erschreckte Kreatur, als Tier auf der Flucht. Die Menschen der Antike glaubten, daß die unendliche Einsamkeit der Wüste, der Wälder, der Sümpfe und des ewigen Eises ausschließliches Herrschaftsgebiet der Götter waren. Sie hatten recht. Avile Vipinas hat das, was er beschreibt, wirklich gesehen, im Angesicht des Todes konnte er nicht lügen. Er nahm die Feder zur Hand, während ihm der Atem in der Kehle erstarb, während das Herz vor Atemnot raste ...«

»Und welches ist dann dein letztes Ziel, wo werden wir diese Schlacht schlagen?«

»Die Lektüre der Erinnerungen des Haruspex hat mich überzeugt. Das, was die Bewohner von Kalaat Hallaki den ›Turm der Einsamkeit‹ nennen, muß der letzte Zufluchtsort des Mannes der sieben Gräber sein. Wenn es stimmt, was ich denke, müssen wir nach einem Objekt suchen, das die Form eines Zylinders hat, über dem sich eine halbkugelförmige Kuppel erhebt, der Petasos, den Avile Vipinas erwähnt hat.«

Philip setzte sich auf den noch warmen Sand und betrachtete die Flammen des Lagerfeuers in der Nähe, die eine kleine Insel des Lichts im Reich der Nacht schufen. Er suchte die unscharfen Geländeumrisse nach El Kassems Gestalt ab.

»Was bedeuten diese Worte?« fragte er plötzlich. »Was bedeutet ›Wenn Antares sich in der Quelle von Hallaki spiegelt, wenn der Stern Akrab ins Zentrum des Firmaments über dem Turm der Einsamkeit tritt‹?«

»Ich denke, diese Worte spielen auf eine besondere Sternenkonstellation an: Der Turm kann zerstört werden, wenn Antares im Zenit über Kalaat Hallaki steht.«

»Aber der zweite Teil des Satzes ergibt doch keinen Sinn: Wenn Antares im Zenit über Hallaki steht, wie kann dann Akrab, der ihm sehr nahe ist, im Zentrum des Firmaments stehen?«

Desmond Garrett schüttelte den Kopf. »Ich habe oft darüber nachgedacht«, sagte er, »doch es ist mir nie gelungen, eine plausible Erklärung dafür zu finden. Möglich, daß es sich um einen Irrtum oder eine Fehlinterpretation handelt. So, wie der Satz dasteht, ergibt er keinen Sinn. Vorläufig können wir nichts weiter tun, als nach Kalaat Hallaki zu reiten und dann im Himmel nach einer Antwort zu suchen.«

Der Lichtschein in der Mitte des kleinen Tals wurde immer schwächer, bis er zu einem blinkenden Punkt wurde. In diesem Augenblick erschien der von Millionen Sternen erstrahlende Himmel noch größer und tiefer, und die Einsamkeit der Männer schien unendlich, wie der Schwindel dessen, der über einem Abgrund hängt.

Nur der Schlaf schien Zuflucht zu gewähren.

Philip legte sich neben dem Lagerfeuer hin, und bevor er die Augen schloß, hörte er fern und gedämpft den Schritt eines Pferdes: Wie ein Gespenst wandelte El Kassem durch die Dunkelheit und wachte an der Grenze zur Unendlichkeit.

Die lange Karawane wand sich wie eine Schlange die Hügel hinunter und drang in die Ebene vor, wo sie ihren Weg durch die gewundenen Geländeformen fortsetzte. An der Spitze, angeführt von Amir, folgten die Krieger dem purpurnen Banner und Arad, die die Gazellenstandarte von Meroë hielt. Dahinter liefen in langer Reihe Kamele mit Schläuchen und großen Tonkrügen, die mit dicken Seilen auf die Packsättel gebunden waren. Weitere Krieger zu Pferde bildeten den Schluß der Karawane, und wieder andere überwachten in einiger Entfernung die Flanken des Zuges.

»Niemand hat die Sandmauer je mit einer so vielköpfigen Karawane durchquert«, sagte Arad. »Die Tiere könnten sich verirren, und all unsere Mühen wären vergeblich gewesen.«

»Ich habe diese Schwierigkeiten schon bedacht, als ich aufbrach«, antwortete Amir. »Es gibt eine Stelle in der Sandmauer, wo der Wind nachts abflaut und man im Schutz eines trockenen Flußbetts weiterziehen kann. In Kürze gönnen wir Männern und Tieren eine Rast, dann suchen wir die Stelle, die sich ein wenig östlich unserer Marschrichtung befindet. Dort warten wir auf den Einbruch der Nacht und das Abflauen des Windes, und dann reiten wir in das *Wadi* hinunter. Bevor der Tag anbricht, werden wir die Sterne über den Bastionen von Kalaat Hallaki sehen. Du wirst deine Mutter und deinen Vater wieder in die Arme schließen können, und du wirst unter dem Zeichen der Gazelle von Kusch deinen Einzug halten.« Während er sprach, strahlten seine Augen, und er wandte seinen Blick nur von ihr ab, um den Horizont vor sich abzusuchen.

Sie erklommen eine weitere Kette niedriger, vom Wind abgeschliffener Anhöhen und ritten in das darunterliegende Tal hinab. In diesem Augenblick tauchte vor ihnen, etwa eine Wegstunde entfernt, wie ein Nebelstreifen eine Barriere aus Staub auf, die eine große Strecke der Ebene durchschnitt.

»Die Sandmauer«, sagte Amir, »auf der anderen Seite gibt es Gras und Wasser, Früchte hängen an den Bäumen, und die Vögel singen am Himmel.«

»Aber dort wartet auch der Wahnsinn Altairs, meiner Mutter …«, wandte Arad ein. Und sie starrte in den dichten Schleier des Wirbelsturms.

»Nicht mehr lange«, entgegnete Amir. »Bevor der Mond voll am Himmel steht, wird deine Mutter ihren Geist wiedergewonnen haben. Ich schwöre es.«

Sie machten Rast, als die Sonne zu sinken begann und die letzten Strahlen von der dichten Staubwolke verschluckt wurden, die der Wind herbeitrug. Amir gab den Männern Befehl, die Tiere mit dem restlichen Wasser zu tränken und sich selbst so lange wie möglich auszuruhen. Auf seinen Befehl hin sollten sie Pferden und Kamelen die Augen verhüllen, sie aneinanderbinden, damit sie die Karawane nicht verließen, und dann mit der Durchquerung beginnen. Er wartete, bis der Himmel sich verdunkelte und der Abendstern im Dunkelblau des Himmels erstrahlte wie ein Diamant auf Damast. Die Stunde war gekommen. Die Gewalt des Windes nahm ab.

Er wandte sich Arad zu, die, aufrecht und unbeweglich, abseits wartete: »Ich spüre die eisige Kälte in meinen Gliedern, wenn ich dir in die Augen blicke, Arad. Warum hältst du meinem Blick nicht stand?« Arad antwortete nicht. »Einst hast du mir versprochen, du würdest mich in deinem Bett empfangen, sollte ich die Krieger durch die Gespenstersande führen.«

»So wird es sein«, erwiderte Arad. »Vernichte die Blemmyer, tränke den Sand mit ihrem giftigen Blut, und ich werde mein Wort halten.«

Amir warf ihr einen traurigen Blick zu. »Ich will nicht dein Wort, Arad. Ich will deine Liebe«, sagte er. Er sprang aufs Pferd und galoppierte davon.

Kurz darauf erklomm er eine Geländeerhebung, bedeckte sein Gesicht mit dem Berkan und hob den Arm zum Zeichen. Die Krieger bestiegen ihre Pferde, und die

Karawanenführer trieben die Kamele an, die sich mit gemächlichem, wiegendem Schritt in Bewegung setzten und die Luft mit ihrem klagenden Grunzen erfüllten. Die Kolonne tauchte in den Nebel ein, Gestalten und Geräusche, die Rufe von Mensch und Tier wurden verschluckt, und allesamt verschwanden sie hinter dem dichten Vorhang aus milchigem Dunst.

Doch die lange Karawane, die sich durch die Wüste schlängelte und dabei eine weiße Staubwolke aufwirbelte, war nicht unbemerkt geblieben. Auf seinem Pferd sitzend, beobachtete Oberst Jobert durch den Feldstecher hindurch die lange Reihe aus Reitern und Kamelen, die langsam von der Staubwand verschluckt wurde. »Diese Leute kennen einen Weg durch den Sandsturm«, sagte er, »wir müssen nur ihren Spuren folgen. Sie werden uns nach Kalaat Hallaki führen.« Er wandte sich an Pater Hogan: »Ich hatte Ihnen versprochen, daß wir rechtzeitig ankommen würden, und dieser unerwartete Glücksfall wird unsere Reise sicherlich abkürzen. Halten Sie sich bereit. Wir beginnen unverzüglich mit der Durchquerung, sobald der letzte der fremden Reiter in der Wolke verschwunden ist.«

Unterdessen ritt Amir mit gesenktem Kopf, er trieb sein Pferd mit den Fersen an und streichelte häufig über seinen Hals, um es zu beruhigen. In der anderen Hand hielt er eine in Bitumen getauchte Fackel, die den Nachfolgenden als Orientierung dienen sollte. Er suchte nach den Spuren eines steinigen Wegs, dem Bett eines *Wadi*. Plötzlich spürte er, daß der Wind nachließ, er bemerkte, daß sein Pferd großen Steinen auswich, die aus dem Boden ragten – er hatte den Pfad gefunden.

Nach einem kurzen flachen Abschnitt grub sich das *Wadi* tief in die Umgebung. Die ziemlich hohen Ufer boten Schutz vor dem seitlich einfallenden Wind, und die lange Karawane konnte sich nun formieren, ohne Gefahr zu laufen, sich in der Dunkelheit zu verlieren. Amir fühlte sich wie neugeboren. Er war sich nun gewiß, diese Unternehmung erfolgreich zu Ende zu führen, die jedem anderen unmöglich erschienen war. Stunde um Stunde kämpfte er sich durch die Dunkelheit, ohne auch nur ein einziges Mal das Gesicht von Arad, die gleich hinter ihm folgte, erkennen zu können. Die ganze Zeit über hielt er die Fackel in die Höhe, und sein Arm schmerzte wegen der ständigen Anstrengung. Auf einmal spürte er, daß der Wind noch mehr abflaute und dann fast schlagartig nachließ. Die plötzlich stille Luft duftete nach Gras und Blumen. Gedämpft durch die Entfernung, drang der Ruf der Wachposten auf den Bastionen der im Dunkel liegenden Burg und der Gesang der Nachtvögel zu ihm herüber. Versunken betrachtete Amir das stille Tal. Im Schatten vor ihm lag das schlafende Hallaki da wie eine herrliche Frau in ihrem duftenden Bett. Er blickte zurück hinter sich, wo, ins Licht des Mondes getaucht, Arad wie eine Erscheinung aus dem Dunst trat: »Wir sind zu Hause, Arad, meine Herrin, meine Geliebte, wir sind zu Hause.«

Die Karawane erreichte den Rand der Oase, als die Sterne langsam verblaßten und der Himmel hinter den Festungswällen sich hell zu färben begann. In diesem Augenblick ertönte von der Burg her ein Trompetenstoß, gefolgt von einem zweiten und einem dritten, und das ganze Tal hallte von diesem Klang wider. Das große Tor wurde geöffnet, und eine Reiterschar galoppierte auf sie zu, um die Heimkehrer in Empfang zu nehmen.

Sie eskortierten sie bis zur Burg, während auf den Festungswällen Dutzende von Fackeln entzündet wurden und andere einen rötlichen Schein auf die Mauern des Innenhofs und die Öffnung des großen bemalten Tors warfen. Die Brücke dröhnte unter Amirs und Arads galoppierenden Pferden, die Krieger fielen ins Innere der Burg ein, wo sie um den großen Hof herumritten und sich schließlich ringsum an den Seiten des weitläufigen Vierecks aufstellten.

Nun erschien auch Rasaf el Kebir. Sein Kopf war unbedeckt, er hatte einen langen blauen Umhang über die Schultern geworfen, der Säbel steckte in der silbernen

Scheide, die an seiner Hüfte hing. Er schloß beide, die Tochter und den jungen Anführer seiner Krieger, in die Arme und drückte sie an die Brust, als wären beide seine Kinder.

»Willkommen«, sagte er, »willkommen. Kalaat Hallaki war nicht mehr dasselbe ohne euch, und ich war schon der Verzweiflung nahe.«

»Unsere Mission war ein voller Erfolg«, sagte Amir. »Wir haben sämtliche Prüfungen bestanden. Draußen wartet eine Karawane aus siebzig Kamelen; sie tragen Krüge, die ich mit dem Erdöl aus den Quellen von Hit gefüllt habe. Ich werde den Angriff deiner Krieger zwischen zwei Wänden aus Feuer zum Turm der Einsamkeit führen. Und deine Gemahlin Altair wird das Licht ihres Geistes an dem Tag wiedererlangen, da die Erkenntnis über dem Turm erstrahlt. Ich gebe dir den Schlüssel zur Pferdekrypta zurück, den stählernen Stern, der die Wange deiner Tochter wie eine Liebkosung gestreift hat, ohne ihr Schaden zuzufügen.«

»Auch ich gebe dir den Schlüssel zurück«, sagte Arad, »der Amirs Wange wie eine Liebkosung gestreift hat, ohne ihm Schaden zuzufügen.« Amir warf ihr einen Blick zu, als sie sagte: »ohne ihm Schaden zuzufügen«, und fühlte doch in seinem Herzen Sorge und tiefen Schmerz, denn er spürte, daß sie ferner war als die Sterne, die er nachts in der Wüste betrachtet hatte, bevor er sich dem Schlaf ergab.

»Der Tag ist nicht mehr fern«, sagte Rasaf, »und wenn wir gewinnen, erhoffe ich mir die größte Glückseligkeit, die mir nach der Heilung meiner Gemahlin widerfahren kann, nämlich euch vereint zu sehen, um das Geschlecht der Königinnen von Meroë fortzusetzen.« Er blickte seiner Tochter in die Augen, doch sie senkte den Blick, als wollte sie die Gedanken, die ihr in diesem Augenblick durch den Kopf gingen, vor dem Vater verbergen.

»Nun ruht euch von den Strapazen der Reise aus«, sagte Rasaf. »Die Frauen haben euch ein duftendes Bad und ein weiches Bett hergerichtet. Heute abend werdet ihr mit mir und all meinen Lieben im großen Burgsaal speisen. Und wir werden glückliche Stunden verbringen in der Erwartung und in der Hoffnung, daß unsere Wünsche in Erfüllung gehen mögen.«

Als der Abend sich herabsenkte, verließen Arad und Amir ihre Wohnräume und begaben sich hinauf in den großen Saal, wo alles für das Festmahl vorbereitet war. Rasaf nahm sie an der Tür in Empfang, umarmte sie und sagte: »Kommt, setzt euch neben mich, damit wir gemeinsam eure Rückkehr feiern. Wir werden essen und trinken und uns auf die letzte Schlacht einstimmen.«

»Meine Mutter«, fragte Arad, »wo ist sie? Wie geht es ihr?«

»Deine Mutter ruht sich aus«, antwortete Rasaf. »Sie hat einen Schlaftrunk erhalten und wird bis zu unserem Aufbruch schlafen. Doch nun denke nicht mehr an sie. Du hast getan, was möglich war, du hast Mühen und Entbehrungen gelitten, du hast zweimal die Wüste durchquert. Gönne dir ein wenig Freude, dir und dem Mann, der dir gegenübersitzt, dem Großherzigsten und Stärksten der Erdensöhne.«

»Ja, Vater«, erwiderte Arad mit mattem Lächeln. Und mit demselben Lächeln wandte sie sich an Amir. Doch ihre Gedanken wanderten zurück in das kahle Zimmer, in dem sie ihre Liebe einem Unbekannten hingegeben hatte, einem bleichen Jüngling mit großen blauen Augen. Dort hatte sie wenige Augenblicke lang geglaubt, leben zu können wie eine gewöhnliche Frau, die auf dieser Erde geboren wird und stirbt, die Kinder gebiert und sieht, wie sie aufwachsen, auf den Feldern arbeiten und das Vieh hüten. Sie hatte einem Gefühl nachgegeben, das sie nie zuvor empfunden hatte, einer Macht, die größer war als die des Windes, glühender als die Strahlen der Sonne, sanfter als die Abendbrise.

Sie hatte geglaubt, mit ihm fliehen und für immer an einem fernen geheimen Ort leben zu können, wo das

Schicksal sie nicht finden würde. Sie hatte sich etwas vorgemacht, und nun begriff sie, daß sie nicht mehr fliehen konnte. Sie würde kämpfen, sie würde sich dem Grauen der Blemmyersande stellen, der Unendlichkeit des Geheimnisses, das manchmal des Nachts als blutroter Schein am Horizont aufblitzte. Als Amir ihr einen Kelch mit Palmwein reichte, lächelte sie noch immer, und während sie trank, hoffte sie, daß sie eines Tages vergessen würde.

Als das Festmahl sich seinem Ende zuneigte, kam eine Wache herein und trat zu Rasaf: »Herr, die Wüstensoldaten haben die Sandwand durchquert, und ihr Anführer ist ohne Waffen hergekommen und wünscht dich zu sehen. Es ist derselbe, den wir schon einmal aus den Gespenstersanden gerettet haben. Er sagt, er kommt in Frieden, und bietet dir ein Bündnis an; er unterstellt die mächtigen Waffen, die sie mitführen, deinem Befehl und deiner Verfügung.«

»Warte, bis alle den Saal verlassen haben, dann führe ihn zu mir. Laß den Zugang zur Oase überwachen und verteile Männer auf den Wällen: Keine ihrer Bewegungen darf uns verborgen bleiben.« Der Mann beugte den Kopf zur Antwort und verließ den Saal. Rasaf wandte sich an Amir und Arad: »Ich möchte, daß ihr bleibt. Ein Fremder, einer der Wüstensoldaten, möchte mit uns sprechen. Es ist jener, den du schon einmal vor dem sicheren Tod gerettet hast, Amir. Ich will mir anhören, was er uns zu sagen hat.«

Ein Gast nach dem anderen verabschiedete sich, und bald hatte sich der große Saal geleert. Als alle hinausgegangen waren, öffnete sich die Tür, und Oberst Jobert erschien. Er war über und über mit Staub bedeckt, seine Augen waren müde und gerötet.

»Man hat mir gesagt, du bist Rasaf el Kebir, der Herr über diesen Ort«, begann er.

»Die Herrin über diesen Ort kann nicht hiersein, ihr Geist weilt seit langem im Reich der Finsternis. Ich bin ihr Gemahl.«

»Ich weiß«, sagte Jobert, »ich habe ihren unendlich

süßen Gesang auf den Festungswällen von Kalaat Hallaki und ihren Schreckensschrei gehört. Ich bin gekommen, um dir ein Bündnis gegen einen gemeinsamen Feind anzubieten, gegen die abscheulichen Kreaturen, die den Geist deiner Gemahlin verwirrt und vor meinen Augen meine Leute niedergemetzelt haben.«

»Du hast dich in die Gespenstersande vorgewagt, ohne zu wissen, was dich erwartet, und du hast bitter für deine Kühnheit bezahlt«, sagte Rasaf.

»Ich weiß«, entgegnete Jobert, »doch die Wüstensoldaten müssen den Befehlen gehorchen, die sie von ihren Anführern erhalten. Mir war befohlen worden, das Gebiet zu erkunden, das ihr Gespenstersande nennt, und ich hatte keine Wahl. Ich verdanke dir mein Leben und bin zurückgekehrt, um dir ein Bündnis anzubieten; ich will meine Gefallenen rächen und ihnen ein ehrenhaftes Begräbnis verschaffen. Ich habe sehr mächtige Waffen, die in wenigen Augenblicken Hunderte von Männern töten können, und ich verfüge über eine Abteilung treuer und tapferer Soldaten. Laß uns gemeinsam marschieren und die Blemmyer vernichten. Ich verspreche dir und ich gebe dir mein Ehrenwort, daß ich danach für immer fortgehen werde und daß keiner der Wüstensoldaten jemals mehr die Sandmauer überwinden wird. Kalaat Hallaki wird wieder ein Mythos werden.«

Rasaf betrachtete ihn schweigend. Der Mann war erschöpft und hielt sich nur mit Mühe auf den Beinen, doch in seinen Augen lag eine verzweifelte Entschlossenheit, ein unbeugsamer Wille. Er begriff, daß die Ehre für diesen Mann kein leeres Wort war, doch zugleich spürte er, daß ein so großes Opfer, eine so furchtbare Mühe, ein so hohes Risiko sich nicht allein aus dem Willen zur Rache und dem Verlangen, von der Sonne gebleichte Knochen zu beerdigen, erklären ließen. Er blickte zu Amir und begriff, daß er das gleiche dachte.

»Du willst nicht nur Rache. Du bist nicht nur zurückgekehrt, um deine Toten zu begraben. Was suchst du außerdem? Ich werde dich nicht fortlassen, wenn du es nicht offen heraus sagst.«

Jobert senkte den Kopf: »Die Weisen unseres Volkes sagen, daß in fünf Tagen, siebzehn Stunden und sieben Minuten eine Botschaft von den Sternen kommen wird. Auf ihr Geheiß reist einer der ihren mit mir, um der Botschaft zu lauschen. Doch wird diese in den Gespenstersanden eintreffen, im Gebiet der Blemmyer.«

Arad fuhr auf, und auch Rasaf gelang es nicht, seine Überraschung zu unterdrücken. »Die Weisen deines Volkes haben dir die Wahrheit gesagt«, sagte er dann. »Auch wir wollen dieser Stimme lauschen.«

Doch Amir wandte ein: »Wozu benötigen wir den Fremden? Auch wir verfügen über mächtige Waffen, die ich durch die Wüste hierhergeschafft habe. Wir waren es, die ihn schon einmal gerettet haben, und deshalb sind wir die Stärkeren. Im Grunde wissen wir nicht, wer er ist und welches seine wahren Absichten sind.«

Doch Arad trat zu ihm hin und legte ihm eine Hand auf die Schulter: »Die Schlacht wird äußerst hart, und vielleicht ist es die letzte, Amir, erlaube, daß diese Verbündeten an unserer Seite kämpfen. Dies wird dein Verdienst nicht mindern, und ich werde dessenungeachtet das Versprechen halten, das ich dir gegeben habe. Denn du wirst das Kommando führen, du wirst die Truppen aufstellen und auf dem Feld einsetzen.« Hierauf küßte sie sein Haar und verließ den Saal.

Sie stieg die Treppen hinunter, überquerte den noch von den Fackeln erleuchteten Hof und ging hinaus in das stille Tal. Während sie durch die in Dunkel getauchten Gärten und Palmenhaine wandelte, atmete sie den Duft der Felder ein. Die Wolken verdeckten das Antlitz des Himmels, nur im Westen ließen sie eine kleine Stelle frei, an der die zarte Sichel des Mondes über den Baumwipfeln schwebte. Ganz nah war nun das Gemurmel der Quelle, dem sie schon als Kind so oft gelauscht hatte, als sei es zarte Musik, sanfter Gesang. Sie trat ans Ufer, warf einen Stein ins Wasser, wie sie es früher so oft im Spiel getan hatte, und sah den kleinen konzentrischen Wellen zu, die sich zu den Ufern hin kräuselten. In diesem Augenblick riß die Wolkendecke auf, ein Flecken Himmel spiegelte sich in der Quelle, und Arad sah Antares' rotes Licht, das wie ein Rubin auf dem schwarzglänzenden Wasserspiegel funkelte.

Reglos betrachteten die drei Reiter die dichte Staubwolke, die den südlichen Horizont verhüllte. Sie warteten, bis das letzte Sonnenlicht dem Schatten wich, um in den Sternen das Schicksal zu lesen, das sie erwartete. Doch als der letzte Schein erloschen war, zeichnete sich ein neuer Schimmer über der Wolke gegen den dunklen Himmel ab, ein schemenhafter blutroter Lichtschein, der sich pulsierend ausdehnte und zusammenzog.

»Mein Gott, was ist das?« fragte Philip.

»Das ist er«, erwiderte Desmond Garrett, »das ist er. Er erwacht. Antares spiegelt sich jetzt in der Quelle von Hallaki. Wir müssen gehen.« Er trieb sein Reittier an. Doch die Pferde scharrten unruhig mit den Hufen, schlugen aus und wollten sich nicht auf das unheimliche Licht zubewegen, das sich am Himmel abzeichnete wie eine eitrige Wunde.

»Die Pferde haben Angst«, sagte El Kassem. »Wir werden die Wolke nicht durchqueren können.«

»Dann steigen wir ab und gehen zu Fuß, wenn nötig«, erwiderte Garrett. »Wir werden dem roten Lichtschein folgen. Er wird uns auch in der Wolke führen.« Noch einmal trieb er, gefolgt von Philip und El Kassem, sein Pferd an, doch schon bald hielt er wieder an. »Seht nur«, sagte er, »die Wolke löst sich auf.« Und tatsächlich: Genau vor ihnen, dort, wo der große Lichtfleck am hellsten zuckte, lichtete sich die Wolke wie Morgendunst in der Sonne. Bald darauf legte sich der Wind, und im Westen wurde die Sichel des Mondes sichtbar.

»Gehen wir«, sagte er, »der Weg ist frei.« Er warf Philip einen ironischen Blick zu. »In Paris wäre uns das nicht passiert, was meinst du?« Philip erwiderte das Lächeln nicht. Statt dessen gab er seinem Pferd die Sporen, und alle drei galoppierten die ausgetrockneten Ufer des Wadi Addir entlang.

Sie hielten erst an, als das wunderbare Tal von Hallaki vor ihnen lag. Die Burg wachte wie ein Riese in der Dunkelheit; hinter den Fenstern zuckten Lichter, manche verschwanden, um an anderer Stelle wieder aufzutauchen, und von den Festungswällen in der Ferne hallten gedämpfte Rufe. Doch das Tal schien verlassen. Nichts war zu hören außer dem Ruf der Nachtvögel, und hier und da sah man durch das finstere Grün der Bäume hindurch das Glitzern des Wassers, das den silbernen Mondschein reflektierte.

»Begreifst du, was ich damals empfand, als ich dies zum erstenmal erblickte?« fragte Desmond Garrett.

Philip nickte still. Er fand keine Worte für das Gefühl, das ihn in diesem Augenblick ergriff. Schließlich blickte er auf eine Reihe niedriger Hügel, die sich zu ihrer Rechten erstreckten: Der rote Lichtschein war nun fast erloschen.

»Er ist immer noch da«, sagte der Vater, »nur sind wir nach Südosten abgebogen, um dem Wadi Addir zu folgen, weil es der einzig mögliche Weg ist.« Sie ritten ins Tal hinab, um sich an einer Quelle, die am Zugang zur Oase sprudelte, mit Wasser zu versorgen. »Hier bin ich damals wieder erwacht«, sagte Garrett, während er auf eine Wiese zeigte, auf der die Pferde weideten. »Ich war von Kindern umringt, die mich schweigend ansahen. Sie hatten noch nie einen Menschen wie mich gesehen. Heute werden sie Krieger sein … Und vielleicht reitet in diesem Augenblick einer von ihnen im Mondschein durch die Gespenstersande. Wir müssen weiter«, sagte er, »seht, Antares steht genau über unseren Köpfen.«

Während El Kassem die Pferde tränkte, trat Philip zu seinem Vater. »Vater«, begann er, »wir wissen nicht, was uns morgen in der Wüste erwartet und ob wir bei Sonnenuntergang noch am Leben sein werden. Es gibt da etwas, das ich dich schon lange fragen wollte.«

Desmond Garrett sah ihn an: »Du willst etwas über deine Mutter erfahren, ich weiß. Dieselbe Frage habe auch ich mir in all den Jahren gestellt, doch ich habe keine Antwort darauf gefunden – nur Schmerz. Ich habe euch geliebt, Philip, wie ich euch lieben konnte, doch das hat weder dir noch deiner Mutter Leid erspart. Es ist, wie wenn man sich im Winter ans Lagerfeuer setzt: Die Brust wird von den Flammen gewärmt, doch im Rücken sticht die Eiseskälte der Nacht.«

»Und du glaubst, daß die Schlacht das Ende deines Schmerzes und meiner Sehnsucht sein wird?«

»Nein, doch es wird der höchste Augenblick unseres Daseins auf Erden sein. Wenn wir Feuer und Schwert heil überstehen, wird das, was von uns übriggeblieben ist, unserer wahren Natur so nah sein wie nur irgend möglich. Sollten wir jedoch unterliegen, werden wir die Grenze zur Nacht wenigstens galoppierend überqueren.«

Sie sprangen in den Sattel, durchquerten die Oase und stießen bald darauf ins leere Land vor. Drei Meilen weiter gabelte sich die Piste: Ein Abzweig führte nach Süden, der andere dagegen nach Südwesten, wo die seltsame blutrote Aurora nunmehr fast verschwunden war. Auf dem Sattel seines Pferdes faltete Desmond Garrett eine Landkarte auseinander, auf die er die Daten einer antiken Landkarte des Ptolemäus übertragen hatte, und mit dem Feuerzeug leuchtete er auf den Sektor, den die Piste zu seiner Rechten durchschnitt. Auf der leeren Fläche prangte in kursiven Buchstaben der Schriftzug:

Blemmyes

»Vorwärts«, rief er und gab seinem Pferd die Sporen.

Oberst Jobert zügelte sein Pferd auf dem Kamm einer Düne, die vom letzten Licht der Abenddämmerung rot gefärbt wurde, dann stieg er ab, nahm den Kompaß vom Sattel und markierte einen Punkt auf der Armeekarte.

»Wir sind da, Hogan«, sagte er kurz darauf. »Das letzte Mal wurden wir in der Talsohle dort hinten angegriffen. Der Ort, den Sie suchen, liegt ein paar Meilen jenseits, mehr oder weniger dort, wo wir letzte Nacht den roten Lichtschein gesehen haben.

Amir und Prinzessin Arad werden jeden Augenblick aus dieser Richtung auftauchen, und wenn die Blemmyer sich zeigen, werden sie ihnen in die Flanke fallen. Wir werden sie in die Zange nehmen und in Stücke hauen. Wie fühlen Sie sich?«

Pater Hogan hatte das Fernglas in die angegebene Richtung gerichtet und erkundete die gewundene Linie der Dünen, auf denen der Wind Staubwirbel tanzen ließ. Plötzlich hielt er inne: »Mein Gott«, sagte er. »Was ist das?«

»Was?« fragte Oberst Jobert.

»Dort hinten, in dieser Senke zwischen den Dünen, steht ein Gebäude, würde ich sagen, sehen Sie! Von dort kommt der Lichtschein. Und seit er verloschen ist, schweigt das Signal.«

Jobert griff nach dem Fernglas und blickte in die angegebene Richtung. Er sah ein zylindrisches Bauwerk, das wohl aus Stein errichtet war. Da es jedoch keinerlei Fugen aufwies, konnte man es für einen riesigen Monolithen halten. Darüber erhob sich eine halbkreisförmige Kuppel aus demselben Material, deren Ränder in einem waagerechten Vorsprung ausliefen. »Das ist doch nicht möglich ...«, sagte er. »Wer kann einen solchen Koloß aus dem Stein herausgeschnitten haben, wer kann ihn hierhertransportiert und mitten in dieser Ödnis aufgerichtet haben?«

»Das ...«, sagte Pater Hogan, »das ist der Empfänger, kein Zweifel.«

»Der Turm der Einsamkeit«, sagte eine Stimme hinter ihnen, »endlich ...«

Sie wandten sich um und sahen Selznick, der mit einem seltsamen Lächeln um die Lippen und mit einem berauschten Ausdruck in den geröteten Augen auf den großen Monolithen starrte. Er war abgemagert, und sein Gesicht war gezeichnet und müde. Auf der Jacke stach in Höhe seiner rechten Hüfte ein gelblicher Fleck als Mal seiner Verdammung hervor.

»Nehmen Sie mir die Fesseln ab«, sagte er, »wohin sollte ich schon fliehen? Und geben Sie mir wenigstens meinen Säbel zurück. Diese Ungeheuer könnten uns angreifen, und ich will eine Waffe, mit der ich mir das Leben nehmen kann, falls sie mich überwältigen.« Jobert zögerte. »Vorwärts, Jobert, wo ist Ihre Menschlichkeit, wo sind Ihre Werte geblieben?«

»Geben Sie ihm den Säbel, Oberst«, mischte sich Pater Hogan ein.

»In Ordnung«, erwiderte Jobert. Er löste Selznicks Fesseln und reichte ihm den Säbel vom Sattel. Dann wandte er sich den Soldaten zu, die ihm folgten: »Wir rücken jetzt in Doppelreihe vor, die Waffe im Anschlag und eine Kugel im Lauf. Immer zwei Mann zu Fuß mit einem Maschinengewehr an die Spitze. Beim geringsten Anzeichen von Gefahr setzt ihr es auf dem Boden ab und eröffnet von euch aus das Feuer. Haltet euch vor Augen, daß unter diesem Sand die Gebeine eurer gefallenen Kameraden liegen.« Er wandte sich an Pater Hogan, der eine Art Rucksack anlegte, in dem sich das Radio befand: »Was haben Sie vor?«

»Ich habe das Radio über ein Kabel mit dem Magnetspeicher auf den Lastkamelen verbunden und möchte so nahe wie möglich an den Empfänger heran. Der Speicher kann ruhig ein Stückchen zurückbleiben; das Kabel ist ziemlich lang und rollt sich von dieser Trommel ab«, antwortete der Priester.

»Dann gehen Sie zwischen den beiden Reihen meiner Leute, damit Sie geschützt sind. Möchten Sie auch eine Waffe?«

»Nein, ich brauche keine.«

»Nehmen Sie sie«, beharrte der Offizier. »Sie haben

nicht gesehen, was ich gesehen habe. Es ist grauenvoll, unvorstellbar grauenvoll.«

Hogan schüttelte den Kopf. »Ich werde in jedem Fall viel zu sehr damit beschäftigt sein«, sagte er und zeigte auf den Apparat. »Ich werde gar nicht die Gelegenheit haben, eine Waffe zu benutzen.« Er hatte noch nicht zu Ende gesprochen, als plötzlich das Signal laut und deutlich im Apparat ertönte. Zugleich schoß eine gewaltige Stichflamme aus dem mächtigen Monolithen vor ihnen, und gleich darauf schien die Kuppel selbst einen leuchtendroten Schein gegen den finsteren Himmel abzustrahlen.

»Das ist das Signal!« schrie Pater Hogan. »Vorwärts, reiten wir weiter.« Doch in diesem Augenblick übertönte ein grausiges Geräusch seine Stimme, ein tiefes, hohles Röcheln. Die Soldaten erbleichten und blieben vor Schreck wie angewurzelt stehen.

»Vorwärts!« schrie Jobert, während er den Säbel zog und sein Pferd antrieb.

Doch nun vernahm er hinter sich die Laute, die ihn schon einmal entsetzt hatten: Es war das tierische Geräusch, das die Anwesenheit der Feinde verkündete, der Skorpionmänner, die die Sande bevölkerten. Er wandte sich um, der Schrecken packte ihn und verzerrte seine Gesichtszüge zur Fratze. »Die Blemmyer!« schrie er, so laut er konnte. »Die Blemmyer! Sie sind hinter uns! Feuer! Feuer! Wo bleiben nur Amirs Leute? Verflucht, verflucht!«

Pater Hogan drehte sich um und sah die Alptraumgestalten vorrücken, von denen Jobert ihm so oft an den Lagerfeuern in der Wüste erzählt hatte. Er spürte, wie ihm das Blut in den Adern gefror, dennoch wandte er sich erneut dem Turm zu und zog die Kamele hinter sich her. Auch die Männer mit den Maschinengewehren drehten sich um, doch sie konnten nicht schießen, weil sie dann die Kameraden getroffen hätten, die schon in einen Kampf Mann gegen Mann verwickelt worden waren.

»Seht doch! Amirs Krieger!« schrie einer der Offiziere.

»Bildet ein Karree!« brüllte Jobert. »Die Maschinengewehre! Macht Platz für die Maschinengewehre!« Er ließ die Waffen auf zwei Seiten aufstellen. Die an der rechten Flanke sollten die vorrückenden Blemmyer niedermähen, die anderen an der linken Flanke Pater Hogans Vormarsch zum Turm decken.

Zur Linken, etwa eine halbe Meile entfernt, tauchte in diesem Augenblick die Kolonne der Krieger von Hallaki auf. Ein weiterer Schrei erschallte, und in zwei Reihen schossen zwei Schwadronen in gestrecktem Galopp hinter einer Düne hervor. Die Kuppel des Monolithen vibrierte immer heftiger, das blutrote Licht blitzte noch wilder, und Pater Hogan wurde mit einemmal bewußt, daß diese Blitze denselben kraftvollen Rhythmus hatten wie das Signal, das immer deutlicher, intensiver und häufiger eintraf. Schweiß strömte über sein Gesicht, und die Augen schmerzten unter den ständigen Blitzen, die nun so gewaltig waren, daß sie das Dunkel über der Wüste erhellten.

Da bemerkte er plötzlich, daß sich der Sand vor den blauen Kriegern bewegte. Unter der Oberfläche wimmelte es, als krabbelten darunter Tausende gräßlicher Insekten. Von allen Seiten kamen die Blemmyer herbeigelaufen und warfen sich ihnen, die schwarzglänzenden Sicheln schwingend, entgegen. Doch Amirs Krieger setzten ihren wahnwitzigen Ritt fort und warfen dabei Krüge zu Boden, die an ihren Sätteln hingen. Und während ihnen andere Krieger wie in einer Stafette folgten und den Platz der Gefallenen einnahmen, hatten sie fast den Turm erreicht, aus dem nun noch stärker und hohler das tierische Röcheln ertönte.

Zwei weitere Schwadronen warfen sich den Blemmyern entgegen, feuerten ihre Repetiergewehre ab, und die Kugeln peitschten den Wüstenboden auf. Wieder andere sprangen von den Pferden und nahmen den Kampf Mann gegen Mann auf.

In diesem Augenblick erschien auf dem Gipfel des Hügels Amir. An seiner Seite ritt Arad. Beide hielten eine brennende Fackel in der Hand. Sie nickten sich zu und galoppierten dann auf den Turm zu. Als sie ein gutes Stück des Weges zurückgelegt hatten, warfen sie die Fackeln zu Boden. Sofort züngelten zwei Feuerwände empor, in denen viele Körper verbrannten: Blemmyer und Krieger, die sich in wildem Kampf verhakt hatten.

Die Flammen öffneten einen Korridor bis zum Turm. Mit verhängtem Zügel flog Rasaf durch die Feuerwände, während er vor sich im Sattel eine zu Tode erschrockene Frau hielt: seine Gemahlin Altair!

Inmitten dieses Gemetzels drang Pater Hogan immer weiter vor. Er konnte es fast nicht glauben, daß er noch am Leben war. Plötzlich sah er Selznick, der auf das leere schwarze Portal am Fuß des Monolithen zulief, während er sich die Kleider vom Leib riß, die blutende Wunde entblößte und schrie: »Heile mich, Herr der Einsamkeit!« Er tauchte in den gewaltigen roten Lichtschein, der aus dem Bauwerk strahlte, und fiel schreiend auf die Knie, während er die Hand auf die Wunde preßte, die zischte, als würde sie mit einem glühenden Eisen ausgebrannt.

Er wandte sich um und sah hinter sich die verschreckten Kamele, die in wilder Flucht auseinanderstieben wollten. Seine Unruhe wuchs noch mehr: Wenn jetzt das Kabel riß, war alles verloren. Er las ein Gewehr vom Boden auf und zielte auf die beiden Kamele. In rascher Folge schoß er das Magazin leer und streckte beide nieder. Er sah noch, wie sie zusammenbrachen, während er schon wieder seinen Vormarsch auf die schwarze Höhlung fortsetzte, die sich in dem Turm öffnete.

Da übertönte zu seiner Rechten ein Schrei den Kampflärm: »Selznick!« Drei Reiter mit gezogenen Säbeln stoben im Galopp von einer Anhöhe herab.

Selznick drehte sich um: »Garrett!« schrie er. »Diesmal gilt es!« Und auch er zog den Säbel.

Das Röcheln aus dem Turm schwoll nun zu donnerndem Gebrüll an, das den Blemmyern, die noch immer aus dem Sand erstanden, immer neue Energie einzuflößen schien. In diesem Augenblick hatte Garrett Selznick erreicht. Ohne Zögern sprang er mit dem Säbel in der Hand vom Pferd und stürzte sich in ein ungestümes Duell mit dem Feind, der aufgestanden war und mit plötzlicher, wilder Energie die Hiebe erwiderte. Rings um den Turm erstreckte sich eine Hölle aus Rauch und Feuer und Schreien, die sich mit den unheilvollen Lauten der Blemmyer vermengten. Philip sah sich von vier Blemmyern umringt, die plötzlich aus dem Sand aufgesprungen waren. Er zog den Säbel und wehrte sich nach Leibeskräften. El Kassem flog an seine Seite, schlug einen, zwei von ihnen nieder und schrie: »Hinters Feuer! Lauf hinter das Feuer, dort trauen sie sich nicht hin!« Philip schlug seinem Pferd, das unter den mannigfaltigen Angriffen zusammenzubrechen drohte, die Fersen in die Weichen. Das Tier bäumte sich auf, kam wieder auf die Beine und galoppierte los, während El Kassem wie ein von Hyänen umzingelter Löwe den Krummsäbel schwang, dabei Funken von den schwarzen Sicheln der Blemmyer schlug und bei jedem Hieb schrie: »*Allah akbar!* Gott ist groß!« Philip trieb sein Pferd auf die Feuerwand zu, doch von dem grellen Licht erschreckt, stemmte das Tier im letzten Augenblick die Hufe gegen den Boden und warf den Reiter ab. Philip rollte durch die Flammen und befand sich nun innerhalb des Korridors. Er sprang auf die Füße und sah vor sich Arad, die gemeinsam mit Rasaf die Mutter stützte; sie versuchten die Bewußtlose an den Lichtschein heranzuführen, der den Turm umgab, damit das übernatürliche Licht die Finsternis in ihr verdrängte.

»Arad!« schrie er. »Arad!« Erstaunt sah sie ihn an, ohne innezuhalten. Doch da zerriß das immer noch anschwellende Gebrüll, das aus dem Turm drang, die Luft wie ein unendlicher Schmerzensschrei, aus dem Nichts erhob sich ein Sturmwind und wirbelte eine dichte weiße Staubwolke auf. Das Feuer erlosch, und die Blemmyer rückten wieder vor. Auf einer Seite erblickte Philip Amir, der sich, von allen Seiten umzingelt, mit wütendem Ungestüm schlug, weiter entfernt hörte er das hämmernde Knattern der Maschinengewehre. Verzweifelt hielt er im dichten Nebel Ausschau nach Arad. »Arad!« schrie er verzweifelt. »Arad!«

Plötzlich sah er sie, erkannte ihren blauen Mantel, der im Dunst wehte, und vor ihr einen Schatten im Wind, eine schemenhafte dunkle Gestalt, die sich langsam vorwärtsbewegte und dabei ein dumpfes Knurren ausstieß, ein tiefes Röcheln. Gegen die immer stärker werdende Gewalt des Windes ankämpfend, versuchte Philip zu ihr zu gelangen, und als er sie erreicht hatte, schirmte er sie mit seinem Leib gegen das bestialische Knurren ab, das immer näher kam. Bedrohlich kam die dunkle Gestalt auf ihn zu, er feuerte zwei, drei Schüsse aus seiner Pistole ab, dann warf er die unnütze Waffe zu Boden. Von Schrecken gepackt wich er zurück, während er seinen Körper schützend vor Arad stellte. Auf seinem Gesicht spürte er schon den heißen Atem der Bestie. Doch im Zurückweichen strauchelte er plötzlich, und ein metallisches Klirren rief ihm das Sistrum in Erinnerung. Hastig wühlte er in seiner Jacke, bis er das Instrument zu fassen bekam, hielt es vor sich und schüttelte es. Der silberne Klang flog plötzlich über das verbrannte Feld, durchbrach den Nebel und den Wind, und das Gebrüll erstarb, schwächte sich zu heiserem, mühevollem Atmen, zu schmerzerfülltem Keuchen ab, bis es schließlich ganz erstarb. Vereinzelt waren noch Schüsse, erstickte Schreie, fernes Wiehern durchgegangener Pferde zu hören, dann wurde es auf dem Kampfplatz still.

Nur aus dem Turminnern drang der Lärm des Duells, ließ sich das wütende Aufeinanderprallen der Klingen vernehmen. Selznick erwiderte Garretts Attacken nun immer heftiger, er griff an und ließ eine Flut von Hieben auf den Feind niederprasseln. Schweiß strömte über Gesichter und Körper, unbändiger Haß beseelte die Gegner. Selznick kämpfte wie besessen, und Garrett fühlte plötzlich, daß seine Kräfte nachließen, er fühlte, daß er dem wütenden Ansturm des Feindes nicht länger standhalten würde. Auch der große Raum im Innern des Turms wurde von dem rötlichen Lichtschein erhellt, der aus dem Deckengewölbe herabdrang und einen großen Steinsarkophag beleuchtete, der nackt und schwarz in der Mitte aufragte.

Garrett versuchte sich dahinter zurückzuziehen, um neue Kräfte zu sammeln. Da entdeckte er ein Loch in der Deckung des Feindes und machte einen Ausfall wie damals, als er ihn das erste Mal verwundet hatte. Aber Selznick sprang zur Seite und konnte ihm entgehen. Garrett verlor das Gleichgewicht und wälzte sich im Staub. Selznick versetzte ihm einen gewaltigen Hieb, doch Garrett wich ihm aus, rollte zur Seite, und in der Drehung legte er alle Kraft in einen Hieb und schlug Selznicks Klinge, die im Boden steckte, entzwei. Er sprang auf, setzte ihm die Waffe an die Kehle, und Selznick wich zurück, bis er mit dem Rücken gegen den Sarkophag stieß. Dies sollte der Opferstein werden, dort würde Garrett seinem niederträchtigen Leben für immer ein Ende setzen. Er hob den Säbel, als plötzlich hinter seinem Rücken Pater Hogan schrie: »Nein! Beflecke dich nicht mit diesem Verbrechen! Er ist dein …«

Doch in diesem Augenblick fuhr der Wirbelwind von draußen durch den Turm und blendete die beiden Gegner: Den Säbel vor sich haltend, wich Garrett zurück, während er sich vor dem Staub schützte, der in seinen Augen brannte. Er lehnte sich gegen die Mauer, und als er wieder sehen konnte, war Selznick geflüchtet. Vor ihm erhob sich allein der nackte Sarkophag. Der Wind hatte die dicke Staubschicht darauf fortgeweht und sieben Schriftzüge freigelegt, die er fieberhaft einen nach dem anderen überflog. Bei allen handelte es sich um verlorengegangene antike Sprachen, und alle schienen ihm die schrecklichen Worte entgegenzurufen:

אף אחד לא יהרוג את קין

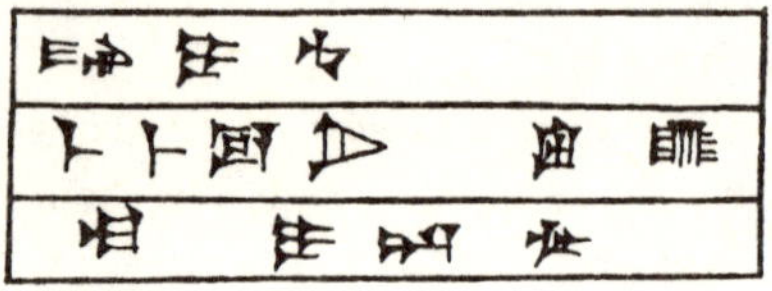

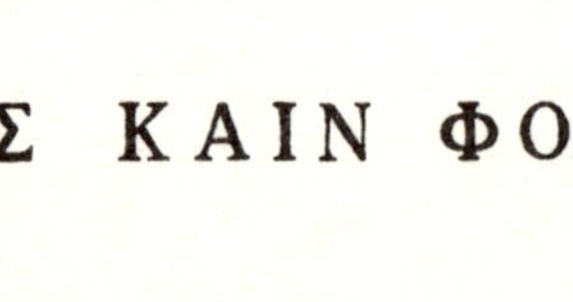

ΜΗΔΕΙΣ ΚΑΙΝ ΦΟΝΕΥΣΗ

NEMO CAIN OCCIDAT

Der Säbel fiel ihm aus der Hand, und während er den Blick zum Himmel hob, schrie er unter Tränen: »Warum? Warum?« Doch im selben Augenblick bemerkte er die Löcher in der Kuppel, die wie das Sternbild Skorpion angeordnet waren, er sah das eisige Licht Akrabs durch das mittlere Loch funkeln und erinnerte sich an die Worte: »Wenn Akrab in der Mitte des Firmaments über dem Turm der Einsamkeit steht.« »Firmament« – das Wort bedeutete im Hebräischen auch »Kuppel«! Da schrie er: »Flieht! Flieht alle!« Doch draußen, vor dem Eingang, lauschte Pater Hogan, der inmitten des wütenden Sturms kniete, dem immer weiter anschwellenden und immer schneller rasenden Signal, bis es schließlich einem ins Extrem gesteigerten Kammerflimmern glich, das seine Trommelfelle zerriß und stechende Krämpfe durch seinen zuckenden Körper jagte.

»Fort!« schrie Garrett, während er aus dem Portal rannte. »Fort!« Doch Pater Hogan rührte sich nicht. Schweiß lief ihm über die Stirn, die Kiefer waren zusammengepreßt. »Ich muß hierbleiben«, stieß er hervor, »ich muß die Botschaft auffangen!«

Garrett sah eine Gestalt durch den Wind herangaloppieren. Es war El Kassem.

»Fort!« schrie er. »Bring ihn fort! Jetzt gleich!«

El Kassem riß den Rucksack von Hogans Schultern und schleuderte ihn auf die Erde, dann packte er den Priester am Arm, gab dem Pferd die Sporen und schleifte ihn durch den Staub, während Garrett hinter ihm herlief und verzweifelt gegen die Gewalt des Sturms anzukämpfen versuchte. Das Signal schwoll noch immer an und verwandelte sich schließlich in ein schrilles durchdringendes Zischen. Da begann plötzlich die Kuppel des Monolithen zu glühen und blendende Lichtblitze auszusenden, und kurz darauf explodierte sie mit donnerndem Getöse in einem Feuerball, der den Himmel bis zum Horizont in Brand setzte.

Das Signal erstarb in einem düsteren, tiefen Ton. Dunkel und Stille senkten sich über die verlassene Weite herab.

In diesem Augenblick tauchte Oberst Jobert auf: Langsam wie ein Gespenst wurde seine Gestalt sichtbar, je mehr der Wind Rauch und Nebel lichtete. Er kniete neben einem toten Blemmyer, der vom Maschinengewehrfeuer zerfetzt worden war, und als er aufstand und auf den Hügel zuging, waren seine Augen leer und erloschen, als hätte er seine Seele auf dem Schachtfeld zurückgelassen. Er blickte zurück: Von dem Turm war nichts geblieben als der große Steinsarkophag, den der Wüstenwind langsam wieder mit Sand bedeckte. Da wandte er sich an seine Kameraden: »Ich habe nichts gesehen«, sagte er. »Die Überlebenden werden in entlegene Vorposten versetzt. Die Wüste verschluckt alles, auch die Erinnerung. Lebt wohl.« Mit glänzenden Augen blickte er den Kriegern von Hallaki eine Weile hinterher, die die gepeinigten Körper von Amir, Rasaf und Altair auf den Schultern trugen, dann gab er seinem Pferd die Sporen und stieß zu den Überresten seiner Abteilung. Pater Hogan ergriff die Halfter der Maultiere, auf die er seine Last geladen hatte. »Ich werde Oberst Jobert ebenfalls folgen«, sagte er. »Gott möge euch segnen.«

»Leb wohl, Vater«, sagte Philip. »Ich werde in Kalaat Hallaki bleiben. Vielleicht gelingt mir, was dir nicht gelungen ist. Ich habe einen Menschen, den ich lieben kann, einen Menschen, der die Wunde eines unendlichen Schmerzes in sich trägt...« Sie umarmten sich. Dann sprang Desmond Garrett in den Sattel.

»Werden wir uns wiedersehen?« rief Philip mit tränenerfüllten Augen, während sie sich entfernten. El Kassem wandte sich zu ihm um: *»Inshallah!«* schrie er. »Leb wohl, *el sidi!«* Dann trieb er sein Vollblut an und verschwand mit seinem Gefährten hinter einer Staubwolke.

15. KAPITEL

Selznick wurde tags darauf gefangengenommen, während er sich mit letzter Kraft durch die Wüste schleppte. Oberst Jobert nahm ihn mit auf den Weg durch das Wadi Addir bis zu dem kleinen Vorposten, wo er seine Abteilung als Besatzung zurückgelassen hatte.

Nur mit Pater Hogan als Begleitung ritt er hinein, während seine Männer ihm schweigend und unbeweglich von ihren Reittieren aus zusahen. Niemand stand zu seinem Empfang bereit, sie waren alle tot: Die Körper lagen dort, wo ein jeder seinen letzten Atem ausgehaucht hatte, und die Fahne baumelte noch immer unbeweglich von ihrer Stange herab, wo sie immer mehr verblich; niemand hatte sie eingezogen.

Er wagte nicht, die Männer zu begraben. Er wollte keine Ansteckung riskieren, vor allem aber wollte er die Gemüter der Überlebenden nicht noch mehr verwirren, die bereits bei den jüngsten Erlebnissen, die sie hinter sich hatten, einer schweren Prüfung unterzogen worden waren. Pater Hogan betete das *De Profundis* und segnete die Körper der Gefallenen.

»Ich werde ihn hier zurücklassen«, sagte Jobert plötzlich.

»Das kommt einem Todesurteil gleich«, entgegnete Pater Hogan. »Ein Standgericht hätte denselben Effekt.«

»Nein«, sagte Jobert, »der Grund, warum meine Vorgesetzten ihn erschießen lassen wollen, ist noch unehrenhafter als seine eigenen Missetaten. Es ist nur billig, daß dieser Alptraum nicht von ihnen genommen wird. Ich werde ihn heute nacht freilassen und dann sagen, er sei geflohen. So hat er immerhin eine Chance. Man kann niemandem eine Chance verweigern, nicht einmal dem grausamsten Mörder.«

Am Tag der Wintersonnenwende erreichten sie Bir Akkar, und Pater Hogan wartete zwei Tage auf das Flugzeug, das ihn abholen sollte. Als man ihm mitteilte, daß seiner Abreise nichts mehr im Wege stand, suchte er Oberst Jobert auf, um sich zu verabschieden. Der Offizier stand am Fenster und blickte hinaus wie damals, als er ihn kennengelernt hatte.

»Mission erfüllt, Pater Hogan«, sagte er, sobald er ihn eintreten hörte. »Sie haben die Nachricht in Ihrer Maschine eingefangen und bringen sie nun nach Hause. Und ich könnte schwören, daß niemand je etwas davon erfahren wird, obwohl wir – rein theoretisch – darüber unterrichtet werden müßten. So lautete doch die Abmachung, nicht?«

»Allerdings«, erwiderte Pater Hogan, »so lautete die Abmachung. Aber selbst ich weiß nicht, was in diesem Speicher hängengeblieben ist. Ich nehme an, es braucht Zeit, viel Zeit. Aber wollen Sie es denn wirklich erfahren?«

Jobert schüttelte den Kopf: »Ich will überhaupt nichts mehr wissen. Ich will nur noch vergessen.«

Pater Hogan trat auf ihn zu und hielt ihm die Hand hin. Als Jobert sich umwandte, sagte er: »Sie haben mir aber auch nicht alles berichtet, Oberst. Ich habe gesehen, wie Sie das Tuch hochgehoben haben, das das Gesicht eines der Gefallenen bedeckte – das Gesicht eines Blemmyers. Doch nichts ist geschehen, zumindest habe ich nichts wahrgenommen.« Jobert verzog das Gesicht, seine Augen verdüsterten sich. »Was haben Sie gesehen, Oberst?« drängte Hogan.

»Wollen Sie es wirklich wissen?«

»Ja.«

»Mich selbst«, sagte er mit einem beunruhigenden Blitzen in den Augen. »Eine abstoßende, unförmige Masse verwandelte sich vor meinen Augen in mein eigenes Gesicht, aber ... es war anders. Ich habe eine gräßliche Fratze gesehen, und doch gehörte sie zu mir, es war die dunkle und doch wohlbekannte Seite, jene, die wir auf dem Grund unserer Seele gefangenhalten, damit niemand sie sieht: die Niedertracht, die Verderbtheit, die uneingestandenen und verdrängten Schandtaten, die verschämten Begierden, die bestialische Gewalt, die Schändlichkeit. All das lag in dieser furchtbaren Fratze. So sind wir«, fuhr er fort, »so sind wir... Und nun können Sie einmal versuchen sich vorzustellen, was Sie an meiner Stelle gesehen hätten, strengen Sie Ihre Phantasie an, Hogan, versuchen Sie, es sich vorzustellen...«

Schweigend sah Pater Hogan ihn an. Die düstere Stimme, der finstere Blick bezeugten, daß er die Wahrheit sagte.

»Das Böse erscheint uns stets unbesiegbar«, entgegnete der Geistliche, »besonders jenes, das in uns ist, doch das ist nicht wahr. Stehen Sie morgen vor Tagesanbruch auf, und betrachten Sie das Licht, das über die Welt kommt, sehen Sie sich die aufgehende Sonne an. Auch dort werden Sie Ihr Antlitz finden, Jobert, nämlich jenes, das zum Leben bestimmt ist. Auf immer und ewig.«

Kurz darauf bestieg er das Flugzeug, das ihn nach El Kef zurückbringen sollte. Jobert begleitete ihn nicht, doch durch den Staub hindurch, den die Propeller auf der Startpiste aufwirbelten, erkannte Hogan die reglose dunkle Gestalt, die mit verschränkten Armen hinter dem Fenster seines Büros stand.

In einer regnerischen Nacht traf er am Tag vor Heiligabend in Rom ein. Der Regen, der auf den glänzenden Asphalt fiel, die schweren schwarzen Wolken am Himmel, der feuchte Wind gaben ihm das Gefühl, auf einem anderen Planeten gelandet zu sein.

Er blieb auf der Piste stehen und wartete, bis der große schwarze, in ein Wachstuch gehüllte Kasten ausgeladen wurde. Dann folgte er zu Fuß dem Wagen, der langsam zum Lagerhaus fuhr. Ihm folgten zwei private Wachleute, die von der Surveillance beauftragt worden waren.

Als er auf die Straße hinaustrat, bemerkte er einen

Mann im Regenmantel und mit in die Stirn gezogenem Hut, der ihn ansah, als würde er auf ihn warten. Hogan trat auf ihn zu. »Sie sind mir zuvorgekommen«, sagte er. »Ich wäre in jedem Fall zu Ihnen gekommen.«

»Ich weiß«, erwiderte Marconi, »aber ich konnte es nicht erwarten. Kommen Sie, ich habe den Wagen dabei.«

Pater Hogan überprüfte, daß das Lagerhaus verschlossen und unter Bewachung gehalten wurde, dann stieg er in den regenglänzenden Wagen, der mit geöffnetem Schlag auf ihn wartete.

Allein aßen sie in der großen Bibliothek zu Abend, und Pater Hogan erzählte alles, was ihm seit seiner Landung in Bir Akkar widerfahren war, während der Wissenschaftler ihm versunken lauschte, ohne ein Wort zu verlieren oder ihn ein einziges Mal zu unterbrechen.

»Was ist mit Ihren Freunden geschehen?« fragte er zum Schluß.

»Desmond Garrett ist mit El Kassem in der Wüste verschwunden, und ich glaube nicht, daß wir jemals wieder von ihm hören werden. Er lebt mittlerweile in einer Region, wo Zeit und Raum im Unendlichen verschwimmen.«

»Und Philip?«

»Sein Platz ist in Kalaat Hallaki. Das silberne Klirren seines Sistrums hat uns gerettet – mein Gott. Diese Geschichte ist unglaublich …

Als wir diesen entsetzlichen Ort verließen, fragte ich ihn, wie er sich ein solches Wunder erkläre. Er antwortete: ›Ich weiß es nicht. Es hat uns genauso gerettet, wie es vor zweitausend Jahren einen etruskischen Haruspex gerettet hat, den einzigen Überlebenden eines römischen Armeetrupps, der sich in die Wüste vorgewagt hatte. Doch als ich in meiner Panik das kleine Instrument hin und her bewegte und die Raserei sich wie durch Zauber legte, verschwand das Grauen um mich herum für einen Augenblick, die Schreie und Klagerufe verklangen, und dieses Feld aus Blut und Feuer verwandelte sich in ein Land des

Friedens, in ein bebautes Feld, in eine Viehweide. Ich hörte das Weinen eines Kindes, ein verzweifeltes Weinen, und ich sah eine wunderschöne Frau mit langen Haaren, die sich über eine grob gezimmerte Wiege beugte und sang und dabei eine Rassel mit kleinen Scheiben aus Knochen und Holz schlug. Und wie durch ein Wunder hörte das Weinen des Kindes auf... Der Klang, jener Klang – es war derselbe wie der des Sistrums.‹

Das erzählte er mir, bevor er sich zu der Frau begab, die er liebt und mit der er von nun an sein Leben teilt. Das erzählte er mir, bevor er im Schatten dieses wunderbaren vergessenen Ortes verschwand, und vielleicht liegt in dieser Vision eines weit zurückliegenden Ereignisses der Schlüssel zum Verständnis des Mysteriums von Leben und Tod.

Was mich betrifft, so habe ich unter Lebensgefahr die Maschine gerettet, die den Datenfluß jenes Signals aus den Abgründen des Kosmos aufgenommen hat. Das Verdienst an dieser Unternehmung gebührt auch Ihnen, Signor Marconi, und ich gedenke die Vereinbarung einzuhalten, die Sie mit Pater Boni getroffen haben. Der bespielte Speicher befindet sich nicht in der Hülle, die ich unter Bewachung in dem Lagerhaus gelassen habe, sondern in einer Frachtkiste, die zur Stunde zusammen mit einer Ladung Orientteppiche ausgeladen wird. Das ist es doch, was Sie wollten, nicht? Haben Sie mich deshalb gebeten, zunächst zu Ihnen zu kommen?«

Der Wissenschaftler schwieg und blickte ihm lange in die Augen.

»Nein«, sagte er dann, »das ist nicht der Grund. Ich wollte verhindern, daß Pater Boni Zugang zu diesem Datenspeicher hat. Es gibt nur einen Menschen auf der Erde, der über das Schicksal dieser Botschaft entscheiden kann, und während wir hier sitzen, erwartet er Sie bereits. Gehen Sie, Hogan, gehen Sie zu ihm und erzählen Sie ihm, wie Gottes Faust in einem abgelegenen Winkel der Wüste auf den Turm der Einsamkeit herabschmetterte.«

»Aber was ist mit Pater Boni?«

»Ich weiß es nicht. Ich habe gehört, er sei ernstlich erkrankt und an einen abgeschotteten und ruhigen Ort gebracht worden, damit er dort seine Gesundheit und vor allem die Klarheit seines Geistes wiedererlangen möge. Sofern das möglich ist.«

Von der Straße her drang gedämpft die Melodie einer Pastorale herauf, welcher der Dudelsack einen eher eintönigen Klang verlieh; Pater Hogan spürte, wie sich seine Kehle zuschnürte, und er dachte an ein kleines kahles Zimmer, an einen alten Priester, der vor Angst und Schmerz bebend dahinschied. Er verabschiedete sich und ging auf die Straße hinunter, wo das Auto auf ihn wartete, um ihn in den Vatikan zu bringen.

Er ließ sich am Rand des Petersplatzes absetzen, um zu Fuß das weitläufige, von Säulen gesäumte Rund zu überqueren. Er betrachtete die Krippe mit dem Christuskind, den Hirten und dem Kometen, die in einem Winkel der Piazza aufgestellt worden waren, und dann blieb er noch eine Weile stehen, um dem Gemurmel des Brunnens zu lauschen. Ihm war, als sähe er noch einmal, mit geschlossenen Augen, die klaren Wasser von Kalaat Hallaki. Bevor er seinen Weg fortsetzte, hob er den Kopf, und in diesem Augenblick erhellte sich im letzten Stockwerk des Vatikanischen Palastes ein Fenster – wie ein Auge, das in das Dunkel einer schlaflosen Nacht blickt.